烧锅往事

曹德华 著

吉林人民出版社

出 品 人：常　宏
选题策划：吴文阁
统　　筹：张文君　王　斌
责任编辑：王　斌
助理编辑：张丹阳

图书在版编目（CIP）数据

烧锅往事 / 曹德华著 . -- 长春 : 吉林人民出版社，2023.7
ISBN 978-7-206-20055-7

Ⅰ . ①烧… Ⅱ . ①曹… Ⅲ . ①长篇小说 - 中国 - 当代 Ⅳ . ① I247.5

中国国家版本馆 CIP 数据核字 (2023) 第 188968 号

烧锅往事

SHAOGUO WANGSHI

著　　者：曹德华
装帧设计：周　源
出版发行：吉林人民出版社
（长春市人民大街 7548 号　邮政编码：130022）
咨询电话：0431-85378007
印　　刷：吉林省优视印务有限公司
开　　本：787mm × 1092mm　1/16
印　　张：24.75
字　　数：370 千字
标准书号：ISBN 978-7-206-20055-7
版　　次：2023 年 7 月第 1 版
印　　次：2023 年 7 月第 1 次印刷
定　　价：62.00 元

目　录

第一章　突然降临的灾难

张殿化本是奉天省锦县人，像所有的庄稼人一样，过的是再本分不过的生活，耕种、娶妻、生子。光绪十八年（1892年），张殿化喜得一女，按家谱辈分范“文”字，遂取名张文兰。

清朝末年，内忧外患，社会动荡，又赶上“拳乱”，也就是义和团运动，闹得民不聊生，百姓命比纸薄，很多人过着流离颠沛的日子。张殿化老实、能干且为人低调，一直过着温饱的生活，但张文兰十一岁这年，厄运还是降临到这个家庭。

那天，张殿化从地里回家，一进门，就看见房子里凌乱不堪，媳妇仰躺在里屋的地上，左胸上有两处枪伤，流出的血已经染红了蓝色的布衫。张殿化上前查看，发现人早已凉透。他一屁股坐在地上，看着媳妇的尸体，脑子里一片空白。不知过了多久，他忽然缓过神来，朝着自己的脑门拍了一巴掌，从他那压抑的胸膛挤出一个连他自己都不认识的声音：“兰儿！”

张殿化发疯似的找起张文兰，毕竟媳妇被害已是定论，不见踪影的张文兰成了他唯一的希望。他环顾四周，希望张文兰刚好出去玩，还没回来，甚至哪怕是被抓走了，只要还活着就好。张殿化屋里屋外翻箱倒柜，能藏得下人的、装不下人的地方都翻了一遍，又哪里找得到。但凡他能想到的地方，都被来者洗劫过了，即使真的能从那些地方找到张文兰，恐怕也是尸体了。看着已经不能再乱的屋子，张殿化带着无处发泄的愤怒，大吼一嗓子，然后像泄了气的皮球，倚着墙，缓缓地瘫坐在地上。

张殿化在找张文兰的时候，察觉到：屋里屋外能装东西的地方都被翻个底朝天，可是值钱的东西和那个年头最宝贵的粮食却一点没丢。他一下子明白了这伙人的意图。

张殿化反复思考，心里没有一点头绪。那个年头，土匪泛滥，更何况对他们家感兴趣的人又不只土匪，他哪里知道是谁干的勾当。话说回来，凭他一个只会种地的农民，就算找到了这些凶手，又能怎么样?

好在那件最重要的东西还在，这伙人并没有得逞。但是这也意味着，那些人可能还会再来，甚至以后会有更多人来扰。俗话说“不怕贼偷，就怕贼惦记”，防得住一时，防不住一世，以后的日子可怎么办?

张殿化蹲在地上正胡思乱想，忽然听见一阵嘤嘤的哭声从头上的窗户传进来。张殿化触电般站起来，透过窗户，隐约看见后院苞米地里蜷缩着一个瘦小的身子，他来不及走门，直接推开窗户爬了出去，用胳膊拨开面前的苞米秆，两步跨到跟前，抱起张文兰。而张文兰此时已经哭得没有了力气，看见张殿化，直接瘫倒在他的怀里。

原来，事发时，张文兰娘正坐在炕上给张殿化纳鞋底，无意间抬头，看见几个陌生人进了院子，手里都拿着各式的家伙事儿，其中还有两个人背着长枪。张文兰娘觉得来者不善，便抱起张文兰，把她从窗户顺了出去。张殿化家的后院是一片苞米地，张文兰娘小声告诉张文兰藏到苞米地里面，谁叫都别出来。张文兰倒在苞米地里看着娘，虽然不知道发生了什么事情，但是从她娘紧张的表情里看出，她必须这么做，于是张文兰连滚带爬钻进苞米地深处。

张文兰找了一个觉得安全的地方，开始琢磨究竟发生了什么事情。正想着，就听见屋子里传出一声女人的尖叫，紧接着是两声很响的“砰砰”声，张文兰心里又着急又害怕，想回去看看发生了什么事情，可是还没跑几步，在一阵短暂而又漫长的沉寂之后，屋内又响起了“叮叮当当”砸东西的声音，其中还夹杂着几个男人的说笑咒骂，吓得张文兰又躲了回去。

天生的恐惧感告诉张文兰不能走出这片苞米地，直到那些男人的说话声渐远，她依然蹲在苞米地里，一动不动，她在等娘回来找她，把她领出这片苞米地。可是身边除了叶子互相摩擦的声音和偶尔的虫鸣，一切都那么安静，张文兰越等越害怕，开始啜泣，她不敢大声地哭，一只小手把衣服的一角拧作一团，另一只手握成拳头塞住嘴，尽量让自己不发出声音，就这样一直哭到精疲力尽。周围越发寂静，时间变得很长很长，张文兰甚至开始怀疑开始听到的声音是不是真的。直到听见张殿化在屋子里喊自己的名字，她听出这是爹的声音，想出去找张殿化，却发现两条腿由于蹲得太久已经麻了，连站都站不起来，于是她急得又哭了起来。张殿化顺着哭声终于找到了张文兰。

张殿化把张文兰搂得特别紧，紧得张文兰已经开始感觉到疼了，但这让她觉得很踏实，加上在这之前她已经哭了那么久，很快就伏在张殿化的怀里睡着了。

当天，张殿化埋了媳妇的尸体，打理了媳妇的后事。次日，张殿化背着一个不大的包袱领着张文兰出了家门。行李很简单，只有值钱的家当，供这一路的温饱。他们要道别的人很少，屯子里的乡亲死的死、逃的逃，已不剩几户人家了。

“爹，咱们是要去哪里啊？”张文兰一边走一边揉着惺忪的睡眼问。

张殿化没回答她，这一夜他可是一点都没睡，现在他还不知道要怎么告诉张文兰，但心里也多少有了些主意。

走了几步，张殿化又站下，回头看一眼身后再熟悉不过的院子和里面那三间土房。临走前，张殿化让邻居刘大哥帮忙照看一下房子。刘大哥和张殿化并排站着，默默地看着房子，两人心里都清楚，与其说让刘大哥照看房子，不如说就是将房子交给刘大哥了，而此一别，多半就是永别。

张文兰也顺着张殿化目光的方向看自己的家。尽管那时她还不知道，有生之年，她再也回不到这里了。

生活就像一场捉弄，无论你是否准备好，那些迎面而来的，就要照单全收。

经过一夜的反复思考，张殿化决定离开这个是非之地，最重要的是为了女儿的安全。张殿化苦涩地笑了笑，摸摸胸前的口袋，领着张文兰走上大路，融入闯关东的队伍。

张殿化拉着张文兰，在几个同路的人中间默默地走着。他和许多关外过来的人一样，只晓得要向北走，至于要走多远、在哪里停下来，并不清楚。走到哪里听说很好，或者觉得哪里活得下去，也就留下了。

那一年是光绪二十九年（1903 年），张殿化二十八岁。

继续向北，或许安生。

几个人搭伴同行就好活一些，但要防的也就更多一些。大家同病相怜，每个人都穷途末路。在人群中，张殿化一向少言寡语，很少与人攀谈；所以大家对他的了解特别少，最熟悉他的，也只是知道他的媳妇被土匪杀了，女儿受了惊吓。

自打张文兰的娘被害之后，张文兰的神经变得很敏感，整夜睡不好觉，受到一点刺激就会惊醒。而张殿化自从上路以来，则是逢酒必醉，走到哪里喝到哪里。同行的人也都以为是他受到的打击不轻，才变得嗜酒如命。

张殿化原本滴酒不沾，放在从前，若是赶上酒席，实在推托不掉，最多也就喝个三盅两盅，不等散席就倒在桌子上，睡得不省人事了。可是自打上路的第六天起，他开始逢酒必喝，酒喝得不多，有时一盅，有时两盅，同样还是沾酒必醉，醉了也从不与人絮叨，倒头便睡。等大家准备上路时，张文兰叫醒他，父女俩草草整顿一下，跟着继续走。就这样，他给大家留下一个爱喝酒的印象。

张殿化就这样走走停停，停停喝喝，来到了陵界。陵界是奉天一带难得的风水宝地。早在雍正三年（1725 年），科尔沁右翼后旗第五代镇国公喇嘛扎布途经这里时，发现这里西北和东北方向有洮儿河、嫩江环抱，两条水流在此交汇，南方有逶迤的丘陵相绕，犹如一条卧龙坐西朝东，龙头处，有一潭湖水，面积不大，但清澈见底，能看见鱼在湖里穿行。中间部分地势平坦，郁郁葱葱，草木间不时有飞鸟、走兽蹿出，到处都是生机盎然的景象，是一片不可多得的风水宝地。喇嘛扎布大悦，认定此地，于是自他起，到第十三代札萨克镇国公都安葬在此地，安排鬼奴世代在此看守陵墓，所以这一带被称作陵界。

当时的陵界在后来安广县境内的西北处，是一个蒙古族聚居的地方。起初陵界人烟稀少，并且没有多少汉族人，大部分都是蒙古族人。直到解禁之后，才涌入一批汉族人。清初开始，陵界一带和其他很多蒙古族地区一样，清政府对其采取“因俗而治”的办法，除了派驻将军、都统、办事大臣之外，最主要的还是通过蒙古王公札萨克进行统治。同时，清政府对蒙古族地区实行民族隔离政策，禁止蒙汉通婚与自由交易，禁止蒙古族族人学用汉文汉语，尤其禁止汉族人出边到蒙地垦种。

其中，禁止在蒙地垦种的一个重要的原因，是清朝的统治者将东北视为“祖宗肇迹兴王之所”。早在顺治元年（1644年），清军入关以后，多尔衮颁布“禁关令”，以保护这块“龙兴之地”，禁止汉族人进入此地垦殖，从此东北开始了长达数百年的封禁。咸丰十年（1860年）在东北局部地区才开始弛禁放荒。直到光绪二十八年九月（1902年10月），盛京将军曾祺和兵部尚书裕德奏请丈放札萨克图郡王旗荒地，陵界及周边土地才得以解禁。光绪三十一年（1905年），盛京将军赵尔巽奏准在解家窝棚设安广县，下设中心乡、东北乡、西北乡、东南乡、西南乡5个乡，隶属洮南府，由盛京将军统辖。

进了陵界境内，继续往西北走，张殿化等人到了一个叫作会海泉的村子，这是陵界境内为数不多的一个汉族人比较多的村子，大家便商量在这里停下来歇脚。一如往常，张殿化领着张文兰，找到一家小饭馆钻了进去。其他同行的人也都掂量着各自钱袋的分量，三人一伙、两人一串地找适合自己的地方休息去了。跟着张殿化一起去饭馆的还有一个女人，叫王桂芝。

第二章　同行的女人

张殿化坐在长条板凳上，看着柜台上方挂的一排小木牌，木牌上用毛笔写的菜名和价钱，张殿化看了一遍之后，照例要了二两酒，随便要了一盘炒青菜和三碗高粱米粥，又要了一碟免费的咸黄瓜。王桂芝若无其事地跟张文兰坐在一起，并没有要付她那一份饭钱的意思。张殿化也不计较，一并付过之后，顺手掂一掂手里钱袋的分量，仔细地把钱袋塞进怀中的口袋里。前面不知道还要走多远，钱要算计着花，这已经是一顿饭他能花的最多的钱了。

提起王桂芝，还得从张殿化来时的路上说起。

至于是在哪里遇上的王桂芝，什么时候一起搭伴北上，张殿化没注意过，连王桂芝也不记得，直到那天，张殿化一伙刚通过柳条边时，队伍里面又有人打起架来，张殿化和王桂芝才注意到彼此的存在。

张殿化一行人从一座小村子里面出来，走了一个多钟头，忽然听见后面传来两声咒骂，回头工夫，看见一个人已经倒在地上，另一个高个子男人抡着担子雨点般地砸向倒在地上的人。周围的人反应过来，赶紧过去拉开高个子，可为时已晚，地上的人已经被打得发不出声音，血水顺着头发流到地上，很快就淌了一摊，嘴一张一合，像是在抽搐，也像是要说些什么。张殿化见状，推开围观的人，钻到最里面，小心翼翼地把地上的人抱起来，掏出一块汗巾，按住那人头上的伤口。打人的高个子也平静下来，操着一口张殿化有些听不懂的山东方言，向周围的人解释事情的始末，语气里也是充满委屈。

刚才在村里落脚休息时，高个子和那个被打的人在一起吃的饭，饭后又在一个屋子里睡了一会儿觉，结果启程的时候，被打的人就发现自己身上的盘缠全都丢了。他便认定是高个子趁他睡觉时偷了他的钱，却奈何身体素质相差悬殊，心里清楚动手不可能打过对方，又咽不下这口气，于是一路嘟嘟囔囔，明讥暗讽让高个子还钱，任高个子一再解释，甚至随身的包都打开给他看，他仍不作罢。终于高个子耗尽了全部的耐心，顺手夺过身边一个人用来当拐棍的担子，对着那人当头就是一下。那人应声倒地，接着就是大家看见的场面。

被打的人已经奄奄一息，眼神没有了焦点，看上去很难活下来了。人们围成一个圈，小声地议论着那个人的伤势。这时，圈外突然传来孩子哇哇的哭声，哭声吓了大家一跳，循声望去，哭的是张殿化的女儿张文兰。

张殿化急着救人，就松开了张文兰。张文兰一个人站在那里，看着纷乱的人群和地上的血迹，一时不知所措，又被勾起了惊吓的病。

张殿化看一眼怀里的伤者，又焦急地看着张文兰，对着周围的人说："谁帮忙照看一下我家兰儿！"

话音未落，已经有人直接走过去蹲下来，擦去了张文兰脸上的眼泪。由于王桂芝是背对着张殿化这边，所以他也只知道那是一个辫子及腰的女人，穿着一件褐色的布衫，布衫虽然很破旧，却也干净整洁。

让张殿化惊讶的是，平时张文兰一犯病就哭个没完，任他怎么哄都要等到张文兰哭累了，才能停下来。今天王桂芝低声对着张文兰三言两语，也不知道说了什么，张文兰竟很快就不哭了。张殿化也松了口气，继续给怀里的伤者包扎伤口。尽管如此，伤者还是连一个时辰都没挺到就咽气了。几个互不相识的人默默地整理死者不多的遗物，在一片树林边挖了一个坑，草草地埋了。

一切处理妥当，几个同行的男人商量了一下之后，一起来到高个子身边，其中一个人拍一下高个子的肩膀。高个子正失神地坐在路边，被突然的招呼吓了一跳，警戒地站了起来。看见叫自己的是同路的人，才放松警惕，随即眼睛里也失去了精神。

“俺们要继续赶路了，你自己走吧，最好再找一伙人搭伴，路上有个照应。”一个人操着浓重的菏泽方言对高个子说。

高个子听见头立马耷拉下来，用很小的声音解释：“我真的不是有意的。”

路边正在哄张文兰的张殿化看在眼里，感觉高个子实在可怜，就凑上前去，替高个子求情道：“都是在外面逃荒的兄弟，他只是一时犯了糊涂，不小心打到了要害，这次暂且原谅他吧！”

“兄弟？你跟他是兄弟？”一个人问。

“从小我爷爷就告诉我‘四海之内皆兄弟’，无论是在家还是在外，都是兄弟，互相有个照应，总是好事。”张殿化说。

“你这话说得不假，可是遇上这样的兄弟，我们真是不敢留。”

张殿化前后看了看，他们正处在一条山路中间，山林茂密，根本不知道里面究竟藏了多少险恶，继续说道：“把他扔在这前不着村后不着店的地方，就等于杀了他啊，还是让他跟咱们一起走吧。”

“俺们这一路既要躲风避雨，又要提防马匪劫道，大家走到这里，谁都不容易。俺们也可怜他，可有些事咱也没办法，毕竟这事情发生了，总要给队伍里的人们一个交代，也是为了咱们这十来号人着想，否则咱们都走不了多远。你就别替他求情了，他不能跟着俺们走。如果他运气好的话，等到下一伙人路过，大家都不知道他干过啥，更好相处，这也是为了他好。”一个老人对张殿化说。

张殿化看着高个子一声不吭地站在原地，像霜打的茄子一样，一狠心说：“你们先走吧，我留下来陪他。”

高个子听了张殿化的话，抬起头，惊讶地看着张殿化，感激得不知道说什么好。那个说话的老人拍拍张殿化的肩膀，说：“别怪我们，路太远，人又杂，总得有点规矩，才能走得长。”

张殿化摇摇头，没说什么。看见王桂芝把张文兰哄得正开心，张殿化把张文兰拉过来，对王桂芝说："谢谢你，你们要继续赶路了。"

张文兰突然被拉走，王桂芝一点准备没有，看着张文兰，一瞬间变得很失落。

张殿化目送一伙人离开之后，发现留下来的除了张文兰和高个子以外，还有王桂芝。

"你咋没跟他们一起走？"张殿化惊讶地问。

王桂芝尴尬地说："哦，有点累，他们走得太快。对了，俺叫王桂芝，往后路上多个人还能多点照应嘛。"

"别呀，他们人多，跟着他们走安全。"张殿化急得就差伸手推王桂芝了。

"跟谁都一样。你刚才不是还说'四海之内皆兄弟'，看我是女的，难道怕我成了累赘不成？"王桂芝说。

两人正说着，旁边一个哭哭啼啼的声音打断了他们："俺谢谢你们了！"

闻声看去，高个子正在用袖子擦眼睛，"要是把俺一个人丢在这，肯定得被马匪绑去。"

"绑你做啥？马匪遇上你这样的穷光蛋，都是直接插了（杀了）的。"王桂芝上下打量高个子一遍，吓唬道。

走运的是，四个人停停走走，不到半天的时间，就融入了另一支北上的队伍。从此，王桂芝也进入了张殿化的生活中，往后的路上，对张文兰的照顾也越来越多。

在今天看来，这条北上的路并没有很远，但就当时的情况而言，走路全得靠两条腿，要是能搭上一段马车，那是做梦也不敢想的好运，像那个山东的乡亲说的一样，除去防备喜怒无常的天气，更要防范随处可见的土匪。就是这样，这些平凡的农民用双腿，成就了中国近代史上著名的人口大迁移——闯关东。

张殿化本就是奉天人，算不上真正意义的闯关东，但混在这队伍里，大家除了口音不同，并没有什么两样。

快到开通县时，有本地人说，前面有一伙规模不小的胡子内乱，分成了两股，正招兵买马抓壮丁准备火拼。一些胆子小的人怕被卷进这场是非之中，觉得眼下还是保住这条命要紧，于是决定暂时留在本地，先找点活儿，打打短工，至于要不要定居，等日后再作打算。

在大家长吁短叹声中，张殿化并没有说什么，低头喝完了盅里的酒，摇摇头，起身和剩下的人调整了路线，与留下的人道别之后，继续北上。

幸运的是张殿化一行人并没有碰上什么胡子。后来有人怀疑是当地大户为了留下一些廉价的劳力，才散布谣言说有胡子抓人。

不过路走到这里，已经不及之前好走，脚下正处于洮儿河和嫩江流域的下游，总有星星点点没有名字的河套、泡子和已经退了水的河床。眼前，几乎没有地势起伏，一望无际的草原，让人心胸开阔，也让人不禁感觉自己太过渺小。这是东北特有的荒芜，也是东北才有的财富，让这些千里迢迢赶来的庄稼人浮想联翩。他们仿佛已经看见牛拉着犁杖在这片大地上拉出一条条整齐喜人的垄沟，种子在黑土地里面发芽、抽枝、结果，最后变成一片金黄。

行走其中，最让人心生胆怯的是芦苇荡下的泥潭，成片的芦苇随风飘摇，安静的表面下面是险恶的沼泽，根本不知道哪一脚下去之后就再也上不来了。同行的人都卷起裤腿，每个人拿着一根长的树棍，排成长队，踩着前面的人走过的路，走一步探一步。为了减轻个体重量，防止踩碎泥潭上面那层干涸的硬壳，连十一岁的张文兰也被放到地上，跟在张殿化后面，走这说不定哪一脚就没了底的泥潭。

这样的路一连走了两天，大家平安无事，也都渐渐放松了警惕，一字型的队伍变得松松垮垮，有的人扔了树棍，有些人三两成行，边走边聊聊天。

第三天，天阴沉沉的，早上就下起了淅淅沥沥的秋雨，地面升起一层薄雾。这伙人已经走了大半天，别说是村落，连一户人家也没有碰到。大家又被雨淋得全身湿透，都显得疲惫不堪，连一向懂事的张文兰也有些闹情绪，哼哼唧唧地总想引起张殿化的注意。

突然后面传来“哎呀”一声。

王桂芝一时大意，没有紧跟着前面的人走在队伍里面，一个不慎踩进了沼泽地里。此时，腿和腰已经陷在泥里，无法拔出来。

周围的人吓得连连后退，生怕脚下的硬壳子被踩塌，跟着滑进去。王桂芝拼命地挣扎，伸手胡乱地抓着身边的草木，可稻草哪里救得了命，纤细的杂草根本吃不了力，轻易就被连根拔起，她这么一折腾，旁边的硬壳都被弄破，很快就塌了很大一片，透过裂缝，能清晰地看见硬壳子下面的泥浆。几个胆子大、正要上来帮忙的人见状也被吓得退了回去，撤出了三四米远才站住脚步。后来，听本地人讲才知道，路过的这片地方，正是被称作“大酱缸”的沼泽地。据说，赶上雨季，这里寸步难行，连鸟落在上面都飞不起来。所以这一带人烟稀少，生活在周边的人也都避而远之。这也是一行人走了小半天，连一户人家都没遇上的原因。

“你的木棍呢？把木棍递给我们！”旁边的人冲王桂芝喊。

根本就没有走沼泽地经验的王桂芝，此时半个身子已经陷入泥潭，哪还听得进去旁人的话，只顾自己忙活，却无济于事，越陷越深。同行的人纷纷把自己手中的树棍伸过去，王桂芝看着面前的四五根树棍，没有一个够长的，最长的也都差得很远，只能眼睁睁地看着大家，越陷越深。终于，王桂芝明白自己已经没救了，便放弃了挣扎。

“大妹子，还有什么话，跟我们说说吧，说不定我们还能帮你做了。”一个同行的女伴隔着很远的距离探着头哽咽地说。

冷静下来的王桂芝，看着岸上的人只是笑笑，说：“俺就一个人，也没啥好说的了，这地方太危险了，你们都小心点吧。”

张殿化看不下去这样的场面，转过身去不想去看，可这一转身，看到了一直在哭的张文兰。张殿化抱起张文兰打算把她带走，这种生离死别的场面，不该再让张文兰看见了。他抱着张文兰刚走两步，发现张文兰哭得更凶了，手往张殿化的身后伸着。从她的哭腔里面，张殿化隐隐地听见她在喊“娘”。

张殿化这才意识到，自从王桂芝隔三岔五地照顾张文兰以来，张文兰再也没哭过，通过几天的接触，张文兰已经开始喜欢上王桂芝了。这次王桂芝陷进沼泽，张文兰受了惊吓，才又开始哭起来。

想到这里，张殿化心里一沉，看着张文兰鼻涕眼泪混在一起的脸，又回头打量泥潭里的王桂芝，泥水已经没过胸前，只有胳膊和头露在外面了。张殿化来不及思考，他放下张文兰就朝着王桂芝冲去，路上顺手夺过一个人手中的树棍，几步跨到了一个能让王桂芝抓到树棍的地方。

“抓紧树棍。”张殿化喊。

王桂芝一时没反应过来，呆愣愣地看着张殿化递过来的树棍。

“快点！”张殿化焦急地喊。

王桂芝这才反应过来，一把抓住树棍，试图借着张殿化的树棍把自己拉出来。这时，周围的人见状，七嘴八舌地朝张殿化喊：“老张，你疯啦？”

“兄弟，快趴下，别站着，站着陷得快啊！”

“快回来，一起搭两条命不值！”

说话间，张殿化的膝盖往下都已经陷到泥里，脚下没有着力点，手上完全使不出力气，稍微一折腾，不但王桂芝一点都没有拉出来，自己反而陷得更深了。张殿化都是因为刚才一时冲动冲了进来，完全没有考虑后果，遇到这种情况，脑子里也变得一片空白，不知道如何是好。

王桂芝重新燃起的希望又被眼前的现状熄灭，她松开手中的树棍对张殿化说：“大兄弟，不用管俺了，你快退回去吧，再折腾连你都陷进来了！”

“我没事，你快抓住。”张殿化顾不得自身的处境，着急地对王桂芝说。

王桂芝正替张殿化着急，张殿化的面前又多了一根树棍。顺着望去，是外面的人伸过来的。

“快抓住。”

张殿化松开一只手去抓岸上的树棍，然后转头对王桂芝说：“你也抓住。”

岸上，一个人握着树棍，后面几个人一起使劲，张殿化在中间，一边是众人，一边是王桂芝，在大家的共同努力下，终于形势有了转变。可是王桂芝刚被拉出来一点，只听“咔”的一声，张殿化猛地被岸上的人拉出来一大截，循声看去，原来他和王桂芝之间的那根树棍因为受力不均折断了，刚从泥潭里面被拉出来一点的王桂芝马上又陷了回去。

“这可怎么办？”岸上的人纷纷拍手叹息，不知所措。

“绳子，有没有绳子？”张殿化对岸上的人喊。

“绳子，谁有绳子？”大家七嘴八舌地喊着，不知道是谁把一捆麻绳扔到张殿化的面前。张殿化抓住绳子的一端，迅速在手上打了一个结，然后把剩下的绳子扔到王桂芝的手边。张殿化埋着头，紧咬牙关，两只手都使出了吃奶的力气，可奈何王桂芝陷得太深，岸上虽然人手不少，却没办法把大家的力量都使在一根树棍上面。众人的这一番努力，也只是减缓了王桂芝下陷的速度。

时间紧迫，连张殿化的半个身子也陷进了泥潭。就在大家不知如何是好时，那个和张殿化同行的高个子握着两根树棍也跳进泥潭，把一根递给王桂芝，另一根伸到岸上。岸上的人见状，马上从张殿化那边分过来一伙人，接住高个子的树棍，这回岸上的人有了更多的着力点，在大家的努力下，王桂芝终于一点一点地被拉出泥潭，三个人被拖出了沼泽，逃过一劫。

王桂芝坐在地上，整个人变成了一个泥人，她顾不上满身的泥水，连连向大家道谢。张文兰更是不嫌弃，直接扑到王桂芝的怀里，哇哇大哭。

待三个人草草地整理一下衣物，稍微镇定一下，众人又排成一排，继续小心翼翼地出发了。

“你为啥救俺？”路上，王桂芝问张殿化。

“他也救了。”张殿化指着走在前面的高个子说，“大家都救了，你也都看见了。”

“这俺心里有数，虽然在场的所有人俺都感激，但是俺知道你和他们不一样。大家救俺，只是力所能及，搭一把手，只有你是在拿命救俺。不管今天有多少人，若不是遇到你这样不怕死的人，俺就死定了。”

张殿化一门心思地赶路，也不回答，偶尔搓搓衣服上面板结了的泥块。实在被王桂芝问紧了，说了一句：“因为四海之内皆兄弟。”

“你真真儿把俺当兄弟了？”王桂芝半惊讶半玩笑地问。

逃过此劫之后，王桂芝就铁定了心思跟着张殿化了。

第三章　陵界会海泉

张殿化坐在酒馆的长条凳子上，拎起桌子上的酒壶，把酒倒进面前的酒盅里，还没吃菜，就迫不及待地先抿了一口酒，他把酒含在嘴里，让舌尖充分接触嘴里的酒，然后慢慢咽下去，感受酒过食道的感觉，最后吧唧吧唧嘴，品一品嘴里的余香，若有所思地盯着酒盅，稍许，又喝了一口，重复着之前的动作。王桂芝看着张殿化感到莫名其妙，虽然她跟着张殿化已有十来天，但张殿化平时喝酒时从来都没有像今天这样认真，更没有像今天这样仔细地尝过第二口酒。

尝罢，张殿化又要了一碗水，依然像品酒一样，喝得十分仔细，喝完之后，张殿化摆摆手叫来了正忙着给客人上菜的周玉才，示意他坐下。

周玉才就是这家小店的店主，个子不高，身子却很富态，穿着一个粗布短褂，上面打了几个补丁。周玉才一时弄不清张殿化的意思，干脆恭敬不如从命，小心地在桌前的长条凳子上搭个边坐下了。

“客官，小店的薄酒淡菜吃得还习惯吧？”周玉才先开口探底，用眼睛上下打量张殿化，猜测张殿化是要问路还是想惹麻烦。

“这是本地酒？”张殿化问。

“当然，地道的本地高粱酒。喝完保你不上头。”周玉才满脸骄傲。

“用的也是本地的高粱？”

“对啊，这一带，十里八村的，家家都种高粱。你等着，我给你看看我们的高粱。”周玉才起身去靠里面的墙脚，抓了十几粒高粱米回来，放在张殿化面前。

张殿化用手在桌子上一抚，让高粱米均匀地散在桌面上，只见桌上的高粱米颗颗饱满，色泽圆润，大小均匀。张殿化随便捡一粒放进嘴里咬开，嚼了一半，吐了一半，把吐出来的那一半放在手心上端详。

“你会烧酒？”周玉才看着张殿化，有点惊讶地问。

“没烧过，祖上的手艺，传到我这都荒了。”张殿化把手里的半颗高粱米放到桌子上，又拿起酒盅。

“客官哪里人？”周玉才打断了张殿化的思考。

“啊，奉天南边过来的。”张殿化轻摇酒盅，没有告诉周玉才老家的名字。

“怪不得，听你的口音既不是本地人，又不像是关里人！你来这里是投亲？”周玉才问。

“这里的人喝的都是这酒？”张殿化没有回答周玉才的话，看着酒盅里面少许的沉淀问。

“那哪能啊，只有你这样的贵客才喝得起这样的酒，蒙古族人喝的马奶酒好坏不说，咱汉族人基本都喝不惯，平常普通老百姓喝的小烧要比这酒差上十倍。”周玉才一脸夸张地说。

张殿化也看出周玉才的话里有一部分是在忽悠自己，于是笑了笑，用手指着桌子说，“是挺贵的，你看，这二两酒钱，足足够我吃一个带荤腥的菜了，掌柜的这么做买卖可不怎么好干吧？”

“这怨不得我啊，可不是我卖得贵，是酒的进价贵。这世道，小本买卖，哪有好做的，现在啊，就连胡子都不好当了。”周玉才嬉皮笑脸地说。

“要是我在这烧出比这好的酒，还比这便宜，怎么样？”张殿化突然放下酒盅，盯着周玉才。

“哎哟，这可不行，要是您自己家喝的话，神不知鬼不觉的，偷着烧点也就烧了，可若是拿到我这小店卖呀，就是您白给，我也不敢要啊。”周玉才表情夸张，吓得连连摆手，压着头，小声地说。

"怎么连白给都不敢要？"王桂芝面带惊讶地问。

王桂芝这一问，问到了周玉才的难处上，他收起了刚才的兴奋，叹了口气说："这事啊，本地人都知道。离这里不远的哈拉火烧屯里有个痞子，叫焦明成，从小就胖，特别胖，别人给他起名叫焦肥子。焦肥子他爹从前和这一带的胡子有交情，但他爹是个本分人，所以也从不把胡子往村里招，可这焦肥子长大后不学好，借着他爹的关系开始勾结胡子，利用胡子的关系压榨乡亲，连他爹都拦不住。焦肥子自己本来没什么能耐，却靠着这关系，把家业折腾起来了，家丁也多了，现在就算没有胡子这一层关系，半个陵界的老百姓也都惹不起他。你喝这酒就是他卖给我的，我们不用不行啊，若是谁惹得他心里不顺的话，这个人可就没有安生日子过了。特别你这种外地人，人生地不熟的，要是得罪了他，不被他先剥三层皮才怪，说句不好听的，死了都没有人敢埋你啊！要是想在这置块地老老实实种田，倒是没什么大问题，逢年过节去焦肥子家过个人情，也就算报名了。可要是想跟他抢生意，哼，可别怪我没提醒你，那你最好趁早走人。"

张殿化听了周玉才的话之后，若有所思地点点头，谢过周玉才。待周玉才离开，张殿化略微思考一阵，抬头看一眼张文兰，又看一眼王桂芝，手里把弄着酒盅，迟迟不说话。

"咱们还是继续往北走吧！"王桂芝察觉张殿化有留下的意思，于是未等张殿化张口，就先劝道。

"你走吧，我们爷俩不走了。"张殿化干了盅里剩下的酒说。

王桂芝已经料到了张殿化的反应，她放下手中的碗筷，认真地说："俺这条命都是你救的，你要不走，那俺也不走了。"

"可也没有救了命就得一直跟着我的理儿啊。"张殿化有些无奈地说。

"这闯关东的路太难了，更何况俺一个女人家，也做不了什么大事，若是一个人，无依无靠的，活下去都是个问题。"王桂芝说。

“咱们搭伴也有一阵子，这一路你也都看到了，我就是一个普通农民，兰儿她娘被坏人害了，我们爷俩相依为命，为了躲当地的恶人，才不得已北上，一边走路一边做些卖力气的活计，才能混上一口饱饭吃。我在这落脚的话，更是人生地不熟的，现在看，养活我们父女俩都成问题，更何况……”张殿化不好再往下说，停下了嘴边的话，看着王桂芝。

王桂芝牙齿咬着下嘴唇，一脸的倔强，略作思考，从桌子底下拎出那个连陷在沼泽里都没放手的布褡裢放在桌子上，一层一层地打开，直到最后一层，她没有直接铺开，只是露了一个缝。张殿化顺着缝看去，包里面装着不少金银首饰。张殿化惊讶得嘴都合不上，愣愣地看着王桂芝。

“妹子，你人长得俊俏，身子也够壮实，还带着这些东西，哪里找不到一个像样的汉子，过个安稳的生活。我现在除了兰儿，可是什么都没有啊！你跟着我，岂不是委屈了你。”王桂芝突然拿出那些值钱的家当之后，张殿化更感觉压力巨大，配不上王桂芝了。

岂料，王桂芝根本没有理会张殿化说的话，把最里面的那个口袋拿出来往张殿化面前一推，说道：“把这些家什拿去当了，起三间房，再置一大块好田还绰绰有余，在这一带估计也算得上是大户了。俺们山东的女人没有吃白饭的人，也是个顶个能干。俺王桂芝说一不二，你决定吧，不管你留不留俺，这些都送给你了，权当感谢你的救命之恩，反正说不定哪天我就真死了，这些东西留给不义之人，不如用在明白处，死也算死得明白。”

张殿化面对这么多的珠宝首饰，更是不敢擅作决定，满脸的犹疑，不说话，也不看面前的袋子，把剩下的酒倒进酒盅，然后盯着酒杯不再说话。

就这样僵持了半晌，王桂芝忽然明白了什么，开口说：“俺不知道你的过去，俺也不需要知道，俺光是听说你媳妇被人给害了，只剩下你们爷俩，你现在没有女人了，对俺来说，这一点就够了。俺也看出了你的顾虑，俺就先给你讲讲俺这些年是怎么过来的，你先听，听完再决定……”

王桂芝出生在泰山一带，在她小的时候，家里就给她定了娃娃亲，男方是邻村一个叫作李猛的小伙。两个人的性格也很合得来，定了娃娃亲之后，更是频频走动，两个年轻人相处也很融洽，日久生情，关系甚好。可是由于风水八字等问题，需要躲天灾，说这婚事得等到王桂芝十七岁那年才能办，所以婚期一拖再拖。

不想，人算不过天，躲得了天灾，避不开人祸。王桂芝十五岁那年，李猛去田里种完地，晚上在回家的路上，被一伙响马绑走了。

那个时期，土匪有很多名字，比如：在东北，土匪一来忙于踩盘（寻找下手目标）、砸窑（攻打有钱人家）和回山放台子（赌博），无暇顾及形象，很少打理自己，二来也是害怕被人认出来，都很少刮胡子，久了便个个胡子掩面，所以被称为“胡子”；不同于东北，在山东一带，马匪为了保证行动统一，经常是在行动前，约定以响箭为号，响箭之后，马匪随之杀出，所以地方人便称之为“响马”。

把李猛绑回寨子，几个小喽啰酒足饭饱后无事，拿李猛耍戏，轮番和李猛摔跤打发时间，这一交手，竟发现李猛身手不凡。人越聚越多，最后围了一圈人，在场的人们都跃跃欲试，轮着番地上前和李猛比画比画，十几个回合下来，李猛身上居然没沾一点土。这场比试越来越热闹，最后那伙响马的大当家知道了，他坐在人群里，一直看到李猛筋疲力尽，才叫停了这场车轮战。

由于李猛练得一身好功夫，性格又刚毅，深得大当家的赏识。大当家就容他插边（加入），留在自己身边做贴身护卫，还给他一个外号叫作贴山李，到了后来，很多大事也都先与他商量。贴山李深得大当家的偏爱，且为人正直，很快就得到了众兄弟的认可。

时隔一年多，这伙响马内部由于分篇（分赃）不均，惹得几个人反火（叛变），最后动起手来。大当家火气太大，冲得太前，不慎被人用刀子插中了要害，临死前让贴山李替他报仇，震慑众人，并借此机会拿下山头，接替自己的位置。贴山李按照大当家的遗言，靠着自己的一身功夫，仅凭一人，插了一个晃门子（杀了一个不可靠的人），又放倒了两个反火的，拔了他们的香头（让他们退伙），为大当家做了一个了结，兄弟们看了无不拍手称快。至此，寨子里的人无不对其敬畏有加，加上大当家的遗言，推其做了头领。

两年以后，光绪二十三年（1897 年），王桂芝十七岁，贴山李带着弟兄们浩浩荡荡地从山上下来，到王桂芝家提亲，一路上逼着请来的乐手把手里的乐器都吹亮打响，有两个胆子小的喇叭手，见到这群响马，全身抖得跟筛糠一样，哪还有力气吹得响手里的喇叭，结果这群响马把两人一顿痛打，大骂晦气，一人给了个红包，直接打发走了。其他的乐手和轿夫见此情景，哪还敢怠慢，都使出吃奶的劲儿，就这样敲锣打鼓地来到王桂芝家。

贴山李自上山后就深居简出，村里村外的人都以为李猛下落不明了，王桂芝家里也当李猛被响马插了，一边做她的思想工作，一边为她另找人家。奈何王桂芝一直放不下李猛，终日郁郁寡欢，迟迟没有嫁人，终于等到这天贴山李带着接亲的队伍到了王桂芝家门口。

人确实是活着回来了，可李猛已经不是李猛，变成了贴山李。王桂芝的父母一向传统本分，说什么也不肯把自己的女儿嫁给一个响马。贴山李好说歹说，用了大半天的时间，最后王桂芝的父母看李猛这孩子虽然做了两年响马，本性并没有变坏，再考虑到对方若是来硬的，也根本奈何不了他，就默许了这门婚事。但是父母唯一的要求就是王桂芝不能跟贴山李上山，这一点，贴山李也是同意的，毕竟响马向来很少收女人进山。只有王桂芝死活不同意，非要跟着贴山李上山。父母劝不了王桂芝，这条要求也没坚持住，最后让贴山李把王桂芝接到了山上。王桂芝在山上和贴山李拜堂成了亲，也过上了响马的生活。

就这样一晃五年，贴山李和王桂芝的孩子也已经四岁。贴山李对王桂芝一直都很好，王桂芝渐渐习惯了这样的生活，山上的事，她一概不过问，除了洗洗涮涮，带带孩子，大部分时间都是闲着的。贴山李有事的时候，就派他的两个心腹护着她去林子里遛遛马，打打枪，等贴山李无事时，王桂芝就跟着他学些拳脚功夫，消遣消遣时间。久了，虽没干过砸窑子（攻打有钱人家的大院）、拉篇子（分赃）的勾当，也不可避免地染上了一身匪气，俨然一个女土匪，再加上从来不多嘴多舌，做事情处理得当，山上的人都很敬重这位压寨夫人。

光绪二十五年三月（1899 年 4 月），由于当时地方对义和拳和各种拳会的支持，反教团体迅速发展起来。贴山李见义和拳既能劫富济贫，又能得到当地人的欢迎，背后还有政府的支持，何乐不为？于是贴山李一伙顺理成章加入这个队伍中。贴山李一伙人凭着独树一帜的功夫，很快就小有名气，在周围大小山头都有了一定的地位。可是好景不长，到了年底，随着《禁止义和拳匪告示》的颁布，各地开始镇压和剿杀义和拳。次年，战火终于烧到了贴山李的山头。一方是正规军，一方是土匪，双方兵力相差悬殊，贴山李一伙被迫退回寨中，结果在寨中仍没有躲过军队炮火猛烈攻击，他的孩子被流弹击中，不幸遇难。贴山李在悲痛之中，开始考虑后事，他为王桂芝收拾了一大袋子值钱的珠宝珍物，说自己近些年行侠仗义，也交了不少道上的朋友，让王桂芝想办法下山，带着那些珠宝去找些人马回来支援。由于当时情况紧急，王桂芝没有多想，一再叮嘱贴山李要小心，等她回来。

王桂芝和贴山李道别之后，顺着一条密道出了寨子，钻进树林，偷偷地下了山。没走多远，只听身后一阵猛烈密集的炮火，之后一下子安静起来。王桂芝这才反应过来，贴山李并非要自己找援军，而是骗自己离开山寨，当时情况紧急，王桂芝也没来得及多想。反应过来的王桂芝把肩上的袋子草草地藏在一个树洞里面，又折回寨子。

再回去时，远远地看见官兵已经攻进山寨，此时正在打扫战场，王桂芝没敢再靠近，找了一个隐蔽的地方紧紧地咬着袖子，防止自己的哭声被人听见。

第二天，贴山李全军覆没、贴山李本人被当场枪决的消息就传开了。王桂芝不敢在本地停留，毕竟自己在这里生活了二十来年，即使五年来一直没怎么露面，可是乡亲还是能一眼就把她认出来。王桂芝突然就变得什么都没有了，她曾想过报仇，可是孤身一人，哪有回天之力，她也曾想寻短见，又不敢辜负贴山李最后的心意。悲痛之余，王桂芝用围脖蒙上了脸，开始北上，因为那边地广人稀。

北上的路并不好走，路上经常会遇到形形色色心怀不轨的人，王桂芝凭着这几年在山上练成的本事，一两个中等身材的男人奈何不了她。可是毕竟是个女人家，不能太出众惹眼，也没有那么多的精力去一路斩妖除魔，万一真被人认出来，或是被官府发现，更是性命不保。所以虽然她试着随便在哪里定居，可是没出山东，离老家太近，生活中偶尔还是会遇见熟悉的面孔，王桂芝一旦发现有脸熟的人在附近出现，她就立即收拾行李继续北上。一路走走停停，安置的费用浪费了不少，没有一处住得长久。最后王桂芝一狠心，决定闯关东，带着贴山李的那一份，好好活下去。

桌子上的饭菜张殿化一口没动，他带着惊讶的神色听完了王桂芝传奇一样的过往之后，又开始面对王桂芝的执着。张殿化想了一会儿说：“妹子，话说在前面，我不是那种怕事的人，可是你也太为难我了，你把话说到这份儿上，我留你也不是，不留也不是。你自己想是不是这个理儿，你是见过世面的人，而我呢？就是一个地地道道的庄稼人，杀猪都拿不住刀，我这儿哪里是你的委身之处啊！”

“你不用想那么多，到了这里，已经没人认得俺，也不会招惹什么杀身之祸，经历这么多，又走了这么远，俺也早就走倦了，谈不上委身不委身的，就是想停下来过个安稳的日子。”王桂芝淡淡地说。

“事情不是你想的样子，不是我嫌弃你，是我承受不起这福分啊！”

张殿化认真地说。

“俺是干脆的人，今天的话也说得够多了，俺还是那句话，这些珠宝你先收下，为了报答你对俺的救命之恩。你若不嫌弃俺，俺就跟你留下，以后有米吃米，有糠咽糠。如果你不留俺，俺就空手上路，走一步算一步，倒在哪里埋哪里。这不是逼你，俺就是这么打算的。”王桂芝一边说，一边把装着金银首饰的袋子拿出来，放在张殿化面前的桌子上面，把褡裢重新系好，拿在手里，随时准备离开。

张殿化又倒满了面前的酒盅，一仰头倒进嘴里，放下杯子，把装着金银首饰的袋子塞回王桂芝手中，又站起身，把王桂芝的褡裢接了过来，背在肩上，对王桂芝说了句：“走吧，我们去找乡约。”（乡约相当于现在的乡长，在那个年代，也是有着一定的权力。）

在乡约和当地人的帮助下，张殿化和王桂芝置了一块离水源和井都很远的土地。地并不怎么尽人意，乡约告诉张殿化二人，能在这里站住脚，还能置块地，就已经很幸运了，若是再早两年，闯关东的人根本不能在这里落脚，因为这里是蒙古族人聚居的地方，再加上土地禁封，外来人根本没有立足之地。多亏一年前，也就是光绪二十八年（1902 年），朝廷宣布解除蒙地禁封令，颁布“招垦告示”，这才有大量汉族人涌入。不过尽管大片荒地得到开垦，但是好的土地并不多，再加上层层剥削，普通百姓根本甭指望能分得到。

王桂芝不死心，和乡约说只要有好的地，价钱都好商量。可是张殿化却不同意王桂芝的看法，他劝王桂芝，地有一块，够大、能种就行了，农民都是靠天吃饭，还挑什么地，若是老天爷不高兴，有再好的地也是白费力气，所以没有必要这么强求，等以后有了好地再置也不迟。

王桂芝对张殿化的想法很惊讶，这不像是一个庄稼人说出来的话，对于农民来说，土地才是最重要的东西。可是，王桂芝感觉，张殿化并不是因为舍不得花钱，而是没有把心思放在土地上面，另有打算，便从了张殿化，留了那块离水源很远的高岗地。

与此同时，王桂芝暗地里给了乡约一点好处，在乡约的帮助下，他们有了一个新家，房子不大，只有两间半。王桂芝再三告诉张殿化钱不必省着花，她这些细软安置一个新家绰绰有余。现在已经是上秋，向地要钱是不用指望了，但即便平时不去打零工，这些钱用到明年地里出粮食也是花不完的。

张殿化却不同意王桂芝的意见，前妻被害的经历让他成为一个特别谨慎小心的人。在他看来，初来乍到，尽管这里没有多少户人家，也还是不能太出风头，应该尽量低调，倘若弄个深宅大院，太引人注意，容易引起别人的好奇和嫉妒，甚至会招来胡子，惹出什么麻烦实在不值当。加上刚落脚就听饭店老板周玉才讲的地头蛇焦肥子的故事，虽然不知此人有多大能耐，但是摸清底细之前还是应该小心为好。

张殿化选来选去，最终找了这么一个地理位置好、道路四通八达的地方。两间半的房子不怎么样，但是院子特别宽敞。他打的是什么主意，从来不与王桂芝说，不过王桂芝也不简单，她从来不问，光凭着她的头脑和经历，前后联系起来，也能猜出个八九分。

事情果然如王桂芝所料，张殿化把新家安顿好了之后，又在院子里搭了一个草棚，在草棚里面搭起了一个烧酒用的烧锅，烧锅不大，因为张殿化根本没有经验，最后到底能不能成酒，他的心里也没有底，所以只搭了一个简易的架子探探路。

第四章　张家祖传酒方

张殿化在到陵界会海泉之前从来没有烧过酒，让他决定做烧酒生意的是他手里拿着的一个酒方。这烧酒的秘方，是张家祖传的宝贝，随着时间的发酵，在张殿化的老家那边，被当地人传得神乎其神，很多买卖人都想尽办法要把这个酒方弄到手，所以终于在这动乱时期，惹来了杀妻之祸。

这个酒方很有来历，张家不知道哪一代起，传下的这个烧酒的方子，按照祖辈的要求，就算是穷死、饿死，也不能把方子传给外人，因为迟早有一天，这方子会让张家大富大贵。那天，张殿化回家看见遇害的妻子和满屋子的凌乱之后，他就知道怎么回事了。这方子一直都是秘传，被很多人垂涎，盯上他们家酒方的人也不止一伙，现在兵荒马乱，草菅人命，既然已经有人做出这种杀人劫舍的事情来，自己和女儿张文兰的安全也无法保证，所以，他用了整整一夜的时间思考，最后决定带着张文兰背井离乡，远离祸患。

提起这个让人垂涎的酒方，还有一个神秘传说。据说张家的一位先人，平日里就以爱酒闻名于十里八村，不过此人品性很好，从不酗酒。有一日张氏在田里干农活，晌午的阳光异常毒辣，张氏耐不住炎热，就倚在地头的树下睡了一觉。梦中，他遇见一个道士。道士乘坐一辆鹿车从田间经过，看见树下乘凉休息的张氏，便停住车，抱着酒坛下车和他攀谈起来。待道士走近，张氏仔细观察，但见那道士身长六尺，长袍飘逸，唯独长相可怖，可奈何张家这位先人爱酒如命，见了道士的酒坛子，就像见了亲人一样，两个人聊得十分投机。道士把怀中酒坛里的酒倒给他喝，张氏捧着碗，尝了一小口，酒的度数很高，像是原浆酒，入口之后感觉软软的，清冽的液体萦绕在舌尖周围，让人心生留恋，酒下肚之后，口中满是高粱余香。张氏端详碗中的高粱酒惊讶不已，连连称赞。

两个人且喝且聊，一见如故，最后道士将这酒的烧法仔细地传授给张氏，道士临走的时候说，世间好酒太少，且传其一酒方以惠世人。张氏不胜感激，问道士姓名，道士大笑着说道："行无辙迹，居无室庐，是谁不重要，记住这酒就好，莫问，莫问。"

道士说完上车，悠然离去。张氏目送道士离开之后，低头忽见道士的酒坛遗落在树下，急忙起身去追，这一起身动作太猛，从梦中惊醒。多年以后，据后人猜测，此人便是魏晋时期被人称为"竹林七贤"之一的刘伶。

张氏醒来，忆起梦中情景，不禁贪起心来，竟然遗憾没有喝了那坛酒再醒，但毕竟是南柯一梦，梦醒了，地还是要铲，张氏起身，发现身边多了一个坛子，竟与梦中那人所带的坛子一般无二。张氏迫不及待地打开坛子，把鼻子凑到坛口去闻，香气萦绕，里面真的是酒！张氏心中大喜，急忙抱起坛子喝了一口，酒过三寸，清冽甘醇，精神为之一振，和梦中的味道一般无二。张氏喝了大半辈子的酒，这等好酒还是头一次遇到。他拼命地回忆梦中道士所传的酒方，地也不铲了，一路小跑回到家里，进门的时候，随手扯下门上贴了快半年的福字，任凭谁上前与张氏说话，他都不搭理，径直进屋，凭记忆写下了这烧酒的方子。

之后张氏再不伺候庄稼，也不理旁人，整天照着单子，一遍一遍地制曲、烧酒，一边烧一边回忆梦里道士对他说的话，一边总结经验。家人见他痴迷的样子，一度以为他疯了，也阻拦过几次，没有一点效果，最后觉得张氏除了疯迷烧酒，并无异常，也就不再管他了。终于，经过张氏的反复试验，烧出了那坛酒的感觉。俗话说“酒香不怕巷子深”，张家的酒很快就人尽皆知，名气传得很远。

张家的酒方虽好，买卖却始终做不长。一方面，那些年头，全是靠天吃饭，粮食本身就低产，加上洪涝干旱频频发生，粮食一直都很珍贵，价格也不低，能用来烧酒的余粮不多，有时候一年到头，家里的地产出来的粮食也只勉强够家中老小的口粮，食不果腹这种情况也经常发生，连麦麸都是好东西，哪里还舍得烧酒。另一方面是战乱连连，张家的祖上借着这酒方，也曾将烧酒作坊做大过两次，可是每逢战乱，遭受的损失是不可估量的，轻者产业减半，重者就是家破人亡。到了后来，张家就很少有人再敢打烧酒的主意了。

于是那个烧酒的方子就只是一代一代地传，开始是口耳相传，后来，有人怕忘，写在纸上，纸破了誊写一遍再传。张殿化小的时候，赶上富裕的年头，张殿化的父亲也曾搭个简易的小锅，照着方子烧过几次酒，虽然不是每次都能成功，但赶上烧得好的时候，也是人人称赞。张殿化背着父亲偷偷地舔一口，那味道即使不懂酒的人也能尝出来和别的酒有明显的不一样。

张殿化的父亲去世前把藏酒方子的地点告诉了张殿化，但是张殿化并不爱酒，所以只是知道酒方子藏在哪里，也没去看过，更没试着烧过，直到这次媳妇被害，张殿化才想起酒方子的事情来。满屋的狼藉中，水缸是少数没有被注意、得以幸免的家什之一，张殿化挪开水缸，正如他父亲临终前交代给他的那样，水缸下面有一块松动的石砖，张殿化来到门前向周围张望一阵，确定没有他人之后，关上门回到松动的石砖旁，蹲下身去，撬开石砖，从里面拿出一个油纸包，用颤抖的双手捧到胸前，小心翼翼地打开油纸，里面包着的是害死了他媳妇的祸根，也是他余下的全部希望。为了保险起见，上路之前，他又誊写了一遍那张祖传的酒方，把原件毁掉了，在他誊写的这份酒方中，大部分内容都被他简化到只有他自己看得懂，防止被人夺走。

尽管张殿化在烧酒这件事上非常低调，但还是很快就被邻居李喜青发现了。

张殿化的新家是一户蒙古族人留下来的，从房子的布局来看，和汉族人房子的布局全无两样，因为当时的会海泉是陵界为数不多的汉族人聚居地，总共有人家不过百户，其中只有二十余户蒙古族人，彼此过着互不干涉却又互相影响的生活。平日里，两族人很少接触共事，虽说很少打交道，彼此还是接受了对方生活中很多可取的习俗，且变成了自己的生活习惯，这是一种不可避免的文化融合，在一定程度上提高了人们的生活质量。

张殿化的住所在村子的边缘地段，属于独立建起的院子，周围的邻居只有李喜青一户，两家隔院相邻，周围便再无其他邻居。李喜青也是汉族人，家里三世同堂，膝下有两个儿子。小儿子李庆林早些年上山插了香火（入伙），之后就再没回来过，不知道是死是活。大儿子李庆森和李喜青生活在一起，但是李喜青和李庆森一家的家庭关系并不和谐，这都因为李庆森的三个女儿。李喜青为了抱孙子，给李庆森的媳妇刘春珍又是烧香又是拜佛又是请大仙（萨满教中人与神交流沟通的媒介），好顿折腾，花了家里不少钱，刘春珍也没有生出一个男娃来，一连生了三个都是女孩子，这三个孙女让李喜青觉得丢尽了脸，整天嘟囔着“连个种都留不下”“两口子都是废物”。李庆森从小受李喜青影响，传统观念浓厚，自己也觉得自己生不出个儿子，对不起老祖宗，整天窝窝囊囊地进进出出，媳妇也就越发觉得自己对不起李家，于是李喜青闹得更来劲了。

这个充满怨气的老爷子背着手绕过院墙，信步来到张殿化的院门前，向后捋了捋没有编进辫子里的碎发，站了一会儿之后，见张殿化始终低头忙活自己的事情、没有抬头的意思，就装作刚来的样子，用力在身上那件老旧的长褂上掸出点声响来，又咳嗽两声，张殿化这才发现了他的存在。

“李大叔这么闲？快进来坐。”张殿化放下手里的活，热情地迎上前去。

“在这里生活还挺适应？”李喜青背着手，不慌不忙地进了院子。

“都挺好的，乡里乡亲的也都挺热情的，帮了我不少的忙。”张殿化搓掉手上的高粱渣滓笑着说。

“前两天你去洮南了？”李喜青凑近张殿化，声音压低了不少。

“嗯，备点家什，那里真是热闹，比咱们这的集大多了，那儿啊，人多，做买卖的也多，想买的东西只去那一个地方就都能买齐了。”张殿化兴致勃勃地说。

“嗯，也是今年上面奏设洮南府的缘故。”李喜青心不在焉地说，“有地种了，以后这人啊，兵啊，事啊也就都进来了。”

“啥事来了？”张殿化问。

“你这趟去没听说什么吗？”李喜青问。

“没有啊。”张殿化把搓下来的高粱渣扬在身边的几只母鸡旁边，远处的几只鸡也都涌了过来争着啄食。

“去年”，李喜青把声音压得更低，以至于张殿化向四周看了一眼，好像旁边还有别人一样，“大鼻子不是来过一次这里吗？”

“胡子？”张殿化露出惊恐的表情。

“不是胡子，大鼻子，就是北边的那些大鼻子洋人。”李喜青一边在自己的鼻子上面比画，一边不耐烦地解释，“据说，他们抢走后宝石屯 50 多头牛，被抢的老百姓报了官，那里的把总知道后，亲自带着 30 多官兵和当地老百姓在老坎子把这群大鼻子围了起来，把他们抢走的牲口和东西全都夺回来，还杀了 10 多个大鼻子，最后剩下的大鼻子全都逃回哈尔滨了。”

“咱们这里还发生了这么大的事情？”张殿化不再理会手上的酒曲渣，专心地听李喜青说话，“这是好事啊！咱们这儿的人真厉害，我听着都解恨！”

“这怎么能是好事呢？”李喜青带着责备的语气反问张殿化，然后叹了一口气，一脸愁容，“唉，也难怪，你初来乍到，对这里的情况一点儿不了解。这就是惹祸上身嘛。三四个月前，大鼻子的军队开来三艘大船，特别大的那种，船上有枪有炮的，顺着嫩江下来，一顿炮火把后宝石屯给炸了，死伤无数，真是残忍啊！连‘公主陵’都给炸平了。”

“公主陵？”张殿化随口问，“埋的哪个公主啊？”

“你还真是什么都不知道。”李喜青一脸的嫌弃让张殿化有些难堪，“就是科尔沁部亲王奥巴的妃子，顺治皇帝的姐姐的陵。那陵庙修得，咱们活人的房子都没法比，连院子的围墙都是砖包着土砌成的，进到院子里，左右各有三间房子，到了后院，还分前殿后殿，到了后殿，能看到树上挂着一口大铁钟，少说也得有二三百斤重。”

“那皇上的姐姐长啥样？”张殿化看着李喜青的两只手举得高高的，在空中比比画画，转而对公主陵好奇起来。

“那谁见过，要是见到了，不就诈尸了嘛！”李喜青回忆着说，“嗯……北墙倒是有公主的画像，画在绸子上的，得有三尺多高，看画上是挺俊的。我也是几年前赶上六月十五祭陵，举行祭祀的时候好奇进去看的，都记不太清了，可惜喽，这一炸什么都没了。”

“咋不找他们赔？”张殿化瞪圆了眼睛问。

“赔？打不过人家，拿啥让人家赔？你要人赔，人家听你说话吗？听说北边现在的形势不怎么样，说不定什么时候，大鼻子就又打过来了。要是真打到咱们这里，那可就遭殃喽。”李喜青看着北边的天说，“再说，炸的是老祖宗留下的东西，好好的东西都给炸坏了，赔点钱能解决什么问题？赔多少钱也修不好了。”

“那可咋办？”

“咋也不咋办，过好自己的日子，咱们普通老百姓只能祈祷他们别过来。大鼻子可比胡子还不讲理，张嘴都是一嘟噜一嘟噜的，连个人话都不讲，啥事都干。”李喜青摇着头往门外走，说到这里忽然站住，转身小声地问，“你在烧酒？”

“啊，今年的地也种不上了，我就是闲着没事，待不住，自己瞎捣鼓的。”张殿化轻描淡写地说。

“嗯，弄弄也就算了，可别跟焦肥子争食儿。”

“李大叔，这焦肥子……”张殿化追上去，但是李喜青朝他摇摇手，然后头也不回地离开了。

张殿化目送李喜青出了院子，朝着屯子外面走去。此时已经是初秋，很多庄稼都已开始泛黄，高粱也一天比一天红。李喜青对自己的庄稼甚是关心，每天都要去地里转一圈，再哼着小曲回家。

王桂芝见李喜青离开，也从屋子里出来了。

“文兰呢？”张殿化问。

“在屋子里玩呢。”王桂芝看着李喜青消失在路口，继续说道，“你说这焦肥子就这么吓人？”

张殿化拿起扫把，把院子里没有成砖的酒曲扫成一堆，说：“不知道，倒是刚才李大叔说大鼻子要打过来了。”

“闹义和团的时候，俺们也和这群洋人打过仗。他们的兵器厉害着呢，俺们山东的拳民一个个称自己刀枪不入，到了战场，还不都是成片的死。俄国兵打不打到这里，也不是咱们能左右的。倒是这个焦肥子，要不咱们趁早去打点一下，探探水？”王桂芝说。

“先不用，这酒烧得八字还没一撇，我能不能烧出来还不一定，焦肥子的事以后再说也来得及。”提起烧酒，张殿化又开始犯愁他的窖池来，“我明明都是按照单子上面配的料，怎么就不对呢？”

“好事多磨，别着急，慢慢研究。”王桂芝对烧酒这事一窍不通，只能这么安慰他。

第五章　第一锅酒出来了

不想，这“好事”一直磨到了年底。站在门口放眼望去，外面是一片无尽的白茫茫，平整地延伸到远处的林地，树上也挂了厚厚的一层。天地之间一片寂静，偶尔有喜鹊被走兽惊得飞起，撞上树枝，引得积雪簌簌落下。

这里的雪要比两个人老家那边的雪大得多。张文兰见到这么大的雪，乐得在院子里打滚。可张殿化完全没有心思看雪，他的第一锅酒终于烧出来了。王桂芝站在甑锅旁边，看着张殿化做出酒前的最后一道工序。自从落户以来，张殿化连搭灶带挖窖，断断续续忙了四五个月，王桂芝已经不能不关心这么长时间的劳动成果了。

张殿化从甑锅里面接了一碗酒，没有直接喝，抬起头紧张地看着王桂芝，王桂芝焦急地使眼色让他快点尝尝。张殿化举起碗喝了一口，皱着眉头，默默地把嘴里的酒吐在了地上。王桂芝见状赶紧夺过碗喝一口，随后也弯下身子吐了出来。那甑锅烧出来的东西根本没有一点酒的味道！

张殿化像泄了气的皮球往后退了几步，靠边坐在灶台上面，看着碗里剩下的酒发呆。王桂芝不死心，以为如果稀释一下就好了，就从水缸里舀了一瓢水，往酒碗里到了一些，再尝，还是一股怪味，王桂芝继续往碗里倒水，直到把碗装满，味道变得很淡了，还是不对。

张殿化看得有些烦躁，说道：“别费力气了，没用的。”

王桂芝听了张殿化的话，放弃努力，把碗放在甑锅上，拍着张殿化的肩安慰道："别上火了，咱先准备过年，等过了年，再找问题出在哪里。"

这次失败换作是旁人也须要缓一阵日子，毕竟忙了几个月，到最后竹篮打水一场空；可对于张殿化来说，这并不光是几个月的劳动，更是他后半生的寄托。他从决定北上的那一日起，就把全部的希望放在了这一天上面，毕竟这个酒方给他带来了这么多的麻烦，不如干脆照着酒方把酒烧出来，开一家烧锅，当一个生意人，若是能把烧锅开大了，四平八稳，远比做一个手无缚鸡之力的农民要强。没想到最后得到的竟是这种结果，哪怕烧出来的只是普通的高粱酒，也还能够让人接受，而眼下烧出来的东西根本和酒不搭边，一阵急火攻心，当晚，张殿化就病倒了。

孩子对过年的期待总是满满的，在这个年龄，他们有太多的时间和太少的烦恼。距离过年还有几天时间，一些小孩子就已经按捺不住，从各自家中偷出爆竹跑出去放。冰天雪地里，断断续续地响着爆竹的声音，让人听了心里就好像长了草一样，那是特有的年味。

可临近过年，张殿化却倒下了。照料张殿化、屋里屋外所有的活全落在王桂芝一个人身上，烧酒的那些东西也就都扔在原地没人再管。庆幸的是张文兰也到了懂事的年龄，偶尔能打打下手，跟着王桂芝帮帮小忙，减轻了王桂芝不少负担。

"你还说你家那个老祖宗像疯了似的烧酒，俺看你现在也没好到哪里去，真是随根啊！不过这酒方是够邪性的，谁看谁疯啊！"王桂芝操着一根鸡毛掸子，一边扫棚上的蛛网一边发着牢骚。

张殿化躺在床上，一句话也不说。自从卧病在床，他每天一觉醒来，睁开双眼，就直勾勾地盯着棚顶，开始琢磨那个酒方，任凭王桂芝或者张文兰过去和他说话他都不应。可是无论他怎么想，从头到尾回忆多少遍，还是找不到自己什么地方做错了。

张殿化正愁着，隐约听见外面传来李喜青的声音："我就不进去了。"

待张殿化再仔细分辨时，只剩下一阵乌拉踩在雪地里的“吱呀吱呀”声，脚步声由远及近，混着不知疲倦的北风的呼啸声，房子的门被推开了。

“会是谁呢？”张殿化想起身，双手支撑着，还没坐起来就出了一身冷汗。

王桂芝赶紧把张殿化按回到炕上，又给张殿化掖掖被角，说：“你先躺着，俺出去看看。”然后自己出了屋子。

王桂芝来到外屋，看见门口甑锅旁边站着两个人，其中一个瘦小枯干，另外一个则是膀大腰圆，小个子的人穿着一件缎子做的马褂，高个子的穿了一件补丁摞补丁的粗布棉袄。两个人对比鲜明。

“哦，你还不认识他吧，叫他大梁子就行，我小弟。”瘦小枯干的人看见王桂芝表情疑惑，便解释道。

说完之后，瘦小枯干的人看见王桂芝依旧一脸迷惑，顿时感觉自己被侮辱了，低声嘀咕一句“他娘的”，然后用大拇指指着自己的胸口，用得意的语气说：“我就是哈拉火烧的焦明成。”

对王桂芝来说，焦明成这个名字虽然陌生，但是这个焦姓让她一下子明白，来者很可能就是大家口中的焦肥子。

其实焦明成也只有小时候长得非常胖而已。那时，他的五官已经被脸蛋的肉挤到一起了，肚子也是圆滚滚的，跟同龄的小孩玩时笨手笨脚，于是落下了个焦肥子的外号。后来，焦明成十多岁时，村里闹灾，很多人染上了一种不知名的病。那时的医疗技术不发达，死了不少人，焦明成倚仗身体壮，熬过了危险期，活了下来。经过这么一顿折腾，人一下子瘦了下来，和从前判若两人，并且再也没有胖回去，但这个外号却留了下来。尽管焦明成本人特别厌恶焦肥子这个外号，但是并没有就此摆脱，直到后来有了点势力，才没有人敢当面叫他焦肥子，不过由于他得罪的人太多，背地里人们叫得更来劲了。

“原来您就是焦明成！早闻您的大名，一直想登门拜访，今儿您竟亲自来了，未曾远迎，失敬失敬。”王桂芝马上换上一副笑面说。

焦肥子被这一套场面话说得一愣。在那个时候，即使是总在外面的男人，能把这套话说得这么大方的人也不多见，更何况是一个家庭妇女。焦肥子带着大梁子同来本来是想让大梁子在这里小闹一下，两个人合计好一个唱红脸，一个唱白脸，有放有收，来个不大不小的下马威。偏偏没料到光看这家的女人就不简单,一时摸不清这水是深是浅，暗自后悔带的人少了，遂焦肥子也不敢轻易造次，气焰被压下来一半。

可无论这户新人家有多大能耐，这里都还算是焦肥子的地盘，当地的人都要让他三分，所以对他来说，客气是多余的。焦肥子环顾四周，看见了张殿化那锅失败了的酒，他二话没说，随手拿起一只海碗，接了一碗张殿化烧出来的酒，喝了一大口。酒刚入口，只见他“噗”地一下全都喷了出来。王桂芝反应快，往后一闪，躲了过去。大梁子却被喷了个满身满脸。

“这他娘的是什么玩意？”焦肥子擦着嘴，把碗里剩下的酒泼到地上。

“俺家男人没事瞎捣鼓的。”王桂芝看着焦肥子扭曲的面部表情，强忍着没笑出来。

“你家男人在哪？”焦肥子放下碗问。

“这不，最近害了风寒，在屋里躺着呢。”王桂芝说。

焦肥子听了直接略过王桂芝向里屋走去。王桂芝一侧身，抢在了大梁子前面，跟在焦肥子身后。王桂芝停在门口的位置，刚好把大梁子挡在外面。

“当家的？”王桂芝满脸堆笑地对张殿化说。

焦肥子听了这称呼又狐疑地看了一眼王桂芝。

“这就是咱们来到这一直听说的焦兄弟。”王桂芝介绍说。

张殿化由于刚刚从炕上起来得过猛，现在脑袋还晕得厉害，实在动弹不得，微微抬头看了一眼焦肥子就又闭上了眼睛不再理会。

“你家孩子？”焦肥子指着坐在炕头的张文兰问。

“嗯，俺闺女。”王桂芝又对张文兰说，“叫叔叔。”

张文兰哪里受得住焦肥子的痞气，吓得往炕里挪了挪，盯着焦肥子不肯说话。

“让他休息吧，我就是来看一眼。需要什么就找我，跟我说，这嘎达没有我摆不平的事情，对了，再有就是让你家男的别再折腾那破烧锅了，就算是出了酒也没什么用。好了，那……我先走了。”焦肥子强忍着尴尬，带着大梁子离开了张殿化家。

王桂芝送走焦肥子两人之后，回到屋里，拿起炕沿上的脸巾擦掉张殿化额头的汗，担心地问：“你没事吧？”

张殿化闭着眼睛摇了摇头，然后抿着嘴唇，终于憋不住笑了一声。王桂芝跟着也笑了起来。

“一直听说焦肥子焦肥子的，我还以为是个肥头大耳的人呢。”张殿化说。

“没想到是个皮包骨！他自报家门时，俺就差点笑出来。”王桂芝笑得前仰后合。

“他是冲着酒来的？”尽管张殿化的病有所好转，但还是很虚弱。

“你还没看到他喝完你的酒之后的表情呢！这个样子的……”王桂芝夸张地模仿焦肥子的样子。

“你快别学他了，你这是埋汰他呢还是埋汰我的酒呢？”张殿化有些难堪地说。

“就你那个还能叫作酒吗？”王桂芝一脸不服地说。

“真没想到他竟然这么快就主动上门来了。”张殿化若有所思地说，“这人一看就不是什么正人君子，以后肯定是个麻烦啊！”

“那都是后话了，还是等你把酒烧出来再说吧！”王桂芝说。

“唉！酒是烧不出来了，看来我就是当农民的命。”这几天张殿化的心里一直很矛盾，一边不停地回忆自己是哪个环节出了问题，一边质疑自己到底有没有这个能力。

在王桂芝的照顾下，张殿化的身体渐渐地恢复了，到了年根儿前，已经可以正常走动。

年三十晚上，张殿化带着张文兰在院子里放爆竹，王桂芝在满屋的蒸汽中准备了一大桌年夜饭。

王桂芝把饺子捞出来之后，站在门口摩挲了一下没贴结实而翘起来的春联，然后朝院子里的爷俩喊："饺子下锅了，开饭啦！"

张文兰听见王桂芝召唤，扔下手里的爆竹，欢呼着，像小燕儿般从王桂芝胳膊下面钻过去飞进屋里。

桌子上摆着四碗热气腾腾的菜：猪肉烩酸菜、胖头鱼、小鸡炖蘑菇和烀猪蹄子。

"吃饭吃饭，真看出你舍得花钱了。"张殿化看着桌子上的菜，有些心疼地说。

"这不是过年了！你的病刚好，需要补补。这鱼啊，还是俺去洮南置办年货的时候买的呢，也是奇怪，满陵界都没有看见过卖鱼的。"王桂芝并不在意，笑着说。

三口人张罗着入座。王桂芝看着张殿化给自己倒了一杯酒、然后叹了一口气自嘲着说："忙活了好几个月，到最后还得出去买酒喝。"

王桂芝见状，赶紧岔开话题，拉着张文兰的胳膊说："快给你爹磕头拜年。"

张文兰也听话，嘴里的菜还没咽下去，就放下手中的筷子，从凳子上跳下来，跪在地上给张殿化磕了三个头，说了一串吉祥话，总算是打断了张殿化的思绪。张殿化呵呵笑着，从怀里拿出一个红包塞给张文兰。

"这丫头，跟你学的，嘴越来越甜了。"张殿化跟王桂芝说。

第六章　逃难过来的男人

初一早上，张殿化推开门，看见很多人三五成群地从北面过来，都背着大小的行李，路过门前不远的那条大路向南走。当时张殿化选房子的时候，看中的就是门前的这条路，他说这里进进出出的方便，能直接通到洮南府，去安广县也方便，是个好位置。“他们是干什么的？”王桂芝不知道什么时候站在了张殿化身后。

“看样子这群人是准备南下的，是不是北面哪里又打仗了？”张殿化猜测道。

“要不，出去问问？”王桂芝说。

“你看他们的样子，都无精打采的，哪有心思搭话，还是别烦人了，得空问问李大叔，他知道得多。”张殿化关上门回屋了。

这件事情让张殿化两口子心里很不踏实。张文兰一直闹着出去玩儿，王桂芝也没敢把她放到院子里，直到最后，张文兰坐在一旁一个人生闷气。

张殿化则不时透过窗户看外面经过的人，琢磨到底发生了什么，同时心里盘算着过了这个年，把烧锅用的这些家伙事儿都变卖了，老老实实做个庄稼人。

就这样，在猜疑中，一天过去了。中间，张殿化也去邻居家找过一次李喜青，想问问最近又发生了什么事情；但是李喜青家没有人，大概是过年走亲戚串门去了。直到晚上，张殿化三口人正准备睡觉时，屋外响起了敲门声。

张殿化对着外屋的门喊："谁啊？"

门外没有声音，只有北风穿过松树林发出的"呼呼"声。张殿化和王桂芝两人对视了一下，张殿化又大声问了一遍："是谁？"

"我是个过路的，帮帮忙，救我一命吧……"外面风雪中传来一个很虚弱的声音。

张殿化朝着王桂芝摇摇头，示意王桂芝不要说话，然后把张文兰抱到炕上，交给王桂芝。张殿化提上鞋出了里屋，路过灶台时，顺手拎起柴垛上面的炉钩子，背在身后，这才拉开门闩。打开一个小缝，寒风一下子涌进屋里，雪花顺着风从门缝钻进来，打在脸上，张殿化被突如其来的冷风吹得一哆嗦。近几天，雪下得格外地大，风也越吹越冷，走在外面，就像一把把刀刮在脸上一样，人们仿佛已经忘记了春天的样子。

张殿化透过门缝往外看，外面并没有人，不禁怀疑是不是有人捣乱或者有坏人惹事；他知道若是胡子，向来都是破门直入，从来不会这么拐弯抹角。张殿化把一只脚迈出门槛，探出头左右张望。这时，他的脚脖子被一把抓住了。张殿化顿时惊得一身冷汗，头皮发麻，他失口喊了一嗓子，一下子把腿缩了回来，一把举起刚刚藏在身后的炉钩子。

透过屋里的光，张殿化低头朝脚下看去。只见一个中年男子趴在地上，头微微抬起来，和张殿化的眼睛交汇。微微张开干裂的嘴唇，说了一句"帮帮我"，然后趴在地上一动不动了。

和那个人对视的一刹那，张殿化从那男人眼睛里面看到的是一种对生命强烈的渴望，那种眼神他有生以来头一回看到，那种震撼让张殿化迟迟没有动作。

"是谁啊？"王桂芝听见张殿化的叫声也跑了出来，站在里屋的门口问张殿化。

"不认识，看起来不像是本地人。"张殿化回过神之后，蹲下身子仔细打量已经晕过去的人的脸说。

“他怎么了？”王桂芝走上前来问。

“晕过去了。”张殿化一边说，一边打量那个中年人，借着微弱的光，发现他的腹部还有一摊血迹，惊慌地说：“有血！他身上好像还有伤口，不知道这血是不是他自己的。”

“你看这个人长得又高又壮，会不会是响马？”王桂芝紧张地说，“退一步说就算他不是响马，而是被响马追到这里的，咱们要是收留了，也是要受牵连的。反正不管咋整，只要和响马沾上边，就是麻烦事。”

王桂芝习惯了响马这称呼，到了东北这边，一时半会儿也没有改过来。张殿化看着王桂芝，他知道王桂芝对胡子的那些事情再了解不过，若是招来了胡子，可绝对不是小事。张殿化又低头看看地上的中年人，说：“你看他身上这么多血，不管是什么人，既然敲开了咱家的门，那就和咱有关，总不能让他死在咱们家门口，这人咱得救。”

王桂芝没有说话，只是靠着门槛站着，反复打量地上躺着的人。张殿化抬头看一眼王桂芝，接着说：“如果招来了胡子，你跑路就是了，这事我一个人担着。”

“俺又没说过俺怕，只要你敢救就行，快把人抬进来吧！”王桂芝被张殿化那股紧张劲儿逗笑了，一边说一边上前搭手，把中年人抬进了屋里。

张殿化确实被王桂芝吓着了，他把中年人安顿好之后，一个人跑到院子里查看情况。从地上积雪的痕迹来看，那个中年人离开大路之后，是一路爬到张殿化家门口的，留下一趟拖行的痕迹，隐约还能看见斑斑的血迹。张殿化从仓库拿出一把扫把，仔细地扫去了中年人留下的痕迹，又蹲在地上仔细观察一会，约莫着雪下到明天早上就什么都看不出来了，才回到屋子里，关门前还朝外面看了一会儿。

张殿化哆哆嗦嗦地回到屋里，王桂芝已经安顿好了那个中年男子，见张殿化没穿大衣从外面回来，就责怪他不知道注意身体，病刚好就往外跑。

张殿化也不说什么，嘿嘿一笑，然后凑过去，看着中年人问王桂芝是什么情况。

王桂芝说："高烧，伤口看起来挺深，俺就等你回屋帮忙，咱俩给他处理一下伤口，先保住他的命，剩下的等他醒过来再说吧。"

"嗯。"张殿化应着，一层一层解开中年人的衣服，最后露出伤口时，张殿化向后退了一步，尽量压低自己的声调，不知所措地问："这可咋办？"

王桂芝倒是没有觉得惊讶，一边观察伤势，一边说："这种程度的口子，俺在山上的时候见得多了，你去烧点水。"

那人的伤口在肚子上，看起来是用刀划伤的，足足有一指长，皮向外翻着，好在没有割破内脏，从伤口情况看，之前被草草地处理过，但还是感染了，需要马上处理。

两人忙活到后半夜，才处理完中年人的伤口，中年人也开始退烧，他们这才放心地睡下。躺下不多时，就隐约听得见外面鸡叫的声音了。

中年男子醒过来时已经是晌午，他一只手捂着肚子的伤口，一只手撑着要起来。王桂芝见状，连忙放下手中的活计，不让中年男子坐起来。

张殿化见中年男子醒过来了，便倒了一碗热水，送到中年男子手里。中年男子喝了一口水之后躺回炕上，抬头感激地看着张殿化夫妇，用沙哑的声音说："谢谢二位恩人，可是……对不起，我身上已经没有钱了，不能白吃你们的，我这就走。"

"你放心，我们不图钱，遇到了就是缘分，咱们就是兄弟，你安心养病就是。"张殿化说。

"你的伤太重了，快躺下，小心别把伤口抻开。"王桂芝说。

这个中年男子在张殿化家一躺就是三天。这几日，张殿化在与中年男子断断续续的交谈中，了解了事情的始末。

就在不久前，日俄战争爆发，东北地区沦为日俄战争的前线，清政府竟宣布“局外中立”，放任不管。而沙俄将哈尔滨当作他们的战略后方，却并不遵守中立条约，所到之处烧杀掠夺，无恶不作，百姓苦不堪言，不得不大批向南移民。这些难民中有一批人逃难来到了洮南府地界，中年男子就是其中之一。

中年男子名叫叶广武，比张殿化大七八岁。俄国的军队进驻哈尔滨之后，叶广武看事情不妙，带着一家五口草草打包些值钱的家当，就离开了哈尔滨。可是在半路不幸遇到了一支趁火打劫、谋财害命的胡子，叶广武的家人全部被害，只有叶广武有幸保住了性命，逃了出来。

张殿化夫妇仔细询问，好在之前叶广武与这伙胡子之间并无宿怨，并且他们活动的地区距离会海泉很远，谅他们也不会为了他追到这里，这让张殿化夫妇放心了不少。

在张殿化夫妇的照料下，到了第四天，叶广武已经能下地扶着墙行走了。虽然身体恢复得很好，但因为失去亲人的打击，一直都很消沉，吃饭时，叶广武犹豫着说：“张兄弟，不是当大哥的得寸进尺。”

叶广武说了一半，停下来，考虑要不要继续说下去。张殿化夫妇也好奇他要说什么，都停下筷子。只有张文兰，跪在凳子上继续吃着自己的饭，完全没有受到打扰。

“大哥，有什么事你尽管说。”张殿化见叶广武迟迟不开口，便说道。

“如今我家就剩下我老哥一口，被胡子追的时候，只顾逃命也没空思考，现在托张兄弟和弟妹的福，我身体越来越好，也有空……”叶广武没说完，又停下来，嘴唇紧紧地抿着，控制自己不哭出来，待情绪稳定了些，直接跳过了后面的半句继续说，“我看张兄弟家也是烧酒的户，不会吝啬我这一口，能不能给我点酒，或许我喝了心里还能好受点。”

这又提到了张殿化最不愿意面对、也最想逃避的事情上面来。张殿化苦笑一下说：“大哥，我既然不差你这碗饭，自然也能供你一碗酒。可是实不相瞒，这是我第一次弄烧锅，前前后后折腾了将近四个月，最后烧出来的根本就不是酒。要不是因为这事，我急火攻心，在床上躺了半个多月不能干活的话，这些烧酒的家伙事儿早就被我收拾收拾扔出去了。你若是不信，我接一碗给你，但是你不要笑话我。”

张殿化本以为叶广武会就此作罢，结果叶广武没有拒绝，丝毫没有要放弃的意思，这让张殿化心里有些不舒服，认为叶广武是成心和他过不去，奈何面子上过不去，不得已拿起一个碗，到外屋甑锅边接了一碗根本不能称之为酒的东西，回来把碗放在了叶广武面前的桌子上。

叶广武端起碗尝了一小口，吧唧吧唧嘴，略作思考之后，说：“能不能带我去看看你的酒曲？”

张殿化夫妇感觉意外地对视了一眼。张殿化递给叶广武一件大衣，三个人放下手中的饭碗，出门去了仓库。

叶广武还没走到堆放酒曲处，就在门边堆着的高粱处蹲了下来，抓起一把放在手中打量，说：“这高粱真好，这么适合酿酒的高粱，我还是头一回看见;不过你碎得不够细，这高粱粒太大不行，太小了也不行，一般情况下，一粒高粱碎成五到七瓣是最好的。”

“你会烧酒？”王桂芝惊讶地问。

“谈不上会烧。我年轻的时候，在一个商号当过小工，但也都只是力工，时间长了，耳濡目染，多少知道些浅显的事情。”

“这是酒曲。”张殿化见状，迫不及待地拿起一小块酒曲送到叶广武面前。

叶广武反复碾搓手中的酒曲，又拈了一点送进嘴里，说：“这曲里面有一股特殊的味道，我觉得如果能烧出酒来，凭着这股味道，就一定是好酒。应该还是制作过程出了问题，如果信得过我的话，我想试试看。”

“真的吗？”张殿化激动地追问。

叶广武有点不好意思地说：“我确实是看出来一些问题，但说实话也只是早些年看过别人烧，自己没做过，所以也没有什么把握。两位恩人且先听我说，如果你们觉得我说得有道理的话，不妨照我说的试试。”

“我信！我信！等你身体养得差不多了，咱们就开工。”张殿化不等叶广武分析原因就连连答应，生怕叶广武打退堂鼓。

第七章　万事俱备

时间很快到了四月份，家家户户都开始备春耕，张殿化却因为忙着烧酒，抽不出时间备耕而心急如焚，连叶广武也怕耽误了春耕，看烧酒进展缓慢，显得有些泄气。但是张殿化的态度很明确：种地的事情还赶趟，等把酒烧出来再种！终于在张殿化和叶广武不停的尝试下，成功地烧出了他们的第一锅酒。

张殿化从甑锅里面接出一碗酒，先尝了一口，然后一句话没说，端着碗出了屋子，来到院子里，朝着西南的方向站着，面对着一望无际的黑土地。王桂芝和叶广武紧张得不敢说话，莫名其妙地跟在后面，看着张殿化的一举一动。张殿化在原地站了半晌，颤抖着将手里的碗在面前画了一个弧形，均匀地把酒洒在地上。

“这……”叶广武有些按捺不住了。

张殿化回过头，满脸兴奋，眼睛里还带着泪花，微笑着看着王桂芝和叶广武，用颤抖的声音说：“张家的酒没有失传。”

王桂芝见状松了一口气，她知道这酒是烧成了。后来，没有外人的时候，王桂芝问张殿化：“你怎么知道一定能把酒烧出来？如果耽误了庄稼，又没烧成酒可怎么办？”

张殿化想了想说：“那时，我也不知道什么时候能把酒烧出来，只是觉得，我把烧酒的事放下去种地，很可能就再也没有勇气把烧酒这件事重新捡起来。那样的话，以后一定会是我的一个心结，倒不如一条路走到黑，如果真的撞了南墙，也就死心了。”

把酒烧出来，是一件让人高兴的事，可是几天来，叶广武却变得心情复杂起来。这天吃过早饭，叶广武再三考虑之后，决定开口了："张兄弟，哥有些话想和你说。"

"武哥，有什么话你尽管说。"张殿化见叶广武表情凝重，于是停下手里的事情认真地听叶广武说话。

"其实我早就想走了，在这里给你们添了这么多的麻烦。只是因为你的酒迟迟烧不出来，寻思能帮你个忙，也算是报答你们家的救命之恩。现在酒出来了，我也不多待了。趁着天还早，我一会儿就走了。"

叶广武突如其来的这番话，让张殿化一时没反应过来。这段时间，张殿化和叶广武同吃同住，一起研究这烧酒的门道，加上叶广武为人忠厚，张殿化早就不拿他当外人，也没想过撵他走。王桂芝在后面偷偷戳他一下，他才反应过来，问道："你要去哪里？"

"我想先往西，去白城子看看，听说老家逃难过来的人有不少去了白城子，等我到了那里看情况再作打算。"

张殿化说："打你来那天我就和你说过，咱们能遇上就是缘分。这回你又帮了我那么大的忙，我对你感激还来不及，你千万别见外，把我当成自家兄弟就好。现在咱家光景好，也不差一口粮，顶多就是多刷一套碗筷的事。"

叶广武苦笑着说："自打落难到了你家，已经两个多月了。前前后后，多亏你和弟妹照顾。我这么一个大老爷们儿，吃这里住这里，给你们添了那么多麻烦，实在是过意不去。更主要是现在我孤身一人，一无所有，待在这里也不是个办法，早晚都是要离开的。你们的好意我心领了，就别再留我了。"

"听你的意思，你也没有地方可以投奔，我看还是留在这里吧。"张殿化说道。

"兄弟就不要再留了，我先去收拾东西了。"叶广武想起张殿化的酒来，说："看你的曲子的配方，咱们烧出来的酒的味道还是差了点，并没有烧出曲子该有的味儿。咱俩之前觉得不妥的地方,你再注意注意,应该就没有问题了。你放心，照你的方子一定能烧出好酒来的。”

叶广武起身出了屋子。自从叶广武来了之后，张殿化把仓房收拾出来给叶广武住，靠一个不太走火的炉子和一个火盆取暖，好在仓房面积不大，屋子里面还算暖和。

看着叶广武回到仓房，张殿化没有拦他。等叶广武离开后，张殿化和王桂芝小声商量了一下，便一起去了仓房。叶广武看见两人进来，放下手里的东西。他原本就孤身一人，没有多少东西，张殿化两人进来时，叶广武早已经收拾完东西，正在收拾这个仓房，毕竟自己住过一回，收拾干净了再走比较好。

“武哥，我们想跟你商量个事。”张殿化说。

叶广武不知道张殿化想说什么，张开嘴却没说出话来，甚至有一阵儿担心张殿化是来向他讨要一些生活费用的，毕竟在张殿化家住了两个多月，这也是正常的，问题是自己已经什么值钱的东西都拿不出来了。

“烧锅出酒了，这多亏你帮忙了。可这烧锅要想干下去，我一点经验没有，还是得蹚着走。眼下又要到种地的时节了，靠我和你弟妹两个人忙不过来，雇工是一定得要了。我们想既然你也没有个去处，不如继续留在这里，如果你不嫌弃咱家，我们就按长工雇你，价钱上也不会亏了你，等以后你什么时候想走了再重新打算也不迟。”

叶广武皱着眉头思考了一下，不禁觉得张殿化这个办法想得太妙了。一方面，成全了自己，因为说实话离开这里，去哪里他也不知道；一方面，自己从被收留变成了长工，转变了尴尬的身份；最重要的是，这个办法还解决了张殿化自家缺少劳力的问题，特别是自己这种既能烧酒，又能耕田，能一工两用的人实在是太难得了。但反过来想，自己的这条命都是张殿化一家救下来的，这些事情也都不足拿出来计较，换句话说，自己现在还能图什么，有床睡、有饭吃就足够了，于是叶广武点头答应了。

再次留下的叶广武开始踏实地跟着张殿化干起活来。张殿化家的地不多，更多的时间还是用在烧酒上面，到八月份，张殿化第一锅酒正式出锅了。张殿化当即让王桂芝准备饭菜，他和叶广武挨家挨户邀请村里的乡亲们第二天到家里来喝酒。

次日，刚过中午，就陆续有人到了张殿化家里。张殿化准备了两个大圆桌子，摆在院子里。菜也都准备妥当，待人齐了，装进盘子就能上桌。

王桂芝是山东人，礼数多，从座次到菜盘摆放，她一直都很讲究，所以她负责安排前来的客人入座。张殿化则跟乡亲聊聊家常和庄稼，偶尔简单地给一些好奇的乡亲介绍介绍烧酒的过程，气氛十分融洽。本来张殿化想让叶广武陪陪酒，但叶广武觉得自己只是一个长工，不应该上桌，所以在他的一再坚持下，回到仓房睡觉去了。

“各位乡亲！”张殿化站在两张圆桌中间，举着一杯酒。客人也都安静下来听张殿化说话，王桂芝小心翼翼地给客人倒酒。“去年我和桂芝一路向北流落到这里，多亏会海泉的乡亲收留、帮助，我们才能在这里安家。今天赶上大家有时间，特地准备一些薄酒淡菜，请各位朋友来，这是我们全家的一点心意，以表感谢；也是邀请大家共同庆祝一件喜事——昨天我烧出来了我的第一锅高粱酒。我是地道的农家人，小时候我爹烧酒时，我在一旁偷偷学了一些，今天桌子上的酒就是照葫芦画瓢亲手烧出来的，大家尝尝是不是合口。”

张殿化说完，在座的人把注意力都转到酒碗中的酒上面。有的人看着碗里的酒，迟迟不敢下口，有的人则毫不犹豫举起来就是一大口。尝罢，有的人眉头微皱仔细回味，有的人喜笑颜开激动不已，还有一个老乡趁着大家不注意，悄悄把酒倒进了自己带的酒壶里面。

张殿化细心地观察周围，不必挨个询问，心里就有了七八分的把握。待大家都尝过酒之后，他继续说：“今天，我还要给大家介绍一个人。”

张殿化说完，朝着仓房喊叶广武的名字。正在熟睡的叶广武听见叫自己，以为是有事情要吩咐，迷迷糊糊地从仓房里出来，走到张殿化身边。

“咋了，有啥事吗？”叶广武问。

张殿化一只手搭在叶广武的肩上，对大家说：“这是我远房的哥哥，因为战乱，投奔到我这里。我们都是外乡人，有很多这里的规矩还都不懂，日后若有什么做得不对的、不周到的地方，请大家多多包涵。”

“当然，当然。”乡亲们举着酒碗应和着。

整顿饭大家吃得都很开心，乡亲们对张殿化烧出来的酒也是赞赏有加，这更增强了张殿化对他烧酒事业的信心。

晚上，客人刚走，张殿化就迫不及待地跟王桂芝商量要开办一个商号，把烧酒的事业做大。说话时，王桂芝正在收拾桌子，手里端着两个盘子，听见张殿化的想法便站在原地不动了。

“商号？”虽然王桂芝见识不少，对张殿化的想法也猜出了七八分，但真的从这个农民的口中听到时，还是被吓住了。她本以为张殿化开个烧锅只是打算赚点小钱，没想到他竟藏了这么大的志向。

“这一带我都踩过了，大小烧锅总共也没有几家，开得比较大的都离这里挺远的，对我们也都没有什么威胁。只有去年洮南府城内新开的一家叫作豫贞庆的烧锅现在还不了解底细。不过经过今天这么一试，在座的乡亲都觉得咱家的酒比焦肥子卖的好喝。只要咱这烧锅一开，也不用担心洪涝灾害了，生意要是稳定，地都不用种了。”张殿化越说越兴奋。

“顶了焦肥子的生意，你觉得会好做吗？”王桂芝提醒张殿化。

“这种事没办法避免，这里没有焦肥子也还会有焦瘦子，就算咱们不干这买卖，去种地还有赵会林盯着呢。咱们就兵来将挡，水来土掩，总会有办法的。”张殿化说。

张殿化提到的赵会林是这里的大地主，是一个精明能干的人。会海泉新垦的好地基本直接到了他的手里，家里光长工就雇了七八个人，短工最少的时候也得有十多个，除了经营自家土地，他还从其他农民家低价收走余粮，然后高价卖到外面，赚取中间差价。

“赵会林……”王桂芝小声叨念着，又继续收拾起桌子来。

“你说咱们的商号叫什么名字好听？”张殿化看着在院子里抓蝲蝲蛄的张文兰说。

“起名字可是大事，这俺可不知道。”王桂芝继续收拾桌子。

张殿化坐在院子里憋了半天，没有想出一个名字，无奈只好问正在扫地的叶广武：“你有没有什么好主意，我能想出来的好名字都被人给用了。”

“哪里是你想出来的好名字，明明是别人先起完之后，你听了才觉得好的。”王桂芝笑话道。

“我一天书都没念过，大字不识几个，可不会起名字。”叶广武挠着脑袋说。

“用咱闺娘的名字，叫‘文兰烧锅’，怎么样？”张殿化问。

“那可不行，现在小还能凑合，等长大了，一个黄花大姑娘，天天被男人们一口一句地叫着，还想不想嫁人了！”王桂芝断然否定道。

“是，是，是。”张殿化不好意思地笑着，连连点头赞同。

张殿化叹了一口气，又陷入沉思，待王桂芝两张桌子都快收拾好了，张殿化突然说:“那叫‘会海泉烧锅’怎么样？证明咱们是这里的第一家，那多好。”

“是不是第一家可不一定，你咋知道以前这里就没有过烧锅？但是话说回来，若是以后人们提到‘会海泉’，就能想起咱们家的烧锅，确实是挺好的。”王桂芝一边想一边说。

“那就这么定了，就叫‘会海泉烧锅’。”张殿化拍桌子说。旁边的张文兰被吓了一跳，站起身来看到底发生了什么事情，手里还捏着一只蝲蝲蛄。蝲蝲蛄左右扭动着，试图挣脱张文兰的手指。

“不就起个名字嘛，瞅把你美的！要俺说啊，起名字都是最简单的事情，建烧锅，收粮，卖酒，往后的困难多着呢。”王桂芝说。

“爹，你看。”张文兰抓了一只大蝈蝈儿跑到张殿化面前。

张殿化拍拍张文兰的头，跟王桂芝说：“这倒不怕，明天我跟武哥出去走一趟，到市场看看，估计一下成本，顺带找两个烧锅，进去看看，肯定能学到点啥。反正现在也没人认识我们，不会防备我们哥俩。”

“那你们可得小心，小心被人发现，把你们打出来！”王桂芝开玩笑说道。

第八章　猎人还是猎物？

按照计划，第二日天一亮张殿化就和叶广武去了洮南府，这一去就是四天。回来时，平板马车上面堆满了大大小小的家什。刚进院，王桂芝娘俩就迎了出来，张文兰跑过去抱住张殿化。

张殿化笑着从怀里拿出一包糖给张文兰。张文兰拿了糖就不再理张殿化，把糖捧在手里，当宝贝似的跑了。

“这是给你买的花旗布，听说很有来头，我觉得挺带劲儿的，你给自己做两件衣服。”张殿化从平板车上拿出一个小包，塞给王桂芝。

“怎么去了这么多天才回来？俺都担心死了。”王桂芝一边埋怨，一边给张殿化掸掉肩上的尘土。

“货比三家嘛。我俩多走了几个地方，零零散散地买回来一些小东西，大件的东西都记了下来，等回来和你一起商量。”张殿化拉着马的缰绳把马车靠边，然后开始跟叶广武卸车。

“有的东西在老坎子码头买便宜，有的则是洮南府便宜；这么看来，还不能在一个地方一次把所有的东西都买全，真是挺折腾人啊。”叶广武一边往下卸一口大铁锅一边说。

“怎么拉回来这么一大车玩意儿，这是真要开烧锅啊？”李喜青隔着院子朝这边喊。

“别人先不说，李大叔您放心，烧锅若是出了酒，一定少不了您的！”张殿化说。

“好好好，好好干吧！”李喜青被这一句话哄得合不拢嘴。

“所有的东西购置妥当得需要多少钱？”王桂芝等李喜青回屋之后担心地问。

张殿化放下手里的活计，蹲在地上，叹一口气说：“回来的路上，我跟武哥算计了一道儿，按我的想法，全下来的话，怎么也得一万多元钱。”

“那是有多大的规模？”王桂芝问。

“有多大？”张殿化在心里掂量一下说，“这商号办起来的话，一个月少说也能产个万八斤的高粱酒。”

“问题是咱家全加起来也没有那么多钱了。家里除了地，我的全部积蓄加起来也不够一万了。”王桂芝在心里盘算一下说。

“既然是这样的话，我们还是先不……”张殿化不禁打起了退堂鼓，毕竟这钱都是王桂芝带过来的，他总觉得用着一点都不仗义。

“没事，咱家的那些东西放在那里也是一文不值，既然你有这能耐，不如拿出去折腾折腾，就算是全赔了，咱们不是还有地可以种嘛。”王桂芝打断了张殿化。

“唉，这半年多，受了你太多的帮助，我真是……”张殿化惭愧地说。

“都是一家人了，还分得这么清干什么。你只管做，刚才你不是说要一万多嘛，不够的那部分到时候咱们一起想办法。”王桂芝打断张殿化的话，不让他继续说下去。

“能想出什么办法？”张殿化随口问，连旁边的叶广武也支起耳朵来。

“车到山前必有路嘛！”王桂芝倒是一点也不愁的样子。

于是，在王桂芝的鼓励下，张殿化和叶广武开始张罗起来。时下正处于制曲的好季节，张殿化偶尔还要抽出一些时间制曲。叶广武是个识趣的人，他知道张殿化的酒方独特，特别是酒曲里面大有文章，所以他从来不打听，也不好奇，在配料的环节，绝不参与，这一点让张殿化很是放心。

随着烧锅一点一点地建成，家里的积蓄所剩无几，张殿化又开始发起愁来，连王桂芝也有些着急。毕竟新的办法是要从变化里面找到的，可是眼下一成不变的生活，哪里能找到什么好的办法。

张殿化不再问王桂芝，这事也不能光指着一个女人，他开始自己琢磨办法。举目四周，都是穷苦农民，想要弄到这么大一笔钱谈何容易，这来钱的办法根本不是一天两天就能想出来的。转眼又是一年到头，好在张殿化赶在上冻之前把须要抹泥的活都干完了，等想出办法弄到钱，即使是寒冬腊月也可以继续修建。

屋漏偏逢连夜雨，就在家里几乎拿不出钱来继续建烧锅的时候，焦肥子又来了。

去年过年时，焦肥子来过一次，是为了摸底。而这一次，焦肥子听说张殿化的烧锅已经建得差不多了，所以是有备而来：前前后后进院子的共有八个人。焦肥子背着手走在前面，进到院子里之后，他并没有急着进屋，因为他发现张殿化家已经和他上一次来时完全不一样了。张殿化用了一年的时间把院子扩大了一倍多，东西厢房也都盖了起来。

“弄出这么大的动静，那老家伙怎么才告诉我！”焦肥子看着张殿化今年新建起来的房子显得特别不满意。

焦肥子转了一圈之后，推开正房的门一边往里走一边朝着屋里喊：“别人的院子里面都是种粮种菜，你们家的院子里盖房子挖窖，闹得这么热闹，是要干什么啊？”

“焦大哥来了！”外屋做饭的王桂芝先是一怔，反应过来之后笑着说。

“你家男人呢？”焦肥子摆足了架子，看都没看王桂芝一眼，径直往里屋走。后面的七个人也跟着进来，在不大的屋子里面显得特别挤，把屋子里面摆放的家什刮得叮当乱响。焦肥子回头训斥道：“你们是怕冷啊？都给我上外面等着去，波子留下就行。”

波子指的是黄永波，个子不高，年龄和焦肥子相仿，身体富态，圆脸盘，一双小眼睛甚是灵活，滴溜溜地注意着房间里可能有用的每一个细节。黄永波是焦肥子的军师，此人是焦肥子做买卖时认识的，后来因为彼此需要，两个人开始共事。焦肥子也亏得有黄永波，才能垄断陵界所有汉族人的酒买卖。

焦肥子进屋时，张殿化先是一怔，然后记起这可能就是之前来过一次的焦明成。刚刚入冬，天气还没有大冷，焦肥子就早早地穿上了他今年的新褂子，敞着怀，不时拎起衣襟抖抖，放一放里面的热气。

“这是要办烧锅？”焦肥子用大拇指指着窗外问张殿化。

“就是打算做点小买卖养家糊口。”张殿化谦虚地说。

“这，这么长两趟房子还说是小买卖？你有多大的家要糊啊？”焦肥子抻着脖子，表情很是夸张。

“这不是头一回嘛，也没什么经验，不知道深浅，一不小心把底子铺大了，建了一半没有钱了，还多亏邻居老李家肯借我们钱，帮了个大忙。”王桂芝从外屋进来说。

“五十元就是大忙了？”焦肥子脱口而出。

“这五十元可解决了老大问题，我们就靠着这五十元钱看看病，买点年货。”王桂芝说。

黄永波绕开话题说：“你们初来乍到可能还不懂这里的规矩，整个陵界汉族人的大小买卖，无论是烧锅还是酒行都是明成老弟罩着的，所以你们入这行是要交辛苦费的。”

“辛苦费是多少？”张殿化问。

“一万元。”黄永波伸出食指说。

“一万元？都快赶上这个烧锅了。”王桂芝惊讶地说。

“账不能这么算：明成老弟一直都很护着咱本地的人，花了这一万元，他就能保你以后一切顺顺利利；烧锅开成了，以后入账的何止是一万元！”黄永波一副苦口婆心的样子。

而焦肥子像没说他的事一样，走到靠东墙的长桌旁边，抱起一个张殿化都不知道什么时候放在那里的酒坛子，打开盖子闻了闻，又皱着眉头捧着坛子喝了一口。

“这行费也太高了，能不能……”张殿化刚说一半，就被焦肥子打断了。

“这酒是你烧的？”焦肥子抱着坛子问张殿化。

“是我自己烧出来的。如果喜欢,就拿回去给兄弟们喝。”张殿化说。

焦肥子冲着黄永波点点头，又把坛子往前送一送，想让黄永波也喝一口，黄永波摆手拒绝了。

“打算什么时候开张？”焦肥子问。

“顺利的话，明年开春。”张殿化说。

“那就明年开春之前，把行费凑齐，走了。”焦肥子说完把褂子一撂，向门外走去。

“几位大哥留步。”王桂芝抱着那坛酒追出门外，把酒送到焦肥子面前，“大老远过来的，又让几位在外面冻了这么半天，这坛酒拿回去，暖暖身子。”

焦肥子看看酒，又看看王桂芝说：“这坛酒可不值一万啊！”

“你想到哪里去了，这就是我们的一点心意。”张殿化说。

焦肥子又看看两个人，然后跟身边的一个人说：“接着吧。”

送走焦肥子，张殿化和王桂芝回到屋里。张殿化关上门，皱着眉头说：“是我见识少还是他太过分，行费再多也没听过要一万元的，这明摆着就是要把人逼到死路上去嘛！”

王桂芝却没有显得那么愁。

“你怎么不着急呢？”张殿化不解地问。

王桂芝只是摇头：“着急也没用，说不定咱们的办法来了。”

张殿化正要脱鞋上炕，脚上的鞋刚脱下一只，一条腿搭在炕上，听见王桂芝的话，就这么停住了，回头看王桂芝。

张殿化有点不敢相信地问王桂芝："焦肥子是办法？"

"倒也不全是。本来俺一直琢磨怎么能得到赵会林的帮助，结果今天杀出个焦肥子，看来咱们没有什么时间了，只能硬从焦肥子身上找办法了。"

"他可是来要钱的，你还指望能得到他的帮助？"张殿化强调道。

王桂芝爬上炕，扒着窗户确定焦肥子一伙人都已经离开，跟张殿化说："具体怎么做、能不能行，俺现在心里也没有数，还得跟你再商量。"

"可他现在一门心思要刮咱们的骨头呢！"张殿化又强调一遍。

"现在的情况你比俺清楚，咱们刚到这里，连个根都没有，十里八村也没个熟人，想借钱是不可能的，谁都怕你拿了钱，回头就跑路了。眼下关心你烧锅的只有焦肥子一个人，虽然不怀好意，但咱们还是可以从他这里动动脑子，你觉得呢？"王桂芝走到张殿化身边，眼睛盯着窗外，防备有外人听到。

"你有什么想法了？"张殿化问。

王桂芝默默地摇摇头。

其实，大家都在打着自己的算盘，焦肥子也是如此。

焦肥子带着他的几个人离开张殿化家以后，就迫不及待地跟黄永波说："波子，有个事，我怎么都想不通。"

"什么事？"黄永波问。

"去年我来张殿化家里时，从他家甑锅里面接出来的那玩意儿都不如刷完甑锅淘出来的水，这事儿大梁子都知道。"焦肥子一边说一边揪住大梁子的脖领子，扯过来问，"是不是？那天咱俩一起去的。"

"是是是。"大梁子连声应着，"老难喝了，你还喷我一脸呢。"

"谁承想今天我在他家喝的这酒……"焦肥子松开大梁子，指着从张殿化家里拿出来的那坛酒，继续跟黄永波说，"这简直就是……"焦肥子一时想不起来该怎么形容这坛酒。

"你想说的到底是好还是不好啊？"黄永波着急地问。

“好！”焦肥子表情严肃，一边点头一边斩钉截铁地说。

“让我尝尝。”黄永波突然站住，搂过酒坛子，打开盖子，抿了一口。

黄永波喝罢，把坛口冲着光亮摇了摇酒坛子，透过坛口看着里面的酒，然后说：“确实是难得的好酒。”

焦肥子的几个跟班一听说是好酒，都好奇地往前挤，又不敢说话，黄永波见状，跟焦肥子使了一个眼色，得到焦肥子默许后，他把酒坛子交给最近的人，七八个人轮着喝了一圈，纷纷称好。

“有没有可能去年你去的时候，喝的确实就是他家的刷锅水？”黄永波问焦肥子。

“不可能，绝对不可能。”焦肥子挥着胳膊，他嘴上这么说，心里也犯起嘀咕。不过就算真是喝了刷锅水，这么丢人的事，在这么多下人面前，他也不会承认的。

“这可咋整？”事情超出了他们的预料范围，焦肥子也顾不上琢磨去年喝的到底是什么，只想让黄永波尽快给他出主意。

“按照老办法是不行了，本来以为他的酒是像你说的那样咽都咽不下去，盛一碗放在桌子上，都没人以为是酒，如果卖的是那种破酒，他也没有什么闹头，咱们敲他一次，就不必再管他生意的死活。现在看来，咱们不能用一劳永逸的法子，这招行不通了，若他的烧锅真的做起来，势必会影响甚至是威胁到你在陵界的生意。但是如果咱们阻止他办成烧锅，对你我来说也未尝不是一个损失啊。”

“他开不成烧锅怎么成了我的损失？”焦肥子问。

黄永波无奈地摇摇头反问道：“你想想，如果能把这么好的酒变成咱们的，那还愁饭馆、商号不愿意要咱们的酒吗？”

“那你有什么高招，快说呀？”焦肥子扯着黄永波的袖子问。

“嗯，咱们应该好好利用他的烧锅。反正他现在一下子拿不出来那么多钱，正好顺水推舟，做个人情，改成按月收费，以后再找机会把烧锅变成咱们自己的。”黄永波说。

“问题是现在该怎么跟他说。万一他真的凑够了一万元，咱们还能出尔反尔吗？”焦肥子说。

“没关系，你先不用担心。他说过最快也要明年开春才能开张，咱们还有时间，这事急了对咱们也没好处，等回去以后再作打算。”黄永波安慰焦肥子说。

焦肥子按照黄永波的话，一直等到次年开春。就在他几乎按捺不住时，张殿化竟真如黄永波所说，敲开了焦肥子家的大门。

焦肥子家虽然算不上深宅大院，但其阔气程度，也是一般人家望尘莫及的。围墙是用石头砌成的，足有两米高，上面还插着一些尖锐的碎石，西南角搭了一个炮台，上面没有人，应该是在特殊情况才会安排人上去站岗。

给张殿化开门的是焦肥子家的管家，漆黑的大门缓缓地推开，从里面探出一张脸，尖嘴猴腮，所有的精明都写在脸上。

“你谁啊？”门里面的人毫不客气。

“我叫张殿化，想找焦明成。”张殿化回道。

里面的人上下打量张殿化一番，一句话没说，“砰”的一声把门关上了。过了一会儿，门又打开了，那个人也不说话，闪开身子，让张殿化进来。待张殿化进来之后，又从里面把门锁上，然后对张殿化说：“跟我来。”

院子的左右各有两排房子，是雇工的房间和仓库，里面有五六个人进进出出，从这几个人闲散的样子看出，今天焦肥子家没有什么事情。这些人都是焦肥子的长工，平时种地、送货、打架，哪里需要去哪里。

穿过院子，管家把张殿化引到正对着大门的房子里面。进了屋子，迎面坐着的就是焦肥子，他指着地上躺着的一个只剩下半条命的人破口大骂，旁边还站着两个人，手里各拿着根一米多长的粗棍子。

焦肥子看见张殿化进来，一改之前冷漠的态度，站起身，热情地招呼张殿化，指着地上的人说：“他欠了我两个月的酒钱，还嫌我的酒贵，要不是我的酒，他那家小破店早都开黄铺了，你说可气不可气！”

蜷在地上的人听了焦肥子的话，努力地想动动身体，试图解释什么，但由于全身疼痛，已经说不出话来。他这一动，张殿化才看见他的脸，挨打的这人竟是饭馆的掌柜周玉才！从周玉才的眼神里看得出他也认出了张殿化，但是此时的他已经没有力气再作出任何反应。

张殿化刚到会海泉时，就是在周玉才的小店里尝的酒，还向周玉才打听了这里的酒、粮食、水和生意等情况。周玉才虽然面相狡猾，但还算是本分人，他与张殿化初次见面，就和张殿化讲了会海泉的很多事，其中就包括千万不要招惹焦肥子。

眼前的周玉才已经被打得鼻青脸肿，张殿化看得一阵心疼，于心不忍，不禁开口替周玉才求情："焦兄弟，他也是小本买卖，一天赚不上几个钱，反正跑得了和尚跑不了庙，你就放他一马，再宽限他几天吧！”

焦肥子听了张殿化的话，心里乐坏了。其实焦肥子面上不说，心里也挺为难的，他明知道周玉才如果有钱，是不敢不给的，况且打到这个程度，周玉才还想不出个还钱的法子，那就是真没有钱了。可焦肥子又不能就这么不了了之，因为要考虑到除了周玉才，还要和其他的大小商贩打交道，如果在周玉才这不拿出个说法，传出去的话，自己在陵界的威信将大打折扣。

所以张殿化还没进屋时，焦肥子就已经在考虑怎么收场了。张殿化的求情正好是焦肥子求之不得的，这回他放人的台阶有了，张殿化的面子也给了，两全其美。焦肥子装作为难的样子对张殿化说："那我就听你一句劝，看在你的面子上，我再给他五天时间。”

“焦兄弟真会说笑，明明是你有仁有义，我哪有这面子。”张殿化说着，又担心地看一眼趴在地上的周玉才。周玉才也正在看着张殿化，眼神里充满感激。

“今天多亏我张老弟替你说情，否则你能不能活着回家我都不保证，快滚吧！”焦肥子一脸鄙夷地瞥了一眼周玉才，摆着手说完，又满脸堆笑地看向张殿化，指着身边的椅子对张殿化说：“坐坐坐，不知道老弟今天来我这里有什么事？咱们坐下来慢慢谈。”

焦肥子刚要坐下，看见周玉才还趴在原地一动未动，才意识到周玉才已经被打得走不了路了，于是对拿着棍子的那两个打手说：“把他给我拖出去，扔到门外。”

两个打手按照焦肥子的吩咐，一人扯着周玉才的一个胳膊就要往外拖。这时焦肥子想起还有张殿化在场，连忙改口：“抬！抬！抬！打得那么重，拖死了怎么办？你们两个下手没轻没重的，气死我了！给他送到家！”

今天焦肥子如此反常，他的两个打手一时没有理解上去，扯着周玉才互相对视，不知道如何是好。焦肥子气得一拍桌子，大喊：“你俩愣什么神？快点去办啊！我这还有正经事要做呢！”

两个打手被吓了一跳，连忙把棍子插在腰间，一人抬腿，一人抬胳膊把周玉才抬出去了。

焦肥子看着周玉才被抬走，双手拄在桌子上，伸着脖子吞吞吐吐地问张殿化：“你……保护费都凑齐了？”

第九章　狩猎开始了

“唉！家里实在拿不出这笔钱。”张殿化捶胸顿足地说。

“那你是干啥来了？”焦肥子松了一口气，心里的顾虑没有了，态度明显冷淡不少。

“焦兄弟，不光是拿不起保护费，现在我连烧锅都开不起了，今天来找你，真不知道我给你带来的是好消息还是坏消息。”

“拿不起保护费是好消息？”焦肥子瞪着眼睛问。

“你先听听我的打算，然后咱们再商量，怎么样？”张殿化努力不去想周玉才，把心思都放在自己的事情上面。

“什么打算？”焦肥子问。

“年前去我家时，你也看到了，我的烧锅建了一大半，就差个收尾，结果没钱建不下去了，这烧锅也就开不成了，所以我是想找你借一些钱，把这烧锅开起来。”

“你不但不交行费还反过来找我借钱？虽说你是新来的，但做事也要打听打听，掌握个分寸吧！我焦明成在陵界这么多年，还没碰过这样的事情呢！”焦肥子大笑着说，笑声让人心生恐惧。

“我这不是还没说完嘛！”张殿化丝毫不在乎焦肥子的语气，“焦兄弟名气在外，不用打听都知道，所以我才想找你借些钱出来。我张殿化不是不懂得感恩的人，我是不会忘了你的帮助，等烧锅开张之后，用不了多久，欠的钱就能连本带利都还清了。你若能帮我的忙，助我起家，那就根本不是本、利这点钱就能还得了的情；可是如果你不帮我的话，我就只能就此停手，卖了这些家当，消消停停地去种地了，那样的话，说句难听的，别说烧锅的利润，你连一点保护费都收不到啊！”

“你这是威胁我？！”焦肥子有些急了。

“焦兄弟误会了，我哪敢威胁你，我这不是从你的角度考虑，帮你算这笔账嘛！”张殿化发现自己说得有些过头，连忙拉回话题。

焦肥子眼珠一转，对张殿化还是有所防备：“用不着你替我考虑，我自己想得通，你说得再好听，也不会让自己吃亏，所以别跟我拐弯抹角了，有什么想法你就直说。”

“好好好，有话直说，我想请你投些钱，帮我把这个烧锅建完，咱们共同开这个烧锅，往后的买卖，我有技术，你有人脉，我烧酒，你卖酒，赚了钱，咱们一起分。”张殿化开门见山地说。

焦肥子吓了一跳，他没想到事情竟然这么顺利：没用自己多费口舌，张殿化主动找到自己，并且事情按照他和黄永波事先的想法发展了。焦肥子勉强按捺住兴奋，装作不感兴趣的样子问：“烧锅还得投多少钱才能建完？”

“我的烧锅现有的东西你都看得见，去安广县置办回来总共花了一万四，剩下的东西加一起还得六千，如果你不放心的话，可以亲自去买。就是要你入三成……”

“我不管占几成，分红我要四六开，你看能不能谈。”焦肥子没等张殿化说完，就开始耍无赖，装作一副不同意就要送客的样子。

张殿化完全无视焦肥子的态度，摇了摇头，说：“不，五五开。”

“五五开？”焦肥子吓了一跳，像张殿化这样主动找亏吃的主，焦肥子还是第一次遇到，不知道张殿化有何居心，一时不敢答应。

“焦兄弟，这事还没有那么难懂吧？我张殿化不是不懂事的人，以后在陵界做点小买卖、过日子，还要仰仗你的名字，况且你跟我不一样，你家大业大，那么多兄弟要养活，我这么做，这不是给彼此一个方便嘛！

再说，如果这烧锅有你撑着，还愁开不起来吗？”张殿化压低了声音对焦肥子说。

“等等，如果我把这钱给你，你都花光了烧锅还不能开张怎么办？”焦肥子对张殿化还是放心不下。

“这事你放一百个心，咱们可以立字据，如果这六千元花没了，烧锅还没有运转起来，我和我媳妇卷行李走人，你尽数把我的家收走。”张殿化信誓旦旦地说。

焦肥子想了想，警惕的脸慢慢露出笑脸来，指着张殿化说：“聪明人啊，真会做事！”

“只是我有一事相求……”张殿化说道。

“什么事？”焦肥子一下子紧张起来。

“焦兄弟别怕，这件事对我们平头百姓来说，是一大难事，但是对你来说，却是小事一桩，不知道焦兄弟能不能帮这个忙？”

“那你说吧，既然是我能做到的，那就都行。”焦肥子被张殿化捧得已经飘飘欲飞，拍着胸脯说。

“朝廷又开始垦荒了，听说计划要在咱们这一带放生熟荒段二十多万亩，可是好地都被有权有势的人抢了去，我想找你帮忙说说话，买一块好地，这样也能减少一些酿酒的成本。”张殿化说。

“这事好说，包在我身上。”焦肥子敞快地说，“今天你留在这里，咱们一起吃晌饭，我要和你喝上几盅。”

“既然你同意，我就不多留了，烧锅上的事情还很多，我先回去看看还缺什么，去老坎子码头上问问价，抓紧时间拉个单子给你。喝酒的事，等日后咱们喝自己烧的酒！”张殿化起身欲走。

“好好好！以后喝自己的酒。”焦肥子拍着脑袋说，“你看我这脑袋，张旺，上笔墨，再给我点出六千元钱，马上就去。”

两个人草拟了协议，当场签字按了手印。张殿化揣了钱，焦肥子一直把张殿化送到大门口。

和焦肥子一伙一样，张殿化也按照计划完成了他的第一步。

出了大门，张殿化两只手隔着衣服捧着怀里沉甸甸的钱，心里乐开了花，既想直接去置办家什，又想快点回家把这个好消息告诉王桂芝。

张殿化一直走到一个岔路，在路口站住了，从这个路口向左拐，一直走就是周玉才的饭馆了，远远地还能看见饭馆上面挂着的一个幌子。张殿化看着饭馆的方向，总觉得自己应该去看看周玉才，周玉才刚才被打得倒地不起的样子又浮现在眼前，想到周玉才看自己的眼神，张殿化隔着衣服掂掂怀中的钱，朝着周玉才的饭馆走去。

张殿化进周玉才的饭馆时，周玉才也才被送到不多时。饭馆中央的桌子周围围了好多人，周玉才躺在桌子上面，看上去比在焦肥子家时好不到哪里，外面一圈是周玉才的媳妇和亲戚，周玉才的媳妇趴在周玉才身上呜呜大哭，他的几个亲戚正在检查周玉才的伤势，再外面一圈是邻居、在饭馆吃饭的客人，客人都放下碗筷凑上去看热闹，小声地议论着。

张殿化坐到旁边，等围观的人都散去才走过去。周玉才直到看见张殿化，表情才有些变化，他费劲地抬起手，想去抓张殿化，张殿化在空中握住周玉才的手，小心地放回桌子上，顺手把早已准备好的钱塞进周玉才的手里。

“我不知道你欠了多少，我估摸着这些足够了，剩下的你开几副汤药，好好养养身体。”由于店里生人太多，张殿化也不敢大声，依旧握着周玉才放在桌子上面的手，一来怕他不肯收下来，二来怕被周围人看见，传到焦肥子耳中，引来麻烦。

“你这是……”周玉才已经没有力气说话，三个字没说清，就已经停下来喘息。

“别见外，谁还没点难处，乡里乡亲的，都是兄弟。”张殿化安慰道。

“可……”周玉才想把手里的钱还给张殿化，可是这会他哪还有力气。

“我还有事，你不要着急，什么事情都等好了再说！”张殿化拍拍周玉才的手说。

周玉才这才放弃挣扎，毕竟他太需要这钱了，他看着张殿化，眼泪从眼角流了出来，落在桌子上。

张殿化从周玉才的饭馆里出来，长舒一口气，感觉轻松了不少，然后迈步朝家的方向走去。他要大干一场，后面还有很多事情要做。

光绪三十一年（1905 年），清政府在大赉、安广等地丈放不少荒地，到光绪三十一年十一月竣事，共放生熟荒段二十四万一千四百五十八垧七亩。到了民国初，郭尔罗斯前旗第一努图克大青坨、刘家围子和大赉厅后宝石段开垦毛荒将近三十万亩。可是那时，天下都在军阀、土匪、地主手中，哪有平民百姓的立足之地，好的地大多在军阀和地主手里，一层一层地剥，最后剩下的也都是一些低洼地和盐碱地了。

在这样的背景下，张殿化在焦肥子的帮助下得到了几垧地。这块地距离河套近，地势高，一年下来基本可以旱涝保收，本来是大地主赵会林订好了的，只是还没来得及办理手续。结果张殿化和焦肥子去看过地之后，张殿化鬼迷心窍就想要这块地，说这块地离家里近，以后种了高粱，运送都很方便，能减少不少成本。

焦肥子虽然不惧赵会林，但对焦肥子来说，赵会林也算是一根硬钉子，倘若黄永波在场的话，是绝对不会同意他们这么做的，可是焦肥子头脑比较简单，说服不了张殿化，听到会减少成本的话，反而觉得张殿化说得有些道理，也就当场答应张殿化，买下了这块地。

其实焦肥子本来打算带着黄永波三个人一起去办这事，结果那天黄永波没在家，而张殿化正是听说了这天黄永波出门收账的消息，才去找焦肥子看地。因为通过之前的几次接触，他发现黄永波是他和焦肥子之间最大的绊脚石，凡事只要绕开黄永波，就会顺利得很。

这件事正如黄永波担心的那样，惹得赵会林很不满意。但赵会林又拿焦肥子没办法，硬来的话十有八九要吃亏，与其两败俱伤，不如记下这笔账，先忍气吞声，留着这口恶气以后再出。

第十章　亏本买卖

光绪三十一年（1905年），会海泉烧锅终于开张了，光工人就雇了五十多人。张殿化的院子一下子变得特别拥挤。

张殿化的酒，加上焦肥子的影响力，方圆几十里，十分受欢迎，甚至得到了陵界不少蒙古族人的赞赏。这可把焦肥子高兴坏了，整日和张殿化称兄道弟，平时长在烧锅上一样，天刚亮，就溜溜达达过来，对着工人吆三喝四，其他的事情也很少亲自去打理了。

可是好景不长，会海泉烧锅开张不到四个月，就出了问题。

这天，焦肥子正在张殿化家院子里监工，坐在一个破藤椅上面，一只手拿着茶碗，一只手拿着蒲扇驱赶蚊虫，不时对偷懒的工人骂几嗓子。张殿化从账房出来，默默地把账本和这个月的收入一起放在焦肥子面前。

焦肥子看见钱，一下子坐起来，拿起桌子上的那摞钱，放在手里掂量掂量，然后问："这是什么钱？"

"这个月的收入。"张殿化说话的声音不大。

"我自己的那部分？"焦肥子皱起眉头问，因为他觉得跟之前的三个月相比，如果都是自己的有点多，如果是全部的话又太少。

"是烧锅上除去工人的工钱以外所有的。"张殿化垂头丧气地说。

"怎么才这么点儿？"焦肥子说话的语气一下子变得特别生硬，从椅子上站起来，"我告诉你，就算我不懂烧酒，一天的进进出出我也能看出个大概，你要是敢耍我，我让你吃不了兜着走。"

“你听我说啊，这事我比你还着急呢！”张殿化把焦肥子按回到藤椅上，然后拎起一个板凳坐在旁边，继续说：“头三个月烧酒用的都是咱自家的高粱和麦麸等原料，在最后算账的时候，也都是按照成本价算的。到了这个月，几乎所有的料都用没了，像麦麸这一类的料还好买一些，从普通农民家就能收购，价格基本没高太多，就是多些工时费，这倒无大碍。

可最大的问题是高粱。赵会林是咱们这一带数一数二的大地主，这点你知道，他控制着这一带的粮价，自打听说咱们烧酒收高粱之后，他开始到处收购囤积，无论是从他那里还是从农户手里收粮，都比之前贵很多，高粱贵了。成本高了，利润就下来了，所以这事不光你听了着急，一直这么下去，咱们迟早要倒闭的啊！”

“赵会林这个老地主，真是不知道在陵界谁是老大了，我去找他！”焦肥子摔了茶碗就往外走。

“这事咱们还得再商量，不能这么冲动。”张殿化见状赶紧拦住他。

“还商量啥啊？这事和你没关，跟你说，我就没被别人这么熊过。”焦肥子挣扎着想摆脱张殿化，这一动作，引得雇工都停下手里的活计，想看看发生了什么事情，焦肥子发现后，抽出一只手指着雇工的方向大骂，“都他娘的瞅啥，抓紧给我干活，逼急了，我全崩了你们！”

张殿化一只手示意雇工们不要在意，一只手把焦肥子推进厢房的仓库里，回头把门插上，堵在门口跟焦肥子说：“赵会林不像普通老百姓，随你怎么折腾一通，事后你手眼通天，上下通融一下就没有事了。他在陵界也算有头有脸的人，你去了，又能把他怎么样？就算出了这口气，这粮价不还是在他的手上！弄不好两败俱伤，不是亏得更大，这是何苦呢？”

“你这话听起来也确实是替我考虑。”焦肥子想了想张殿化的话说，“那就往酒里兑水，使劲儿加，反正水不要钱，那群孙子也不敢不买我卖的东西。”焦肥子说。

"兑水怎么行？你都说了，水不要钱，不要钱的东西还有谁愿意花钱买？咱们的酒不光要在陵界卖，还要往更远的地方卖，所以咱们要靠酒纯量足的好声誉卖。因此从会海泉开张起，卖的酒始终都保持'重三浆'，这才是长久之道啊！"张殿化说。

"这也不行，那也不行，你说怎么办？"焦肥子一把甩开张殿化搭在他肩膀上面的手。

"还是问问波子该怎么办吧！"张殿化想了一下说。

"我怎么发现你比我还依赖波子？"焦肥子不解地问。

"我不是依赖，在这件事上咱们不服不行，我发现一起做什么决定时，他说的话总是对的，可能是因为他经验比较多吧。听人劝，吃饱饭嘛。"张殿化语重心长地说。

于是焦肥子当即派人找来了黄永波。黄永波了解了情况之后，首先就是反对焦肥子去找麻烦。焦肥子比较信黄永波说话，黄永波表态之后，他才决定跟着张殿化和黄永波研究对策。三个人一起合计之后认为：既然和赵会林的矛盾一时半会儿解决不了，不如暂时不予理会，先冷他一阵子，等有了什么机会再作打算；眼下，正处秋收季节，再求求亲戚朋友，还是能收到一些正常价位的高粱，等以后再去安广县或者老坎子码头想办法。

晚上，忙了一天的张殿化刚要脱衣服上炕，外面传来一阵敲门声。

"谁啊？"张殿化对着门喊。

"老弟，是我，我有点话想和你说。"门外传来叶广武的声音。

"是叶大哥啊，什么事？快进来说。"张殿化用询问的眼神看着王桂芝，王桂芝同样回以不解。

"太晚了，我就不进去了。"

现在，叶广武是张殿化的得力助手。自打他留下当长工以后，一直都很注意分寸。干活时，所有的工人都由他支配，他不仅自己认干，还能处理好工人之间的关系。能够得到烧锅所有工人的认可是很不容易的事情，这让张殿化觉得自己当初做了一个非常明智的决定。

张殿化把脱了一半的衣服重新穿上，出门看见叶广武靠在门边，正抬头看天上的星星打发时间。

“怎么了？”张殿化也跟着抬起头。星星密密麻麻地散落在夜空，安静地闪着干净的光。一阵风吹过，里面夹杂着高粱酒的味道和农作物成熟的气息。张殿化深深地吸了一口气，感觉特别舒畅。

叶广武看张殿化出来，没有直接说话，径直出了院子，张殿化紧跟几步，叶广武一直走到一个觉得不会有人偷听他们说话的地方停了下来。

“听说最近沙俄的军队越来越猖狂了，烧杀掠夺无恶不作，朝廷还一味地保持中立，现在军队已经快到咱们安广县这一带了，咱们是不是要采取点措施？”叶广武想了想说。

张殿化摇摇头，说：“就算是散兵游勇，人家也是军队，咱们普通老百姓能做什么？”

“有总好过没有吧。”叶广武说得毫无底气。

张殿化没有再说话，他知道，在这方面，叶广武比他的感受更深。叶广武也不再作声，两个人在一片虫鸣中默默地站着，各怀心事。

张殿化忽然抬起头说：“武哥，你找我出来要说的一定不是这件事吧？”

“确实不是。”既然已经被张殿化看穿了，叶广武干脆一股脑把憋在心里的话全说出来，“咱们会海泉烧锅已经开张小半年了，头两三个月还好，可最近是每况愈下，再这样下去，怕是撑不过明年这个时候啊。”

“那依你看呢？”张殿化反问道。

“你总觉得大家都是兄弟，可并不是谁都是你的兄弟啊！”叶广武左思右想之后说。

“你是说焦肥子吧？”张殿化听了叶广武的话，明白叶广武还是有所顾虑，不敢把想法都说出来，于是不再含蓄，干脆先把话挑明了。

叶广武见张殿化心里明白，便也放松了警惕："我觉得咱们最惹不起的人不是焦肥子，而是赵会林。要是断了高粱的来路，烧锅就只能停了。现在却偏偏得罪了赵会林，这可不是小事情！"

"那照目前这形势，你有什么办法吗？"张殿化问。

"焦肥子就是个祸害，他若在咱们烧锅，迟早要毁了这产业。不如咱们趁着烧锅现在的情况还过得去，把焦肥子赶出去。家里的雇工们对他也都很是不满意，只要你一句话，我带着他们动手。然后把抢了赵会林的地还给赵会林，咱们投靠赵会林。"叶广武发狠地说。

"要是焦肥子真把他那窝胡子带来呢？要是赵会林害怕得罪焦肥子，不敢跟咱们联合呢？联合了之后，要是赵会林也像焦肥子这样想吃掉咱们这块肥肉呢？"张殿化一连串的问题问得叶广武哑口无言。

张殿化拍拍叶广武的肩膀，说："武哥，谢谢你这么为兄弟着想。你说的这些事我也都想过，你放心，这事我自有打算，清理门户是早晚的事情，只是现在还不成熟。我是绝对不会让焦肥子败坏了会海泉烧锅的。你弟妹怀孕了，现在凡事求的是稳，你先帮弟弟稳住那些工人的心就好。"

在漆黑的夜里，叶广武将信将疑地看着张殿化模糊的面孔，不知道再说什么好，过了许久，才点点头。

虽然张殿化说烧锅上的事情他自有打算，可是烧锅依然毫无起色，甚至愈发不景气，也不见他采取什么措施。但是有一件事被叶广武说中了。

光绪三十一年（1905 年）冬至左右一直到次年春天，沙俄军队先后 4 次入侵安广县，其行为和胡子相比有过之而无不及，干尽了杀人放火的勾当，在距离会海泉仅十多公里的拉斯噶屯枪杀了两名妇女，捆绑当地百姓三十多人，牲口、家禽都被宰杀一空。一时间，大鼻子的军队让人闻声丧胆。

这件事闹得整个会海泉人心惶惶。会海泉烧锅也按照焦肥子的设计把围墙上面又插了一段木栅，接完之后，墙高有两米，墙头都插了铁钉，东南角和西北角各修了一个瞭望台。

在王桂芝看来这都是些劳民伤财的举动，不堪一击不说，若真被沙俄的军队遇见，反倒是引人注意，很容易就成了赤裸裸的挑衅。奈何焦肥子一意孤行，其他人也拿他没什么办法。

瞭望台建得像模像样，焦肥子却只给弄了两杆破枪。王桂芝是用过枪的人，她来到仓房，拿起其中一把枪，放在手里掂量掂量，对张殿化说："告诉拿枪的工人，尽量别开枪，这破玩意儿太容易炸膛，大鼻子未必打得着，容易先把拿枪的人撂了。"

王桂芝说完，把枪扔回到桌子上，挺着大肚子小心翼翼地回屋了。自从王桂芝怀孕以来，张殿化很少让她来下房参与烧锅上的事，嘴上说若是让孩子闻惯了这酒的味道、长大了还不得睡在酒坛子里面，实则心疼王桂芝，怕她累坏了身体。

王桂芝离开后，剩下张殿化和叶广武两个人对着桌子上的破枪发愁。

"焦肥子太不像话了，从咱们烧锅拿走那么多钱，插了一圈木栅栏，用绳子捆了两个瞭望台，干这么一点儿破木匠活，就说钱不够、剩下的钱只能弄到这么两把烧火棍子。"叶广武气愤地说，"谁都知道他家里这两天新进了好几箱火药，大小枪支和手榴弹要啥有啥。"

"算了，武哥，这点小事不和他计较，就是把焦肥子家里的弹药都拿来，凭咱们一己之力也是远远不行的。如果官府再没有动静，咱们就号召屯子里的壮丁们联合起来。若是横竖都是死，不如有事情大家一起上，自己的家还得靠自己保护。"张殿化说。

"说实话，这一年来，只看见你忍气吞声，没想到你还有这想法？"叶广武惊讶地说。

"这不是忍气吞声和血气的事，该忍的得忍，有时候忍了不代表就吃亏了，争了也未必能得。该什么时候做什么事，这句话说得简单，做起来就难了。”张殿化说，“眼下天也开始暖和了，再有一个多月又要开始种地了，有时间咱们还得琢磨琢磨今年的地，我打算今年把所有的地全种上高粱，至于口粮好说，咱们再想办法。”

“也好，解决一锅是一锅。赵会林控制得了高粱，控制不过来其他粮食。”叶广武说，“这个月咱们是亏损的吧？”

“亏损不至于，里外费用都算上，这个月倒是一点结余都没有。”张殿化的语气好像不是在讲自己的事情一样轻松。

“这样下去怎么能行呢？”叶广武拍着大腿说。

“咱们再最后亏一次大的，然后重新开始。”张殿化自信地说。

“还要亏？什么意思？”叶广武莫名其妙地问。

“你不是一直说要把焦肥子赶出烧锅吗？这日子快了。”张殿化故作神秘地说，“现在咱们的烧锅一分钱不赚，又刚好赶上沙俄的军队在安广县里东一下西一下地乱窜，他焦肥子才不傻呢！在最艰难的时候，只要咱们坚持住，迟早会好起来的。”

让人意想不到的是，就在当晚，王桂芝生了。伴随着孩子呱呱坠地，接生婆抱着刚生出来的孩子对王桂芝说：“恭喜你啦，是个带把儿的！快抱抱。”

接生婆小心翼翼地把孩子放在王桂芝的怀里。这时，在门外听见婴儿哭声的张殿化按捺不住推门冲了进来。

“怎么样？”张殿化问门口给接生婆打下手的人。

“母子平安，是个大胖小子，你有儿子啦！”接生婆满脸堆笑，比比画画地走出来跟张殿化说，希望能多讨几个赏钱。

张殿化也明白，掏出一个红包直接塞到接生婆手里，看都不看接生婆一眼，向里屋走去。

只见王桂芝躺在床上，满头大汗，被汗水浸湿的头发粘在脸颊上，眼睛半睁着，满脸疲倦，显得十分虚弱。张殿化抻着袖口，小心翼翼地帮王桂芝擦掉额头的汗，说了一句：“辛苦了。”

“弄得这么肉麻，俺都受不了了。”王桂芝笑了。

张殿化也跟着笑了，看着新生的孩子，想抱一抱，不禁感觉自己笨手笨脚的，生怕弄疼了孩子。

“咋长得这么砢碜。”张殿化已经乐得合不拢嘴。

“谁让你长得就砢碜呢，儿子不嫌弃你就不错了。”王桂芝这会儿嘴上也不吃亏。

“嗯嗯，怪我了。”张殿化挪过来一个凳子，坐在王桂芝床边。

“你想啥呢？”王桂芝问。

“我呀？”张殿化想了想，说“我就寻思着，你白天里刚摸了枪，咱儿子就等不及出来了，等他长大了，会不会是个拿枪的呢？”

“你净瞎想，借个官印抱两天还能当上官不成？”王桂芝看着张殿化说。

“呵呵，不能，就是说说。”张殿化乐得合不拢嘴。

“咱们给他起什么名字呢？”王桂芝问。

“我早就想好了。”张殿化说，“按我们的家谱，他这一辈范‘文’字，你是山东人，就叫张文东，你看行不行？”

“那咋不行，你的儿子，你叫啥都行。”

第十一章　退　伙

由于沙俄军队在奉天地区太过猖狂，之后不到半个月，又传言要派军队到各地区驻守，没有人知道这事是真的还是假的，但焦肥子在黄永波的劝说下，终于也按捺不住，带着一行人来烧锅，找到了张殿化。

焦肥子关了门，和张殿化相对而坐，黄永波坐在中间，屋内其他的人都被撵了出去。虽然焦肥子还没开口，但张殿化基本猜到即将发生的事情了。

“那个……”焦肥子说话之前清了清嗓子,缓解尴尬的气氛,“我……咱们的烧锅开张也一年多了，当时看你是外乡人，很多事都行不通，所以周围的人都让我帮帮你。现在看，我觉得你都做得挺好的，我自己的事情也挺多，就帮你到这里吧。”

“焦兄弟，你这话是什么意思？”张殿化明知故问。

焦肥子看了一眼黄永波，黄永波会意地点点头，对张殿化说：“咱们烧锅刚开办的时候多亏焦兄弟出手相助，才有今天这家业，但是焦兄弟还有自己的事业，不能总在这帮你一个人啊！本来焦兄弟打算净身撤出，但由于别的地方还有买卖，手头太紧，实在不能都给你留下，所以想撤出他的股份。焦兄弟今天来就是要核算一下现在的资产，退出他在会海泉烧锅的那部分。”

“这可使不得啊！现在烧锅正处困难期，若是你现在撤出，我们连进粮的钱都没有，出酒就更难了。若是没有酒卖，会海泉烧锅迟早要关门啊！”张殿化连连摆手说。

焦肥子虽然想给自己立好名声，但是他没有那么多耐心周旋，他没有理会张殿化，直接从口袋里掏出了去年和张殿化签的字据，说:“去年，我花了三成的钱，但是咱们说好的分红是五五开，所以现在我要退出的话，就得要五成的钱。烧锅开办时是两万元，这一年来烧锅上大小的投入也得有三四千，算算，现在你给我一万二就够了。”

“焦兄弟，你让波子评评理，好歹咱们合作一场，不讲道理也得讲讲感情吧！当时明明分红就多给你了，现在你还要按五五退股，哪有这样的道理？再说，这一年的投入用的都不是烧锅的钱，都是从我自己的那份里面拿出来的钱，所以你的那部分比重一直在变小，现在按三成给你，你都是赚的。”张殿化用手指的关节敲着桌子说。

“你的胆子也太大了，信不信我让你一天都开不了！”焦肥子失去了耐心，拍桌子站起来说。

“别着急,你看你,吵吵什么,有话好商量。”黄永波拉着焦肥子坐下。

“真该给你点颜色看看。”焦肥子对着门口喊，“大梁子！”

“什么事？哥。”话音刚落，大梁子就开门进来。

“给我砸，什么都别留下！”焦肥子一挥手。

“这……”大梁子不知道发生了什么，犹豫着该不该下手，但是看见焦肥子冲他一瞪眼睛，也不管三七二十一，撸袖子转身要往外走，“好嘞！”

“你给我回来！”黄永波见状也拿出态度来，这让焦肥子吃了一惊。“把烧锅都砸了，可连三成都拿不到了，你图的是什么？”

“那也砸，什么都得不到，我乐意。”焦肥子脸一扭，上来了鱼死网破的倔劲儿。

“不行！老弟，今天你就听我一次，你先坐回来。”黄永波拉着焦肥子回到凳子上。“你们都别急，听听我的建议，如果我说的不行，你再砸再打也不迟！”

黄永波没有马上说他的建议。他分别看一眼两个人，两个人都安静下来之后，他才不急不慌地说：“刚才二位说的，我都仔细听了。你们说得都有道理，大家合作经营一场，若是没有焦老弟的帮忙，张兄也不会有今天的烧锅，买卖不成仁义在，说句良心话，烧锅也没让焦老弟赔着。现在是烧锅最难的时候，要不听我一句劝，各退一步，焦老弟就按照开张时烧锅的资产——两万元的四成，也是两万四千元的三成退股，你们看怎么样？”

焦肥子和张殿化二人对视，谁也不先表达自己的看法。黄永波和门口的大梁子关注着两个人的表情。一时间，房间里鸦雀无声，只听见外面烧酒工人工作时骂骂咧咧的说话声和搅拌原料的沙沙声。

“如果可以，咱们这就立个字据？”黄永波想打破僵持，试探着说。

“那是多少？”焦肥子在心里算了半天，没算明白。

“八千元。”黄永波说。

“不如这样，念在你我合作一场，我再退一步，如果三日内，能给我现钱，那我只要七千，如果出了三日则要九千，如果一个月之内还不清的话，每月加一百元，怎么样？”焦肥子听了这个数之后，又想了想说。

黄永波和张殿化听后一愣。原来焦肥子琢磨着张殿化现在把整个家都压在烧锅上，一下子也拿不出这么多钱，于是假装仁义，没有按照之前和黄永波商量的说，擅自加了这么个条件。

“焦兄弟，咱烧锅现在的情况你也都知道，这太为难我了，你提的这条件每月加一百元我实在是负担不起，你看看能不能改成每月加五十元。”张殿化想了想说。

“八十，不能再少了。”焦肥子说。

“好吧，八十就八十。”张殿化犹豫了好一会儿才不情愿地说。

“既然如此，两位没有什么异议的话，我就照着你们的话立字据了？”黄永波从他自己带的布袋里面拿出笔墨摆在桌子上，问两人。

“写吧，写吧。”张殿化扭过头不看黄永波和焦肥子，摆着手说。

“你先出去吧。”焦肥子对大梁子说。

“哥，那还砸不砸了？”大梁子问。

“砸你个头啊，就知道砸，上门外等着去！”焦肥子喊道。

“哦。”大梁子答应一声，关上了门。

叶广武站在门外，只知道屋子里正发生着一件很大的事情，具体是好是坏，完全看不出来。等焦肥子一伙人走了之后，他赶紧冲进屋子里面，看见张殿化一脸轻松，才松了一口气，问："我不知道你们刚才在做什么，没敢冒失地进来，你没什么事吧？"

张殿化笑着把墨还没干透的字据推到叶广武面前。叶广武大字不识几个，端详之后，凭着认识的几个字实在不能理解全文的意思，抬头问张殿化："我看不懂，上面写的是什么？"

“焦肥子把他的那一份七千元卖给我了。”张殿化说。

“这家伙这个时候退出，实在是太狡猾了。现在烧锅几乎不赢利，沙俄的军队还在周围骚扰，好事都让他给占了。”叶广武握着拳头说。

“怎么会呢,这才刚开始。你先把账本拿给我,然后去邻居李喜青家，找李喜青和李庆森借钱。记住，这爷俩一定要全都问到。”

“借多少？”叶广武问。

“能借多少借多少，现在就去办。”张殿化说。

待叶广武走后，张殿化回到自己的屋子里面，翻出这两年的积蓄，粗略地点了一下，然后又塞了回去。

过了一会儿，叶广武垂头丧气地回来了，不等张殿化开口，就直接说："爷俩我都问过了，说一点余钱都没有，都不肯帮咱们的忙。我想如果你亲自去的话，会好一点吧？"

张殿化摇摇头，说："现在整个会海泉都不会有人借咱们钱了，我让你去就是想确认这件事。"

“为什么？”叶广武被说得一头雾水。

“按理来说，你去李喜青家借钱的时候，在他家里应该还看见焦肥子了吧？”张殿化猜道。

“焦肥子没看见，但是我去的时候遇见一个焦肥子家的伙计，刚好从李喜青家院子里往外走。”叶广武说。

“一回事，他一定是去李家告诉他们不许借咱们家钱。李喜青和焦肥子在我面前一直装作不熟的样子，但我很早就觉得李家跟焦肥子有关系。去年刚开始建烧锅时，赶上过年，我找李家借了五十元，钱借了不到三天，焦肥子就来家里为难我，要收行费。开始我并没有觉得这里面有什么联系，是你弟妹跟我说，我才发觉里面有猫儿腻。桂芝在和焦肥子说话过程中提到向老李家借钱这件事情时，看焦肥子和黄永波的表现好像都知道这件事，而知道这件事并且能对他们说这件事的人，只能是李喜青或者他儿子李庆森。再往前想，焦肥子第一次来时，我正卧病在床，他进来之前我隐约听外面有人说话，那声音似乎也是李喜青的。再加上今天这件事，李喜青的大孙女出嫁不到一个月，彩礼也收了不少，多说没有，一两百元还是会有的，但是他听了焦肥子的话，没借。”

“这也不能证明李家就是在给焦肥子做事啊？”叶广武说。

“你说得对，本来我也不能确认，但是你想，如果老李家不知道这些内情，焦肥子要想阻止他们帮助咱们的话，多半是要焦肥子亲自出马才更有力度，劝说或者威胁他们不许借钱给咱们，就算是派人去说，这事情也不是三言两语就能解决的。不过就刚才的情况来看，焦肥子只是派了一个下人，用了几句话就达到了目的，这足以说明焦肥子和李喜青之间一直有联系。咱们的一举一动都被人看在眼里，老李家不能不防啊！”

“你是说老李家一直替焦肥子看着咱家的烧锅吗？兄弟，你想得有点太多了，我觉得隔壁这家人还是挺好的，他可能是害怕焦肥子，才不敢借钱给咱们，咱们可以找别人借啊，一会儿我多走几户，一定能凑到一些。”叶广武说。

张殿化摇摇头，说："不用去了，这是他们告诉的第一家，往后全屯的人甚至周围屯子的有钱人也都不愿意或者不敢借我们钱了。"

"他这么做也太过分了，明知道烧锅现在不赚钱，还拦着别人借咱们钱，这让咱们怎么给他钱？他这不是给自己制造障碍吗？"叶广武说。

"他这么做有两个目的：第一，如果三天不能还钱，就要多还两千，以后还会每个月再加息钱。以咱们会海泉烧锅现在的情况来看，即使撑得住，一时半会儿也还不清这笔钱，咱们还是他的摇钱树，不同的是，这样一来，他就成了债主，不用再担心烧锅的好坏，这钱都是要还的；第二，如果咱们现在缩小烧锅的规模或者变卖了这烧锅，那他还可以高枕无忧地重新垄断他在会海泉和周围这一带的酒生意。"

"焦肥子真能算计，他欺负人都欺负到家了，你怎么还能咽得下这口气？要我说，横竖都是死，不如发动一下咱们这五十多个工人，去跟他拼了，这样还有机会拼出一条活路。"

"武哥，拳头不能从根本上解决问题，况且咱们现在不是农民，更不是胡子，是生意人，生意人就得有个生意人的脑袋，这话你弟妹天天在耳边对我说。这事你放心，我自有安排，你先去忙吧，两天以后陪我去一趟焦肥子家。"

第十二章　收　网

之后的两天里，张殿化无动于衷，像往常一样，在院子里忙活着，这边看看酒曲，那边敲敲烧锅。直到第三天，张殿化简单打扮一番，带着叶广武站在了焦肥子面前，当时焦肥子正在吃饭，张殿化的到来让焦肥子心底一沉，举起一半的饭碗僵持在半空。

张殿化的出现多半意味着他的如意算盘落空了。但在彼此开口之前，焦肥子还是心怀希望，万一张殿化此行是求他再宽限几天呢？毕竟张殿化的情况他知道，经焦肥子安排之后，张殿化在陵界跑断了腿，也借不足一千元。想在三天内凑齐七千元或者一个月内凑到九千元都是不可能的，更何况据他了解，这三天，张殿化连烧锅的院都没出去过。

张殿化伸出食指，在半空点着焦肥子桌子上的菜，数了一遍，说："焦兄弟，你看你一顿饭吃四道菜，其中两盘还是带肉的，你兄弟我现在喝粥都快接不上了，能不能商量商量，再改改咱们之前定的那个字据？"

听了张殿化的话，焦肥子悬着的心一下子落地了，他把碗放在桌子上，又把筷子仔细地摆在碗上面，才不慌不忙地说："什么叫立字据？就是白纸黑字的证据。既然那天咱们都在上面签字画押了，那就没有办法了。"

"这纸上写的也只是咱们两个人的事，能不能宽限几天，也让我缓一缓？"张殿化商量着说。

"不是我不想帮你，可我是讲原则的人，不管这内容我是吃亏还是占了便宜，既然这字据已经立了，我就一定不会改，要不然我不是扇自己的脸嘛，对不对？要不然我这满院子的工人怎么能服我呢？再者说，我也是考虑到你手里没什么钱，所以如果你能早点还的话，还比咱们说好的数少要一千元呢！”焦肥子挥舞着他的那张字据，“语重心长”地说。

焦肥子说完话之后，又拿起筷子，头也不抬，继续吃起饭来，把张殿化和叶广武晾在一边。张殿化看着焦肥子吃了几口饭之后，叹了一口气，朝叶广武摆摆手。叶广武从怀里拿出一个包，张殿化接过来之后，小心翼翼地挪了挪焦肥子桌子上面的菜碗，然后把包摆在桌子上。

焦肥子满嘴的饭都忘了咽，鼓着腮帮子，瞪大了眼睛盯着张殿化做完这些动作，然后拿着筷子颤抖地指着桌子上面的纸包，含糊地问："这是啥？”

张殿化看了一眼焦肥子，没有回答他的话，缓缓打开纸包，里面一摞摞的钱工整地展现在几个人面前，然后张殿化说："刚才从你的话里面我听出来了，你也是说一不二的汉子，既然这样，我就不违背你的原则了，按照咱们立的字据，这是你的七千块钱，你可以点一下。往后的日子，我们烧锅再紧巴紧巴，应该也还能顶得过去。”

“这……”没等张殿化说完，焦肥子一口饭卡在喉咙里，把头埋在桌子下面剧烈地咳嗽起来。“你有种！”焦肥子脸憋得通红，挤出三个字后，又继续咳嗽起来。

“焦兄弟，你慢慢吃，我们就不打扰了。以后没有事时，欢迎你来会海泉烧锅做客。”张殿化说完，带着叶广武出了屋子。

身后焦肥子还趴在桌子上咳嗽，连头都没来得及抬起来。

回去的路上，叶广武朝着张殿化的胸脯打了一拳，说："老弟，我根本没想到你给我这一包子里面装的都是钱，看你拿出来我都没敢相信，你是怎么做到的？”

张殿化得意地笑了，然后给叶广武讲起这件事的始末。

其实，在家里的钱都花光时，王桂芝和张殿化本来商量着从赵会林那里动动脑筋，可是半路冒出个焦肥子。有焦肥子横在中间，赵会林怎么可能会出手帮张殿化，既然如此，不如将计就计，利用焦肥子度过最艰难的时期。两个人研究了很久之后，一唱一和，随机应变，随时调整计划，才有了今天的这一幕。

当初，张殿化的烧锅在账目上写的是自己出资一万四千元，焦明成出资入股六千元，整个会海泉烧锅总资产两万元。而实际上，张殿化在建烧锅的时候，精打细算，充分利用了周边各地区的价格优势，节省了近四千元，总投资仅花了一万六千元，最后烧锅开张时，手里还剩下两千元没有用，而这两千元钱，张殿化早就留好，等着未来哪一天买回焦肥子的份额。

和焦肥子接触之后，张殿化发现焦肥子的军师黄永波说的话对焦肥子影响特别大。开始，张殿化害怕黄永波参与其中，做什么事情都尽量避开黄永波，譬如找焦肥子帮忙占地主赵会林的地这件事，张殿化就是趁着黄勇波不在的时候，故意给烧锅和赵会林制造一定的矛盾。

毕竟焦肥子也不傻，要想摆脱焦肥子，只能让他对烧锅失去兴趣，让他失去兴趣的唯一办法就是让他觉得烧锅无利可图。也就是说如果成本上来了，利润少之又少，那么焦肥子对烧锅的兴趣就会越来越小，张殿化才有机会买回焦肥子手中的那部分。接着张殿化通过买地制造了和赵会林之间的矛盾，这将间接影响到之后烧锅的购粮价格，至于结果如何，当时张殿化夫妇心里也没有底，所以张殿化也是咬着牙，破釜沉舟地赌上这一次。

至于焦肥子退出之后，赵会林会不会继续仇视张殿化和会海泉烧锅，会海泉的高粱价钱能不能降下来，这都是以后的事情，张殿化甚至到现在，心里也是一点底都没有。当时形势所迫，只能这样走一步算一步，毕竟这黑锅还是有希望推到焦肥子身上。

后来，焦肥子和黄永波对这件事都有所警觉，张殿化再想摆脱黄永波单独和焦肥子决定什么事情就变得特别难了，于是张殿化开始琢磨如何才能让黄永波站在自己这一边，替自己说话。直到有一天，在谈话中张殿化无意发现，这笔烧锅的买卖中，焦肥子几乎什么都没分给黄永波，这成了张殿化的突破口。在张殿化长期的暗示下，黄永波也开始对焦肥子的做法产生了不满。待时机成熟，张殿化找到黄永波，和他谈成了劝说焦肥子退出的事情。

由于张殿化一直以来的准备，劝说焦肥子退出烧锅的理由已经水到渠成：一是本地粮价太高，从外乡购来的粮食需要再加上运费，中途还承担着被土匪打劫的风险，即使到了家，用外地高粱烧出来的酒和本地高粱烧出来的相比，还会逊色不少；二是赶上沙俄军队一直在安广县附近，烧锅的安全很难保证，随时都面临着灭顶之灾，不如拿了钱退出，省了这份心。所以黄永波也就答应了这件事。

当然，黄永波是不会白做的，经过两个人讨价还价之后，以四千元的价格，卖给黄永波两成份额，虽然以当前两万四千元的资产算，张殿化吃了点亏，但是谈起合作的话，在地痞与商人之间选择，当然还是要选择商人，并且和焦肥子之间的买卖相比，还是非常值得的。

之前建烧锅时剩下的两千元，加上黄永波入伙的四千元，再加上攒下来的积蓄，凑足七千元还是绰绰有余。本来按照和黄永波约好的应该是控制在八千元以内，由于焦肥子自作聪明，临时提出了三天之内仅还七千元就可以的想法，张殿化意外地省了一千元，连下一锅烧酒的费用都不愁了。

“张老弟，你这账算得细啊！”叶广武惊讶地说。

“唉，我是个农民，就习惯过本本分分、坦坦荡荡的生活，你不知道我在琢磨这些事情时心里有多不舒服。可是我若不这么做，早晚都得被焦肥子吃掉，也是实在没有办法，还好有你弟妹帮忙，才合计出这个法子，以攻为守，得以保全啊！”张殿化说到这里，语气里略有些沮丧。

“兄弟，别这么想，哥支持你。这种情况下，没有更好的办法，你只能这么做了。”叶广武拍拍张殿化的肩说。

张殿化从哈拉火烧屯回到家里，跟叶广武规划了一番，将省下的一千元和其他积蓄全部投到了烧锅里，准备大干一场。

这件事过去几天后，也不见焦肥子有什么动作，大家心底的一块石头也就落地了。

第十三章　一条鱼惹的祸

这天下午，邻居李庆森拎着一条大鱼匆匆忙忙地进了张殿化家里。

“庆森，你这是？”张殿化不解地问。

“这不是嫂子生了嘛，一直想来看看，又不好意思空手，今天捞了条大鱼，给嫂子补补身体。”

“这么大的鱼可真不好弄到，这是从哪儿捞上来的啊？”张殿化高兴地问。

“吃吧，这鱼新鲜着呢！”李庆森把鱼塞到张殿化的手里。

“这怎么好意思，把你家的人也叫来，晚上咱们一起吃吧！”张殿化不好意思地说。

“不用，我家有，我家也有。”李庆森一边说一边往后退，出了屋子。

“怎么这么急着走，不再坐一会？”张殿化说。

“不了，我先走了。”李庆森一边说，一边离开了张殿化家。

张殿化看着李庆森的背影，非常不理解他怎么一下子变得这么热情了。本来除了李喜青以外，这家人对张殿化家的态度一直是不冷不热，特别是王桂芝生了个儿子之后，李喜青回到家中又把李庆森和儿媳妇好顿骂，这使得李庆森一家对张殿化家的态度开始从冷淡转为仇视，迎面撞见都要低着头，能不说话就尽量不说话，仿佛李家所有的矛盾都是来自张殿化家一样。不过话说回来，不管出于什么原因，李庆森主动缓和关系还是让人高兴的事，说不定是李喜青那老头子突然开窍了。

这么想着，张殿化回到屋子里，开始给鱼刮鳞开膛。鱼鳞还没刮完，王桂芝抱着张文东从外面回来，进屋看见张殿化正收拾这么长的一条鱼，也很是惊讶。

“都多久没吃鱼了，这是打哪儿弄的这么大的一条鱼啊？”王桂芝说。

“是啊，满陵界都不好找到一个卖鱼的。今天我来个一鱼多做，给你补补身子。”张殿化一边说一边掏出鱼的内脏。

“这是从哪儿弄的鱼啊？”王桂芝又问。

“李庆森给拿来的，说你刚生完孩子……”张殿化挥刀把鱼头剁了下来。

“他？”王桂芝问，“这鱼不会有问题吧？”

“就他那点能耐，还敢下毒不成？”张殿化不以为然地说，“新鲜着呢，拿来时活蹦乱跳的，看上去像是新捞上来的。”

“我还是觉得这鱼吃不得。”王桂芝摇摇头，然后猛地想起张文兰，便张嘴问道，“文兰呢？”

“在炕上玩儿嘎拉哈（一种动物的膝盖骨做的玩具）呢。”张殿化说。

“一直在屋里？”王桂芝问。

“嗯，在屋里。”张殿化说。

“也想不出鱼里面能有什么猫儿腻。”王桂芝直勾勾地盯着盆里的鱼说。

“先吃着吧，该想的我也都想了一遍了，没准儿是老李头想开了呢！一会儿把那几个工头都叫到屋里吃，咱们多削几个土豆，让烧锅上的工人们也都沾沾腥。”

在张殿化夫妻满腹狐疑中，鱼终于做好了，就在大家围着桌子吃得正高兴时，他们担心的“猫儿腻”发生了。

一阵急促的马蹄声进院儿，桌子上的人还没有反应过来，五六个蒙古族人已经进了屋子。

吃饭的人见这几个蒙古族人来势凶猛，惊得纷纷站起身来，屋子里顿时变成了对峙的局面。这几个蒙古族人究竟因何而来，想要做什么，屋里的人都莫名其妙。

几个蒙古族人说着其他人一句也听不懂的蒙古语，对桌子上的菜指指点点。张殿化家的一个工头小声地问，“他们是饿了？”

其中一个年长的工人说："不对，是这鱼有问题。咱们吃了他们的鱼？"

“他们的鱼？”张殿化不明白怎么回事。

年长的工人正要解释，其中一个蒙古族人操着并不熟练的汉语开始说话了："谁是烧锅的掌柜的？"

张殿化从人群里走出来，说："我是。"

来的几个蒙古族人并不擅长说汉语，凭着他们的只言片语和大家的推理猜测，才大概明白了这件事的始末。

原来，这伙蒙古族人是陵界世居的守墓人，即所谓的鬼奴。这些鬼奴崇拜的诸多圣物中，陵界村边的一个湖就是对象之一。对他们来说，河流是净化坏东西的地方，水源是生命之泉。同时，也有传说水里的鱼就是地上的马的灵魂，马对于蒙古族人来说，更是宝贵之物，所以他们通常会将捕鱼的人视为仇敌。张殿化桌子上面的菜正是李庆森从这不能侵犯的湖里打上来的不能惊动的鱼。李庆森家的鱼还没有杀，所以说了些好话，还给他们也就作罢，但张殿化家的这条鱼已经成为盘中餐，无法弥补。蒙古族人的态度很强硬，说不仅要赔这一条鱼，还要给向湖道歉的祭品。于是，他们口中的“赔一条鱼”，就绝不仅仅是一条鱼那么简单了。经过再三交涉，最后，张殿化同意让他们牵走一匹马作为补偿，他们才极不情愿地离开。

这群蒙古族人离开之后，大家也没有心情再继续吃饭了。有的人愤愤不平，说就是跟这群蒙古族人硬干也不怕；有的人骂李庆森不是个东西；还有的人开始担心会不会受到萨满教的诅咒。张殿化并不言语，坐在凳子上想这事的始末，只觉得很多事情真的是防不胜防，任他当时再怎么猜测，也绝想不出到头来竟会唱这么一出戏。

突然，大家杂乱的议论声变成了一阵嘘声，张殿化顺着大家的目光看去，原来是李喜青带着李庆森来了，李庆森蔫头耷脑地跟在李喜青后面，李喜青进屋之后，也不看一桌子人的反应，直接抱拳给张殿化道歉："殿化，真是对不住，我这儿子不懂事，居然去蒙古族人的河里捞鱼，给你们家添了这么大的麻烦！"

"没关系，庆森老弟也是好意嘛，别在意。"张殿化忍着心里的情绪客气地说。

"什么好意，捅了这么大的娄子，这要是放在早些年，都能闹出人命来。"李喜青回头抽了李庆森一个大脖溜子。

李庆森皱着眉头抬起头，刚要说话，李喜青不等李庆森开口，又踹了李庆森一脚："看什么看，你还有理了啊？"

"算了,算了。"张殿化赶忙下地,拉开李喜青,把李庆森让到桌子上，说，"反正这鱼都炖了，价格还不便宜，更不能糟蹋了，大家一起吃！"

"还吃什么啊，我们还哪有脸坐在这里！"李喜青指着自己的脸说。

"我也算是知足了，庆森老弟给俺们家拿的是一条大鱼，俺给他们一匹马，要是给俺送来一锅小鱼，俺这全家都得搭上了呢！"王桂芝半开玩笑半讽刺地说。

伴着一屋子的笑声，李喜青领着李庆森灰溜溜地逃出屋子，这事也告一段落。

第十四章　烧锅遇到兵

让焦肥子最后悔的是，光绪三十一年（1905 年），八月二十四日，盛京将军赵尔巽奏准在解家窝堡设安广县之后，洮南府就一直在研究在安广县境内驻防问题。所以第二年，也就是光绪三十二年（1906 年），沙俄的军队还没到陵界，防军就先到了，百姓无不拍手称快。但此时焦肥子也只有拍腿惋惜的份儿了，用黄永波劝他的话来说，就是："张殿化有这命，命好的话谁也挡不住，来钱的道道多得是，还是别纠结在张殿化这一棵半死不活的歪脖树上了。"

这一年的四月份，奉天派了官兵三百名驻防安广县解家窝堡。同年，奉天省前中路七营巡防队由辽源来洮南剿匪，并在洮南设防。这让当地百姓悬了快半年的心终于有了着落。只是，张殿化这心放下没有多久，事情又来了。

官兵驻防之后没几天，一支十多人的队伍，不知道是慕名而来，还是误打误撞，到了会海泉烧锅。

当时，正赶上张殿化去安广县送酒回来，刚进村，离很远就看见这伙着装的驻兵站在他家的门口，烧锅上的人以叶广武为首，人手一件烧酒工具当作武器，在面前晃来晃去，想把这几个兵赶走，对面驻兵出来时虽然都是轻装简行，但是大刀也还是带了的。眼下这伙驻兵看起来还没有想打架的意思，但是双方再僵持下去，以这些当兵人的性子，打起来是早晚的事情。

张殿化见形势紧张，赶紧跳下马车，向家门口跑去。

“这是怎么回事？”张殿化拨开叶广武一伙人高举的铁锹、铁镐问。

“这群兵痞子想上咱们烧锅白吃酒，被我们赶了出来。他们没吃到酒，就不肯走。”叶广武说。

张殿化回头看了一眼对面的这十多个人。他们年龄大小不一，小的看上去只有十六七岁，随着长期行军打仗，面色发黄，带着几分憔悴，这让张殿化的心一下子软了下来。

于是，张殿化一把夺下了叶广武和身边一个雇工的工具，扔在地上，说：“要不是这些人，说不定咱们的烧锅早就被沙俄军队给抢光了，给他们喝点儿酒不是应该的吗？都让开，把他们请进去。”

张殿化这一说，在场的所有人都愣住了，顺着张殿化的手，门口的雇工们闪开一条路来，那十几个驻兵反而开始犹豫起来。

张殿化又向他们解释：“我是这家的主人。刚才工人们不懂事，多有得罪。大家进院，今天就在我家吃，我请客。”

听了张殿化的话，这些驻兵才一脸不好意思，互相推搡着犹犹豫豫地进了院子。

当天张殿化酒菜招待这些人，他们临走时，张殿化又给了其中一个看似小头领的人一坛好酒，偷偷跟他说，这是烧锅上最好的酒，把这个给你们的长官，如果你们长官是懂酒的人，一定能喝出来的。

张殿化并没有太把这件事放在心上。几天以后的一个早上，张殿化正在院子里检查烧锅上日常用品的消耗情况，突然，伴着一阵急促的脚步声，一支三十左右人马的队伍停在了张殿化家门前。为首的人骑着一匹枣红色大马，一身军官打扮，原来此人便是在安广县驻防的奉军后路营官。

前面的两个士兵给营官打开张殿化家的大门。营官从马上下来，把缰绳递给身边的一个随从，然后拿着马鞭背着手信步走进张殿化家大院。

“你们家主人呢？”营官在院子里转了两圈，打量一番后，走到距离张殿化不远处问。

“我就是。”张殿化看着这伙突如其来的驻兵，一时不知道是何来意。

营官摆了一下手，两个士兵压着一个人进了院子，营官指着被押着的人问张殿化：“前几天是不是他们到你的烧锅上要酒喝？”

张殿化见状，忙说：“这不关他们的事，是我留下他们吃饭的。”

营官一边说话一边掏出钱袋，说：“留不留是你的事，吃不吃是他们的事，他们吃了就违犯军纪。我的这些兵和我行军打仗多年，随我出生入死，是我没有管教好他们，这是两倍的饭钱。他们什么德行我知道，如有冒犯，还请你见谅。你看这样行不行？”

“哪有哪有。”张殿化连忙把钱往回推，不肯接钱。

“你必须收下，我还有话要说。”那营官的语气不容置疑。

张殿化见状只好接过营官的钱，捧在手里，等着营官继续说下去。

“你们这会……会……”营官一时想不起来这里的名字。

“你说的是会海泉？”张殿化提醒说。

“对，会海泉，这名字真难记。我们在来这里驻防的路上就听说过你们会海泉烧锅的酒好，就是名字难记。”营官一边说一边绕着院子参观烧锅上的设施，“托这几个熊兵的福，我也喝到了你们家的酒，果然名不虚传。”

“过奖，过奖。就是小本买卖，做点良心生意而已。”张殿化拱手说道。

“不必谦虚。你也不用害怕，我和别人不同，若拿你的，分文不差。”营官回头抬起马鞭朝张殿化一指，吓了张殿化一跳。

“过一阵子，我要去洮南府，想带一些好酒。你这里有什么好酒，别藏着，尽管拿出来，有多少，要多少，没有问题吧？”营官问。

“没有问题，没有问题。”张殿化连声应道。

“好，那就先这么定了。到时候我派人来拿酒，记住，只能比我喝到的那坛酒好，不能比那坛酒差。”营官说完话，走出院子，上马带着众士兵离开了烧锅，只留下张殿化一个人在院子里暗自叫苦。

王桂芝搂着文兰从屋子里出来，站在张殿化后面。文兰待不住，几次试图挣脱王桂芝搂着她的胳膊，最后王桂芝松开手，得到释放的文兰跑出了院子。

“文东呢？”张殿化问。

“刚喂过奶，睡着了。”王桂芝说。

“刚才的事，你都看到了吧？”张殿化问。

“唉！当个农民安安稳稳地过日子多好！现在树大招风，焦肥子的事刚摆平，又跟当兵的沾上了，这回咱们可真是鸡蛋对石头了。”王桂芝抱怨着说。

“也说不定是好事呢？”张殿化虽然嘴上这么说，但是从他的语气里听得出来连他自己也不相信他说的这话。

“能有啥好事？秀才遇到兵，有理说不清。这事啊，俺最有感受了。”王桂芝说。

“也好，这些当兵的只是吃酒，不吃人。听说大赉厅小榆树屯的胡子现在得有三四百人了，若是安广县没有这些官兵，咱们早晚也得遭殃。”张殿化想了一会儿，好不容易又想到了一个借口。

让张殿化没有想到的是，营官把酒取走几天后，开始陆续有洮南的人上门来谈酒、订酒。原本是在军队里喝的酒，怎么连平民百姓都知道了呢？后来，几经询问，才知道缘由。

营官一队人马带着张殿化的酒进到洮南府之后，在街上不慎打翻了一坛酒，顿时整条街上酒香弥漫，在场的人无不啧啧称奇。更有夸张的人说，当场竟有人被酒香醉倒了。后来有一家杂货铺打听到了这酒的出处之后，专程到会海泉烧锅带回去一些，发现特别受欢迎，便有商家陆续沿着陆路或者洮儿河水路找来。一时间会海泉烧锅的酒供不应求，价钱也开始上涨。

更让张殿化意外的是，时任奉天省前中路七营巡防队的张统领在一次外出剿匪的路上，经过会海泉，特意下马驻留。

当时,张殿化只知道地方上的营官。张统领第一次到会海泉烧锅时，他的军队刚刚剿匪归来，兵疲马倦。张殿化哪里知道他是谁，幸好通过之前的事情，张殿化对当兵的人的印象变得特别好，所以也没在乎来者何人，只管热情招待。

席间，张统领端起酒盅一饮而尽，赞叹道："怪不得整个洮南府都在传言陵界有个烧锅，一进镇子，就有酒香扑面而来。这一阵子洮南府大小饭馆和酒行把你的酒传得都神了。"

"不敢当。"张殿化谦虚地说。

"今天路过会……"张统领一时记不起会海泉的名字，一摆手，说，"路过这烧锅镇，我特意下马，亲眼看看你这烧锅到底有什么名堂。"

"这酒是藏了多少年的？"张统领指着手里的杯子问张殿化。

"是当年的酒，军爷。"张殿化说。

"当年？"张统领听了之后，觉得自己被怠慢了，心里不快，脸上马上没了笑容，"就是说你还有更好的酒没拿出来？"

张殿化见状，连忙解释："长官莫怪，这点你有所不知。小号从开张到现在两年未满，所以烧锅上时间最长的酒也不足两年。但是祖上传下一种白酒催陈的方子，只需几天，就比得上别处四五年的酒了。"

"哦？如果用你的方子，存个一年半载，岂不成了百年老酒了？"张统领笑道。

"没有那么神。五年是一个坎，这四五年的效果尚可以以假乱真，但是充其量也就如此了，十年、二十年的沉淀还是要慢慢来的。"张殿化谦虚地说。

"我行军打仗，走过很多地方，喝过很多酒，你的酒不是最好的，但是很特别，只要喝上一口，这味道就再也不会忘记。这烧锅上是不是有什么秘诀啊？"张统领不再生气，好奇地问张殿化。

张殿化反应快，笑着说，"军爷，您真会说笑话。哪有什么秘诀，就是用心烧罢了。要是有秘诀，不就烧出最好的酒了嘛。"

张统领听了张殿化的话，也不再细问，举起杯子仰头大笑。

烧锅镇要比会海泉好记，从此以后，张统领的亲随们也都顺着他的意思开始称这里为烧锅镇。后来烧锅镇的名字传到民间，逐渐取代了会海泉的名字，也有蒙古族地区将这里称作烧锅淖尔。到 1926 年新政规划调整时，正式命名为烧锅镇，将八区设在烧锅镇，下辖韩屯村、新立堡村、烧锅镇村、太平窝堡村。一直到后来，张统领离开洮南府再回来时，驻守洮南府会海泉的黑龙江督军兼署省长吴大帅还要特意派人来烧锅镇拿酒。再后来，这烧锅还编到了烧锅镇的村约中："嫩江湾，洮河源，万物存，众生恋，富饶地，村落建，会海泉，鱼米鲜，九〇五，烧锅满，高粱红，烧酒酣……"

张殿化打开洮南的销路之后，烧锅虽然暂时没有再扩大规模，但是大大减轻了经济负担，不用再担心资金周转的难题。这让焦肥子对退股的事情彻底悔青了肠子、急红了眼睛。他暗暗骂自己只贪图眼前小利，丢了西瓜捡芝麻。不过现在的张殿化已是今非昔比，他和安广县、洮南府的驻防兵都有了联系，现在也不知道他到底有什么能耐，连焦肥子也不敢轻举妄动了，再加上已经暗暗从烧锅得利的黄永波的劝说，焦肥子只好暂时放弃了对会海泉烧锅的各种心思。

第十五章　连吃闭门羹

这一年，整个洮南府一带风调雨顺，各地区都获得了丰收，加上近些年一直放荒垦地，导致会海泉的地主赵会林家的存粮大量积压，运不出去。张殿化觉得缓和与赵会林之间矛盾的机会来了。

化解与赵会林的矛盾对张殿化的烧锅来说是非常重要的。最显而易见的道理是，如果能直接从赵会林家购粮，就能节省运费这一笔不小的支出，还免去了半路可能遇到胡子的风险。其次，张殿化当年北上时，一路走，一路尝酒，最后留在这里，就是因为这里的酒味道特别，其特别的原因是这里的井水好、高粱与众不同，会海泉的高粱基本符合他那张祖传酒方中对高粱的要求。会海泉本地高粱比外地高粱更适合酿酒。会海泉一带独特的水土环境、适宜的气候，再加人烟稀少、空气干净，使种植出来的高粱色泽饱满、淀粉含量远远高于其他地区，尤其是高粱粒中含有的单宁比例恰到好处，这完全符合了张殿化那张祖传秘方中对高粱原料的描述。当时张殿化一路走来，尝到这里的酒时，酒入口之后，仔细品鉴，会有一种干涩的感觉，就像喝了一口浓浓的隔夜凉茶。虽然那个年代他不知道这是一种叫作单宁的物质导致的，但是他知道只要能利用好这种东西，那么他的酒就成了七八分了。

所以，只有用本地的高粱加上不断完善最终成形的烧酒工艺烧出来的酒，才是张殿化最满意的，但是这件事很少有人知道。由于赵会林垄断了陵界本地的高粱，除了张殿化自己家的那一小块儿地，其他能到手的本地高粱少之又少。因此，张殿化把本地高粱烧的酒都单独存放，只有在比较重要的时候才拿出来用，比如带给营官的那坛酒和营官带到洮南府的酒，这些都是用本地高粱烧出来的。

让张殿化没有想到的是，赵会林的事情并没有那么顺利。尽管张殿化现在已经和焦肥子脱离了关系，但是赵会林还是把张殿化和焦肥子划在一起，让张殿化连续吃了两次闭门羹。这也难怪，当初虽然是焦肥子出手夺走的地，但最后这地还是落到了张殿化手上。

要说家底，赵会林一点不比焦肥子薄，但是赵会林的住所和焦肥子比起来却相差甚远。他家的粮仓和住处不在一起，所以院子的面积不大，院里有一排泥草结构的房子，算上长工住的侧房，一共也就七八间，从外面看上去根本谈不上阔绰。进到屋子里，室内就算用最好的词来形容，也只能是宽敞大方，井井有条，再无其他。这让张殿化对赵会林暗暗佩服。

张殿化第一次去赵会林家时，对赵会林院里的用人说找赵会林有事情要说。结果，张殿化等了许久，只见到了赵会林家的二儿子赵延庆。赵延庆才十六岁，已经到了成家的年纪，但是由于赵会林家业较大，一时还没找到门当户对的人家，所以暂时还在家里跑腿帮忙。

赵延庆有模有样地坐在椅子上，一根很细的辫子吊在脑后，一双眼睛不停地观察着张殿化，透着一股机灵劲儿，让人忍不住心生喜欢。

“我想见一见你父亲，谈些生意上的事。”面对一个十六岁的孩子，张殿化很是无奈。

“我爹有事，没在家里，您先请回吧。”赵延庆说话时摆出一副彬彬有礼的样子。

“是在仓库吗？我可以去那里找他。”张殿化说。

赵延庆歪脖儿想了一下说：“也没在仓库。您先回吧，等他回家我会帮您转告他的。”

“我还是在这里等吧。”毕竟赵延庆还是个孩子，言语间，张殿化已经明白赵会林是故意躲着不见他，但他突然想为难下赵延庆，看他有什么反应，于是一边说，一边坐在旁边的凳子上面。

这可惹急了赵延庆，他连忙摆手说："别别，你，您在这久了，我怕我怠慢了您，您还是先回去吧。"

赵延庆一边说，一边走到门口，像模像样地做出一个送客的姿势。张殿化被赵延庆的样子逗得不行，强忍着才没笑出来，竟忘记了没有见到赵会林这档子烦心事。

张殿化走到门口，对赵延庆说："好，我不难为你，等我走了，帮我转告你父亲，我还会再来，一直到他肯出来见我。"

张殿化从赵会林家出来后，左思右想，觉得这事应该越快解决越好，于是就直接去了黄永波那里。

自从和黄永波共谋了焦肥子一道之后，张殿化就在暗中加强了和黄永波的联系。张殿化把关于黄永波的事情想得再清楚不过，眼下确实每个月要拿出两成的利润给黄永波，但要是和焦肥子在的时候比，还是要好得太多，这也多亏黄永波渗透到焦肥子内部，给焦肥子做了足够的思想工作，才使焦肥子主动退出会海泉烧锅，所以总体看，这笔交易是利大于弊的。

换个角度想，黄永波是一个地地道道的商人，在一些事情的处理和预测上面，他还是远远超过张殿化的，张殿化不如利用好这个现成的资源，当会海泉烧锅的盈亏也关系到黄永波时，黄永波自然会积极帮助张殿化。

黄永波听张殿化讲完赵会林的反应后，叹了一口气说："赵会林对你有气是情理之中，当初抢地的是焦明成，得地的却是你。按照你当时的打算，这件事也是无法避免的。其实你们两家和则两兴，分则两伤，我相信这件事他自己也懂，可他毕竟是农民出身，脾气里带着一股犟劲儿，不像我们经商的，这种事他不是轻易就能想得通的。"

"确实如你所说，和则两兴，这方圆十几里的粮食有一半是要送到他们家的，只有拿下赵会林才是长远之计啊！"张殿化说。

黄永波想了想说："本来我可以去赵会林家里为你说说情，但是如果我去的话，很容易被焦肥子发现咱们俩的关系，如果他知道咱们之前的那些事情，把他惹急了，乱咬一气，也够咱们受的了。"

"兄弟，你想多了，不用你亲自出马，我这次来就是想让你给出个主意，看看怎么才能化解我们之间的矛盾。"张殿化说。

"我觉得这事说难就难，说容易也容易。这农民啊，虽然有时候想事做事一根筋，但是他们都特别实在，重感情，如果你能用行动打动他，那一切就迎刃而解了。"黄永波说。

张殿化低头琢磨了一下黄永波的话，说："那我就继续找他，直到他肯见我为止？"

"眼下我也没有别的办法了，在他同意和你做买卖之后，再把那块地还给他的话，这事就办得差不多了，只是不知道你舍不舍得这块地。"黄永波说。

"这……等赵会林同意卖粮之后才把地给他？我这就把地还给他的话，事情岂不是更好办一些？"张殿化问。

"如果你一去就把地还给了赵会林，那这地只是你们之间恢复往来的筹码，他不会领你的情。但若是你说通了这工作之后，再把地还给他，那就是在谈感情了。"黄永波说。

"我真是佩服啊！"张殿化拱手说。

张殿化第二次去赵会林家，和上次一样，赵会林还是避而不见，不过这次不是赵会林的二儿子赵延庆接待的，而是换成了赵会林的管家。没见到赵延庆，张殿化的心里竟有些失落，通过上次见面，他觉得这孩子身上有一股机灵劲儿，特别招人喜欢。

赵会林的管家是一个年近六旬的老头，是赵会林家的一个远方亲戚，一直住在赵会林家，平日里深居简出，姓甚名谁很少有人知道，但是一打眼就能发现他的脸上写满了老奸巨猾。

"是你要找当家的吗？他现在不在家。"管家对待张殿化待理不理，直接坐在桌子边的一个椅子上面，任张殿化站在屋子中间，没有一点让座给他的意思。

张殿化深吸一口气，稳定了一下情绪，说："我想我们的事情你也都知道，我希望能直接和赵会林谈谈，这关系到咱们两家以后的发展。"

"你是来买粮的吧？"老管家问。

"不只是买粮。"张殿化说。

"实不相瞒，现在库里没有多少存粮，你恐怕是白来了。"老管家装作什么都不知道的样子说。

"赵家在会海泉一带的影响这么大，就算不打听，也能从乡亲口中听到个八九不离十。现在赵家的情况我都了解，你不必瞒我，他想卖粮，我想买粮，我们之间就算有再大的误会，也不能和钱过不去，耽误了到手的买卖不是？"张殿化一边说一边凑到管家身边，偷偷把一个小纸包塞到管家手里。

管家先是一惊，然后桌子下面的那只手捏捏纸包，随后那张事不关己的脸来了个截然相反的转变，头微微靠近张殿化，压低了声音说："小老弟，你这让我如何是好？这件事你我心里都明白，可我也做不了主，帮不上什么忙，为难啊！"

张殿化见有了效果，便伸出手，示意管家不必再说下去，"我不会为难你，今天赵会林不在家，说破了天，也不会从屋子里走出一个赵会林，过几日等赵会林在家时，我再来，这事就拜托你多好言几句，我先告辞了。"

张殿化说完转身就走。管家坐在原处，左右张望，确定没有人看见之后，慌忙把纸包塞进衣服里，站起来送张殿化出门。

张殿化回家没多时，叶广武也回来了。自从洮南府的市场打开之后，叶广武负责联系洮南府的各个商铺。近几日，张殿化派他去洮南府巩固一下现有的客人，最好再趁热打铁，开辟一些新的市场。

叶广武从洮南府回来之后，迫不及待地到正房找到张殿化，见面还未说话，就先笑开了，不等张殿化开口，自己先说起来："兄弟，这事比我想象中的容易多了，洮南府但凡喝酒的人，都知道咱们会海泉烧锅的酒好。"

叶广武一边说一边竖起一根大拇指，然后四下看了一圈，拿起一个茶碗，自己倒了一杯茶，一口气喝个底朝上，撸起袖子，抿了一下嘴，接着说:"现在啊,会海泉都不叫会海泉了。我在路上遇到个人和我搭讪，问我是哪里的，我说会海泉，他们说'会海泉？啊啊，就是那个烧锅镇吧！'说得我是一愣啊，后来才知道，这都是托那个叫张……张什么的军官的福。"

"张统领？"张殿化问。

"对对对，他可是比那个营官还大的官呢！你看我这记性，我只记住他姓张了！听说那支队伍上次来咱们家时是去追剿土匪，刚打完仗回来。"叶广武一拍脑门儿说。

"原来是上了战场的英雄！唉！当时我没太多想，只当是一伙残兵败将路过呢，也没备一桌好菜，真是对不住人家啊！"张殿化感叹说。

"洮南府的人说，就是那个张统领嫌会海泉这个名字不好记，干脆就叫烧锅镇了。"

"那就一定是他了。他吃饭的时候就没记住会海泉这个名字，随口说了一嘴烧锅镇，虽然当时是随口一说，但是听得我心里特高兴，所以对这印象很深。"张殿化说，"当初给咱烧锅起名字的时候，你也在场，起名会海泉，跟这地方叫一个名字，就是希望人们提到这个地方就能想起咱这烧锅。"

"没想到这么几年,咱们烧锅比这地方名气都大了。"叶广武补充道。

"只是……"张殿化认真地摆手说。

"只是什么？"叶广武问。

"不能让他们这么叫，这名字叫出去，胡子来得可就快了。"张殿化说。

“还有什么好怕的，胡子来了，还有官兵给咱们撑腰呢！咱们以后的路可是一马平川，越走越顺了。”叶广武坐在炕沿上，两只手在空中比比画画地说。

“没有用的，官兵就是个名，能被吓着的，咱们本来也不用害怕，要是真有胡子来，官兵怎么会来帮咱们，再说等官兵到了这里，整个烧锅都被抢没了。”张殿化说。

“这……”叶广武手里摆弄着碗，被张殿化说得一点激情都没有了，“咱们应该联合会海泉的大户，自己保护自己的屯子。”

“说到大户我想起来了，今天我又去了一趟赵会林家。”张殿化说。

“又去？”叶广武问，“什么意思，你去他家做什么？”

于是，张殿化原封不动地把叶广武去洮南府这段日子他两次去赵会林家的事和叶广武说了一遍。叶广武听完之后，气得直挠头，说：“咱们能不能有点骨气，就不买他们家的粮不行吗？”

“是咱们理亏在先，现在又赶上他家粮食卖不出去，咱们为什么不趁这个时候给彼此一个台阶，能皆大欢喜不是更好吗？”张殿化说。

“可他老是躲着不出来，这事怎么解决得了？”

“快了，等几天，我再去时他就会见我了。”张殿化说话的语气很坚定。

正聊着，外面忽然热闹起来。叶广武透过炕上的窗户往外看，几辆马车停在大门口。叶广武说：“洮南府的客人来了，我得赶紧去装车。烧锅上又压了不少酒了。”

自从和驻防兵扯上关系之后，为了防止在驻防兵上吃太多亏，张殿化和身边几个人多次商量，最后又偷偷挖了一个很大的地窖，把烧出来的好酒装在抹了猪血泥的藤篓子里面，用坛子封好，写上年份，存在上好的松木酒海里，留着以后用。而日常用酒，都是算好了量，烧好一批运走一批，满足客户订单之后，就不剩多少了。这样一来，既避免了被驻防兵们过多糟蹋，还给外人一种生意兴隆，供不应求的感觉，无意间竟提高了酒价。

第十六章　强强联手

第三次去赵会林家，张殿化终于如愿见到了赵会林。

赵会林又让张殿化等了许久，才不情愿地现身。赵会林和张殿化同处一屋，气氛变得特别紧张，原本赵会林已经做了充分的思想准备，结果看见张殿化还是气不打一处来。若是用眼睛能瞪死人的话，张殿化恐怕早就死几个来回了。看到这儿，张殿化心里就已经清楚，如果不是那收了好处的管家在背后帮着做了些思想工作，光凭他自己，就是把赵会林家的门槛踏平，也休想见到这“老顽固”一面。

赵会林个子不高，身材微胖，穿着粗布外套，无论看面相还是打扮，都和普通的农民一般无二，而实际上他却是这一带数一数二的大地主。

“会林兄，好久不见，气色还是这么好啊！”张殿化主动上前说话。

“有吗？那倒是让你失望了。我再怎么不好也不能差那一口粮不是？”赵会林讽刺道。

“你看你这说的是哪里话。那时我也是初来乍到，什么都不懂，若是知道了，也不会这么做，别说会海泉这块巴掌大的地方，整个陵界的人都知道鼎鼎大名的赵家，又有几个认识张殿化的，你大人大量，何必跟我一般见识呢？”张殿化说。

“哪敢？我在这鼎鼎大名了十几年，会海泉不还是会海泉吗？现在托你的福，这会海泉都要被外人改名叫成烧锅镇了，然后你在这讽刺我鼎鼎大名？再说，你的会海泉烧锅还有安广和洮南府的驻防兵撑腰，我可惹不起啊！”赵会林瞟了张殿化一眼。

“都是外面胡说的，小号能支撑到今天，还不全是仰仗咱们会海泉的乡亲的帮助嘛，无论到什么时候我也不能忘本的。”张殿化说。

“那也是别人帮你，我可没帮过，你不必记着我。”赵会林冷笑一声。

“这次来，就是听说你库里存的高粱多，想请你帮个忙。”张殿化说。

“你那么厉害，我能帮到你什么忙？”赵会林不屑地说。

“会林兄，你这不是明知故问嘛！我知道有些事情我做得不对，于你有愧，所以为了表示我的歉意，只要你开个价，我绝不还价。”张殿化说。

“真的？”赵会林第一次正眼看张殿化。

“做买卖靠的就是说话算话。”张殿化说。

“每石一千五百分。”赵会林随口说出了一个换作是谁都不会答应的价格。

“好，我今天回烧锅算一下用量，明天带人去你的仓库。”张殿化一点没有犹豫。

这反让赵会林吃了一惊，他本是有意为难张殿化，不想他竟考虑都没考虑，直接答应了，赵会林不敢相信地看着张殿化问：“当真？”

“当真。”张殿化斩钉截铁地说。

赵会林稍作沉思，毕竟空口无凭，说不定今天张殿化嘴上应了，是为了给自己个台阶下，等出了门就再无消息。于是赵会林又恢复了一贯的冷淡，说：“既是这样，还有别的事情吗？”

张殿化见对方已有送客意思，站起身，掸掸衣襟，说：“没有了，我先回去计算一下用量，明天仓库见。”

“不送。”赵会林一动未动，任张殿化尴尬地独自离开。

对于赵会林提出的高价，张殿化早已做好了心理准备，虽然是他中意的本地高粱，但是就算加上外地粮的运费和遇到土匪的风险，这价格也实在是不合算，说白了，这确实是一个没有人会答应的价格。但是，以赵会林的为人，一旦感化他，他也不会白占便宜，拿张殿化不识数。

所以为了长远打算，这次破冰还是具有一定意义的。刚刚两个人从头到尾也没有表达过赵会林家高粱堆积卖不出去一事，但赵会林一定也会考虑到这一点，在这个时候，张殿化做的不是落井下石的勾当，而是帮他一把，即便现在赵会林嘴上不说、心里不认，一旦建立了联系，以后往来的机会多了，总有一天赵会林心中的疙瘩能解开。

张殿化一路思考下一步的打算，走到家门口时，思绪被王桂芝和文兰的哭声打断。他紧走几步，进了院子，看见院子里，王桂芝正在院子里高声地对文兰说教，文兰低着头，委屈地用手背抹着眼睛。

他从王桂芝的话中，大概了解到文兰在外面和谁家的孩子打架了，于是想上前劝劝王桂芝，结果刚要开口，王桂芝就对他使了个眼色，让他不要管这事。

张殿化对王桂芝办事一直很放心，于是没有说什么，低着头进屋了。文兰本以为张殿化回来，有了给自己撑腰的人。结果张殿化竟什么也没说，像没看见一样，直接走了过去。张文兰愈发觉得委屈，哭声就变得更大了。

张殿化坐在炕上，虽然眼睛不往外看，但娘俩的声音却不绝于耳，王桂芝的训话和女儿的哭声让他心情烦乱。自从张殿化和王桂芝重新组建家庭之后，王桂芝从来没有对张文兰这么凶过，这种事是他和王桂芝结婚以来第一次遇到，张殿化一时不知道该怎么处理。不一会儿，文兰和王桂芝一前一后进了屋子。张殿化把两个人上下打量一遍，文兰衣着有些凌乱，膝盖上还有没掸下去的土，手腕露出的地方隐约还能看到抓痕，脸蛋上面也被划出一道不深的小口子。王桂芝几次试图去拉文兰的手，都被文兰挣开了，显然，她还在和王桂芝斗气。

“怎么了？”张殿化问王桂芝。

“隔壁李庆森家的老二和老疙瘩（排行最小的子女）合起伙来欺负文兰，他们家太不像话了，我在院子里骂给他们听听。”王桂芝生气地说。

“小孩子嘛，都不懂事，他们的事，让他们自己去解决，咱们大人少掺和。”张殿化劝王桂芝说。

“他们家找别扭也不是一次两次了，小孩子不懂事，大人还不懂事吗？”王桂芝一想起来就压不住火，“你让文兰自己跟你讲讲怎么回事。”

“她们是怎么欺负你的？”张殿化把文兰搂到自己身边问。

张文兰抽搭着说：“刚才我抱着弟弟在院子门口玩儿，她们俩路过这里就说我和弟弟不是一个娘生的，好东西都给弟弟了，还说我就是傻子，弟弟也好不到哪去。我说不是，她们就笑话我，还伸手要掐弟弟的脸，我不让，然后我们就打起来了。”

“你听，这不明摆着都是家里大人教的吗？李庆森生不出儿子，老头子不高兴，他就把这火往咱们家撒？他们不在家说，小孩子怎么能说出这种话来？”

王桂芝这么一吵吵，张文兰更觉得自己委屈，又啜泣起来。张殿化朝王桂芝摆摆手，示意她别再说下去，王桂芝见状，也不再说话。

张殿化等文兰平静一些之后说：“大家都是邻里，抬头不见低头见，平时忍一忍，咱们也理解一下他们家的感受，人家的孩子教成什么样是人家的事，咱们做好自己就行了。”

张殿化搂着文兰，竟又想起赵会林家的二儿子赵延庆，那孩子挺机灵，家里也是正经过日子的人家，又长文兰两岁，若是能说成这门亲事，文兰的下半辈子也不用愁什么了。可是转念再想，自己和赵会林的买卖还没成，就有了把张文兰嫁给赵家的想法，自己真的不是为了买卖送女儿吗？想到这里，张殿化被自己的想法吓得不敢再想，独自下了炕，背着手去烧锅找叶广武了。他还要和叶广武算出近期高粱的用量，毕竟赵会林的高粱价格不低，买多了，自己赔，买少了，显得没诚意。

第二天上午，张殿化就带人去了赵会林的仓库。由于时下已经秋收将尽，粮食又卖不出去，粮仓堆得满满的，甚是壮观。邻里路过都要羡慕一下赵会林的家业，只有赵会林是笑不出来的，今年的收成都很好，哪里都不缺粮，如果再这么压下去，赔是早晚的事。

赵会林更是早早就来到仓库等张殿化。一方面觉得张殿化不会来吃这个明摆着的亏，想看这小子的笑话，彻底让张殿化无话可说。一方面又希望张殿化能把这满院子的粮全都运出去。就在赵会林前后矛盾时，张殿化推开了赵会林仓库的大门。看见张殿化，赵会林的心里更是复杂，这个既让人厌烦又让人期待的人来了。

“来得这么早啊？”张殿化看见赵会林，笑着问。

“哦，刚才库里有点小事，我来处理一下，现在事情办完了，刚要回家。”赵会林装作待理不理的样子说。

“忙什么，咱这不是还有买卖没做呢嘛！”张殿化也猜出了赵会林的心思，也只好顺着赵会林，等他什么时候心理平衡了，就好办了。

“我家的高粱都在院子里，你要的话，自己出去看就是，看好之后再拉走。”赵会林背着手在屋子里面踱来踱去，并没有打算带着张殿化看。

“不用啦，刚才进院子时我一走一过，都看完了。我对高粱只有一个要求——只要是咱们本地的高粱就行。院子里面最大的那一垛你要是卖的话我都要了，你看怎么样？”张殿化说得轻描淡写。

赵会林听了却不淡定了，紧走几步到了窗前，弯下腰透过窗户看一眼院子里的那几垛高粱，然后惊讶地回头问张殿化：“你确定？”

“我怎么会开玩笑呢。就按昨天说好的价格，一千五百分一石。烧锅上周转不开，我先交一半的定金，剩下的等卖了酒全数交到你的手上，保证一个月之内还清。”张殿化说。

赵会林没有说话，一个人出了屋子，他的那位老管家也跟了出去。张殿化等人站在屋子里，看着窗外赵会林绕着张殿化所指的粮垛转了一圈，管家嘟嘟囔囔跟赵会林说了不少话，但是赵会林并未理会管家，一句话都没有说，又默默地回到屋子里。

“点钱，运粮。”赵会林进屋之后，头也没抬，一挥手，言简意赅。

在称粮装车的过程中，赵会林仍然一言不发，有时偷偷观察观察张殿化，有时看看外面工人装粮的进度，一直等到最后算账，张殿化把一半的粮钱数完放在赵会林眼前，赵会林叹了一口气，说出了一直憋在心里的话："你张殿化无论是为人还是经商的事情，我都听了不少，可是我听得越多越不明白、越恨你，你在其他事情上做得都挺好，我是怎么惹到你了，你就偏要找我麻烦呢？"

"会林兄，我也有自己的苦衷啊！我总觉得有愧于你，又没有机会开口，一直拖到现在，事情都过去了，我也不和你细说了。"张殿化摇摇头说。

"这么贵的粮，买了你不是明摆着要赔的吗？"赵会林想了想问。

张殿化苦笑着说："人嘛，活着总得为点什么。如果对自己做的事情收不了场子，还算是爷们儿吗？连一个安稳觉都睡不了，活着还有什么意思！"

"好！这才是我所听说的张殿化。"赵会林一拍桌子，说："一石便宜你三百分。"

这回轮到张殿化惊讶了，他说："兄弟，我说这话不是为了赚你的同情，这次说好的一千五百分，我就没打算和你讲价，邻里乡亲的，都是兄弟，只要能化解你我之间的矛盾，这点钱又算得了什么！"

"有些事，发生了就是发生了，不会轻易地一笔勾销，但是过去了，也要考虑后面的事情。特别是听了你的这番话，我也得为了我在半夜翻身时能不想起你。"赵会林拍着胸脯说。

张殿化和赵会林的关系缓和之后没有几天，张殿化又把当初从赵会林手中夺走的地，按价转给了赵会林，这让赵会林十分感动、对待张殿化的态度产生了彻底的转变。从此赵会林和张殿化称兄道弟，情同手足。

至此，张殿化解决了粮源的问题，省去了不必要的路费，特别是用上了本地的高粱酿酒，酒的味道又升上一格，会海泉烧锅的买卖更加兴隆，在老坎子码头也经常看得见会海泉的酒往外运。

但是，世上没有不透风的墙，张殿化和黄永波、赵会林之间的事情，焦肥子多多少少还是有所耳闻，虽然所知不详，但也能猜到一二，感觉自己是被人合伙算计了，又奈何不了赵会林和现在的张殿化，于是一股怒火瘀胸，病倒了。

焦肥子病倒这件事情大家谁也没有在意，甚至一直和焦肥子保持往来的黄永波也没有察觉，但焦肥子是那种吃了亏就不会轻易善罢甘休的人，所以，一直到张、赵、黄三家纷纷遭到焦肥子的报复之后，张殿化和赵会林才想到焦肥子，而那时黄永波已经在九泉之下了。

第十七章　联　姻

光绪三十三年（1907 年）秋末，在会海泉烧锅和赵会林家的粮食买卖稳定之后，张殿化开始研究女儿张文兰的婚事问题。早在张殿化去赵会林家买粮，看到赵延庆的第一眼时，张殿化就相中这孩子了，只是那时他不愿意想这件事，因为那样一来，不光是周围的人，甚至连他自己都很容易把买粮和嫁女儿这两件事掺和在一起，所以一直等到和赵会林家的关系彻底缓和之后，他才开始琢磨这件事。

一次趁赵会林到张殿化家里做客之际，张殿化趁机让张文兰出来给赵会林倒水。张文兰也是懂事的孩子，倒水的时候，又问候赵伯伯几句，这让赵会林对张文兰赞不绝口。

谁知张殿化叹了一口气，说道："有什么可夸的，换作别人家，这么大的闺女，早都成人家媳妇了，赵兄倒是会拿别人的痛处开玩笑。"

"文兰这么贤淑，她爹又这么厉害，怎么会嫁不出去呢！"赵会林拍拍张殿化的肩安慰张殿化说。

"你太抬举我了。咱觉得和人家门当户对的，人家不找咱。咱们闺女还能到处提亲去吗，多让人笑话？"张殿化说。

"你说得对，咱当然不能主动提亲，不过你也不必着急，早晚的事，早晚的事。"赵会林笑着安慰张殿化说。

虽然赵会林基本上听明白了张殿化的意思，但他当面没有说什么，回到家就和媳妇商量把张文兰娶进门做赵延庆媳妇的事情，赵会林的媳妇也很是同意。赵会林为了表示重视，找到了当时安广县的孙知县做媒人，孙知县和赵会林有些私交，加上赵会林给孙知县的提亲礼确实不薄，孙知县就答应了这件事。次日，赵会林便带着赵延庆与孙知县一同去张殿化家看亲了。

看亲就是相亲，由男方来到女方家中，一是看看姑娘如何，二是让女方的父母看一看男孩怎么样。赵会林和张殿化通过一年来的生意往来，已经很熟悉了，但赵延庆并未见过张文兰。那时的女孩还是保留着大门不出二门不进的传统，家里能让文兰出去玩一会儿，已经是破天荒的事情，尤其是张殿化落户会海泉之后，考虑到在这里人生地不熟，张文兰岁数也不小了，就很少让她露面见人。所以这看亲一个环节在那个时候还是一道非常重要的环节，再加上当时把这套程序看得比什么都重要，无论实际上有没有必要，只有从头到尾走完这一套烦琐的程序，才算得上是明媒正娶，并且这程序越隆重、越正式才越让人羡慕。

而相亲只是第一步。

张文兰虽然对相亲这事有些心理准备，但看见张殿化带着赵会林和赵延庆进院儿便紧张起来，本应跟着王桂芝出门迎接，却佯装平静，跟在王桂芝的身后往外走的时候，趁王桂芝不注意，快步溜回了闺房。

张殿化请孙知县和赵家父子进屋，安排入座后，问王桂芝怎么不见张文兰。王桂芝朝着张文兰的闺房挑了挑眉毛，众人会意，便是一阵哄笑，这让在屋里偷听的张文兰羞得满脸通红。脸上的红还未消，房门就被王桂芝推开了，“兰儿，快出来啊，大家都等着你呢！”

张文兰满脸通红，埋着头扭捏地从屋子里走了出来，站在张殿化和王桂芝的中间。刚才一行人进院的时候，张文兰没有来得及细看赵延庆，这会儿，趁着大人们谈话，张文兰偷偷瞄了赵延庆几眼，才发现她好像之前在哪见过赵延庆。

张文兰正想着到底在哪里见过，赵会林忽然站了起来，对张殿化说：“既然都来了，咱们带孙知县参观一下烧锅吧！”

“这……”张殿化开始没领会赵会林的意思，但是看一眼张文兰和赵延庆两个孩子也马上明白过来，从椅子上站起来，对孙知县说："好，这边请。"

在赵会林的配合下，人们陆陆续续出去参观烧锅，最后出去的赵会林随手关上了房门。赵延庆本想跟着大家出去，却被活生生关在屋子里面，赵延庆站在门口，回头扫了一眼屋子，发现已经没有别人，然后朝张文兰端肩吐一下舌头，张文兰被逗得抿嘴笑起来。

"你笑啥？"赵延庆问。

"你扮丑相还不让人笑？"大人都出去以后，张文兰也放松起来，坐在刚才张殿化坐的那把椅子上。

"其实我也想去看你们家烧锅，里面是不是可大了？"赵延庆踮起脚伸长脖子向窗外看。

"还行吧。平时我爸从来不让我进去玩儿，说里面男人多。"张文兰说。

"那你是不是也能喝酒？"赵延庆问。

"女孩子喝什么酒！"张文兰瞟了一眼赵延庆。

"那你……没喝过？"赵延庆不理张文兰的态度，好奇地追问。

"对呀，就算我爸让我喝，我也不喝。"张文兰说。

"哦，原来是因为你爸不让你喝。"赵延庆好像发现了什么秘密一样，露出一脸得意的笑容来。

"那才不是，那玩意儿就是一股子辣味儿，有什么好喝的。"张文兰辩解道。

"好好好，没什么好喝的，其实我也觉得那玩意儿不怎么样。"赵延庆说。

"谁说那玩意儿不怎么样？我还没听谁说过我家酒不怎么样呢！"张文兰一听赵延庆说自家的酒不好，反而更急了。

"那我是说好对还是说不好对啊？"赵延庆一时不知所措，挠着脑袋说。

“当然是好，这可不是吹出来的，而是所有喝过我家酒的人夸出来的！”张文兰说。

“你误会了，我怎么会说你家的酒不好呢。酒好不好，一半在酿，一半在粮，若是说你家的酒不好，岂不是也否了我家的粮不是？”赵延庆灵机一动，找到了让人信服的借口，总算把话拉回来，调整了自己的立场，说得张文兰微微点头，觉得也是那么一回事，赵延庆才松一口气。

“听说你家的粮可多了，能在会海泉均匀地铺上这么厚的一层。”张文兰用手比画将近一寸的厚度。

“没有没有。”赵延庆连忙摇着双手否认，“都是庄稼人没事瞎传的，特别是今年，我家库里都没收上来多少粮。听来送粮的说，今年不光是会海泉没有雨水，整个安广县都闹旱灾。像我家的地，就算是靠近水源，能收四五成都算是好的了。”

“你家的地咋收这么早？”张文兰问。

“还没收呢，再等些日子，若是等来两场雨，也还能再长些分量。”赵延庆认真地说。

“唉，雨是等不来了。”张文兰像个小大人一样，叹口气说。

“你们家来了客人都不让座吗？”赵延庆问。

张文兰这才发现说了这么半天，赵延庆一直都站在原地未动，但她不想承认这个重大的失误，向赵延庆示弱，便说：“外面的大道也从来没人让你走，你不也照样上去走了吗？”

“不和你争，你们女人真是强词夺理，怪不得我爹娘吵架的时候我爹从来都不说话。”赵延庆一边说一边自己坐了下来，心里想到以后要把这么厉害的女孩子领回家过日子，不禁暗自叫苦。

张殿化一行人在烧锅厂房里面转一圈之后就回来了，不过大家心照不宣，都没有进屋，小心翼翼地走到窗户下面偷听两个孩子谈话，一个个弯着腰，挤眉弄眼地偷笑，相亲圆满地成功了。

相亲之后是“奠雁”，男方请人带着大雁到女方家里提亲。之所以带大雁，是因为大雁感情专一，并且能够顺应气候迁徙，符合阴阳之说，再加上春去秋来，也暗指“男大当婚、女大当嫁”。

女方收下“奠雁”礼之后，赵家请媒人去女方家了解女方的详细信息，特别是生辰八字，回去请大仙算一算男女两人的八字和属相，确定两人五行八字相合之后，赵家组织近亲属一行十二人带着早就准备好的聘礼来到张殿化家行订盟之礼。

事情进行到这里一切都很顺利，不想，订婚期前，赵会林家里出了事情。

第十八章　赵会林家的大火

这天傍晚，赵会林家的一个长工匆匆来到张殿化家，慌慌张张地闯进屋子，当时张殿化正在吃饭，看见跑进来的人衣冠不整，满脸黢黑，就知道一定是出事了，急忙放下碗筷迎上去问发生了什么事情，那长工气喘吁吁地告诉张殿化，赵会林家的高粱地被人给点了，赵会林家的人都去救火了，人手还是不够。

“我这就带人去。”张殿化一边穿上外套一边朝院子里喊，“叶大哥！”

“什么事？”叶广武闻声跑了进来。

“赵会林家的高粱地着火了，快点带着咱家的工人跟这位兄弟去救火。”张殿化指着赵会林家的长工说。

“先等等！”怀里抱着张文东的王桂芝叫住张殿化。

“怎么了？你在家照看孩子，我们去就行。”张殿化看起来也十分着急。

“我觉得这事不太对，现在还没到放荒的时候，大部分的庄稼都没收，但凡是个庄稼人都知道小心烟火，就算是收拾得早的庄稼户，也知道现在放荒容易烧到别人的庄稼。怎么就突然着火了呢？”王桂芝说。

“你是说有人故意放火？”正在系外套扣子的张殿化停了下来，“不管是不是故意放火，现在救火最重要啊！”

“是呀，那片高粱地可是赵家今年最大的指望啊！”赵会林家的长工着急地说。

王桂芝皱着眉头看一眼来报信的长工，然后问：“老赵的家里留人了吗？”

“家里有人，仓库没人了，仓库那边的人也都叫去在地里扑火呢。”长工说。

“这事有蹊跷，火还不知道是怎么着起来的，你们家里面得留人守着，防止有人调虎离山。”王桂芝说。

“叶大哥，我领工人们去救火，你跟这兄弟去仓库吧，万一有事情能及时出来报个信。”张殿化在关键的时候还是很相信王桂芝的话。安排妥当之后，转身问王桂芝：“那咱们家用留人吗？”

“咱家有我呢！”王桂芝语气轻松。

“你？”张殿化担心地问。

“怎么？不放心俺啊？俺可能顶得上三五个大老爷们儿呢！快去吧，救火要紧！”王桂芝小声说着，将张殿化推出屋子。

张殿化带着烧锅上的工人们一路小跑，离很远就看到黑烟弥漫。赶到时，赵会林已经带人打出一条防火带，正在抢收防火带以外火势还没有蔓延到的高粱。张殿化也来不及打招呼，和烧锅上的工人直接加入了抢收高粱的队伍。

温度随着火势临近也变得越来越高，一些工人热得纷纷脱了外套，有收割高粱穗的，有往安全的地方转移的，再加上地旁，赵会林的媳妇坐在地上已经哭得一塌糊涂，现场好不热闹。

赵会林头也不抬，迅速而熟练地在高粱地里挥舞着镰刀，收割高粱的沙沙声混着不远处火烧高粱秆的噼啪声和火焰在风中的呼呼声不绝于耳，这些声音都扎实地落在赵会林心上。

一刀挥空，赵会林在自己左胳膊上划出了一道口子。前面已经没有高粱，他直起腰，看着地平线处的落日，仿佛地上的火点燃了天上的云彩，红色的高粱穗混着红色的火焰，映着落日的红。那一天，他的世界里只有红色。赵会林并没有注意到自己小臂上的伤口，只当是流出来的汗，他用右手抹了一下，发现这“汗”竟也变成了红色，他不敢相信地挤挤眼睛，再看，依然是满手红色。他又抬起头，秋天的阳光带着特有的毒辣射向大地，赵会林感觉一阵眩晕，耳边的声音突然变得特别遥远缥缈，手里的镰刀滑落到地上，人向后一仰，倒在刚砍下的高粱穗上面。

“赵大哥晕过去了！”忽然听见有人喊。

周围的人听了，都聚了过去。

“会林！会林！”

“快来救人！”

“你们别都在这围着，留两个人搭把手就行，快把高粱收起来！”管家努力维持着现场的秩序。

赵会林醒过来时，已经是后半夜，他躺在自家的炕上，胳膊上被刀划破的伤口已经被包扎起来。赵会林扫了一眼屋子，屋里只有张殿化和赵会林的大儿子赵延喜两个人。

“你们还没休息呢？”赵会林开口说，可是那声音沙哑得很，连他自己都不认得，仿佛不是从自己的嗓子里面发出来的，嗓子冒火似的疼。

“我爹醒了。”赵延喜听见赵会林说话，像屁股被扎了一锥子，一下子从椅子上弹了起来，朝炕边走去。张殿化见状，马上开门出去报喜。外面的人听说赵会林醒了，都跟着张殿化进了屋子。

赵会林躺在炕上，仰着头看着一群人陆陆续续地从门外进来，最后赵会林的媳妇在旁人的搀扶下，擦着眼泪也进来了。

“让你们担心了，我没事，就是忙活得太快，火一烤就晕过去了。”赵会林说。

“你可吓死我了，你要是死了，我可怎么活？”赵会林的媳妇一说起话，又变得泣不成声，傍晚救火的时候，她就跪在一旁一直哭，赵会林晕倒后，更是号啕大哭，本来就手忙脚乱，结果还要留出两个人照顾她。

“娘，你说什么呢？快说‘呸’！”赵延喜说。

“高粱抢出来多少？”赵会林还是更关心他的庄稼。

“先别管高粱了，你好好养养身子吧！”张殿化说。

“找出放火的人了吗？”赵会林问。

“我们想了半宿了，想不出得罪过谁。”赵会林的管家说，“说不定是胡子干的。”

“自打官兵驻防之后，这一带一直都很消停，怎么会突然冒出这么一伙胡子专门点我的高粱？”赵会林说。

“要说是胡子，倒也不是没有可能，提起胡子，我也想起来一件事。前两天我去安广县送酒，听说有一伙胡子在安广县附近遭到官兵围堵，打得特别激烈，双方伤亡都很大，据说现在这伙胡子首领的家人还被关在大赉厅的大牢里面。”张殿化突然想起这件事，便说了出来。

这一说，大家惊得目瞪口呆，一脸惶恐，仿佛这伙胡子此时正站在门外，随时都会冲进来。

“这是哪里来的胡子？”问话的是赵延庆。

张殿化环视了一圈，确定屋里没有蒙古族人后，又压低了声音说：“这伙胡子的头领是一个很厉害的蒙古族人。据说，前年哲里木盟盟长大量放垦旗地，激起了蒙古族人的强烈不满。于是这些蒙古族人推举这个首领作代表，前去王府请愿，希望能停止放垦旗地。结果此人这一去，不但没见到王爷，还挨了五十大板，然后给从王府赶了出来。这让他很是愤怒，回到家后，约了一些亲戚朋友计划起义。开始周围的人都劝他忍下这口气，这人也不与人争辩，任凭旁人怎么说。时间长了，大家看他没有什么动作，也就都放下心来，以为他只是一时恼羞成怒，才心生起义的念头。却没想到去年九月份，他带着他的三个儿子和一些亲族、朋友攻占了二龙索口垦务局，抢到了好几十支枪。当天半夜，又突袭茂林站，还杀了那里十二名日本人和保卫的清兵，他们越闹越大，最后朝廷直接下令要求消灭这伙胡子。”

“那他们不是比咱们这里其他的胡子都狠？”屋子里的一个人问。

“倒也不是，我听说他对老百姓非常好，都是尽量不给老百姓惹麻烦。不知道是光对蒙古族人好,还是对汉族人也好。”张殿化说，一边说一边思考，“若真是这样的话，就不可能是他烧的你家的高粱啊！”

“就是，他烧了我们家的地，又能得到什么呢？”赵会林问。

这么一说，众人把注意力从这伙胡子的身上转移回来，又开始七嘴八舌胡乱猜测。

等张殿化回家时，天已经蒙蒙亮了，正在熟睡的王桂芝被张殿化吵醒，王桂芝翻过身来，给张文东盖了盖被子，问张殿化：“救出来多少粮？”

“没救出来多少，还差点把赵会林的命搭进去。”张殿化叹一口气，然后坐在炕沿一边摸着黑脱衣服，一边把救火到救人的始末给王桂芝讲了一遍。

王桂芝听完之后说：“俺怎么觉得昨天晚上咱们隔壁的李庆森鬼鬼祟祟的，你说赵会林家的火有没有可能是他放的？”

“他们家的人不就是心眼儿小点嘛，你怎么什么事情都愿意往他们家身上赖呢。”张殿化说。

“哦。”王桂芝没有和张殿化争辩，天快亮了，她也睡不着了，睁着眼睛看着棚，回忆昨天李庆森的样子，怎么想都觉得他和往常不一样，就算没放火，也一定干了什么其他见不得人的事情。

很快张殿化的鼾声就在王桂芝的耳边响起，窗外隐约能听见远处的鸡鸣声，房檐下鸟叫声也开始起来。王桂芝起身，静静地穿上衣服，开始了一天的劳作。

张殿化刚睡着没多久，就被窗外一阵马蹄声和脚步声吵醒，他猛地从炕上坐起来，透过窗户朝外面看去，只见一大伙人已经进了院子，由于人、马进来得快，踏起的尘土让他分不清来者是谁，张殿化来不及细看，慌忙下炕，也顾不得穿鞋，胡乱披上外套，跑出屋子。

院子里来了十几个驻兵，院外还有五六十个官兵候命，为首的人骑着一匹枣红色大马，腰间别着佩剑，左手握着缰绳，右手拿着马鞭，此人正是张统领。张殿化一见是老主顾，便放下心来，一边系上扣子一边问："长官，您这是打哪儿来？快进屋休息，我叫人备酒。"

张统领没有急着说话，先是上下打量张殿化一遍，然后说："徐总督派我围剿胡子，近来我一直在安广县周围调查一伙胡子的行踪，昨晚有士兵报，说你们……你们烧锅镇上有家地主的高粱地被人放了火，所以专程来看看。"

张统领始终记不住会海泉这个名字，便又顺口叫成烧锅镇。

"村里赵会林家的高粱地确实被人给点了，昨天我也跟着去救火，可是我们在赵会林家猜了半宿，也都不知道是谁干的。"张殿化摊着手说。

张统领骑在马上，用缰绳控制胯下躁动的马，用一双仿佛能透视万物般的眼睛犀利地盯着张殿化好一阵，看得张殿化心里直发毛。

"你说的这个地主家在哪里？"张统领问。

"一直往东走就是了。"张殿化说，"我可以带你们去。"

"不用了，你们烧锅也小心点这伙人，一有消息马上去找我。"张统领说。

"好好好。长官，我这有点好酒带着路上喝吧！"张殿化说。

"不了。"张统领一边调转马头一边说。但走到门口又变了主意，回头说："剿匪回来和你庆功。"

张殿化听着急促的脚步声越来越小，看着院子里人马踩起的尘土，琢磨了一会儿，然后喊来叶广武。

"广武兄，家里还有闲钱？"张殿化问。

"洮南府四方斋上个月的酒钱刚进账，除去给下一批锅酒备料的钱，手里还能剩一些。”

“拿着这些钱，不管想什么办法，把这些东西都给我弄响了。”张殿化指着跟焦肥子合伙时，焦肥子为了套用钱财修建的哨岗说。

“怎么？”叶广武一时没明白。

“把这些哨岗都改成能防能打的炮楼，现在世道不好，胡子横行，怕咱们烧锅树大招风。以后上面要一直安排一个人放哨。去吧，马上着手，这事宜早不宜晚。”张殿化走到哨岗下面，仰头打量着焦肥子留下的破烂作品说。

“当初你不是说这玩意儿就是摆设，根本没用吗？”叶广武指着哨岗，不解地问。

“不一样，当初面对的是大鼻子，咱们哪能对抗得了他们，现在防的是胡子，胡子不逼急了都不会啃硬骨头的，你按我说的做就是了。”张殿化说。

“好。”叶广武答应道。

第十九章　疯狂的报复

叶广武按照张殿化的要求，几天时间就把原本破败不堪的哨岗武装得焕然一新。原来的木棍栅栏被换成了木板的，上面还加了盖子，每个哨岗上面配了两把枪和一个报信用的铜锣，角落里还有一大桶水，可以供放哨的人喝，也可以用来救火。农民出身的叶广武，能做到这个程度，已经让张殿化十分满意了，但王桂芝爬上去看了一圈之后，连连摇头，说要亲自改建。

这天，张殿化正跟王桂芝在院子里讨论炮楼改建的事情，看见烧锅门口，几个工人围成一小圈，神神秘秘地议论什么，张殿化好奇地凑过去一听，不禁吓了一大跳。就在两三天前，黄永波在从安广县回来的路上被人害了。

据传，黄永波是去安广县谈生意，回来时遇到了胡子，被胡子给插了。未等黄永波的尸体送回家，他被害的消息就已经传到村子里，闹得村里人心惶惶。虽然王桂芝总觉得事情有些可疑，却也一直想不出问题出在哪里。

这件事对张殿化来说，触动不小。黄永波和张殿化的交情不深，但毕竟共事一场，黄永波突然遇难，让他一时无法接受。他和王桂芝商量后，决定拿出一笔钱给黄永波的媳妇。

张殿化把钱揣在怀里，出门没走几步又折了回来，说："不妥，若是这事传出去，焦肥子肯定会怀疑我们之前有关系，咱们这不是自找麻烦。"

张殿化的这句话让王桂芝心头一惊，她停下手里正在纳的鞋底子，抬起头问：“你这倒提醒我了，会不会焦肥子已经知道了，赵家的放火和黄永波被杀都是他干的？”

“他怎么会知道？你一点根据都没有，别胡猜。”张殿化说。

王桂芝想了想，没说什么，又咬着嘴唇，继续用手中的锥子在鞋底上扎孔。虽然按照她的猜测一切看起来顺理成章，可是她确实一点根据都没有，也只好作罢。

经过张殿化和王桂芝的商量，最后，为了不让焦肥子等人发觉他们之间的关系，张殿化特意找了一个从外地雇来的信得过的工人，让工人把钱给黄永波的媳妇捎去，只说是和黄永波做买卖时欠他的钱，虽然现在人没了，但是账不能死，把钱如数给了黄永波的媳妇。

黄永波的媳妇不知道实情，对那个工人的仗义行为感激得不行，哭着把送钱的工人一直送到院外还迟迟不肯回屋。

张殿化等工人回到家，听他讲完事情的经过，才放下心里的担子。至此，经过三年的奔波打拼，张殿化的烧锅完全独立，不再有外人干涉。

赵会林因为这次火灾，一病不起。萨满的巫师占卜说要尽快完成赵延庆和张文兰的婚事，给赵会林冲喜，赵会林的病就会好起来。于是赵家把这次婚事当作救命稻草，多次派人催促张家尽早完成婚事，张家自然也不会拒绝这事，于是两家风风火火地准备起来。眼看着婚期就要到了，两家走动也越来越多，赵会林的病张文兰也是看在眼里急在心里。

这天，大雨下了整整一宿，今年闹旱灾，这一带的收成不到三四成，百姓们看着这场大雨白白浇在了已经收割之后的贫瘠的土地上，不禁打心底心疼。可这并没有影响张文兰的好心情，凉凉的晨风，带着雨后泥土的清香，混合着烧锅上特有的酒糟的味道，打在脸上，让人心生愉悦。

张文兰在院子里转了一圈，走到墙边的大杨树下，无意中看见一颗黄蘑拱破了泥土，露出头来。由于一直干旱严重，张文兰已经一夏天没有看见蘑菇了，她欢喜地蹲下身子，小心翼翼地把蘑菇采了下来，端详着手里的蘑菇，不禁想起赵会林来，雨后林子里蘑菇一定也都长出来了，今年旱得连蘑菇都不长，到现在还算是新鲜东西呢，不知道蘑菇能不能治赵叔叔的病，就算治不了，吃点蘑菇补补身体也是好事。

于是，张文兰到屋子里找了一个篮子，打算到村头的树林里面挖些蘑菇回来。正往出走，撞见了屋里屋外忙活的张殿化。

“你这是要干什么去？”张殿化随口问。

“爹，赵叔叔不是病了嘛，我想出去采点蘑菇给他吃。”张文兰摇着手里刚刚采的那颗蘑菇说。

“你自己去？”张殿化问。

“嗯。”

“不行，林子太大，你一个人去不安全，迷了路怎么办？”张殿化一口否决。

“没关系的，我不往林子里面走。”张文兰说。

“现在家里人都忙，等中午腾出人手来，找个人跟你一起去。”张殿化说。

“今年收成差，这一下雨邻居们肯定争着出去采蘑菇，等到了中午哪还有咱们的份儿了，我一会儿就回来，不往深处走。”张文兰一边说一边往外跑。

张殿化拦不住张文兰，只得叮嘱她快去快回，张文兰已经走了很远，张殿化看着张文兰的背影还喊：“别往远处走，采点就回来，等有时间我跟你一起去。”

“知道啦！”张文兰头都不回，一边应着，一边蹦跶着朝村头跑去。

张殿化担心地看着张文兰跑出院子，消失在自己的视野，可是由于手上事情太多，转眼就把张文兰给忘记了。

张文兰蹦跶着到了树林，走在雨水浸过的金黄色的落叶地上，软软的，特别舒服。如她所料，树林里面已经来了不少采蘑菇、挖野菜的人，其中一些人由于家里绝收，已经沦为难民。

张文兰随手拾了一根长树枝，在地上划拉着找蘑菇。由于林边已经被很多人光顾过，所以张文兰顺着树林边走了一阵子，并没有什么收获，于是不知不觉地向树林深处走去。

叶广武拿着厚厚的账簿对着张殿化摆摆手，张殿化见了，放下手中的酒糟，胡乱擦擦手，出了作坊，跟叶广武一起进了账房。

叶广武把手里的账本打开，递给张殿化，压低声音说："你看看吧，这是这两个月的情况。"

张殿化粗略地看了一眼账上的数字，问："怎么，有人抢了咱们的买卖？"

叶广武说："最近新开的商号有两家，但是一点不影响咱们的订单。问题是今年家家歉收啊！现在的粮食出高价都没人愿意卖了，口袋里面的钱叮当撞得再响，也不能用来填肚子。这是再贪的人也明白的理儿。"

张殿化捧着账本说："我倒是把这事给忽略了。今年歉收，以后在不影响酒的味道的前提下，少配粮食，给乡亲们省口饭。"

"今年是灾年啊，咱们一锹一锹地往锅里填高粱，老百姓看着直眼红。"

张殿化沉思了一阵子，把账本还给叶广武说："除了赵会林和那几家大户，买陵界乡亲们的粮时，价格给高点。薄年头，咱们就少赚些。"

张殿化和叶广武正商量着，王桂芝拎着一条红裤子走了进来，看见张殿化就问："见没见到文兰，俺刚给她做好一条裤子，留着她结婚那天穿，想让她试试合不合身，结果到处都没找到。"

张殿化这才想起张文兰出去已经有半天了，他一拍巴掌，意识到可能出事了。

张殿化一边告诉王桂芝张文兰早上出去采蘑菇的事情，一边往外走，打算去找张文兰。王桂芝跟在张殿化后面安慰道：“你先别着急，说不准采完蘑菇直接到赵会林那里去了呢。”

“最好是去赵会林家了。”张殿化随口应着，然后跟叶广武说，你去赵会林家问问，我们这就去林子里面找找。

叶广武很快就从赵会林家回来了，慌慌张张地跑到林子里，找到张殿化，向张殿化报告说，张文兰并没有去过赵会林家，张殿化听了心底一沉，说话都没了力气，站在原地等了好一会儿，才缓过来，告诉叶广武回去把烧锅上的工人都聚过来，让工人们分头出去找人。

大家找了一下午，最后，叶广武和他带着的一伙人把张文兰抱回来了。只见她头发凌乱，全身衣冠不整，裤子上有很多灰土，眼睛躲躲闪闪，一副见谁都怕的样子。

“这是咋的了？”张殿化看着张文兰瞪大眼睛问。

王桂芝赶紧迎上去把叶广武手上的张文兰接了过去。

张文兰一到王桂芝怀里就呜呜地哭起来，怎么问也不说话。

烧锅上的工人们听说张文兰找到了，就都回来了，在院子里看着这一家人，不知道发生了什么事情。叶广武见状，给王桂芝和张殿化使了个眼色，示意进屋说话。

三个人先后进屋，最后叶广武把门关上，又朝外看了一眼，确定没有人在外面偷听之后，没再往屋里走，小声对张殿化和王桂芝说：“我们是在村子西头那个没人住的破房子里面找到的文兰，我进屋时，她蜷缩在墙角，谁也不让靠近。我们安慰好一会儿，才稳定了她的情绪，我走近了才发现孩子被人给……给糟蹋了。”

张殿化听了，身体直直地向后仰，他向后退了一步，才保持住身体平衡。然后冲过去，从王桂芝怀里抢过张文兰，眼泪就流了下来。

“是谁干的？”王桂芝问。

“听文兰说，好像是焦肥子的人，她看见过他们在一起。文兰害怕见人，从树林里跑出来后，就钻进了那间破房子里面。”叶广武揉着额头说。

“果然是他，黄永波和赵会林先后遭到了报复，这回终于轮到咱们家了。你有什么主意没有？”王桂芝考虑到自己不便直接作决定，就拐了一个弯儿，问叶广武。

“屯里屯外的人最爱说闲话，这事怕是瞒不住了。既然如此，不如直接去找他，出了这口恶气。”叶广武义愤填膺地说。

这也正是王桂芝想说的，所以她不必再说话，而是回头看张殿化。张殿化把张文兰交给王桂芝，顺手抄起灶台旁劈柴用的斧子，跟叶广武说：“把那几杆枪全带上，走。”

张殿化拎着斧子推开门，外面的工人都围了过来，张殿化站在门口说：“今天叫你们，是有事情想求你们，细情我不和你们说了，我张殿化的为人你们都知道，我想求你们跟我一起去焦肥子那里，帮我讨回个公道。我平日里待你们不错，这次也一样，你们放心，我自然不会亏待你们，若是今天出了人命，和你们无关，我偿命。兄弟们尽管甩开膀子上，你们这是为民除害，我都会看在眼里，我们大家都是出来讨个活路，俗话说‘四海之内，都是兄弟’，咱们相识一场，也是缘分，这次就拜托兄弟们了。会用枪的去广武那里拿枪，不会用枪的自己找家伙事儿。”

烧锅上的工人向来认可张殿化的为人，特别是有些工人也被焦肥子欺负过，经张殿化这么一说，大家义愤填膺，摩拳擦掌，都骂骂咧咧地开始找起家伙事儿来。大家在找称手武器的工夫，张殿化又抱出一坛高粱酒，旁边放了几个海碗，自己先一口干了半碗。找到武器的人也纷纷过来舀一碗喝了等着出发。

大家准备完毕后，还未等出发，一伙人进了院子，为首的高声问：“这是要干啥去啊？”

第二十章　以牙还牙

张殿化闻声望去，来者正是他要找的焦肥子。焦肥子敞着怀儿，露出腰间别着的一把没人见过的手枪。后面跟了十多个人，也都是有备而来。张殿化刚要举起斧子，被叶广武上前一步偷偷拦了下来。

“你做了什么事自己不知道吗？”叶广武反问。

“误会，误会，张兄弟千万别生气。我焦明成可绝对不是那种卑鄙的人，我这不是专程给你道歉来了嘛！”焦肥子攥着那把手枪的手在空中比画来比画去，一点歉意也没有。

“还有什么好解释的？”张殿化已经快把手里的斧头把握出水来。

焦肥子侧身，后面的人会意，从人群里面推出来两个人。

“跪下。”焦肥子对着两个人的屁股,一人踢了一脚。两个人被踢倒，跪在了两伙人中间。

“我这两个不争气的小弟竟然背着我做出了这种伤天害理的事情……”

“你做的伤天害理的事情还少吗？”张殿化说。

“你看你急什么，听我说完啊！我焦明成也是有原则的人，女人孩子从来都不碰，更何况是女孩子，结果这两个小子居然还敢回来找我讨好，把我气得呀！”焦肥子一边举着枪，一边摇着头，“本来我想直接杀了他们俩，但反过来一想，我不能杀，杀人得偿命啊！更何况你还没出这口气，所以就把他们俩送到你这里来，交给你处置，怎么样？”

焦肥子说完，把手里的那把手枪送到张殿化手里。张殿化硬着头皮接过手枪，心里犯了难。如果两伙人打起来的话，就算打出三条五条人命来，可以说是失手或者是防卫，甚至连是谁杀的都找不到。可现在，明摆着被焦肥子逼到了一个坑边，两伙人都眼睁睁地看着，如果不杀，就灭了自己威风，以后休想再在会海泉有立足之地，连张文兰也没办法再见人。如果杀，在场三四十双眼睛都在看着，那就是赤裸裸的杀人。

王桂芝看见焦肥子自己找上门来，就知道来者不善，便把张文兰安排在屋里，自己走了出来。这会儿，见张殿化被焦肥子将了一军，拿着枪迟迟作不了决定，于是从人群中钻出来，从张殿化手中夺过枪，对地上跪着的两个人说："在这点了你俩，怕脏了俺家的烧锅，以后卖不出酒去。俺数十个数，你们逃命去吧，尽管甩开腿跑，数到十，我就开枪，生死有命，一人一枪，俺绝不多开一枪，打不中是你们的命硬，再不追究。"

张殿化听了这话，不想就这么便宜这两个该剐千刀的，欲上前阻止王桂芝，王桂芝拦住张殿化，示意这事由她处理。然后低头对两个人喊："一！腿软了？二！快跑啊！"

"别跑！"焦肥子连忙对跪在地上的两个人喊。

地上跪着的两个人吓了一跳，听见王桂芝开始数数，也顾不得焦肥子的话，连滚带爬地起来，推开人群，慌不择路地向院外面跑去。

王桂芝熟练地卸下弹夹，看了一眼里面的子弹又插了回去，顺手去掉枪上的保险，这一连串的动作让焦肥子看得心里发虚。焦肥子手里的枪是盒子炮，在那个年代，盒子炮是稀有物品，焦肥子也是为了显摆身份，花了大价钱才搞到手的。他本以为没有人会用盒子炮，想看张殿化一个笑话，才把枪给张殿化，却不知道王桂芝早在十多年前，当土匪、闹义和团时，就从一个军官身上缴下过一把盒子炮，那把盒子炮一直被王桂芝的前夫贴山李当作宝贝随身携带，所以王桂芝也没少接触，焦肥子的这把盒子炮较贴山李的那把虽然在技术上有所改进，大体用起来也都没有什么差别。

王桂芝对焦肥子说："念在你主动把他们两个人送来，这次不和你计较，但是，你我两家的恩怨就此了结，张家的人没有吃素的，只是懒得和你一般见识，如果你或者你的人再在张家和赵家背后捣捣鼓鼓，这两个人就是你们的下场。"

王桂芝说完，向门外扫了一眼，根本没看她瞄准，抬起胳膊就是两声枪响，两个人应声而倒，焦肥子吓得向后连退几步，恨不得把自己藏在人群中。

伴着这两声枪响，张殿化的工人们士气大振，纷纷举起手中的家伙事儿。焦肥子的人却乱了阵脚，只是焦肥子没有下令，也不敢逃跑，一时不知道该怎么办才好，都硬着头皮偷偷往人群中间钻。

"你们都听懂了吗？"王桂芝大喝一声，扫了一圈之后，不忘看一眼邻院儿躲在门口看热闹的李庆森。原本就被这两枪吓呆的李庆森见王桂芝猛地看过来，那眼神绝非平日那么安静，里面充满杀气，吓得他转身回到屋子里面，慌张中，打翻了门口的洗脸盆。

洗脸盆落地的声音却早已经被这边人群的叫骂声淹没。王桂芝的视线又回到焦肥子身上，"你们都看见了，俺本来没想杀他们俩，但是他们犯了灭绝人性的罪还想逃跑，那就是他们的不对了，俺们追不上就只好开枪了，枪法不准，也不知道打到哪了，你们给他俩抓去送官吧！"

焦肥子暗自叫苦，两枪都打到了要害，两个人都已经呜呼了，还送什么官。他只得连连点头，说："看见了，打得好。"

"知道了还站在张家的院子里干什么？把他们给我打出去！"王桂芝说。

已经压抑很久的张殿化和工人挥舞着手中的武器把已经气势全无的焦肥子一伙打出了烧锅大院，焦肥子等人抬着两具尸体落荒而逃。

气是出了，可是张文兰受到的伤害已经无法弥补。下午就告诉了赵会林家，赵会林家派人送来两份礼盒，没有表明什么态度，此后音信全无。

晚上，把受惊的张文兰和张文东都哄睡着之后，张殿化心事重重，一点睡意都没有，一个人坐在院子里发呆。

过了一会儿，王桂芝带着一件大衣出来，给张殿化披在肩上。

“早点回去睡吧，快入冬了，别冻坏了身体。”王桂芝说。

“我就想啊，文兰的命怎么这么苦，打小就没了娘，好不容易找个好婆家，还没等过门，又摊上了这档子事，让她以后可怎么活啊！”张殿化手拍着大腿，摇着头说。

“咱们能做的都做了，接下来还得找赵家好好唠唠这事情，毕竟还没过门……”王桂芝说了一半停了下来，沉默了一会儿继续说，“都是命啊！”

“我真想要了焦肥子的命！”张殿化咬牙切齿地说。

“提到他，还得跟你说些事情。”王桂芝说。

“白天幸亏有你了，否则我真被焦肥子为难住了。”

“这事若真闹到衙门，虽然他们理亏在先，咱们又是因为他们逃跑才开的枪，但仍不免要吃一场官司，咱们不如主动一点。”王桂芝说。

“你是说咱们先去告焦肥子一状？”张殿化问。

“办法我已经想好了，你知道白天焦肥子丢下的那把盒子炮有多值钱吗？”王桂芝说。

“盒子炮？”张殿化一头雾水。

“就是他给你的那把手枪。”王桂芝一边说一边从腰间把那把盒子炮抽了出来。

张殿化被王桂芝吓了一跳，伸手就要把枪夺下来，责备她道：“这玩意儿你怎么还随身带着，多危险。”

王桂芝被张殿化胆小的样子逗笑了，手上像宝贝一样把玩着那把盒子炮：“这种枪俺们之前从一个地位很高的军官身上搜到过一把，这可是所有懂枪的人的梦想。”

“我可没看出哪里好，什么枪不都是一样能打破脑袋？”张殿化瞟了一眼那把枪说。

“一看你就是个外行。它可是件稀罕的宝贝，没有点背景的人是弄不到这枪的。不知道焦肥子是从哪里弄到手的,这盒子炮打得又远又准，你若是信我的话，把这把枪给张统领送去，再顺便给他讲讲这件事的前前后后，说说你的委屈，剩下的就都不用你操心了。”

“真的？”张殿化一脸不相信地看着王桂芝，从她手里把枪接过来端详，“这把枪有这么好？”

“跟你讲枪真是费口水，枪好只是一方面，再好的枪给你也是白搭。救人所急，送人所需，送人礼物还得看他喜欢什么。从他来咱们烧锅的几次看，俺发现他始终配着一把好剑，谈话之余还经常把玩剑柄，俺猜他一定喜欢舞刀弄剑，所以我觉得这把枪说不定合他的口味。”王桂芝说。

张殿化虽然觉得很不可思议，但还是点点头。

次日，张殿化就启程，按照王桂芝的话，找到了张统领。张统领见到了这把盒子炮，格外兴奋，还拍胸脯保证一定要替张殿化申冤，张殿化临走时，张统领还觉得自己的诚意表达不够，叫人拿现金订了一批酒，等张殿化回家烧好再送来即可。但是张殿化考虑到这次是为了张文兰的事情而来，若接了订货，张统领以为还了人情，张文兰的事就又没了把握，此番也就白跑一趟了，所以不能舍本逐末、因小失大，故没有接受那笔钱。

张殿化离开后，张统领就写了一封信给安广知县，知县收到信之后，大为惊讶，毕竟这门亲事还是托他为媒。他直接越过乡约，亲自到张殿化家了解此事后，非常愤怒，将焦肥子以教唆指使的罪名关进大牢。此后十余年，会海泉烧锅平稳发展，除了粮价起伏和商号间的竞争，再无歹人扰事。

至于那把盒子炮，张统领非常喜欢，尽管后来，他的身边卫兵众多，但他仍然一直随身佩戴。据说张统领后来遇难时，身上还带着这把盒子炮。

张文兰开始变得郁郁寡欢，总是喜欢一个人躲起来，或者发呆，或者偷偷地哭。她很清楚自己这次的遭遇意味着什么，而无论任何人做什么，都已经无法挽回。她总会想，如果那天没有出去，就不会遇到那两个人，或者如果被抓走时喊的声音大一点，也能被什么人发现而得救。可是没有如果。同样，要面对这个灾难的，还有张殿化。

张殿化把张文兰交给王桂芝照顾，他在赵会林家附近徘徊了很久，这是他第二次怀着复杂的心情来到赵会林家，上一次还是为了缓和两家之间的关系、买到中意的高粱。相比而言，这一次他完全没有思路，也更难以说服赵会林、和赵家达成共识。

但无论如何，张殿化都要敲开赵家的门，让赵家答应这门现在连他自己都不相信能成的婚事。

张殿化和赵会林面对面地坐着，此时，赵会林的病情已经有所好转，能够下地走动。赵延庆一反常态，没有露面。张殿化的来意不必再说，都已心知肚明，两个人都希望对方先说话，又都害怕对方先开口，自己不知道该怎么回答。

“我说……”张殿化刚开腔，见赵会林低着头叹了一口气，便停下来不再说下去，等着赵会林说话。

赵会林不看张殿化，低着头说：“殿化兄弟，你还是先回去吧！”

“可是延庆和文兰的婚期越来越近了，咱们这门亲事……”

赵会林打断张殿化的话，说：“我们赵家至少在会海泉一带也是有头有脸的大户，如果就这么稀里糊涂地……”赵会林想了想，找不到更委婉的措辞，于是干脆跳了过去，接着说，“这实在是说不清楚啊！”

“当初，我家文兰出去采蘑菇也是为了给你养病补身子啊！再说焦肥子手下的那两个畜生已经被我们给杀了，连焦肥子现在也在大牢里面，能做的，我们都已经做了。于情于理，你们都应该让她过门吧！”

赵会林长叹一口气，算是回答了张殿化的上半句，然后说：“这些我都知道，你的能耐我打心底佩服，可是事情都已经发生了，就是把焦肥子也给杀了，又能改变什么呢？”

张殿化不由得低下了头，赵会林说的话确实有道理，他也实在找不到什么好的理由说服赵会林。“自打相亲以来，延庆也总到我家里来，两个孩子关系相处得不错，所以这件事至少也得看看两个孩子的意见吧？”

“延庆也不同意。”赵会林直接说。

张殿化张开嘴欲言又止，赵会林已经站起来准备送客了。

待张殿化走之后，赵延庆终于摆脱了大哥赵延喜的阻拦，闯进屋里，没有了往日的儒雅，衣冠不整，脸上全是鼻涕和眼泪。

赵延庆指着赵会林说：“你骗人，谁说我不同意？这是我的亲事，文兰就是为了给你采蘑菇才出的事，现在你一甩手就想躲清干系，就不怕被人笑话吗？”

赵会林看一眼赵延庆，不为其所动。张文兰出事以后，赵家就变成了这个样子，为了看住赵延庆，特意把赵延喜找来，整日看着赵延庆，不让他往张家跑。为了赵延庆，赵会林也是左右为难，就算自己让人笑话，也总好过以后乡里乡亲在后面对延庆指指点点。

于是在赵会林的阻挠下，赵延庆和张文兰错过了婚期，婚事也被搁置起来。

第二十一章　两情若相悦

宣统元年（1909年）年后，上一年旱灾的影响更明显了。张殿化家门前那条大路上，又能看见往来逃难的人。一个个衣衫褴褛，背着大大小小却都不值钱的家当，有气无力地走在路上，去那个未知的归处。

这一年，张殿化家的买卖也不那么好做了。赶上这样的年头，不光是没有粮可以烧酒，喝得起酒的人也不多了，只剩下官、兵和几户大商铺，他们成了会海泉烧锅的支柱。为了节省开支，张殿化只留下十几个必要的长工。少了那些光着膀子插科打诨的工人，院子里一下子安静许多。

张殿化没事的时候，就搬一条长条板凳，坐在门口，遇到要饿昏的难民，他就回到屋子里给找点吃的，顺便看一眼文兰。现在在院子里乱跑的已经不是文兰，而是快三岁的张文东了。文兰性格变得极其内向，到点吃饭，到时睡觉，从来不与人说话。这也是张殿化坐在门口时想得最多的事情之一。

看着来往的灾民，张殿化皱着眉头想了好久，决定继续给灾民熬粥，别人饭都吃不上了，烧锅还天天冒烟烧酒，就太不地道了。张殿化吩咐工人，每天上午、下午各熬一锅高粱米粥，放在大门口，不管是碰到本村的乡亲，还是逃荒的灾民，都会给盛一碗粥。叶广武几次劝说张殿化，这个时候不能再救济他人了，库里的高粱一天比一天少，若是怠慢了洮南府那边，得罪了官兵可不好收场。

得到他救济的难民都感激涕零，有的以为这个坐在门口的是个管家甚至只是个看门的，说无以为报，要亲自感谢会海泉掌柜的。张殿化也不多解释，只推托掌柜的忙，等以后再路过这里再说。等难民走了，他继续坐在那里看着大路或者看着张文东发呆。

相比于张殿化家，赵会林家却是一天都没有消停过。从相亲时和张文兰见的第一面起，赵延庆就喜欢上这个女孩儿，两个人相处不到半年，感情却已经很深。张文兰出事之后，赵会林的那些顾虑，赵延庆也从头到尾都想了一遍，年纪不大的他也经历了一番痛苦的挣扎，只是最后做了一个和赵会林截然相反的选择，父子双方又谁也说服不了谁，都不肯让步，于是，爷俩的矛盾产生了。

赵会林小的时候没有读过一天书，但是赵会林家境变好之后，也学着大官、地主，有模有样地给赵延庆请过一个落榜的进士作先生，所以赵延庆读过几天书，懂得点三纲五常。赵延庆轻易不大吵大闹，只是一味地折磨自己，拉长战线，上演了一场“为伊消得人憔悴”。

赵会林的愁眉一皱就是大半年，终于心疼不过，决定放手不管了。儿孙自有儿孙福，赵延庆选的路，让他自己去走吧。于是在和赵延庆认真地谈过一次话之后，赵会林派人去了张殿化家。

张文兰出事之后，两家一直都是尽量避免接触，毕竟见了面，谁也不好受，谁也不知道该说些什么。这次赵会林家派人来，让张殿化很意外，不知道赵会林家是什么意思。

“这个赵会林突然就让我去他们家商量高粱的事，这是唱的哪出戏呢？”把来送信的人打发走之后，张殿化问王桂芝。

“俺也纳闷儿，这大伏天里，不想招儿灌地，怎么商量起高粱了呢？”王桂芝反问。

“不想了，去看看就知道是咋回事了。”张殿化见王桂芝也没有主意，干脆一摆手，就往外走，打算直接去赵会林家。

“难道是咱家文兰的婚事松口了？”王桂芝突然说。

“怎么会？”张殿化虽然嘴上否认，但是从他的表情上能够看出，他非常希望王桂芝肯定这个想法。

“你先等会儿。”王桂芝说着出了房间，转身工夫又拎了一篮点心回来，跟张殿化说：“你带着这个去，如果有机会就往这事上面提一提，如果他不避讳，顺水推舟，这事保不准就成了。”

张殿化听了王桂芝的话，满心期待，迫不及待地来到赵会林家。来时赵会林已经在门口迎接了。

毁了婚约的这半年里，两家的主人都很少见面，但是生意始终没断，有事情都派工人传话。这一次好在张殿化和赵会林心里怀着同一件心事，见面之后才显得不那么尴尬。

“怎么才来，难道是发了财，在家里数钱呢？”赵会林看见张殿化远远地喊。

“哪有，哪有。从洮南府带回来的点心，弟妹说拎来给大家尝尝。”张殿化把手里的篮子递给赵会林。

赵会林双手接过篮子，笑着说：“弟妹真是费心了，把好东西留给你家文兰吃多好，还大老远地拎到我这里来。”

“没关系，少不了她的嘴。”张殿化笑着说。听见赵会林主动提起张文兰，张殿化心里有了些底。

两个人说笑着，进了屋子，该说的客气话也都说尽了，坐在椅子上，彼此微笑地对视，却又不知道说什么了。

“嗯……这大伏天里，怎么有粮……”张殿化问。

“哦，是这么回事。昨天，我跟二儿子延庆去仓库，无意间看见一垛高粱，质量特别好，是今年年初收上来的，当时手上有些事情就把这事忘记了，这回看见了，就马上派人去找你了。”赵会林一改之前的态度，张嘴又提赵延庆。

“没想到你这大地主也有粗心的时候呀！那么好的粮，若是忘到明年，等捂坏了，再拿到外面晾，咱会海泉的乡亲非指着你的脊梁骨骂不可。”张殿化故意忽视赵延庆，指着赵会林打趣说。

“你瞅你，这不是成全你了嘛，得便宜卖乖！你想想，去年是什么年头？灾年啊！哪里的老百姓都闹饥荒，死的死逃的逃，一直到今年都缓不过来。你还能拿到这么好的粮酿酒，等过了五年八年的，这酒可就值钱了，若是能存上个三十年五十年，那就是无价之宝。”赵会林夸夸其谈。

“说得好听，等三十年五十年咱俩还能不能坐在这里都说不上呢！会林兄一向精明，可我还没反应过来，你这又是打我什么主意呢？”张殿化故意问。

“老弟见外了不是。咱们都是一家人，我能打你啥主意。”赵会林哈哈一笑，说。

“这哪儿跟哪儿就成一家人了？”张殿化自嘲道。

“老弟这么装糊涂我可不好做呀！”赵会林被张殿化追得没有退路，不得已拍着大腿说。

“兄弟，不是我装糊涂，是我真的被你弄糊涂了。你这风一会儿往南刮，一会儿往北刮，我哪还分得清是春是秋了。”张殿化说。

“我看你也是真糊涂了。我知道，你几乎把你认识的人都当成了兄弟待。但是你我之间若还按兄弟关系论就不对了啊！”赵会林拐弯抹角地说。

“怎么不对了？”张殿化问。

“应该是亲家啊！”赵会林装作很自然的样子说。

“这？”其实张殿化心里已经全都明白了，但依然装作不懂的样子问。

“唉！我就跟你直说吧。我也想开了，大家都挺不容易的，也就别难为谁了。”赵会林低着头说。

张殿化见状，故作镇定，说：“我看不是你想开了吧？”

赵会林叹了一口气说：“跟你说实话吧，这半年多延庆一直跟我闹别扭，茶不思饭不想，我这个当爹的也心疼啊！这回，干脆不拦他了，他的路就让他自己走吧，让他高高兴兴地结个婚，我也就完成任务了。”

“是我粗心，才弄出这档子事来。”张殿化摇着脑袋，自责起来。

“也不全怪你，毕竟文兰是看我生病着急，想给我采蘑菇，难得有这份孝心，我应该早点让她过门。”赵会林说，“不知道文兰这阵子怎么样了？”

“还能怎么样。这半年多，她没有一天是开开心心的。”张殿化说。

“延庆！”赵会林对着门外喊。

赵延庆闻声进来，站在门口说：“爹，什么事？”

张殿化趁机打量赵延庆。半年来，赵延庆个子长了不少，却瘦了很多，憔悴的脸庞带着抑制不住的喜悦。

“快把给文兰准备的东西拿过来。”赵会林说。

“好嘞，爹。”赵延庆干脆地答应之后就跑了。

不多时，赵延庆带着一个红色的盒子回来，放在桌子上。

赵会林把盒子往张殿化的方向推了推，说：“这是给文兰准备的凤冠霞帔，我们找人算了一下，大仙说七月的初八是结婚的最好日子，我回家仔细一算，还有不到半个月了，得趁早准备，就提前把这些家什买回来了，你先拿回去，其他的东西咱们两家一起准备。你看眼下的事咱们先这么办行不行？”

张殿化盯着赵会林看了好一阵，觉得赵家是真心想娶张文兰，心里的一块石头才放下。他面不改色，点点头，接过了赵会林送上的红盒子。

张殿化刚离开赵家，脚下就像生了风似的，恨不得一下子飞回家，把这个好消息告诉王桂芝娘俩。

张殿化刚进家门就高兴地大喊：“咱家文兰的事有着落了，是赵会林上赶着（主动）找咱的，他急着过礼，连凤冠都给包来了！”

王桂芝听了，放下手里的活，迫不及待地下炕接张殿化手里的红盒子。两个人稀罕地看着盒子里的每一件东西，小心地擦拭着粘在上面的手印和灰尘。

而隔壁的闺房里，张文兰扒在门边偷偷听到了这个她等了太久、现在又害怕听到的消息，全身一颤，然后偷偷地哭起来。

张文兰的心情和赵延庆一样，但是她觉得自己没有资格去闹谁，只有默默承受着这压力，她期待赵延庆能娶她，却也害怕看见赵延庆，更想象不到进了赵家以后，要怎么面对赵延庆。一切都没有头绪，时间却以它独有的节奏，不紧不慢地朝她走来，让张文兰不知所措。

当王桂芝把这件事当作新闻告诉张文兰时，张文兰只是应了一声，埋着头继续绣手里的花。王桂芝也没再说什么，担心地看着张文兰，但是让王桂芝心里有底的是，用不着几天，等张文兰嫁到赵家，和赵延庆在一起过上日子之后，张文兰的心结也就能够迎刃而解了。

两天以后，赵延庆带着几个人抬着两个朱红色的大箱子来张殿化家。张殿化见了，赶紧到院子里安排人接了箱子，引赵延庆进了屋子。

已经半年多没来过烧锅的赵延庆，进屋之后第一件事就是偷偷地四处张望。

“找什么呢？”细心的王桂芝发现之后，故意问赵延庆。

赵延庆脸瞬间红透了，支支吾吾地说：“我以为文兰在家呢。”

“她呀，在屋子里面呢，等俺去给你叫她。”王桂芝一边说一边来到张文兰的门前，对着屋里喊：“文兰，出来看看谁来了。”

王桂芝站在门口等了一会儿，也不见里面有人回应，她回头看看赵延庆，又推一下房门，发现房门已经被反锁上了。

赵延庆见状，尴尬地说：“可能是睡着了吧，那就不用找了，我还有事，先走了。”

“文兰一定是害羞了。没关系，早早晚晚都是一家人，成亲的日子用两只手的手指头都能数过来了，还急什么。”王桂芝的话把赵延庆羞得满脸通红。

等王桂芝送走赵延庆，回到屋子里面，看见张文兰已经出来了。

她站在炕边，隔着窗子，看着赵延庆的背影出神。

“俺家老闺女害羞了？人家延庆没走时叫你你都不出来，他都走这么远了，你还站这看。”王桂芝忍不住笑着说。

张文兰面无表情，看着王桂芝摇摇头，表示不是这么回事。随后，两行眼泪默默地流了出来。

王桂芝见状，一下子明白了是什么原因，心疼地把张文兰搂在怀里。

我们期待的事情，总是到得很慢，而害怕的日子，又经常来得太快。迎娶张文兰的这一天，已经说不清是快还是慢，总之是来了。

天还没亮，张殿化和王桂芝就起来开始准备了。王桂芝进屋打算叫醒张文兰，推门发现张文兰早已起床，正一动不动地坐在梳妆台前，这让王桂芝很是意外。王桂芝随即笑着说："文兰是太高兴了吧？现在这么精神的话，白天可吃不消的。这结婚前前后后要做的事情可多了，能活活把人折腾死，一天忙完，到了半夜还有人闹洞房。”

张文兰转过头，看着王桂芝，脸上露出一个难得的笑容，然后又回归平静。

“怪俺了，这话俺说晚了，现在睡也来不及了，要穿衣服梳头发了，俺要把你打扮成陵界最漂亮的新娘。”王桂芝走到张文兰身边说。

张文兰看着王桂芝，眼里充满感激，一句话没有说，紧紧地抱住了王桂芝。

王桂芝摸着张文兰的长头发说："一定会是最漂亮的，俺家文兰有这潜质。今儿啊，俺亲自给你绞面。”

王桂芝一边给张文兰化妆打扮，一边给张文兰讲自己出嫁那天的事情。听到有趣的地方，张文兰就淡淡一笑。娘俩一边忙一边聊，王桂芝很快就给张文兰化好了妆。由于时间还早，王桂芝就把张文兰一个人留在屋子里，自己出去张罗其他的事情了。

张文兰坐在梳妆台前，透过薄薄的一层红纱，看着镜子里面的自己出神。这一天终于来了，她穿上了新娘的衣服，成了赵延庆的新娘。

王桂芝说要把她打扮成陵界最好看的新娘，现在连张文兰自己也这么觉得，红木的镜框里面，端坐着一个红色的新娘，像是一幅画。她从来没有这么好看过，以前没有，以后也没有，她认认真真地看着自己，想把这画面深深地刻在脑海中……

今天，她不能再哭了，眼泪会花了妆的，就不能一直这么好看了……

等待黎明，直到阳光慢慢洒向大地，千百年来，它见证着每一个好的、坏的或者不好不坏的故事，却从来不言不语；或者这才是智者的深度。

伴随着阳光转进屋内，锣鼓的声音也传了进来，新郎赵延庆打扮得格外精神，虽然仍显消瘦，但精神头已经和前几日张殿化在赵家见到的截然不同了。

乡里乡亲里里外外围了好几层，嘴里一边吃着赵家发的瓜子、喜糖，一边说笑。

在屋外走过了传统的礼仪之后，赵延庆紧张地站在了张文兰的门前。旁边几个和他年龄相仿的年轻人在后面怂恿他，让他抓紧敲门把新娘接走。

赵延庆甩手推开捣乱的人，整理一下自己的衣帽，轻轻地敲了两下门，没想到门“吱呀”的一声，裂开一条缝。

外面一阵哄笑，说“新娘一定是等不及啦！”

赵延庆笑着嗔怪这群人开玩笑没轻没重，然后把门推开，发现里面竟空无一人，没有看见张文兰。

“新娘不见了！”这消息像瘟疫一样迅速传开。

赵家和张家都慌了，接新娘变成了找新娘，赵延庆的娘干脆坐在院子里哭起来，一边哭一边喊：“这是造的哪门子孽！”

受邀做客的亲朋和来围观的乡亲更是唯恐天下不乱，议论纷纷，各种猜测五花八门。

没多大一会儿，院子西边的人们开始七嘴八舌地喊起来。

“找到了！”

“找到了！”

“快点捞出来！”

“快救命！”

…………

众人闻声赶去，才知道张文兰跳井自杀了。张殿化看着张文兰从井里捞出来，被放在地上，他靠着房山，缓缓地蹲下去，把拳头塞进嘴里，努力不哭出声音来。

赵会林一只手搭着张殿化的肩，一只手扶着张殿化，用不能再低沉的声音，一个字一个字地说：“文兰也是我的女儿，你始终都是我兄弟。”

张文兰躺在地上，已经看不出她生前有没有再哭过。井水把她脸上的妆冲洗得干干净净，但是即使没有了妆，看起来也依然很美，只是再无表情，无论是开心的笑容，还是那一直没有被别人所注意到的隐忍。

当初，张文兰的娘几乎就在张文兰眼前被人杀害。为了能给张文兰一个稳定的生活，张殿化才带着张文兰千里迢迢地来到陵界会海泉。只是不知道是因为张文兰天生苦命，还是命运弄人，有关这个年轻、美丽的生命的故事就此终结。

渐渐地，会海泉烧锅又恢复到了往昔，只是偶尔，烧锅上的工人也会想起张文兰在院子里进出的身影，背着张殿化，小声地惋惜几句，直到一些人离开，一些人忘记。

第二十二章　第一个剪辫子的人

逝者安息，生者如斯。

到了1912年，张殿化喜得一子，继大儿子张文东之后，排行老二，取名张文喜。次年，大赉厅改为大赉县，人口发展到了三万，张殿化的酒也逐渐扩张卖到了大赉县。

1914年，大赉县划归黑龙江省龙江道，安广县属奉天省洮昌道，人口超过两万五千。年前，张殿化赶着马车，带着大儿子张文东去安广县买年货。当天到安广时，天已经很晚了，张殿化父子随便找了一家客栈就住下了。第二天一早，张殿化还没起床就被外面吵吵嚷嚷的说话声给弄醒了。张殿化隔着窗户朝外看，天还未大亮，街上只看见一些人跑来跑去。张殿化也没多想，以为是一些小混混打架，就又躺回炕上，给张文东掖掖被角，打算睡个回笼觉，等天亮再出去置办年货。可外面的吵闹声不绝于耳，始终未停，根本不像是小混混打架。他辗转反侧，直到天大亮都没有再合上眼睛。这时张文东也醒了，开始吵着要出去买爆竹。

张殿化便领着张文东出了客房，却发现客栈里面一个人都没有了，连掌柜都不知去了哪里。他小心翼翼地推开客栈大门，只见没多远的一处空地上，一大群人簇拥着一个临时搭建的简易台子看热闹。台上站着几个人，穿着一身奇怪的衣服，却并不像是在唱戏，其中一个戴着眼镜的人正在慷慨激昂地演讲。除去服装不谈，张殿化也总是觉得那几个人怪怪的，他没有多想就凑上前去，打算看个究竟。

张文东个子小，站在人群后面，什么都看不见，就焦急地拉着张殿化往前钻，不知不觉就钻到了最前面，张殿化也听清了台上人说的话。

“今者清廷已覆，民国成功，凡我同胞，允宜涤旧染之污，作新国之民……”戴眼镜的人拿着一张纸，慷慨激昂地念着上面的字。

张殿化却一点听不懂，他皱着眉头听完了上面人的满口之乎者也，才隐约发觉这不是什么好事，还是离得越远越好。

张殿化正打算离开，却发现张文东不知道什么时候从自己的手中挣开跑掉了。张殿化四处张望，发现张文东竟然在往台子上面爬。

张殿化小声叫张文东回来，张文东哪里肯听，自顾自地往台上爬。眼看着张文东就要爬上台了，张殿化几步冲过去，抱住张文东。

这一幕却被台上的人看见了。本来他们正愁找不到一个奋勇当先的人帮他们打开局面，戴眼镜的人见张殿化追过来，便给旁边的人使了一个眼色，旁边几个人收到信号之后，推推搡搡地把张殿化和张文东拥上台子。

“今天，我们就要帮助这位先生剪掉辫子，摆脱腐朽的清政府统治！”戴眼镜的人指着张殿化说，“这是我们安广县革命事业伟大的一步。”

张殿化终于清楚了这伙人的目的，可是他被两个人夹得紧紧的，根本动弹不得，只能不停地解释：“你们这是要干什么啊？我没要剪辫子，你们误会了！”

“这不是烧锅镇上的张大掌柜吗？”台下有人认出了张殿化。

“原来他就是会海泉的掌柜的。”

“他可真是能人啊！”

台下一时间议论纷纷，这也引起了台上戴眼镜男人的注意，他没想到随便拉上来的这个人竟然是个人尽皆知的人物，于是更激动了，趁着台下人讨论张殿化时，他跟张殿化说：“现在是民国了，民国就要倡导‘民族、民权、民生’。把辫子剪掉，咱们共同革命。”

“哎呀，辫子不能剪啊！”张殿化一边企图挣扎，一边说，“这是老祖宗的东西，你们这是要造反啊！”

“这辫子就是糟粕，封建社会用这辫子和这身衣服束缚了我们的思想。”抓着张殿化胳膊的男人说。

“好端端的，这是革的什么命啊？咱们井水不犯河水，何必作践我呢！”张殿化拼死想守住辫子。

戴眼镜的人刚要说话，只听咔嚓一声，张殿化的辫子应声落地。张殿化呆愣愣地看着地上的辫子，也不再挣扎，嘴里还在叨念着：“何必互相为难呢！”

戴眼镜的人看着也是一阵心酸。他拾起张殿化的辫子，放在张殿化的手上，帮张殿化整理一下衣服，说：“岂曰无衣？与子同袍。”

张殿化捧着辫子，缓缓地抬起头，才意识到，原来觉得台上这些人最不顺眼的地方就是他们都已经剪了辫子。

“岂曰无衣？与子同袍！岂曰无衣？与子同袍！我也要剪辫子！”不知道为什么，张文东虽然不太能听懂这句话，却特别喜欢，一遍又一遍地念在口中。

眼镜男蹲下来，摸着张文东的头问：“多大了？”

“八岁。”张文东说。

“你也要剪辫子？”戴眼镜的男人问。

“儿子，别剪，快跑！”张殿化朝着张文东喊。

“岂曰无衣？与……”张文东没有理会张殿化，却一时记不起后面的话来。

“岂曰无衣？与子同袍。”戴眼镜的男人一边说，一边不紧不慢地给张文东剪了辫子。

“乡亲们都看见了，今天张掌柜带头剪了辫子，参加了革命，以后就是我民国的百姓。民国！张掌柜的买卖你们也都有所耳闻，以张掌柜的眼光，大家不相信我，还不相信张掌柜吗？”戴眼镜的人说。

台下的人你看看我，我看看你，都一改抵触的情绪，犹豫起来。

被剪了辫子的张殿化没有心情再在安广逗留，领着张文东下了台子，戴严实了帽子，像做贼一样，匆匆赶车回了会海泉。

到家以后，张殿化向王桂芝讲了被剪辫子的经过。王桂芝听完事情的始末，端详被剪了辫子后的张殿化，然后哈哈一笑说："怕什么，不管是谁的天下，老百姓都是一个活法，能影响到咱们啥？"

张殿化一想，觉得也是那么回事，不如顺其自然。

地上，张文东绕着屋子转起来没完。他自从剪了辫子，觉得脑袋变轻了，就安分不下来了，甩着头，在地上转着圈地跑。张殿化也偷偷甩甩头，没有了辫子，有点空落落的，却也觉得利落了不少。

如王桂芝所说，革命和换代并没有给张殿化的烧锅和他的生活带来太多影响。虽然一不小心成了会海泉第一个剪辫子的人，但张殿化还是只专心自己的烧锅生意。随着会海泉烧锅的影响越来越大，烧锅的月产高粱酒高达两万余斤，仍供不应求。在人们的口耳相传中，烧锅镇的名字在民间彻底传开，澧泉烧锅镇最终代替了会海泉这个名字。

打那以后，军阀混战，总能看见一些正要上前线或者从前线退回来的军队。不知道张文东真的是因为王桂芝在生张文东那天摸了枪，还是受了那几个剪辫子的人影响，像着了魔一样，整天待在院子里，偶尔看见有人马奔驰而过或者疲兵倦马从他们家门口经过时，张文东就会激动地在院子里跑跑跳跳，仿佛自己正带着百万雄兵血战沙场，虽然他的手下只有小他六岁的张文喜。后来，张文东再大一点，看见有经过的军阀，就放下手中的活计，站在原地痴痴地看着，心早已跑到队伍里面，冲上战场，而他的身边却已经不是张文喜，而是小他九岁的三弟张文富。

张殿化被剪掉了辫子的第二年，和王桂芝再得一子，排行老三，取名张文富。

张家的这三个兄弟感情很好，却性格迥异，常常出现分歧，总是争吵不断。张文东性格粗犷，除了对从军感兴趣以外，可以说是无欲无求。张殿化一度想把他培养成为会海泉烧锅的接班人，却发现张文东在生意上面就是“马尾拴豆腐——提不起来”，老三张文富岁数又太小，恐怕自己想退到后台时，老三还不够成熟，百般考虑，只能把全部希望寄托到张文喜身上。张文喜九岁那年，被送到了安广县读书，在安广和先生念了两年书，再回到家里时，张殿化发现张文喜已经变得文质彬彬，完全不同于庄稼人，这让张殿化心里有了点底。

张文东在种地、出力方面却是一把好手，一身结实的腱子肉，干起活来全烧锅的雇工都心服口服。十五岁那年，在排成长队的相亲对象中，张殿化亲自给张文东定下了亲事。

张文东对于他父亲的决定没有发表一点意见，就像在旁观一件与自己不相干的事情一样，稀里糊涂地与王秀翠结婚。一年后，生了一个胖儿子，取名张庚立。张文东即便是结婚生子，有了一个完整的家庭，心思却还在当兵打仗上面，每逢有人谈起大小战场的战况，张文东都会放下手里的事情，凑上去，聚精会神地听着。张文东一再跟张殿化表露自己要从军的意愿，都被张殿化直接拒绝了。并且张殿化的反应十分强烈，这使得张文东以后只能把这种想法放在心里，不敢再提。

1922年年末的一个早上，张文东正在酒窖里干活儿，由于劳动量比较大，张文东干脆光着膀子搬酒篓。忽然七岁的三弟张文富冲了进来，这哥俩站在一起，如果说张殿化的憨厚遗传给了张文东，那么张文富就遗传了王桂芝所有的聪明。张文富眨着眼睛，气喘吁吁地说：“哥，哥，当兵的，当兵的来了，来了好多。”

“啥当兵的？”张文东并没有听明白张文富在说什么，但是听清一个“兵”字就足够了，他顾不得穿衣服，把棉外套往身上一披，就跑了出去。

宽敞的院子里列队站了三十余人，队伍一直排到门外，为首的是一个说话吐字不清的军官，骑着一匹难得一见的好马。自打张文东记事以来，他从来没在自家的院子里面见到这样的场面。自从张统领离开洮南府之后，会海泉烧锅就很少做当兵人的生意了。

这军官虽然自己对酒不感兴趣，但是，由于这次要去拜见曾经的张统领，便专程来到会海泉烧锅，打算带些好酒过去。

“我亲自来这里看酒，重要程度还用我再说吗？”那军官对张殿化说。

“不用，不用，就是长官派人来，这酒也一样错不了啊。”张殿化站在马前说。

“嗯，知道就好。”

说话间，张殿化的伙计抱着一小坛酒一路小跑着过来。那军官身边的一个侍卫几步上前，拦住张家的伙计，从他手里接过酒坛，打开盖子看了一眼坛内，然后朝着军官点点头，表示酒坛没有问题。

“尝尝。”那军官摸着马的鬃毛说。

侍卫抱着坛子喝了一口，说：“长官，这酒可以。”

军官对张殿化说：“有多少，都拿出来，都要和这个一样的，我跟你说，你别想跟我整事儿，要是有一点掺假，回来让你吃不了兜着走。”

“长官放心，小号一直做的都是诚信买卖。”张殿化拱手说。

“那是谁？”军官指着站在窖口的人问。

张殿化顺着军官指的方向，看见竟是张文东，心里一沉。张文东虽然站得挺远，但是寒冬腊月里，只披一件外套，袒胸露乳，甚是惹人注意。

“是我的大儿子，张文东。”张殿化硬着头皮答道。

“小子，过来！”军官朝着张文东喊。

张文东见长官叫自己，心里又紧张又兴奋，走到军官马下。

军官拿着马鞭，伸到张文东的胸前，轻轻一挑，张文东披着的衣服就滑落到地上。那军官看着张文东结实的身体，满意地点点头。

“小子，能撕巴两下不？”

“能，我跟我妈学过功夫。”张文东做了一个亮架的姿势。

“哦？还学过功夫呢？给我比画一个看看！”军官表现得特别感兴趣。

相反，张殿化看着没轻没重的张文东，在旁边暗自叫苦。张文东没有捡地上的衣服，向后退了几步，稍作活动，打了一套劈挂。只见张文东打起拳来，全无平日的憨厚，眼神犀利，拳拳生风，院子里的人看了都啧啧称赞。

随着张文东打完收势，军官鼓起掌来，问道：“想不想跟着我扛枪当兵？”

“做梦都想。”张文东毫不犹豫地说。

“那你跟我走吧，以后就留在我身边。”军官笑着说。

“使不得啊，长官！”张殿化抢在张文东开口前说。

“怎么不行？”军官脸上顿时没有了笑容。

“我担心文东太小，没什么经验，冲锋陷阵，太危险了。”张殿化说。

“孩子危险，老子就不危险吗？都是为了国家，只有你家孩子是宝贝疙瘩？”军官右手有力地拍着自己的胸脯喊。

“不是，不是，我是担心他的孩子，文东家的小孩儿刚满一岁啊！”张殿化慌忙摇手解释。

“二十九师哪个弟兄不是上有老下有小，进来的就都是兄弟。处在乱世，胸无大志，拖家带口的，还能算是个爷们吗？”军官指着后面的队伍说。

听见二十九师，张文东心头一振，平时听村里人讲打土匪的故事里面，听过二十九师的名号。那年七月份，胡子“天兴”“奎手”带着四百多人，袭击了大赉县城，后来二十九师奋勇剿匪，才让大赉县城没有受到更大损失。想到这里，张文东挺了挺胸，刚要说话，却被张殿化抢了先。

“我们就是做小本买卖的生意人、庄稼人，哪里上得了大台面。”

张殿化一边说一边偷偷扯着张文东，不让他说话。

“看会海泉烧锅在洮南府地界上的影响，我敬你的能力和你的为人，可你这是不识抬举，你以为我是谁都能看得上吗？”军官显得特别不高兴。

“今儿，这酒你就都拿去吧，就当是小号的一点心意。”张殿化试探着说。

“把钱给他点好，酒拿上，走。”军官调转马头就要离开，后面的人迅速闪开一条路来。

张文东看着军官骑着马向外走去，心里急得不行，虽然他不知道马上的这个人是谁，但他觉得也许这次是他离从军生活最近的一次了，如果这次错过了，可能他以后都与这身英俊的军装无缘了。想到这里，张文东鼓起勇气，朝着军官的背影脱口喊出了那句张殿化曾说过的话：“四海之内，皆兄弟！”

已经走到烧锅大门口的军官闻声勒马，回过头来。

院子里，卫兵笔直地站成两排，队伍的尽头并排站着张殿化和张文东，张文东已经比张殿化高出一大块，显得十分强壮。父子两人的后面，会海泉烧锅厂房里面，工人们在嘈杂声中烧着酒，隐约听到像是庆祝的声音，看样子又有好酒出锅了。

第二十三章　半夜进村的人马

张文喜从炕上爬起来，耷拉着脑袋，睡眼蒙眬，身边传来张殿化一阵阵的呼噜声。张文喜披上棉袄，双手撑着炕沿悄声跳到地上，若不是前一晚贪吃，米粥喝得太多，也不必受这起夜之苦。

张文喜推开门，一阵寒风吹过，他打了一个冷战，人也精神了不少，他穿上了原本披着的棉袄。

是夜，月朗星稀，明亮的月光下，会海泉烧锅宽敞的大院安安静静，哨岗上轮班看守的雇工也都偷偷跑回去睡觉了。自打去年年初，“公平”“四海”“胜平”“老二哥”等胡子盯上了长岭县新安镇，前前后后抢了四十多家商号，发了一笔小财之后，各地方的胡子也都摩拳擦掌，各有行动。于是会海泉烧锅在哨岗上安排了雇工以防万一。好在这一带一直很安稳，时间久了，张殿化虽然也知道雇工晚上都会偷偷回去睡觉，但他都是睁一只眼闭一只眼，不予理会。

若是以往，张文喜推开门，站在门口就解决了。可是今晚夜色正好，看着通亮的院子，也不知道为什么，就想多走几步。他径直走到了大门前，对着大门外面准备小解。这时，他隐约听见一阵窸窸窣窣的脚步声，顺着声音看去，但见前面不远的大道上，一队人牵着马正小心地经过此地。

与此同时，那队人也看到了站在大门旁的张文喜。在一个人的示意下，整队人马都停了下来。

月光虽然皎洁，但还是看不清彼此的面孔，不过张文喜看得出其中一个人在费劲地和他比画着，示意他不许出声，回去睡觉。这突如其来的一幕把张文喜吓傻了，他还没来得及解开裤带，就已经全都尿在裤子里。

一群人和一个十三四岁的孩子静静地对峙着，张文喜的裤脚已经开始有液体一滴一滴地滴到地上。终于张文喜打了一个激灵，使出浑身的力量大叫一声，回头就往屋子里跑。

张文喜的喊声划破了烧锅镇寂静的夜晚。张家值班的雇工，听见喊声从炕上翻身下地，连滚带爬地爬上哨岗，点起火把巡视到底发生了什么事情。

会海泉烧锅正门的两个大火把瞬间把周围都照亮了，门前路上那一伙人暴露得一览无余。值班的雇工定睛一看，这伙人穿着翻毛大衣，个个牵着马，手里拿着刀，有几个人腰上还别着枪，见此情景，那雇工来不及多想，抄起木槌敲响了那面大锣。

“大掌柜的，漏水（被人发现）了，怎么办，扯呼（撤退）？”阴阳眼身边的一个胡子问道。

“扯你大爷，今儿咱就砸这家窑子了！”阴阳眼用刀柄给了说话那个人一下子说。

阴阳眼是陵界一带有名的胡子头子，他之所以叫阴阳眼，并不是因为他看得见鬼怪之类不干净的东西，而是他的左眼睛带了一块很大的胎记，一个眼圈白，一个眼圈黑，所以才被叫成了阴阳眼。

张家的雇工听见张文喜的尖叫就已经都从炕上爬起来了，阴阳眼说话这会儿，雇工们都已经冲了出来，陆陆续续从屋子出来四十余人。

这一年的六月，洮儿河河水泛滥，导致洮南、洮安、安广县沿河两岸田地淹没，粮食绝收，陵界也有一部分受害。由于粮食少、百姓穷，会海泉烧锅这一年的产量受到巨大的影响，光是雇工就缩减了一大半，只留下四十多号长工，这些长工基本是跟着张殿化干了很多年的，几乎将烧锅视为自己的家了。

阴阳眼这边，他的话音落下，手下的十多个人就抽出刀朝着烧锅的大门冲去。他带的这群胡子，说起狠来，也是远近闻名，只要阴阳眼一声令下，他的这群人就是蒙着眼睛都敢往上冲。当然，阴阳眼也不是那种让弟兄们蒙着眼睛送死的莽夫，他打眼一看，说话间烧锅大院上已经站了三四十人，于是连忙拉住身边冲得最慢的人，朝着已经冲上去的几个人喊：“还他妈冲，都给我回来，扯呼。”

张殿化披着衣服从屋子里跑出来时，只看见了这伙人的背影，雇工们看张殿化从屋子里冲出来，就都围过去等着张殿化开口。

“掌柜的，咱们不杀过去啊？”一个小孩儿的声音从人堆里传过来，惹得大家一阵哄笑。

张殿化闻声望去，说话的正是小柱子。小柱子站在人堆里，手里拿着一根比他还高的木棒子，棒子比他本人显眼多了。小柱子是张殿化去年在去白城子结账的路旁遇到的。当时刚过完年，天正冷，在雪堆里发现小柱子时，他只剩一口气了，张殿化二话没说，把小柱子抱上马车带回到烧锅上。

等小柱子醒了才知道，他是跟着父母从哈尔滨跑出来的，结果路上遇到了一支日本中队，小柱子在父母的掩护下才逃了出来，而他的父母都被日本人杀了。小柱子靠吃百家饭走到这里，终于饥寒交迫，再也走不动，躺在了路边，直到遇见张殿化。小柱子身体恢复后，张殿化就把他留在烧锅上，做一些跑腿的零活儿。

小柱子从小在外面野惯了，要比张文喜闯荡得多，不像张文喜出去读了两年书，被先生教育得文质彬彬，所以这会儿丝毫没有怯场，也抄了根棒子出来要打胡子。

众人笑罢，张殿化叹了一口气，对大家说：“咱们一个做买卖的小商号，还敢追胡子吗？可问题是会海泉还是被胡子盯上了，咱们的好日子恐怕要到头了。大家先回去睡吧，今晚都支起耳朵，警觉点儿，小心他们再杀回马枪，剩下的事等明天再说。”

张殿化待雇工都回房睡觉之后，又嘱咐一遍今天值班的人才回房。进了屋，看见王桂芝正在给张文喜换裤子，张文喜蹲在炕上哭哭啼啼，张文富丝毫没有被这阵混乱吵醒。

“哎呀,都快成男人了,还被吓得尿裤子了？”张殿化一边脱衣上炕，一边拿张文喜开玩笑。

张文喜像没听见一样，完全不理会张殿化。

“别逗孩子了，快哄哄。”王桂芝嗔怪张殿化，“来胡子了？”

“嗯。”张殿化趴在炕上，看着在地上忙活晾裤子的王桂芝说。

“来了多少？”王桂芝问。

“没看清，听说只有十来个人。”张殿化说。

“才十来个人？”王桂芝问。

“这次不一定是冲着咱们来的，但下次就不好说了。”张殿化翻身躺在炕上，“早点睡吧，明天早点起来，还得再和广武大哥研究研究怎么防备这伙胡子。”

阴阳眼一伙人骂骂咧咧地回到了寨子，二当家远远地出门迎接。

原本陵界并不在阴阳眼的打劫范围内，但是今年的洪灾实在太严重，能砸的窑子少之又少，眼看要过年了，总不能让寨子里几十号弟兄挨饿，看着阴阳眼急得团团转，二当家终于说话了。

“大掌柜，咱们还是考虑一下会海泉吧！”二当家说。

“这……”阴阳眼犹豫地看着二当家。

“管不了那么多了，马上就要过年了，就算不让兄弟们给家里送些贴补，也得吃点油水。”二当家拍着桌子说。

“既然你开口，我也不跟你客气了，不然我还真下不去这个手。”阴阳眼说。

“大掌柜，我懂，兄弟们也要照顾。”二当家说。

“那这次不用你下山，有什么嘱咐你尽管告诉我，我亲自去，省得你拉房子（在老家开枪）。”阴阳眼看二当家心意已决，点头应道。

“好。我和你说一下现在会海泉的情况。普通的农民家不说，会海泉大窑子有三家，据我了解，其中，响窑（有枪的人家）有两家。会海泉现在已经改名叫烧锅镇，所以最有钱的是会海泉烧锅，但也是最不好惹的，据说他们家和洮南府的关系很密切，那里的酒有三分之一都走洮儿河河道卖给了洮南府的跳子（官兵）。第二是前套苏屯的何显龙，家里养了几十头牛，虽说是大户，不过家里存的子儿并不多，值钱的东西都压在牛身上了，他们家有几杆响子，还有……还有他家是活窑（有交情的人家），如果去的话，也只能借，不能抢。第三是赵会林，他们家的粮就算是赶上这种颗粒无收的年头，也不愁吃用，并且他家的粮仓只有看守的，没有带响的，再者说，瘦死的骆驼比马大，咱们若是能去干上一票，这年过得也算对得起兄弟了。”

“我听说会海泉烧锅上烧酒的方子很有来头？”阴阳眼问。

“据说刘伶托梦传给老张家祖宗的酒方子，一直以来都有人惦记，传到张殿化手里时，遇到一伙恶人，杀了张殿化的媳妇，张殿化只好带着大女儿跑到这边来了。”二当家说道。

“那我们如果把这酒方子弄来呢？”阴阳眼皱着眉头说。

二当家伸手一挥，指着身边的人说：“你看这帮弟兄，笨手笨脚的，做些谋财的勾当都是好手，如果让他们烧酒，那可就是害命了。”

众人听了二当家的话，哈哈大笑。

阴阳眼记下二当家的话，才带着十多个人前去烧锅镇踩盘子（踩点），不想还没到赵会林家，刚经过会海泉烧锅的大门口，就被张殿化的二儿子张文喜看见了。

阴阳眼铩羽而归，像没看见二当家一样，直接从二当家身边走了过去，进了寨子。

“这是咋的了，大掌柜？”二当家跟在阴阳眼身后，一头雾水。

“真他娘的点儿背，喝凉水都塞牙。”大掌柜把腰间别着的枪掏出来拍在桌子上，然后坐了下来。“我们刚进烧锅镇就漏水了。路过烧锅时，烧锅上的一个小崽子刚好出来撒尿，他这一嗓子把所有人都喊醒了。光烧锅院里就跑出来好几十号工人，还他娘的踩什么盘子，我直接带弟兄们撤回来了。我早晚要亲手宰了那个小兔崽子。”

二当家听完，哈哈一笑，坐在阴阳眼的身边，说："我道是多大的事呢，掌柜的，你想想，咱们是干啥的？咱们想做点什么事情还用偷偷摸摸吗？提起阴阳眼的名号，小孩子都能吓尿裤子！这盘子干脆不踩了，明天派两个兄弟去打探一下风声，咱们大大方方直接冲进去。”

阴阳眼抬头看着二当家，眼睛里面充满顾虑。

二当家自然明白，拍拍阴阳眼的肩膀说："掌柜的，你放心，为了咱们这几十个兄弟，这拉房子的事是干定了，把活窑避开，具体怎么做，我去安排。”

且不说张文喜哭了一夜，搅得张殿化两口子都没合上眼，烧锅这么一折腾，连左邻右舍也全无睡意，熬到天亮就都过来向雇工们打听消息。

张殿化知道这件事非同小可，早早起来，让叶广武照看好烧锅，就独自往保长家赶去。烧锅门口围着的人见张殿化出来，就都追上去，七嘴八舌地问一些细节的问题。其实他们已经知道了事情的整个经过，就是希望能再听说点别人不知道的事情，好和别人显摆。

保长听说此事，很快把烧锅镇和周边说话有些分量的人都请了过来，一共来了十多个人，其中也包括赵会林和前套苏的何显龙。由于对这件事关注的人太多，几乎烧锅镇的人听说之后，都聚到了保长家。虽然是寒冬腊月，也只好把桌子摆在院子里，保长和请来的那十多个人围坐在长桌边，院子里的人都抱着肩膀，两手藏在袖子里，冻得直跺脚。

张殿化按照保长的要求，又把昨天夜里看到胡子的事情跟大家讲了一遍。保长看着大家一言不发，就问张殿化："对这件事你有什么看法吗？”

张殿化想了想说：“胡子万一真抢到这里时，如果我们还是一盘散沙的话，就只能任人宰割。从人数看，他们昨天很可能只是来打探情况，什么时候再来，还不知道，所以我建议咱们有钱出钱，有力出力，抓紧召集一伙能抵抗胡子的人。”

“行，我同意。”院子里，一个男的举起手喊，话音未落，举起的胳膊就被身边的一个老头给拽了下来。

“你怎么知道那是胡子，不是官兵或者路过的商队呢？”沉默了许久，坐在保长身边的一个穿着翻毛皮大衣的人问。

“是啊，天那么黑你咋能确定？”

“兴许就是路过的呢？”

“仗着买卖大，咋呼圆台了。”

周围的人你一言我一语，七嘴八舌地议论起来。

“十多个人，轻手利脚，个个手里拿着刀，腰上别着枪，这不可能是商队，还有他们撤退时，烧锅上的人都听见他们喊的是‘扯呼’，如果是官兵，能说胡子的黑话吗？”张殿化说。

穿着翻毛皮大衣的人头也没抬，叹了一口气，不再说话，旁边的人也都安静下来。

“这不是和邻村打仗，他们可是杀人不眨眼的胡子啊！咱们拿什么跟人家打？就算我们出钱，拿着和胡子一样的家伙事儿也打不过他们吧！”何显龙说。

“那可不一定，要是打起来，我一个人能顶两个。”站着的有人不服气，摩拳擦掌，引得周围的人也跃跃欲试。

“我们确实除不掉土匪，可是只要让土匪感觉会海泉比其他地方难抢就足够了。”张殿化说。

“我这个作为保长的，必须要想得周全一点，本来胡子是很少杀老百姓的，这反抗的队伍建起来了，很容易激怒胡子，像在座几位住在深宅大院的还好，胡子不敢轻举妄动，但如果他们暗中对普通老百姓下手报复该怎么办？到最后岂不是既搭了钱财又丢了性命？”保长说。

一个坐在椅子上的老头不慌不忙地接着说：“说了这么半天，我怎么一直觉得，这群胡子连屯子都没进，明明就是冲着你的烧锅去的呢？”

这一句话噎得张殿化一时不知道说什么好，院子里的人也开始指责张殿化：“是啊，你自己家的事，怎么非要把大家都拖下水呢？”

“他这人怎么这样呢！”

很多人竟因为这句话瞬间轻松起来，好像劫后余生一般。

“我的烧锅现在有四十多工人，个个敢打敢拼，再配置点称手的武器，足够把胡子拒之门外，我是在替咱们会海泉着想啊！”张殿化焦急地说。

“算了，他们家自己的事，咱们少掺和吧！”有人说着已经开始往外走，这会看来也到此为止。张殿化想把大家叫回来，又有谁会听呢？

最后，只剩下赵会林，他拍拍张殿化的肩膀说：“兄弟，你知道咱们俩的关系，我也不兜圈子，就实话和你说吧。胡子如果来，那遭殃的肯定是整个会海泉，但这护卫队一旦建起来，有钱的怕出钱，没钱的怕出人，所以他们宁愿让自己相信胡子不会来，或者期盼胡子只盯上了你家。”

“他们脑子怎么这么不开窍呢！”张殿化急得直拍大腿。

“可是胡子必须得防。既然说不动别人，咱们两家自己研究吧，万一谁家出点什么事，咱们好能互相照应。”赵会林说。

“目前也只能这样了，并且这事还得抓紧办。”张殿化说。

张殿化回到家里，直接进了账房找到叶广武。叶广武对这件事还是十分关心的，张殿化进屋之后，不等张殿化开口，就关切地询问起来。张殿化一脸愁容，把事情的经过又讲了一遍。

叶广武对这些人的想法很不理解，他用拳头捶着桌子说：“这群人怎么能这样？现在又怕出钱又怕出力，等哪天胡子真进村了，那可就是人财两空了！这么简单的账他们算不明白吗？”

张殿化苦笑道：“他们还在希望胡子不会来，就算来，也不会打他们的主意。”

“既然这样，咱们也仁至义尽了，那就只能顾及咱们自己了。”叶广武说。

“抓紧派几个人到邻村找些称手的家伙，如果能搞到几杆枪最好了。”张殿化说。

“还要找枪吗？这些工人哪有几个会开枪的，焦肥子留下的那几把足够了。”叶广武说。

张殿化听完笑了：“你说得对，但是胡子不知道他们不会呀！交手前打个样，唬唬他们还是可以的。若真打起来，也不比抡烧火棍差吧！”

“我明白了，枪是摆在外面造声势用的。”叶广武想了想说，“为什么不去洮南府或者安广县呢？那边保准能买到称手的家伙事儿。”

“那些胡子是哪个山头的咱们还不了解，若是动静太大，路上被劫了，咱们可是把自己推到火坑里去了。”

“好，我这就安排去办。”叶广武恍然大悟。

“你挑几个人，这件事让孟树祥领他们去做就可以了。”张殿化说。孟树祥是本村的一个农民，只要是农闲时节，他就到张殿化这里打短工，由于这个人很踏实，并且特别能干，所以张殿化待他一直很好。

“那我？”这件事情没有让叶广武直接去办，他十分不理解。

“孟树祥是本地人，十里八村的大部分人家也都沾亲带故，这事办起来要比你容易，重点是你得跟我去赵会林家，商量咱们两家联手的事情。”张殿化解释道。

第二十四章　各怀心腹事

事情过去两三天，并没有胡子进村，村里的人也都放松了警惕，茶余饭后开始对张殿化议论纷纷，认为是张殿化在搞什么猫儿腻，还好被大家及时识破了。这么一传，村里的人甚至都不在张家打酒了。虽然张家的酒并不靠本地零售生意，但是乡亲们的反应让张殿化很是心凉。

让张殿化更发愁的是他的二儿子张文喜。遇见阴阳眼那天之后，张文喜就一直哭哭啼啼，总是半夜哭醒，连觉都睡不踏实，本来身子就单薄，两三天下来，已经熬出了黑眼圈，无论看见谁，眼神都躲躲闪闪。

张殿化从账房出来，回到屋里，张文喜正蜷着腿坐在炕的角落，手抱着双腿，背靠着炕琴柜（一种放在炕上的柜子），眼神慌张地看着门口，显然是张殿化的开门声吓到了他。

王桂芝看准时机，一把抓住在地上乱窜的张文富，连软带硬地推出屋子：“去找你柱子哥玩去。”

张文富正是贪玩的年纪，整天无忧无虑。两年前，正是他通风报信，一句话送走了大哥张文东。张文东从军之后回来过两次，不过至今也有一年没有音信了。每当周边有战事，家里都提心吊胆，生怕接到什么不好的消息。张文东的媳妇王秀琴除了这份担心，还要拉扯满地乱跑的儿子张庚立，时间一长，她把这一肚子的委屈都转移到了张文富身上，张文富年纪再小，也是小叔子，若不是他，张文东不仅不会这样常年不回家，说不定连烧锅都继承了。两年后，二哥被胡子吓破了胆子，张文富仍和没事人一样，闹得比谁都欢。

把张文富撵出屋子之后，王桂芝愁眉紧皱，问张殿化：“这可怎么办？是不是大半夜出去冲到什么不干净的东西了？要不，就找大仙吧！”

张殿化看着张文喜，真是看在眼里，急在心上，实在没有办法，无奈地点点头，说：“听说牛克吐屯有个大仙很厉害，我找个人去把他们请来，帮忙给看看吧。”

王桂芝朝窗外望了望，此时已经是中午，便放下手中的活计说：“还是不要派别人去了，显得心不诚，你没空的话，俺亲自去。这就出发，如果他们今天有时间，我就拉着他们再折回来，到家刚好是晚上。不耽误看病。”

张殿化帮王桂芝备好马车，又装上一些水果，就往牛克吐屯去了。等王桂芝回来时，天已经大黑。晚饭都已经摆在桌子上，张文喜坐在炕头一动不动，旁边坐着张文富，眼睛滴溜溜地盯着张殿化，总想趁张殿化不注意偷吃桌子上的菜，张殿化在地上踱着步子，等王桂芝回来。

王桂芝一进屋，张殿化就迎上去，见后面没人，便开口问：“怎么……”

“俺见到人了，他们说这两天日子不好，等明天晌午派人赶车去接他们。”王桂芝说。

张殿化这才放心，跟王桂芝说：“快吃饭吧，就等你呢，菜都快凉了。”

一家四口人饭刚刚要吃完，忽然一个人推门冲进来，惊得张文喜扔了碗筷，一骨碌就躲到炕里，张殿化也从炕上跳下来。

张殿化仔细看去，进屋的人原来是村里老杨家的孩子，名字叫杨海双，是平时和张文喜屯里屯外疯闹的一群小哥们儿之一。

杨海双比张文喜小一岁，但是个子很高，身体很是粗壮，和他这个年龄一点都不相称。他进屋之后，扶着门旁边的柜子，喘着粗气，王桂芝拿着一个葫芦瓢，盛了半瓢水，递给杨海双，说：“这孩子，咋跑成这样，别着急，歇一歇。”

杨海双接过瓢，咕嘟咕嘟地喝起来。王桂芝见状又赶紧制止：“喂，双子，慢点喝，别呛着！”

杨海双喝完水，随手把瓢放在柜子上面。这时，他的气也喘匀了，可是这一歇，注意到了炕上的张文喜，把来的目的忘得一干二净，走到炕沿边，问道：“文喜儿，你猫旮旯儿干啥，这两天咋不见你出来玩儿呢？”

张文喜蜷缩在角落，用眼睛瞄着杨海双，也不回答。

“你咋不吱声呢？你咋的了？”杨海双扶着炕沿追问。

张殿化担心杨海双再刺激到张文喜，便问杨海双：“孩子，你是来找文喜的？”

杨海双看了看张殿化，一拍脑袋，夸张地说：“哎呀，我差点给忘了。张叔，这回可完了，胡子真要来了，保长都被吓蒙了！你快跟我去保长家吧，大家都在那呢。”

“真的假的？我这就去。”张殿化从炕上拎起衣服披在肩上就往出走。

“把衣服穿好再出去！”王桂芝追到门口，朝着张殿化的背影喊。

杨海双跑在前面，跑出大门口没几步，又折了回来，借着月色，扒在大门上看张殿化往这边跑，等张殿化快追上去时，杨海双跳下大门，一边跑一边回头朝着张殿化喊：“张叔，快点，大伙都等你呢！”

张殿化来不及多想，跟在杨海双后面，一路小跑来到保长家里。张殿化到时，保长家的院子里已经站满了人，黑压压的一片，比那天研究怎么对付胡子还热闹。

杨海双离很远就喊了一嗓子：“都闪开，张叔来了！”

院子里的人听见杨海双这一嗓子，纷纷给张殿化让出一条路来。杨海双像完成了一个非常艰巨的任务，甚是神气地走在前面，张殿化跟在后面，在众乡亲的注视下，几步穿过院子，进了保长家。

在保长不大的家中，里屋外屋都站满了人，杨海双钻到保长旁边，跟保长显摆道：“我把张叔带来了，快不快？”

满院子的人都已经急得像热锅上的蚂蚁，谁还有心情哄小孩子。保长并没有理会杨海双，听说张殿化来了，赶紧招呼张殿化到里边来商量事情。

经过大家你一言我一语的讲述，张殿化才明白了事情的始末，原来上次在保长家讨论之后，谁也不知道从哪天起，家家的院子门口都多了“○”和“×”的记号。最开始这些记号是一群孩子发现的，但小孩子不懂事，也没当回事。直到今天，一个孩子的家长无意间听见孩子提起这件事，才注意起这些记号，这家大人左邻右舍一看，果然都有相同的记号，又联想到胡子进屯一事，便赶紧去找保长。保长也意识到事情的严重性，连忙召集了大家研究对策。此时，保长正握着张殿化的手，一再表示那天自己是一时糊涂，轻信了大家的话，搞得现在不知所措。其实张殿化也明白，所有的人都不同意，就算保长不糊涂又能怎么办。

保长和张殿化解释完之后，稍作沉思，清清嗓子，说：“大家都安静一下，现在事情已经很明确了，只要不是小孩子捣蛋，那就一定是胡子踩点留下的记号。现在发现的只有‘○’和‘×’两种记号，据大家的猜测，就是抢和不抢两个含义。”

“要我说，咱们全给改成一样的得了！”一个站在外屋的人喊。

“这个办法刚才有好几个人都提过了，先不说咱们不知道‘○’是抢还是‘×’是抢，重要的是不管改成了哪样，胡子没了标准，万一乱抢起来怎么办？很难想象他们会因为记号混乱就乖乖回家。”保长说。

“那还不简单，看看张大掌柜家是什么记号就清楚了呗。”那天坐在椅子上的老头说着，伸长脖子，在屋子里巡视一圈，朝已经挤到门口的杨海双喊道：“双子，看没看张掌柜家门口是什么记号？”

“是圈！我又顺便看了张叔家隔壁李喜青李大爷家，他们家也是圈。”杨海双喊道。

杨海双话音未落，屋里屋外就议论开来。经过上次讨论，大家已经把胡子要抢烧锅当成了一个已经确定的事实，既然烧锅门口画的是“〇”，那么，所有标“〇”的就都有被抢的危险了。

那老头的这几句话说得张殿化气不打一处来。老头也感觉自己有些冒失，往旁边侧了侧身，避开张殿化的眼神。

保长意味深长地看着张殿化说：“你也别和乡亲们一般见识，我们研究了一晚上，也不明白他们是根据什么做的标记，无论是标‘〇’还是标‘×’的人家，都有大户、有穷人，比如说赵会林家里标的就是‘×’。当务之急不是胡子抢‘〇’还是抢‘×’，而是怎么才能防住他们。”

这两次事情加在一起，张殿化真是憋了一肚子火，所以听完保长的话，也没说什么，把头扭向一边。

“你们都静一静！”保长见张殿化这回是彻底被大家得罪了，连他这个保长的面子都没给，便把气撒到了大家身上，训斥道，“你们这么吵吵闹闹的，有用吗？”

保长等大家把注意力都集中到自己身上之后，继续说：“当初，张掌柜让大家都做准备时，你们不信，都往外推，现在好了，一家门口一个记号，不管代表什么意思，谁也脱不了干系，并且问题是还没人知道记号是什么时候做的，最坏的可能是他们现在已经到村口了。”

保长这一句话让屋里屋外又像炸开了锅似的。这次，保长没急着维护秩序，他一边观察大家的反应，一边等着大家逐渐安静下来。过了一会儿，大家把目光重新聚集到保长身上。

寒冬腊月，屋门大敞四开，仅一小会儿，屋里屋外就一个温度了，保长裹紧了身上的长袄，继续说：“一会儿我就派人去安广把事情报给知县，看看知县能不能帮什么忙。但是咱们也不能坐着干等，该准备还是要准备，这里一共有五条路能进村，每家出一个男人，暂时分成五路，看好这五个入口，把过年准备的爆竹拿出来，一旦发现，就放爆竹通知其他路的人，其他的防备工作我们再抓紧商量对策，尽可能拖到安广县来支援。但是大家记住一点，性命要比钱财重要得多，千万把握分寸，把损失减少到最小就好。时候不早了，大家按照我说的，分完组就都回去吧，巡逻从今天晚上开始。”

接下来就是给大家分组，这一折腾就是半宿。张殿化回家之后，安排两个人参加了巡逻小组，自己连衣服都没脱，躺在炕上就睡了。

第二十五章　阴阳眼进村

第二天晚上，后半夜天快亮时，张殿化在半睡半醒之间，隐约听见“二踢脚”的声音。由于心里有事，睡得不实，他一骨碌从炕上坐了起来，支起耳朵仔细听外面的声音，想确定自己是不是在做梦。

“二踢脚”响起之后没过多久，就传来嘈杂的叫喊声。张殿化心底一沉，意识到胡子进村了，他双手往炕上一撑，顺势跳到地上，拎起外套就往外跑。

院子里，雇工们都站在门口，面朝着西面，猜测发生了什么事情。张殿化也朝着大家看的方向看去，西头火把的光亮在黑夜里十分地显眼。

张殿化没有多犹豫，大喊一声：“还看什么热闹，抄家伙啊！”

这时，叶广武从人群里走了出来，小声跟张殿化说：“大伙都出去了，烧锅如果被乘虚而入怎么办？”

“一伙胡子能有多少人，胡子在哪里，咱们就撵到哪里，烧锅上留下十个八个就行，有事情抓紧给我报信，剩下的都跟我走。”

尽管在这种紧急的形势下，保长安排得已经很是到位，但是他忽略了一点，这群打家劫舍的胡子，身经百战，人人身上带着一股子煞气，哪是普通老百姓能比得了的。

原本巡逻队的人已经高高地举起手中的家伙准备迎战，没想到胡子里传来一个声音：“爷就是安广县的阴阳眼，谁他娘的活腻了，就来报个名！”

阴阳眼说完，胡子吹着口哨，起着哄，亮出各自的刀、枪。

阴阳眼在安广县也是小有名气，普通农民哪经得起这般恫吓，临时组建的巡逻队，和赶来支援的农民见此情形，就没有人敢再往前冲，所有人都拿着家伙，却站在原地一动不动。

张殿化带着人赶到时，看到的刚好就是这个场景，那群胡子有三十来人，分别在附近的几家院子里抢鸡、鹅和粮食，反抗的只有被抢的农户，他们用哀求的语气，希望胡子能给他们留下点什么。

特别值得一提的是，事实证明，这群土匪抢的并不是门口画“○”的农户，而是标有“×”的人家。

古语有云“一鼓作气，再而衰，三而竭”，张殿化没有多作停留，简单地估摸一下双方的情况之后，大吼一声：“都愣着干什么，跟我上，把他们赶出去！”

其实张殿化并没有信心让这群已经被吓蔫的农民跟着他往上冲，但是对于烧锅上的雇工们，他的心里还是有底的，这完全由于他平日里对每个工人都照顾有加，深得工人们的认可。

让他意外的是，恐惧会扩散，热血也能感染。张殿化的到来，一下子点燃了村民的斗志。他们跟着张殿化的人冲了上去。

胡子虽然凶悍，却并不像现在人们印象中的那样烧杀掠夺、无恶不作。那时很多胡子出身贫苦，因为吃不上饭或者其他原因被逼上梁山，所以，他们也深知老百姓的难处。但是为了自己和兄弟能有口饭吃，就不得不做一些打家劫舍的事情。在有选择的时候，他们很少去动穷苦百姓。

阴阳眼这伙人和当时这一地区的胡子们一样，不是迫不得已，他们只谋财，很少害命。这一次主要是因为赶上灾荒年头，军阀追剿得厉害，才迫不得已选择了烧锅镇。

这次下山，阴阳眼和二当家专门嘱咐不许杀人放火、东西也只能抢门口标了“×”记号的人家的，所以阴阳眼的人也特别小心。张殿化一伙人冲上来，让他们一时不知所措，骑在马上的阴阳眼也及时发现了这件事，他长长地吹了一个口哨，大喊一声："挑了（快走）。"

众喽啰听见命令，草草收了手上的家伙事儿，带着已经到手的东西上马，跟着阴阳眼向村口跑去。张殿化等人乘胜追击，一路上，夺回不少胡子们掉落的家禽、粮食。

胡子们到了村口，便不再逃跑，勒马停下。原来阴阳眼早已派二当家带着一伙人在村口接应。

阴阳眼站在最前面，面对冲过来的老百姓，他朝天放了一枪。听见枪响，张殿化等人都站住了。

阴阳眼指着张殿化说："若不是看二当家的面子，今天老子全磕死你们。别以为我不认识你，烧锅镇烧锅的掌柜，你三番五次坏我的事，以为我阴阳眼好惹？咱的梁子今儿是结下了，你们有一个算一个，都给我记住，以后烧锅镇没有烧锅！"

所有人都一动不动，看着胡子离开的背影，即便他们已经消失在夜色中，众人仍心有余悸。突然人群中一个人倒在地上，大家赶紧去扶，张殿化借着月光看去，倒下的人是他的邻居李喜青。

大家原以为李喜青在赶胡子的时候受伤了，周身检查一遍，发现李喜青并没有受到一点伤。李喜青被人扶着，低着头沉默很久，然后说："我没事，就是跑太快了，头有点晕。"

听见李喜青说话，大家才放下心来。只听李喜青长长地叹了一口气。

张殿化生气归生气，不过让他眼睁睁地看着乡亲被抢，他是绝对做不到的。这晚，他不计前嫌，及时赶走了胡子，避免了一笔很大的损失，这使他在乡亲们眼里的形象迅速提高，有上前道歉的，也有把刚从胡子手里夺回来的东西塞给张殿化的。张殿化笑着，面对乡亲们的馈赠一概不收，称为村子做点贡献是应当的。

第二天，张殿化带头驱赶土匪的事情传得整个烧锅镇都知道了，并且越传越神。但是大家最担心的一件事是张殿化和胡子对着干，惹恼了胡子，阴阳眼临走时还叫板张殿化，真不知道这群胡子什么时候会卷土重来。阴阳眼也是远近闻名的狠角色，大家都知道，等阴阳眼的麻烦再找到烧锅上的时候，那可能就不是抢一点吃用那么简单的事情了。

这件事张殿化在做之前就已经想到，但对于他来说，还是他那句老话“四海之内皆兄弟”。若是只顾着自己，连眼下正在发生的事情都不管，担心日后会怎样怎样，这未免太说不过去了。张殿化一边笑着跟大家说不必在意，一边也在心里盘算着要怎么办才好，毕竟此刻，他也不知道该怎么办。

王桂芝也没有想出什么主意，眼下她正在准备给张文喜请仙的事情，她知道，以胡子的习惯，不会马上扑回来，不过大仙今晚一定会来，请仙这种事，一旦定下来，谁都不敢耽误。

到了傍晚，张殿化的马车赶了回来，停在大门口。张殿化和王桂芝听见声音连忙出门去迎接。

马车上下来两个人，前面的是一个戴着棉帽子的男子，将近五十岁，个子不是很高。那男人扶着一个穿着红底白花棉袄的女人，女人大约四十多岁，身体有些瘦弱。走在后面的女人就是“大神”，“大神”就是请神的介质，通常要找八字不应，容易沾上不干净东西的人担任。那个戴帽子的男人就是“二神”，负责将“神”请到“大神”的身上，这样才能完成整个仪式。他们还带了一个不小的木箱子，里面装着仪式需要的工具。张家的伙计抱着箱子跟在后面进了屋子。

“大神”和“二神”进屋之后，王桂芝沏了一壶茶水，毕恭毕敬地放在两人面前的桌子上。两个人的话并不多，“二神”进屋打量一圈，看一眼炕上的张文喜，问张殿化：“就是这小子吧？”

“对，对。”王桂芝一边点头，一边叫张文喜：“文喜，快过来！”

“二神”喝了一口茶，说：“你们放心，你们看他眼眶发黑，就是晚上出去招‘没脸的’了，这事好办。”

“真的啊！那就拜托你们了。”王桂芝听“二神”说完，激动地说。

“嗯。”“二神”轻声答应一句，然后问“大神”，“能看见吗？”

“大神”朝张文喜身后看一眼，然后对“二神”小声地说：“能。”

“那咱们现在开始？”“二神”透过窗户上的那小块玻璃看看外面的天，问道。

“也行，收拾完也就差不多到时候了。”“大神”掐着手指算算说。

“大神”说完，“二神”便把手里的茶杯放回原位，走到他们带来的箱子前面，打开了箱子。“二神”把箱子里面的东西一件一件拿出来，摆在桌子上面，花花绿绿的，连张文喜也好奇地爬到炕沿，伸着头看热闹。至于张文富，为了防止他在这里添乱，得罪大仙，早就被王桂芝送到厢房，让小柱子看着了。

“大神”和“二神”穿戴完毕之后，整间屋子的气氛都变得神秘而严肃起来。“大神”面朝着西，盘腿坐在炕边，张文喜被安排坐在“大神”对面。“二神”示意屋子里的人都向后撤一撤，在炕边的地上留出很大一块空间。一切准备妥当之后，“二神”上了三根香，然后拿起单面鼓和木槌，“大神”见状，闭上了眼睛。

鼓声稀疏地响起，随后“二神”哼起慵懒的调子。王桂芝担心张文喜害怕，坐在张文喜身后，从后面抱着张文喜，不让他乱动。

鼓点越来越急，“二神”对着“大神”哼的调子变成了词：“日落西山，黑了天。家家户户把门闩。行路君子奔客栈，鸟奔山林，虎归山。鸟奔山林有了安身处，虎要归山得安然。头顶七星琉璃瓦，脚踏八棱紫金砖。脚踩地，头顶着天。迈开大步走连环，双足站稳靠营盘。摆上香案请神仙……”

只见“大神”双目紧闭，逐渐开始哈欠连天，忽然在炕边盘腿打坐的“大神”不知道哪来的力气，双手一撑竟直接跳到地上。“二神”见状，配合着“大神”在地上跳起舞来，腰间的铃铛随着舞步，毫无节奏地响着，手里的鼓敲得更来劲了，屋子里所有的人都紧紧地盯着两个人，屏住呼吸，大气不敢喘。

过了一会儿，“大神”也跟着唱起来，两个人你一段，他一段，连唱带跳好长一段时间，“大神”又跳回炕上，依旧盘腿打坐，全身开始不停地抖起来，吓得张文喜直往王桂芝怀里钻。

“二神”坐到身边，一边轻敲着单面鼓沿，一边说：“老仙家，今儿借口传音，请问您是黄堂的将还是胡家的兵？”

“大神”已经全身发抖,无论“二神”怎么问都不答。“二神”见状，又敲起鼓唱起歌来，唱了一阵子之后，又继续问起来：“老仙家，俗话说‘话不说不透，砂锅不打不漏’，人过留名，雁过留声，请老仙家报个名。”

“废话少说！”“大神”一开口，声音却粗似男人，和刚才的判若两人，给张文喜吓了一跳，屋子里其他的人也都惊讶得合不上嘴，“二神”环视了一下四周，看大家都没有乱动，松了一口气。既然大仙开口，就好办了……

就这样“大神”和“二神”一直折腾到深夜,张文喜从好奇到害怕，从害怕到困得眼睛睁不开。忽然“大神”的头一沉，低下来，身体也不再发抖，“二神”站起身，放下了单面鼓和鼓槌，整个屋子瞬间变得异常安静，连张文喜也精神起来，环视四周，想知道发生了什么事情。

“没事了。”“二神”又回到了刚进屋的样子，不愿意多说一句话。

“谢谢啊。”王桂芝把张文喜往炕里挪挪，下地给“二神”倒水。

“怎么样？”“大神”抬头，一脸疲惫地问，她似乎对刚才发生的事情全然不知。

“没什么大碍，后天太阳落山后，去门前的十字路口烧点纸钱，钱上什么都不用写。到时候再给小子写个符,带足一百天就行了。”“二神”既是对“大神”说，也是在向张家交代。

王桂芝仔细地记下了“二神”说的话，要给二位安排住处，二人说什么不同意在张殿化家留宿，于是，出于安全方面考虑，张殿化叫醒了两个伙计，备上马车送两人回家，除了给“大神”和“二神”赏钱以外，又给二人装了酒和粮食，送走了两位。

等张殿化夫妇把已经睡着的张文富从厢房抱回屋时，张文喜已经睡着了，不知道是折腾了这几天再加上这半宿太累了，还是“跳大神”起了作用，总之，张文喜没事了就好。张殿化夫妇怕吵醒张文喜，没敢说话，简单地收拾一下就躺下了。

第二十六章　过年了

今天是腊月二十八，按照过年的习惯，王桂芝正在忙着蒸馒头。蒸馒头可是她的绝活，她蒸出来的馒头又大又软，个个开花，烧锅上的长工们都说，凭嫂子这手艺，若是卖馒头，说不定比开烧锅还赚钱。

张文喜和张文富两个孩子好不容易消停一会儿，王桂芝得趁机多干些家务活。但是由于她太忙，忘记了小孩子最安静的时候，才是最要注意的时候。

张文喜已经比前几日活泼了许多，但还是不肯走出院子。这会儿，正和张文富、小柱子偷吃财神爷的贡品。三个孩子一人手里拿着一个冻豆包，那是王桂芝为了让孩子们能消停一会儿才分给他们的。遗憾的是冻豆包并没有让他们安静下来，他们拿着冻豆包像看着宝贝一般，特别是小柱子，更是舍不得吃，看着冻豆包，不住地咽口水。

张文富看看两个人，眼珠子一转，想出一个主意来，他向张文喜和小柱子伸出胖乎乎的食指，勾了勾，示意两个人凑过来，然后他踮着脚，一只手搂住一个人的肩膀，三个小脑瓜凑在一起密谋起来。在张文富的提议下，三个人避开大人，鬼鬼祟祟地钻进了这间供财神爷的屋子。

逢年过节，无论谁家的祖宗牌位和各路神仙的伙食都不会太差。张殿化更是拿着财神爷当宝贝，从小年开始，就天天给财神爷换着样地上贡品。张文富终于忍不住下手了。今天的供果是苹果和冻柿子，满满两大盘子摆在桌子上，让三个小孩都忘了手里的豆包。

“这不能吃吧？”张文喜站在门口，没敢往里面走。

“怎么不能吃，又没人看见。”张文富一边说一边把手伸向冻柿子。

“喂喂喂，你想想，院子里除了咱们仨，还有谁能干这事？”小柱子连忙拉住张文富说。

“刚才不是都说好了吗？你们俩怎么反悔呢？”张文富说。

“工人都回家过年去了，你看这院子里面还剩下几个工人了？被爹发现，咱几个就全完了”张文喜说。

“那完啥，不承认就得了呗。咱们仨不说，他还能说啊？”张文富指着财神爷像说。

“呸呸呸，小心得罪了财神爷。”小柱子赶紧上前去捂张文富的嘴。

“我才不怕呢。家家都贴财神，怎么不见家家都富？”张文富年纪不大，但是很机灵，说起话来一套一套的。

“财神爷说不说我不知道，爹肯定能打到你自己说。”张文喜说。

张文富听了，不禁打了个冷战，也不再言语，他用小胖手挠着后脑勺，略作沉思，然后神秘兮兮地跟张文喜两人说:“你们等我一会儿。”

张文富出去没多久就回来了，手里多了三根苇秆。

“你这是要干啥？”张文喜问。

“二哥，你就瞧好吧！”

只见张文富拿着一根苇秆趴在盛冻柿子的供盘边，小心地插进一个柿子里面，开始吸食里面的汁液，直到柿子皮彻底瘪下来，张文富又通过苇秆往回吹气，把柿子皮填满，然后拔出苇秆，已经被吸空了的柿子皮竟和之前一样，看不出什么破绽。

张文喜和小柱子看得眼睛发直，也经不起诱惑，学着张文富吃了起来。

三个小孩儿坏事做得差不多了，正愁无聊，外面传来一阵脚步声，听上去来了不少人。张文富和小柱子仿佛又有了新的动力，蹦跳着跑出去看热闹。张文喜犹豫了一下，没跟出去，留在屋子里，扒着门缝观察着院子。

因为阴阳眼说不定哪天还会回来找麻烦，所以这阵脚步声吓了张殿化一跳，他扔下手里的活计跑出去一看究竟。

进门的人头戴大檐儿军帽，穿着一身干净的军装，脚踩高帮皮靴，身后跟了七八个普通打扮的士兵。这时王秀琴从屋里出来，站在门口，轻声喊了一句“文东”。

张殿化仔细看去，那打头的人真是他的大儿子张文东。张文东被那个长官领走之后，因为本人性格忠厚，再加上领导器重，所以短短两年就当上了连长。

“臭小子，你还知道回来呢？”张殿化松了一口气，上前拍着张文东的后背笑着说。

“爹！”张文东有些难为情地喊了一声爹，然后瞥了一眼身后的几个士兵，示意张殿化给他留点面子。

“这是？”张殿化看着张文东带回来的人，一时没明白情况。

“我们连上的几个小兄弟。”张文东说。

两人说话时，王秀琴把张庚立叫出来，指着张文东说：“看，你爹回来了。”

“爹！”张庚立举起双手，蹒跚地跑向张文东。

“儿子都长这么高了！”张文东看见张庚立，格外亲切，迎过去举过头顶转了两圈。

“听安广县的人说胡子来过咱们这里，我不知道什么情况，一直很担心家里，正好要过年了，我就带着几个兄弟请了假赶回来看看什么情况。”张文东把张庚立抱在怀里，继续跟张殿化解释道。

“家里没事，可是这都腊月二十八了，你不是耽误人家过年嘛！”张殿化责备张文东道。

“他们的家都是这附近的，没多远。既然没事，我就让他们直接回家了。”张文东说。

“来都来了，快让进屋里。过年了，请你的小兄弟们喝一顿再走！”

张殿化高兴地说。

饭桌上，张殿化给张文东讲了一遍阴阳眼打劫烧锅镇的事情，张文东听完不禁埋怨张殿化不该出风头。俗话说“不怕贼偷,就怕贼惦记”，若是真被胡子惦记上了，那还能有好吗?

张殿化也明白这个理儿，低着头说道：“乡里乡亲的，怎么就能那么狠心，袖手旁观呢。”听了张殿化的话，张文东没再说些什么。

张文东想了想，说：“回去我向上级建议建议，先剿了阴阳眼这支胡子。”

张殿化摇摇头说：“算了，儿子，你还有发展，以后说不定能当个大官，别为这些小事坏了前程。既然你出去了，就安心去闯你的，家里也不能牵绊你了。再过个五年八年，等小二拿事了，烧锅交给他，我就安心养老了。所以这不是你的事，就别操心了，做好你分内的事就好。咱们喝酒，你的小兄弟们都在呢，不唠家事。”

“爹，这是我应该做的，我是咱家老大，更得出我自己的力量。”张文东继续说。

“你爹我从锦县用一双脚一步一步走到这里，你娘更远，从山东闯过来，一直到今天，怎么着？我们还不如你了？”张殿化语气严厉地说。

张文东见状，只得作罢，转过头，看见坐在他身边的老二张文喜，问：“文喜怎么这么老实，一句话都不说呢？”

王桂芝叹了一口气说：“唉，还不是胡子给吓得嘛，你想，你半夜出去撒尿，一抬头看见十来个人正盯着你看，手里又是枪又是刀的，你能不害怕嘛！前几天给他请了一次“大神”，也没见他好到哪去。”

“娘，二弟明摆着是人吓得，请神有什么用？”张文东无奈地说。

“他还太小，身子骨又不好，哪像你。”王桂芝说。

“不是你们想的那个样子。应该把他送出去，读读书或者闯荡闯荡，见识多了就好了。”张文东说。

张殿化连着咳嗽两声，打断张文东的话，张文东也不敢再作声。

酒足饭饱，张殿化考虑到已经到了年跟前，胡子来不来又是说不准的事，就劝张文东早点把这些孩子放回去过年。张文东按照张殿化的意思，送走了他带来的弟兄，回头看见张文喜也站在院子里，正看着自己。

“哥。”张文喜说道。

“怎么了？”张文东问。

“我……”

张文东发现张文喜说起话来支支吾吾，明白他定是有话想说，于是就近带着张文喜进了烧锅的工厂。两个人靠着甑锅坐在柴火上。

“二儿，你有啥事？”张文东搂着张文喜的肩膀说。

“哥，我不明白，这事明明跟咱家没什么关系，为什么咱爹非要招惹那些胡子，弄得现在连年都过不好？”张文喜问。

“有些事，光看眼前很简单，但若是前后连在一起，长远地想就复杂了。爹帮着乡亲赶走了胡子，现在是过不好眼下的这个年了，可是如果爹没管乡亲，只保全咱自己家，以后可能就再也没有好日子过了。不能得罪一个坏人，更不能得罪一群好人。”张文东说。

“不懂。”张文喜想了想说。

“你吧，就像我之前说的，不该读的书，读多了，而该经历的事情，都没经历过，结果就变得呆呆傻傻的了。”张文东把手放在张文喜的头上，摇着张文喜的脑袋说。

张文喜眨着眼睛，晚饭的酒有些上头，眩晕中，想尽量看清张文东，从张文东的脸上找到答案。

“你是读过书的人，你该知道‘岂曰无衣？与子同袍’是什么意思吧？”张文东问。

张文喜想了想，点点头，紧接着又摇摇头。

张文东拿起张文喜的手，捏了捏，然后笑着说：“瞅你的手，这么软，干不了重活的样子。我得怎么帮帮你呢！”

“我觉得我书读得不多，我还想读书。”张文喜说。

“有些事情不是读书就明白的。”张文东说。“我八九岁的时候，有一次跟爹去县城，赶上那年剪辫子。那个时候男人还留辫子，那些人满大街地抓到人就剪辫子，我和爹赶巧就被抓到台上给大家作了个样子。剪完辫子，一个人跟爹说了这句话，那个时候，我根本不懂这句话是什么意思，只是觉得之乎者也的，读起来很有趣而已，直到后来有战争，有伤亡，和弟兄们并肩作战，聚散多了才渐渐明白这句话的含义。”

“还是不懂。”张文喜很仔细地想过之后说。

张文东笑了，说：“不用着急，你是个愿意思考的人，早晚都会明白的，自己想的会更明白。”

“哦。”张文喜嘴上答应着，可是无论是看起来还是实际上，他都根本不明白。

张文东深深地吸了一口气，说：“好亲切的酒曲味儿，我在洮南府的时候，一到睡不着觉的时候，就想这个味儿，越想越睡不着。哥喝醉了，说得有点多，你别往心里去。”

张文喜看见张文东打了个冷战，便站起来，把手伸向张文东，说：“我们回去吧，这里太冷，别冻感冒了。”

张文东握住张文喜的手，站了起来，哥俩走到门口，张文东又站住，对张文喜说：“二儿，无论是胡子还是其他什么，不用怕，有哥在。”

张文喜笑了，狠狠地点一下头说：“嗯！”

第二十七章　胡子再进村

年总是过得很忙碌，时间就像漏了一般，在亲友相聚的笑声中迅速流逝，等到记起日子时，已经出了正月。

随着爆竹声渐稀，乡亲们也从过年的欢喜里面走了出来，烧锅镇又恢复了往日的平静，甚至人们都忘记了阴阳眼等人潜在的威胁。事实上也该如此，即便是惶惶终日，该来的总会来，不如泰然应对，过好当下，虽然烧锅镇人的泰然是来自健忘和乐于安逸。

张殿化一家也是如此。年后，烧锅上的工人也都陆续回来，烧锅经过一场隆重的仪式之后，在冰天雪地里，烧出了这一年的第一锅酒。张文东见家里、村内一切都按部就班，也觉得不会再有什么事情，就回洮南府了。

不过有些事情没有一个了断的话，有人就永远觉得不舒服。被一群老百姓赶出村子，成了阴阳眼好不了的心痛。明白人知道，他是有所顾忌，放不开手脚，但明白人又有几个？这件事早晚会慢慢传开，在同行里，还哪有他的立足之地。

二当家的知道阴阳眼的心情，在平常和阴阳眼的谈话中，渐渐把仇恨都集中到了张殿化身上，时间一长，阴阳眼也觉得如果砸了烧锅镇村烧锅这个响窑，不仅能挽救自己的名声，出了这口恶气，还能让兄弟们改善一下生活。

终于四月份的一天下午，阴阳眼带着他的喽啰们出现在烧锅镇的烧锅大院。

叶广武站在院子中间，挡住了阴阳眼一伙人的路。烧锅上的工人们手里拿着干活的工具，从各自所在的厂房出来，静静地聚在叶广武身后，还有三四个工人听说胡子来了，连头都没敢露，就直接找个觉得安全的角落躲起来了。

“你们想干啥？”叶广武问。

“干啥——？你说胡子能干啥？”阴阳眼身边的二当家反问道。

“把他们赶出去，给你们加工钱。”叶广武明白，这种关键的时候，士气很重要，但又没有时间长篇大论，如果有那么几个人犹豫或者临阵脱逃了，那么今天烧锅可能就会不保，而对于这些打工卖力的人来说，说什么都不如提钱有用。这么多年，他俨然已是烧锅的管家，所以也没再多想，挥着手里的铁锹朝后面的人喊出这句话。

“武哥，等会儿！”

烧锅上的人刚要动作，就被张殿化一嗓子叫住了。外面发生了这么大的事情，张殿化当然也发现了，他在屋里大概打量一下，来的胡子不仅人数比烧锅多了一倍，还都全副武装，和工人们手里烧酒干活用的工具相比简直天差地别。倘若是拒敌于院外，把烧锅的火力集中到哨岗上，守住大门说不定还有些胜算，可是，时隔这么久，张殿化早就放松了警惕，现在两伙人几乎混在一起了，面对胡子们手里的长刀短枪，打起来的话，必然只有吃亏的份儿。眼下只能破财免灾，保住自家和雇工们的人身安全了。

开烧锅这些年，张殿化走南闯北，也见过些世面，耍横的、玩狠的、要挟的、哭穷的，什么样的买家都遇到过。所以在处理一些事情上较他刚到这里时有了相当大的进步。

张殿化大喊一声，制止住叶广武之后，稳步从正房走了出来。

“这是哪里来的贵客？”张殿化不紧不慢地走到叶广武身边，尽管他根本没想好怎么解决这件事。

“哼！真是贵人多忘事啊！你不记得我，我可忘不了你！”阴阳眼说。

“原来是绿林好汉，久闻阴阳眼大名，今天能到烧锅上做客，真是兄弟的荣幸啊！”张殿化笑着说。

“少给我揣着明白装糊涂,这可不是咱们头一次见面了。”阴阳眼说。

张殿化回头跟大家说：“来个贵客也不用这么迎接，你们该做什么做什么，别在这偷懒。武哥，准备点好酒，今天弟兄们路过这里，不能饿着肚子空手走不是？”

“谁都别动！”阴阳眼抬起马鞭指着烧锅上的人大吼一声。

工人们都明白怎么回事，原本也都没打算散开。可是一般人哪经得起阴阳眼这十几年的匪气，阴阳眼喊完之后，反倒引起一阵小骚动，有胆子小的人偷偷向后退了一步，尽量站在不让阴阳眼看见自己的位置。

“这是？”张殿化说。

“跟你挑明了说吧！别以为我不知道上次是你带人坏了我们的大事，闹得我的弟兄们连年都没过好。我憋了快半年的火，今天咱们一起算清。”阴阳眼说。

“我这不是正要派人去拿酒么，难道来烧锅上不要酒？”张殿化装作不明白，问。

“跟尖头（商人）说话真他娘的费劲。一开始就不应该跟你磨叽。”阴阳眼不耐烦地说，“弟兄们……”

“等一下！”

阴阳眼的话被一个女人的声音打断了，他循声望去，说话的人是王桂芝。王桂芝对胡子再熟悉不过，她知道这一次胡子不会轻易善罢甘休，于是进到里屋，找到张文喜，跟他说：“外面站着的人，就是把你吓尿裤子的人，今天，俺要告诉你，没有什么是值得你害怕的。”

说完王桂芝就拉着张文喜来到院子，站到张殿化的身后，等着万一需要她。

这会儿王桂芝走到张殿化前面，对阴阳眼说：“俺也算是个正儿八经的里码人（同行），都是吃打饭的（胡子），行里的规矩我懂，可俺也得提醒你，烧锅的大儿子可是洮南府的官长的马拉（警卫），你未必得罪得起。”

阴阳眼皱着眉听完王桂芝的话之后，哈哈哈大笑，回头和众人打趣道：“她说她是里码，你们信吗？”

待兄弟们笑过之后，阴阳眼问道：“蘑菇溜哪里（哪里人）？”

“实不相瞒，外哈（外地山头的人）。”王桂芝答道。

“吃打饭的人多了，我都要给面子吗？除非你挂住（入伙）。”阴阳眼不怀好意地说。

“使不得啊，桂芝。”张殿化虽然听不懂两个人的对话，但阴阳眼的这句话他还是听懂了。

“只怕俺引来水（官兵），连累了你。”王桂芝示意张殿化不要说话，接着对阴阳眼说。

“什么价（到哪里去）？”阴阳眼问。

“插的人太多。躲出来的。”王桂芝说。

阴阳眼哈哈一笑，道：“你插完人，来劝我不要插？我是该信还是不该信呢？”

“俺插的是洋人。”王桂芝说。

“闯关东的？”阴阳眼问。

“是的，打山东来。”王桂芝说。

“报报蔓（报个姓名）。”阴阳眼问。

“俺掌柜的一脚门（姓李），外号贴山李。俺是虎头蔓（姓王），当年贴山李的女人。”王桂芝说。

“你是义和拳？”阴阳眼睁圆了眼睛。因为刚巧阴阳眼老家在奉天省，义和拳闹得正欢的那会儿，他还没当胡子，但也有所耳闻。

王桂芝点点头。

阴阳眼故意考王桂芝道：“贴山李这个名字是怎么来的？”

“贴山李原名李猛，有一次被胡子抓去，凭一身好功夫得到大掌柜的赏识，便插边（入伙）留在大掌柜身边。因为他打的是八极拳，所以借八极拳六大开中一招贴山靠之名，取名为贴山李。”王桂芝说。

“你也会？”阴阳眼问。

“不只是俺。这儿的每一个工人都是我教出来的。太极十年不出门，八极一年打死人。但凡半年以上的,都可以拉出来遛遛。”王桂芝一边说，一边装作漫不经心的样子，看一眼张文喜，说：“大缠压肘。”

大缠压肘是八极拳的一个动作，张文喜不明白到底发生了什么事情，但是，由于平日里，王桂芝一直要求她的三个孩子练拳，所以，张文喜出于机械反应，还算利落地做了出来。

阴阳眼被唬得一愣，再观察其他工人，发现其他的工人也都多了不少底气，由于王桂芝的出现太过突然，他哪里还有精力怀疑眼前这群工人们是不是真有功夫。

“怎么了？你可以先验验真假。”王桂芝向前走了一步，从人群中站了出来，举起双拳，摆出一个虚步亮掌的姿势。

阴阳眼看向二当家，二当家摇摇头，向后退了一步。阴阳眼又把头转向另外一边，指着一个膀大腰圆的壮汉说：“你去。”

壮汉并不了解八极拳，加上眼前要面对的是一个比自己矮将近一头的女人，所以毫不犹豫地走了出来。

王桂芝左拳前伸，手肘微屈，不时调整角度，让自己时刻正面对着走来走去的壮汉。壮汉看着王桂芝，不怀好意地笑着，一边左右踱步，一边向王桂芝靠近，两只手的关节捏得咔咔作响。烧锅上的人都屏住呼吸，紧张地看着这场实力差距悬殊的单挑。对面的胡子们则是嘻嘻哈哈地给壮汉鼓劲，让壮汉快点解决王桂芝，只有阴阳眼一声不语，皱着眉头，盯着两人。

王桂芝和壮汉到了伸手就能摸到的距离时，壮汉忽然抬起右手，抡圆了就是一个巴掌，朝王桂芝扇过去。以两个人的身体素质看，壮汉的这一巴掌，王桂芝就算伸手挡下都容易被打一个跟斗，若是被结实地打在身上，估计得半个月起不来炕。

只见王桂芝举起右臂，顺势抓住壮汉的手腕顺着壮汉打来的方向一拉，身体微侧，用左手的手肘顶住壮汉的右肩，身体向下一沉，发出低沉的擤气的声音，打出一个八极拳招牌的大缠动作，壮汉疼得惨叫一声，不等壮汉有所反应，王桂芝压在壮汉肩膀上的胳膊一伸，反手一巴掌打在壮汉的脸上，壮汉趔趄着倒退几步才站稳，烧锅的人见状全都拍手叫好。

壮汉被打得眼冒金星，用手揉揉眼睛，视力恢复过来之后，变得谨慎许多，撸起袖子，缓步靠近王桂芝，等到距离足够近时，双臂张开，忽然扑向王桂芝，企图从正面抱住王桂芝。王桂芝脚下非常灵活，左脚向右前方迈了一步，抬起左手向上一拨，拨开壮汉的右胳膊，来到壮汉的侧面，壮汉扑了一个空，王桂芝不等壮汉反应过来，借着左手的劲，抡起右手对着壮汉的后脑勺就是一下，把壮汉搂进怀中，王桂芝收回来的右手又是一肘，结结实实地打在壮汉的脸上。

壮汉向后一仰，被打倒在地。这回外面也传来一阵叫好声。

院里的人闻声望去，原来烧锅镇的百姓对张殿化上次的事情一直都很感激，所以这次听说胡子来找麻烦，都自发赶来帮忙。

倒在地上的壮汉摇晃着站起来，鼻子和嘴已经满是鲜血。阴阳眼见此情形不禁慌了神。

王桂芝站在原地，掸掸袖子，刚要说话，隔壁的院子里传来一阵叫骂声。

大家循声看去，原来大喊大叫的人是李喜青。李喜青一直憋着一口气，扒着门观察着张殿化家院子里的情况，这会儿看王桂芝占了上风、烧锅镇的百姓也都挤在门口，心里有了底，便站在院子里，隔着墙骂起来："小兔崽子，你不学好，当胡子不说，还抢到家里来了，祸害自己的亲戚邻居。你过来，看我不打折你的腿！"

李喜青骂得大家莫名其妙，直到有岁数比较大、眼睛尖的人看出来，阴阳眼身边的二当家正是李喜青离家出走多年的小儿子李庆林。

去年年底，为了让兄弟们过上一个像样的年，李庆林迫不得已，建议阴阳眼选择自己的老家，并提前标了活窑（有交情的院落）和死窑（没交情的院落），跟阴阳眼约好无论发生什么情况，一概不杀人、不放火。李喜青在跟着乡亲们把胡子赶出村子时，就发现了守在村口的李庆林，心中一股气顶上来，直接晕倒过去。他嫌此事丢人，也怕说出来之后，被同村人当作撒气筒，所以也没敢跟别人说，今天看见李庆林又回到村里，他实在是憋不住了。

"跟着一群不三不四的人瞎混，我的老脸都让你丢尽了……"

李庆林往后退一退，钻进人群里，企图躲在众人中间，不被看见。王桂芝见状，对阴阳眼说："自古吃横把的（胡子）也没有拉房子的理儿，俺这有些好浆子（酒），给你的弟兄们拿回去，管够，今天咱们死窑变活窑，日后也能多条路，你看怎么样？"

阴阳眼此时已经是进退两难，本来打算砸烧锅一票，结果不光这里暗藏高人，连全村的人都聚到这里来了，如果真打起来，寡不敌众不说，也让二当家为难，正好王桂芝给了台阶，何不见好就收。但他仍然装作蛮横的样子说："我只敬你杀过洋人，门口的还是我们二当家的老乡，今天就放过你们烧锅。"

"不能放他们走！"门外有人喊道。

"对，不能！"随后，不少人应和道。

"老少爷们儿们，他们不像别的胡子那么坏，就是俺们之间有点误会，得饶人处且饶人，再说有他们在周围占了地盘，别的胡子都不敢来惹咱们。"王桂芝对门口的人们说。

普通老百姓哪懂胡子的事情，听完王桂芝的话，就都静下来。

阴阳眼对着王桂芝和张殿化一抱拳头，说道："后会有期。"然后带着人出了烧锅大院，穿过门口的人群，上了出村的路。身后，李喜青拎着一个扫院子的大扫把追到门口，站在院子里骂个不停，连嗓子都骂哑了。

王桂芝看着阴阳眼等人离开的背影，松了一口气，搂过张文喜说：“这就是吓着你的那群人，今儿看见了吧？不管遇到什么事情，没有用脑袋解决不了的事情。如果有，就是你没想到。”

张文喜用力点点头。

张殿化也不顾掌柜的架子，过去给王桂芝掸掸衣服，抑制不住心里的激动，说：“多亏你了，不然肯定是一场乱仗。”

王桂芝不好意思地说：“这山东的黑话跟东北的黑话还不太一样呢，幸好那时候俺多少都知道点。”

这时李喜青也走了过来，一脸难为情地对着张殿化和在场的乡亲们，拍着自己的脸说：“这些年我一直都当我那二儿子死了，没想到他竟然干这种勾当，真是给我丢尽了脸啊。”

张殿化连忙说：“李大叔也别想太多，要不是有你儿子在中间说话，说不定咱们村早就遭殃了。”

其他乡亲现在知道李喜青有这样的一个儿子，更不敢得罪他，都附和着，点头称是，纷纷安慰李喜青事已至此，不要多想。

一个多月后，阴阳眼去会海泉烧锅闹事的事情传到张文东耳朵里，张文东又请假赶回家里。到家以后，亲眼看见一切按部就班，才放下心来。

“家里的事不用你操心，你也说了，南边战事紧，你做好你自己的事情就好。”张殿化在地上踱着步说。

“听说之后，我不亲自回来看看，心里始终放心不下。”张文东说。

“当初不让你走，你偏要走，走了还舍不得家，就不能干脆点，没出息。”张殿化说。

张文东一时不知道该说什么好，低着头，手里摆弄着王桂芝做鞋用的楦子。外面下着倾盆大雨，雨声让屋子显得更安静。

“打仗的时候千万要小心，命都在裤腰上别着，子弹可都不长眼睛。”大媳妇王秀琴端坐在炕沿，小声地说。

“你看你说的，子弹要是长眼睛，一颗子弹一条命，那我们死得不是更快了嘛！”张文东笑着说。

“出去这几年，就顶嘴的功夫见长。”坐在炕头的王桂芝笑着责备张文东。

“小二儿怎么样了？”张文东问道。

“自从他亲眼看见阴阳眼被赶走之后，变得好多了。”张殿化说。

“爹，娘，我这次回来，还有一件重要的事情要和你们商量。”张文东沉思一阵之后说。

“啥？”张殿化问。

“小二儿天生就不是个粗人，干不了重活，也不能让他像我这样冲锋陷阵，我觉得他是块读书的好料子。这些日子，我们有一个去天津学习的机会，名额不多，都是各地的精英才有机会去，据说要在那边读两年，出来以后大小都能弄个官当。原本打算把这个名额给我，我再三请示，才同意让文喜顶我的名字去天津。”

“不行，文喜年纪小，身子又单薄，一个人跑那么远，多让人放心不下。”王桂芝不假思索地说道。

“娘，他也不小了。这么下去，早晚会让你宠坏的。”张文东说。

“反正俺看不行，连你去俺都不支持，越大的地方越乱糟，跑那么远，俺可担不起这心。”王桂芝说。

“这个机会可是很宝贵啊！”张文东强调。

“别管机会宝贵不宝贵，别人想去给别人，你就在家附近好好求个一官半职，安安稳稳挺好的。你弟弟再过两年成个家，接了这烧锅，我们也就省心了。”

“娘，你怎么能这么想呢？我原以为你会赞成这件事呢！”张文东说。

“反正俺就是这想法，去不去听你爹的。”王桂芝对张文东说。

于是张文东转过头看向张殿化。这么半天，张殿化始终一言不发，他皱着眉头，对王桂芝说：“让二儿去吧！当官咱不指望，就算当个先生也挺好，再不济，出去见见世面也是好事。”

于是，一件事关张文喜一生的大事在张文喜完全不知情的情况下定了下来。

张文东告诉张文喜这件事情的时候，张文喜简单地“哦”了一声，没有多说一句话，低着头，看着脚下的地。他喜欢读书，但是一个人要跑那么远，心里还是有些排斥。这种事情他从来都不会跟家人说，因为这么多年，张文喜并不像其他家的孩子一样忙时扛着锄头和父母下地、闲时和兄弟玩。一直以来，张殿化和王桂芝都忙于烧锅上的大小琐事，无论是生活还是心理，只要这三个孩子在大的方向没出问题，就很少叫在一起聊天说话，加上张文喜从小体弱多病，家里的活也几乎帮不上什么忙，跟张殿化夫妇真正沟通谈心的时间少之又少。至于哥哥张文东，两个人的年龄刚好在一个很尴尬的差距上。张文喜能满地乱跑时，张文东又刚好在一个战斗力占绝对优势、人又还不是很懂事的年纪，等张文东晓得要带着弟弟之后，没两年，张文喜又被送去读了两年的书，等张文喜读书回来，张文东又出去当兵，所以能和张文东感受到兄弟感情的可能连三儿子张文富都要比张文喜多一些。张文喜对张文东更多的还是心存敬畏，小时候张文东很厉害，自己永远都打不过他，等张文东长大了，又带兵打仗，腰里总是鼓鼓地别着一把手枪。

“哥，我多长时间能回来一次？”张文喜问。

“不知道那边怎么安排，有可能经常回来。”张文东说。

张文喜张开嘴，话到嘴边又咽回去了，只在喉咙里发出一声“嗯”。

“我和娘说一声，给你收拾收拾行李，过两天跟我一起走，从洮南府出发。去吧，世界终归是我们的！”张文东说完，拍拍张文喜的肩。

就这样，张文喜答应了这件事，不过也只是先答应而已，至于接受，还是需要自己慢慢想，说不定要等到了天津才能想通。张文喜自己走在院子里，翻来覆去地琢磨这件事。身边的人里面，张文富太小，小柱子不懂这种事情，村里的玩伴杨海双更是不明白。杨海双告诉张文喜说，如果不想去就不去，天天哭，打滚儿哭，大人们拗不过就不用去了。

张文喜不用细想也明白根本就不是杨海双说的这么回事，所以最后还是要一个人去琢磨。

果然，一直到跟着张文东上了马、与张殿化夫妇道别时，张文喜还没弄清楚自己为什么要去天津、学完之后又能做些什么。不过既然已经出发了，那就出去看看吧！

刚出门没多远，张文东发现张文喜正看着自己抿嘴笑着。

“你笑啥？”张文东问。

“哥，你咋对我这么好？”张文喜反问。

张文东没说话，对着张文喜的脖子，不轻不重地打了一巴掌。张殿化远远地站在会海泉烧锅的门口，看着这两个兄弟在马上打闹，脸上露出欣慰的笑容，微微点点头，转身走进院子，关上了会海泉烧锅的大门。

第二十八章　新的开始

（五年后）

张文喜笨手笨脚地从马车上下来，车夫把一个大大的黑皮箱子递给张文喜，张文喜哪里捧得住，被箱子坠了一个趔趄。车夫并不放在眼里，甚至还有些嫌张文喜不够利落，耽误了自己的时间。把箱子递还给张文喜后，车夫扯着缰绳，吆喝着，纵马离开了。

张文喜把箱子立在脚下，站在烧锅镇的村头。此时，已是黄昏，很多家的烟囱都开始冒出炊烟来，空气里弥漫着烧柴火的味道和酒糟的味道，看来家里的烧锅又出新酒了。小孩子们嬉笑着在村子里面跑来跑去，后面追着一只伸长了脖子的大白鹅，惊得路上的大公鸡扇动着翅膀咯咯地跑开，混着正在回圈的牛羊的叫声，偶尔还能听见大人喊自家的孩子回家吃饭的声音。离开的这几年里，看多了城里的繁华，倒觉得村子里错落有致的土房子更让人亲切，出去兜兜转转了一大圈，总算回家了，张文喜的心里也变得轻松起来。

1925年，张文喜以大哥张文东之名去天津读书。在读书的这两年里，并不像张文东告诉他的那样能够经常回家。探亲假还要算上往返的时间，一年算下来，总共能在家里待上几天就是好的了。好不容易熬到毕业，一起读书的同学都带着介绍信回到所在的部队提了军衔，只有张文喜两手空空出了校门。

于是在张文东的推荐下，1927年，张文喜去了奉天。他在奉天一干就是三年，在那里赶上了张作霖皇姑屯遇害、张学良改旗易帜。由于时局动乱，张文喜观望了很长时间，终于在1930年不顾哥哥劝阻回到老家。

终归是回到张殿化夫妇身边，张殿化乐得又是杀猪又是宰羊，还给烧锅上的工人都添了伙食。张文喜在院子里转了好几圈，出门在外的这几年里，烧锅上发生了巨大的变化，院子里跑来跑去的小孩儿已经不是他的三弟张文富，换成了张文东的儿子张庚立。张文富虽然刚满十五岁，已经俨然一副小当家人的样子，里里外外地帮着张殿化张罗着烧锅上的事情，这两年中，给张殿化缓解了很大的压力。再看张殿化，张文喜不禁暗自感叹时间飞快，张殿化已经两鬓微白，仔细观察，走路也开始有些蹒跚了。

张文喜正想着，忽然发现院门口有个人影，仔细看去，原来是杨海双。他紧走几步上前，打开大门问道："你这是没钱打酒了吗？怎么光在门口转圈，不敲门？"

杨海双被问得一愣，盯着张文喜端详一会儿，才认出说话的人正是张文喜，便咧着嘴笑起来，抬起手对着张文喜的胸脯就是一下子，打得张文喜倒退一步，杨海双笑嘻嘻地说："哎呀，你咋变这样了？还这么不经打？"

"我平时都用枪的！"张文喜吓唬杨海双道。

"那我还有炮呢！"杨海双也不示弱地顶了一句，"我家隔壁老刘说下午出去时好像看见你回来了，我寻思看看是不是真的，就过来了，没想到你小子还真回来了。"

张文喜揉着胸口说："快进来，咱们进屋说话。"

"人模狗样的。"杨海双根本没听张文喜说话，扯了扯张文喜身上的中山装，不停地上下打量。

"怎么，有问题吗？"张文喜莫名其妙地问。

"带劲儿，一瞅就和我们这些人不一样。"杨海双羡慕地说。

"那当然。"张文喜故意理理衣服的领子，露出一副骄傲的表情。

“三年没见，还学会装屁了，走，溜达溜达去。”杨海双根本不吃这一套，一把搂住张文喜的脖子，就往道上走。

杨海双是地道的农民，身强力壮，张文喜哪里拧得过他，只得像小鸡一样，被杨海双架着往村外走去。

等张文喜回家时，饭菜都已经做好。张文喜刚进院子，张殿化就从屋里出来，朝着张文喜喊：“文喜，快进屋吃饭了，回来就乱跑，就等你自己呢！”

张殿化的嗔怪让张文喜感觉心里一阵温热，这种家的氛围是他漂泊在外时几乎感受不到的。张文喜答应着，跟在张殿化后面进了屋子。

等张文喜坐定后，张殿化给张文喜倒了一盅酒。

“爹，我从来都不喝酒，这些年在外面也……”张文喜连忙推却。

“喝吧，咱们老张家咋能有不喝酒的男人？陪你格尔大叔和爹喝点。在外面走南闯北的，别忘了咱自己家高粱酒的味道。”张殿化摆摆手，打断张文喜说道。

“大小伙子喝点没事，连你三弟一使劲还能喝半斤呢！”格尔用并不流利的东北话说道。格尔是一个年近五十的蒙古族大汉，身材魁梧，长得慈眉善目。烧锅镇附近原是蒙古族人聚居的地区，随着近些年汉族人逐渐增多，蒙汉之间的界限也变得模糊，日子久了，大家互相影响，两个民族的关系也近了起来。

“你还提这事呢，上回文富陪你喝了一顿大酒，你倒是好，骑上马就走了，结果三更半夜的，俺家文富就说听见鸡叫了，死活要出去叫工人们开工，谁都拦不住。”王桂芝往桌上端菜时，插嘴说道。

王桂芝说完，大家哈哈大笑，张文富脸羞得通红。

“吃吧！吃吧！我专门把你格尔大叔找来，让你大叔亲自上灶给你做的手把肉。”张殿化指着刚端上来的手把肉对张文喜说。

饭吃了一半，张文喜放下手中的碗筷，用不大的声音说：“爹，明天一早我还要去大赉。”

“咋刚回来就走呢？”王桂芝抢在大家前面问道。

“回来前，我联系了大赉的一家印刷局，感觉那里的工作能适合我，明天我就要去报到。”张文喜解释道。

“这是好事啊！你家又出了个人物！”格尔拍着张殿化的肩膀，说完举起酒盅用不太熟练的东北话对张文喜说，“大侄子，恭喜你！”

“好是挺好，可这也太突然了。这几年都没在家，好不容易回来了，倒是多在家住几天啊！”王桂芝有点舍不得地看着张文喜。

“走就走吧！要是真被你圈住了，也就没啥出息了。”张殿化朝着王桂芝摆摆手说。

“没关系，娘。大赉离这里才多远，这回我就能经常回来了。”张文喜安慰王桂芝道。

“也是也是。”王桂芝笑着说，“大家快吃饭。别愣神，文喜，看你格尔大叔的酒盅都举这么半天了，你倒是敬大叔一口。”

晚饭在一片欢笑中结束。送走格尔时，已经是深夜，看着格尔骑着马在黑暗中消失，一切回归平淡，刚刚重逢的喜悦又被离愁冲淡。

王桂芝转过身一边向屋子里面走一边满怀心事地对张文喜说：“快回屋吧，俺再帮你整理整理行李，你说你刚回来，明天又要走了。”

张文喜并不胜酒力，好在喝的是家里质量比较好的小烧，所以除了有点晕乎乎的，并没有上头。他跟在王桂芝后面进了屋子，坐在椅子上，看着王桂芝给自己收拾衣服和出门要用的东西。昏暗的煤油灯下，张文喜忽然发现王桂芝竟一下子老了许多。几年来，由于很少回家，恰好自己的母亲又到了一个加速衰老的年纪，王桂芝现在的头发已经开始花白，背也已经开始微驼，一个美丽的女人的青春就这样所剩无几。看到这里，张文喜不禁感到一阵酸楚，有冲上去抱住母亲的冲动，可一直以来，家里给张文喜养成的性格都是克制的，所以他也只是想到这里，嘴唇微微动了一下，然后扭过脸，装作喝多的样子，背着王桂芝偷偷抹了一下眼睛。

次日，张文喜搭了顺路的马车，摇摇晃晃，中午才到大赉县。还没进城，远远地竟看见大哥张文东正站在城门下面朝着这边张望，一身军装显得十分精神。张文喜乐得没等马车进城就跳下来，朝张文东挥手。

张文东看见张文喜，脸上也露出笑容，几步迎上来，拍拍张文喜的肩膀，上下打量一番，说："不错，出息了！"

张文喜不好意思地笑笑，问："哥，你咋在这？"

张文东带着张文喜一边往城里走一边说："最近上面有任务，我们一直在这一带。这不，听说你今天要去印刷局报到，我一早就去了印刷局，一来看看你到没到，二来和印刷局的领导打声招呼，结果在印刷局左等右等都不见你来，担心你出什么事情，就出城来等你。"

"哥,你想多了。咱们这一带有你守着,我还能被胡子绑去了不成？"张文喜开玩笑道。

"出去锻炼锻炼，连说话都变得中听了！"张文东对着张文喜的胳膊打了一拳。

"哪有？我说的都是真的。"张文喜蹦着躲开张文东打来的拳头。

"印刷局已经下班了。你也饿了吧？我们先去吃饭，下午再带你过去。"张文东说。

张文东把张文喜带到城里的一家挂了八个幌子的饭馆，点了四个菜。张文喜一再拦阻，说太浪费了，但是他哪里劝得了张文东。两个人吃圆了肚子，桌子上还剩了好多。

张文东掏出怀表看了一眼，时间还早，两个人便聊起彼此这些年的经历。这几年，前线吃紧，张文东有幸没有南下，但是东北地区人马不够，也始终东奔西跑，听从派遣。近来，又被紧急调配到这一带听候指示，听说上面要有大动作，同时还要加强警戒，防备日本人。

张文喜听完张文东的话之后，低头想了半天，然后说："哥，我走的时候啥都不懂。"

“怎么了？”张文东莫名其妙地问。

“这些年你吃了不少苦，过的都是刀尖上的日子。临近毕业，我才意识到，我抢了你那么好的机会。如果是你去的话，可能现在你已经是一个很大的军官了。”张文喜看着张文东手腕上露出来的一块不小的疤，有些难过地说。

“我这不是挺好吗？你哥我能耐着呢，就是不去也比你强十倍。”张文东隔着饭桌拍了一下张文喜的脑袋。

“至少比现在要有发展。”

张文东想了想，又拍拍穿在身上的军装，袖口盖住了手腕上的疤，说：“穿上这身衣服，就是要玩命的。国家需要守卫，百姓需要保护，不能让每一个人都去当兵，所以只要我扛起枪，站在我后面的人就要被我守护，不光是爹、娘、你，还有那么多我不认识的人。我八岁那年和咱爹去安广县，一个不认识的人告诉我一句话，叫作‘岂曰无衣？与子同袍’。我没读过书，没你有学问，也就知道这么一句话，可是知道这句话，能让我感谢那个人一辈子。”

张文喜愣愣地看着张文东，张文东的这席话，是他不曾思考过的，却字字落在心底，让他震撼。

“说不定从学校回来，不但做不了什么大官，还被一起炸死在火车上了呢。”张文东又从口袋里掏出怀表，说，“时间差不多了，咱们去你住的地儿吧，离你的单位不远。”

在家里，家人嫌弃张文喜干起活来笨手笨脚；在军校，同学嫌弃他畏首畏尾。直到进了印刷局，张文喜才知道，原来自己属于这里。

张文喜到了印刷局之后，渐渐地才对这里有所了解。这家印刷局是一位被人尊称为“艾老”的人开办的。艾老见到张文喜，询问了张文喜的经历之后，微笑着点点头，张文喜就算通过了面试。艾老不忙不慌地抬起胳膊，说：“艾莲，把他送到采编科。”

张文喜顺着方向看去，才发现艾老办公室角落那张堆满材料的桌子后面还有一个十六七岁的女孩。

“是。”艾莲规规矩矩地站起来答应艾老后，缓步走到张文喜身边，说：“这边走。”

看到如此文静又懂规矩的女孩，张文喜心中有些惊讶，心里暗自觉得像印刷局这样的地方，可能女孩都这么知书达礼。

从艾老的办公室出来，走在前面的艾莲突然回头，几乎甩平了脑后的马尾辫，眼睛里充满好奇地问：“你真去过天津和奉天？那你见过张司令吗？天津好玩儿吗？奉天是不是有很多高楼，能和我讲讲吗？”

张文喜被艾莲突然的转变吓得停住了脚步，站在原地不知道该从哪回答艾莲一连串的问题。

“哦，我叫艾莲。”艾莲伸出右手，等着和张文喜握手。

“艾……艾？”张文喜疑惑地伸出手，轻轻地握了一下艾莲的手。

“艾莲，莲花的莲。”

“我叫张文喜。”张文喜尴尬地自我介绍道。

艾莲指着艾老的办公室说：“那是我爹。我在讲习所上学，平时一放假就得整天待在他身边，这也不让干那也不让干，我都快要憋死了。”

从艾老的办公室到张文喜的办公室没有多远，艾莲却像机关枪一样说了一大堆，不停地向张文喜提出问题，又来不及等张文喜回答，就这样张文喜被艾莲带到一间纸张堆砌成山的房间。

张文喜坐在自己的座位上，看着干净的桌面，脑海里仍然是艾莲脑后的那根马尾辫——随着她不安分的步伐上下翻飞。艾莲今年十六岁，眼睛根本不会安静地落在哪里，里面透着少有的灵气。艾老非常注重对艾莲的教育，所以艾莲读了很多书，在一些观点上也比较前卫。而张文喜也算是印刷局的高学历分子，于是一有机会，艾莲就找张文喜讨论一些问题，张文喜也乐此不疲，有时给她推荐一些书目，除了时事，偶尔也会讨论一些文学的事情，就这样，两个人渐渐熟悉起来。

张文喜也特别喜欢与艾莲在一起讨论的时间。虽然他总觉得艾莲在一些观点上，对于时局来说有些危险，但是她所表达的一些言论又并非没有道理。艾莲的许多观点都是她学校的老师讲给她的，下课后她又迫不及待地拿来和张文喜争论。

当一个人的心里被一个异性填满时，总会觉得到处都是春暖花开。无论是上班时的工作，还是下班后的生活，都变得让人充满期待，时间在不经意间就流逝了。为了能增加和艾莲在一起聊天的次数，有时，张文喜同时有两个问题，也要留下一个，作为下一次约艾莲出来的借口。

就在张文喜以为日子就会这样平淡又让人欣喜地过下去时，他的生活被打乱了。或许这是后面所发生的一切事情的开始，也可能从认识艾莲时就已经悄悄开始了，抑或更早。

这天，张文喜很晚才做完手头的工作，他疲惫地揉揉太阳穴，看见桌子上那沓厚厚的剧本，就又想起艾莲来。

近来，艾莲说学校王老师正组织学生排一个《少年漂泊者》的话剧，她好不容易抢到了旁白这个角色。只要不在艾老身边，艾莲就一如既往地活泼。只见她一手拿着剧本，一手在空中比画着，在拥挤的办公室里面踱着台步，用不熟练的美声练习着她的旁白：

拜伦啊！
你是黑暗的反抗者，
你是上帝的不肖子，
你是自由的歌者，
你是强暴的劲敌。
飘零啊！诽谤啊！
…………

这是你的命运吧?

抑或是社会对天才的敬礼?

…………

张文喜想到这里，脸上露出一个无奈的笑容，小心地收起艾莲落下的剧本，然后站起来走到门口，关掉办公室的灯，开门准备离开。

第二十九章　危险的传单

在张文喜打开办公室门的一瞬间，一个黑影矫捷地从门缝钻了进来，把张文喜推回到屋子里。张文喜吓得“啊”地叫了一声，却早已被一只手捂住嘴，只发出低沉的声音。他下意识地伸手开灯，伸出去的手又被后面跟进来的人给抓住了。

等后面的人关上门，捂着张文喜嘴的人小声跟张文喜说：“别怕，我们不会伤害你的，我们只是想求你帮个忙。”

“你们是谁？”张文喜惊恐地问。

“叫我老王就行。我们想让你帮我们印点东西，因为你这里很方便，行不行？”自称老王的人说。

“早就下班了，明天上午再来吧！”张文喜想从老王旁边的空隙挤出去，离开这个狭窄的空间。

“这材料有点特殊，所以才现在过来，请你务必帮这个忙。”老王拦住张文喜的去路说。

“你们要印什么东西？”张文喜听了心生防备，向后退一步，保持着和老王之间的距离。

“就是这个。”老王从怀里拿出一张宣纸放到张文喜手上。

“这……”张文喜的办公室没有窗户，一丝月色都进不来，此时的房间伸手不见五指，根本看不见纸上写的是什么。

“润子，把灯打开。”老王对门口的人说。

“等等，我有话说！不管你们是什么人，这忙我要是能帮肯定会帮，如果做不到的话，给我留个活口，我就是个普通老百姓。”张文喜一边说一边转过身，彻底背对着老王和门口的人之后，说，“我不想惹麻烦，我不看你们的样子，开灯吧。”

灯被打开了，张文喜小心翼翼地低下头，打开手里的纸，大概看了一眼，然后把纸重新折好，举过自己的肩，说：“实在对不住，这个忙我不能帮，你们还是另请高人吧。”

“你一定要帮我们这个忙，否则，找任何人都可能给我们带来不必要的危险。”老王对张文喜说。

“你怎么知道我就不会给你们带来危险？不，不，这不重要。重要的是你们一定会给我带来危险。你们还是走吧，这个忙我帮不了。”张文喜说。

“因为你受过更高的教育，活得比别人更明白，更能分辨什么是对的，什么是错的。”老王肯定地说。

“你们认识我？”张文喜非常惊讶，头转到一半时，想起坚决不能看见这两个人的样子，又把头转了回去。

“你是烧锅镇会海泉烧锅家的二儿子，我们对你再了解不过了，所以才找到你。”老王站在张文喜后面，把那张纸又按回到张文喜的手心。

“那你没想过如果是我的话，说不定更容易暴露你们吗？”张文喜反问道。

“我们一致认为，你和你的大哥都不会那么做。”老王双手把着张文喜的肩，把张文喜转过来，继续说道，“我们不像你想象的那样，我们又不是土匪。”

张文喜犹豫了一下，还是抬头看了眼前的这两个人。

老王并不老，看上去四十岁左右，头上戴着一个前进帽，眼睛被帽檐儿的阴影遮着，看不太真切，脸上挂着一丝不易察觉的笑容，身体和普通的庄稼人相比要瘦弱一些。门口那个被称作润子的人叫刘永润，身材微胖，表情严肃，在张文喜观察刘永润的时候，刘永润也面无表情地直视张文喜，看得张文喜一阵心虚。

“不管你们多了解我，怎么想，我坦白了和你说，我确实受过教育，并且是国民军校的正统教育,所以我要和你们划清界限。不过你们放心，我也不会告密，毕竟我和你们没仇，我也要为自己着想。”

“要不这样，你把办公室留给我们，我们在这里印完了就走。”老王说。

“你不怕我出去就把警察叫来？”张文喜问。

“所以你也要陪我们到印完。”老王脸上露出一丝得意。

张文喜拍了自己的额头一巴掌。虽然他知道老王让他离开也只是说说而已,但是他竟自己跳进了坑里,不禁感觉老王这个人竟如此无赖。

“好吧，我在这等你们印完。不过有一点咱们提前说好，咱们从来都没见过！机器在那里，你自己会用吧？”张文喜说完，趁老王和刘永润朝机器方向看的时候，一个箭步冲到门口，夺门而逃。

张文喜用最快的速度跑出办公室，穿过走廊，冲出大门，就在他以为自己摆脱这些人的时候，被门口一个又高又膀的人一下搂住，连拖带拽地送回办公室。

老王见李三才把张文喜抱回来，哈哈一笑，说：“这也是咱们的同志。”

“你们的。”张文喜看一眼李三才，坐回凳子上，毫不情愿地纠正老王道。

李三才平时也是跟在老王身边的人之一，长得膀大腰圆，据说当年在林子里遇到了胡子，他一个人单挑四个胡子，杀了两个，另外两个也受了重伤，由于李三才的腿被打伤了，跑不快，那两个胡子才得以逃脱，保住性命。后来，李三才生活的村子被鬼子扫荡之后，他加入了游击队，老王看他为人老实，没有什么心眼儿，便留在身边，帮自己跑腿。

“我们快点开始吧！”老王说。

“等等，你们有枪吗？”张文喜问。

“干什么？”老王反问。

张文喜指着自己的脑袋说：“麻烦你们拿枪顶着我，万一有人进来，不用我解释也能知道我是被迫的。”

“行行行。”老王朝李三才使了一个眼色。李三才从裤腰拿出一把张文喜从来没见过的土枪对准了张文喜。

“等下，等下。你这是什么玩意儿？听话吗？上膛了没？能不能劳烦你把子弹退了？你这破玩意儿我看着害怕。”

李三才扭头向老王看去，老王正忍着不让自己笑得太过分。老王朝李三才点点头，李三才把子弹退了出来，又按照张文喜的要求，重新把枪顶在张文喜的头上。

早在奉天工作时，张文喜就看见过审讯共产党的材料。一些细节看得他心惊胆战，那种肉体与精神上的拷打是远非他所能够承受的，胆小的他暗自告诉自己千万不能与共产党有瓜葛，却没想到怕什么来什么，这些人竟自己找上门来。

张文喜陪着老王、刘永润、李三才三个人熬了将近一个通宵。次日，张文喜上班时已经快到中午，刚进印刷局，就听大家神秘兮兮地议论着什么。张文喜走进自己的办公室,看见有两三个人正拿着一张纸讨论，仔细看去，那竟是昨天老王在这里复印的传单！见此情景，张文喜的头“嗡”的一下，一定是昨天不小心落下一张在办公室，这下麻烦了。

张文喜正看着那张麻烦的传单发呆，他的同事黄长林看见他进屋，便问道：“你怎么才来？”

“哦。”张文喜脑子里飞快地想着托词，“这两天有点伤风，昨天本以为早点回去好好睡一觉就能好起来，没想到一觉睡到现在也不管用。”

突然一个人从后面拍了他一下，他吓了一跳，警觉地转头看去，拍他的人是艾莲。

“你别骗人了！”艾莲绕着张文喜转了一圈。

“怎么了？”张文喜心中一惊。

“看你的黑眼圈，一看就是睡眠不足。”艾莲说。

“啊，睡得太早，到了半夜就失眠了，加上头疼……。作为同事，你非但不关心我，还来嘲笑我。”张文喜说。

“你看我带来了什么好东西。”艾莲把那张传单从黄长林的手中拿了过来，递给张文喜。

张文喜仿佛面对一个烧红的铁板一样，迟迟不敢伸手去接。他犹豫了一下，问艾莲：“这是啥？”

“马克思主义。”艾莲的语气里面竟带着一丝骄傲。

“你从哪弄到的？”张文喜试探着问。

“李振阳给我带回来的。”李振阳是张文喜的同事，就在隔壁的办公室。

“不要命了，什么都敢往回捡。”张文喜夺过传单就要撕掉。

“别撕呀！我就这一张！”艾莲按着张文喜的手，又把传单抢回来，工工整整地折了起来，“我遇到他们演讲了，本来想去找你一起听，结果被警察冲散了，真可惜你没听到，害得我也没要到传单。”

张文喜不禁暗自叫苦，这种东西躲还来不及，她竟然给带回来了！“我们要提倡的是新三民主义。看你弄的是什么乱七八糟的。小心把你当共党抓走！”

“有人说共产党来了，也有人说咱们这一直有共产党，他们怎么那么神秘？”艾莲若有所思地说。

“你说他们是怎么一下子冒出来那么多，大街小巷地发传单，警察来了之后又瞬间都消失的呢？”黄长林随口开玩笑道，“对了，你这么晚才来上班，不会是也跟着那群人发传单去了吧？”

“你可别诬陷我，我是接受过正式教育的人，我的思想正着呢！”张文喜慌忙辩解。

“就他那个笨样，如果他去发传单，现在已经被警察抓走啦。”艾莲说完引起屋子里的人一阵大笑。

不管怎样，传单既然是从外面带回来的，张文喜也就松了一口气。

不过一直从事印刷工作的黄长林无意间发现传单上的几处墨点污渍竟有些眼熟，他默默地和社里印出的几份报纸进行比对，竟和其中一版上面的污渍位置是一样的，这种情况通常只有一种可能，那就是两张纸出自一台机器。

之后老王又找过几次张文喜，每次都是突然出现，让张文喜措手不及，好在这群人比较低调，做事缜密，所以渐渐地，张文喜胆子也大起来，除了坚持自己是被胁迫的。

第三十章　正年轻

艾莲坐在教室里，手紧紧地握着笔，看着讲台上正在授课的王老师，心中很是复杂。据说这是王老师的最后一节课，王老师因为当众揭露了出席省参议会的代表候选人的选举丑闻，引发了政府的不满，要逮捕他，好在他提前知道了消息。

当然，这些细节艾莲并不知道。她只知道王老师一直是一个有正义感、有担当的老师，他的课慷慨激昂，和其他老师的完全不同，深受大部分同学的喜爱。而今天，刚一上课，就从老师口中得知，这将是他给同学们上的最后一节课。

王老师公布的这件事情太过意外，同学们听到这个消息就在座位上议论起来，教室里响起嗡嗡的议论声，大部分人和艾莲的反应相同，感觉意外和遗憾，当然，也有个别穿着看起来好过其他人的同学如释重负般地沾沾自喜。

王老师不急于维护课堂纪律，他安静地看着同学们，像是一种留恋。毕竟他想讲的知识太多，时间又太少，不如让他认真享受一下这最后的时光。

直到教室里的议论声逐渐变低，他说："像鲁迅先生、李大钊先生、陈独秀先生那样的文章还有很多，因为我们身边从来都不缺敢于反抗的人。所以今天咱们不讲课文，我要告诉你们的是……"王老师从讲桌上拾起一根粉笔，缓缓转过身，面对着黑板，挥手写下"勤奋努力，勇往直前"八个大字，随后转身继续说道，"你们是中国的希望，不要以为自己人微言轻，这个国家未来的命运和你们息息相关！”王老师说完，又在黑板上画了一枚巨大的炸弹，他指着炸弹说，“而我，我要为你们炸开前面的道路。我就是炸弹，让旧势力望而生畏！”

王老师的话音刚落，下面就响起一阵掌声，艾莲心潮澎湃，连手都已经拍麻了。她不清楚那是一种什么心情，只发现眼前的王老师已经在热泪中模糊。

时间过得很快，一节课在艾莲的思绪万千中被下课的铃声叫停了。王老师简单收拾了一下自己的东西就匆匆出了教室。艾莲跟着人流走出教室，发现王老师已经消失在人群中，想到以后再也听不到王老师的课，她的心里空落落的。

艾莲就这样边走边想，一抬头，竟走到了张文喜的家门口。

张文喜正在往门框上挂一串红辣椒，看见艾莲，远远地就朝艾莲挥手，高兴地问："今天怎么这么闲？"

"哦，我刚好路过。"还没缓过神的艾莲停都没停下，低声和张文喜说。

张文喜很少看见这样的艾莲，停下手中的事情，看着艾莲从自己家门口走过去。

艾莲刚走过张文喜家的门口，停下来，问张文喜："你……忙吗？"

"我？我还好。"张文喜又马上改口，"不忙。"

"和我一起散散步行吗？"艾莲问。

"行，你等一下。"张文喜把另外一串还没有挂上去的辣椒扔进屋子，随手锁了门。

"王老师不教我们了。"艾莲说。

"王老师？"张文喜反问道。

"嗯，就是那个带着我们演话剧，给我们讲《萌芽》、讲李大钊、讲《狂人日记》的那个老师。"艾莲说。

说到这里，张文喜小声说了一句："怎么姓王的都这样。"

“什么？”艾莲显然没有听清楚张文喜说什么。

“没事，没什么。”张文喜没有和艾莲提起过老王的事情，因为他知道这件事一旦传出去，后果不堪设想。

“我就不明白为什么政府专门盯着两个老师不放？年初那会儿，要不是全校罢课，王老师和我们学校的吕老师都会被政府驱逐。这次又要逮捕王老师，不过是一名老师而已，思想开放是错吗？政府怎么那么小心眼！”

“戳到痛处了吧！有些软肋，是不希望被他人发现的，更何况还有人专门就要戳这根软肋。”张文喜和艾莲说话的时候倒是不避讳什么。

“就这样一味地保守、封闭，怎么才能进步？”艾莲说。

啊——

我们年轻时候的新鲜哪儿去了？

我们年轻时候的甘美哪儿去了？

我们年轻时候的光华哪儿去了？

我们年轻时候的欢爱哪儿去了？

悲哀呀！烦恼呀！寂寥呀！衰败呀！

“其实我也觉得……你应该离这些玩意儿远一点。”张文喜打断了艾莲的朗诵，“这些东西往大了说，惹来杀身之祸一点都不夸张。”

艾莲挥舞着胳臂说：

再大的雨也好，

尽管拍打在我身上，

让我为你撑起这片天。

而我，

丝毫不会嘲笑你的懦弱。

因为，

这是我应该做的。

“我怎么没听过这首诗？”张文喜问。

“没听过吧？”艾莲一副高傲的表情，最终还是没忍住哈哈笑起来，“因为这是本小姐自己写的，即兴发挥。”

“一点逻辑都没有。我问问你，为什么‘这是我应该做的’？”

“这个……”艾莲想了想，“不知道。”

“你还能把‘不知道’说得这么理直气壮！”

“如果有机会，你真应该去听一堂王老师的课，我敢保证比你在天津上的那两年学收获都大，可惜没有机会了。”艾莲渐渐地又恢复了活泼。

“幸好我没有这个机会了，这让我感觉自己安全了不少。”张文喜说。

“你这是什么意思？难道政府还要把他的学生一起抓走不成？”艾莲说。

张文喜想了想，没有继续和艾莲争辩，因为他觉得，艾莲的王老师既然已经走了，艾莲的这种热情就会慢慢褪去。

“对了，我还和老师提过你呢！我说你学识高、见识广。王老师说，就是要多和你这样的人在一起探讨才能进步。”艾莲说。

这倒让张文喜对这位未曾谋面的王老师心生好感，因为工作、吃饭、睡觉这样一成不变的生活中，只有和艾莲聊天才能让他感受到生活中的色彩。

“张掌柜，你看文富和玉淑这两个孩子的事……”沈青山吞吞吐吐地说。

沈青山是洮南府沈氏酒楼的掌柜，通过买会海泉烧锅的酒结识了张殿化。两人逐渐熟识，定下了张文富和沈玉淑这桩娃娃亲。然而，转眼，两个孩子都快到成家的年纪，却不见张殿化有什么动作，这让沈青山心里犯了嘀咕，不知道张殿化到底什么意思。

“唉，大哥，实不相瞒，老二不娶，老三怎么能先办啊？”张殿化提到这事，就犯起愁来。

“那……那咱们也不能光坐这里上火不是，总得想想办法啊！”沈青山说。

“能有什么办法，哥哥，你以为我不着急吗？老二出去四五年，回来就直接去了大赉，像个没有脚的小鸟，根本抓不住他的影儿，谁愿意把自己女儿嫁给这样的人？”张殿化手心拍着手背对沈青山说。

“张掌柜，你也别太愁。你放心，只要你不嫌弃我们家玉淑，那她啥时都是你家的人。如果你觉得不妥，就提前说与我，我也好早作打算，别坑了孩子。”

“这点你大可放心，只要老二的事一成，这桩婚事马上着手准备。”张殿化把手里的一小把高粱扔回粮堆，拍拍沈青山的肩膀说。

“唉——”沈青山长叹一口气，说，“我还有一事相求。”

张殿化看着沈青山点一下头，示意他说下去。

“你也知道，我是山东过来的，在这边无依无靠，我想把玉淑送到你这里避一阵子。这儿还有秀琴能跟她做伴儿，玉淑懂事，没事的时候也能帮点忙……”

“你这是？”张殿化打断了沈青山的话，他不明白沈青山好端端地，为什么突然要把闺女送到烧锅上来。

“张掌柜，你这几日没去城里吧？日本人和东北军打起来了！”沈青山瞪着眼睛说，“再这么打下去，咱们好日子就到头了！”

“到底怎么回事？”张殿化被沈青山夸张的表情弄得紧张起来。

“小日本子现在红了眼似的，走到哪，打到哪。洮南府里现在有不少从南边逃难过来的，他们说大多数东北军不开枪就投降了，根本就是一直在挨打。我还听小道消息说，小日本马上就要到洮南了，我怕真在洮南打起来，所以想麻烦你这段时间照顾一下玉淑。”

“不会这么严重吧？”张殿化将信将疑地反问。

“我来的时候，正从洮南府向外撤兵呢，县城的武装全都解除了！”沈青山说到这里，情绪里面带着一丝沮丧。

“既然是这样，那就快点把玉淑送过来吧，越快越好。”张殿化说。

张文喜坐在回烧锅镇的马车上面，忧心忡忡。

自从9月18日以来，东北军连连败退，东四省的局势急转直下，百姓手足无措。如今脚下这片土地被日本占领是迟早的事情，家里的烧锅也算是不小的家业，面对这种形势，还是应该早作打算。张文喜本想找大哥张文东商议家事，结果到了大哥部队，在门口遇到了张文东的战友于立东连长，于立东懒散地坐在敞篷车里，擦着手里的一杆枪，漫不经心地告诉他，张文东早就被调到洮南去了。大哥离开大赉县，甚至连招呼都没来得及打，这让张文喜更加认识到事情迫在眉睫。

“你也快跑吧，跑慢了狗要咬屁股啦！”张文喜已经走了很远，听见于立东在后面朝自己喊。

张文喜跑去和艾老请几日假，一向严厉仔细的艾老居然连头都没抬，没听完张文喜说话就摆摆手，示意张文喜同意了。

张文喜沿着走廊向外走，才发现办公室已经空了好几间，原来走的不只是他自己。毕竟这种单位对时局掌握还是比较准确的。

其实真正让张文喜紧张起来的是刘永润。老王这伙人来找张文喜的频率越来越低，张文喜也好长一段时间没看见老王，近几次都是刘永润联系张文喜。这次张文喜趁着印刷的机会，偷偷看到了中共满洲省委发表的《中共满洲省委为日本帝国主义武装占领满洲宣言》，他才意识到战争来了。

刘永润抱着印好的材料，临走前回头问张文喜：“要不要加入我们？”

这是老王一伙人几乎每次见到张文喜都要提到的。在这件事上，他们显得特别乐观和锲而不舍。张文喜也听烦了这句话，再听起来也都感觉不痛不痒，只是这次的拒绝，让张文喜心里有些难过。

以往，他们总是神秘地出现，悄悄地离开，但是他们言语和行动中所散发的热情，高到甚至让人无法理解；而这次，从刘永润嘴角的一丝笑容里面，张文喜仿佛看到了无助。他本来可以有一百种恶毒的拒绝方式，但是这次，他犹豫了一下，没有说出口。或许是出于同情，他轻轻地说："下次吧，注意安全。"

不出意外的结果，两个人都不会相信这句话，刘永润点一下头，推门离开了。

张文喜请过假，从艾老的办公室出来，艾莲也跟着跑出来，艾老轻轻挑眉看着艾莲跟出去，消失在门口，又继续埋头读书。

"文喜。"艾莲叫住张文喜。

张文喜已经走到大门口，闻声停住，向艾莲迎了几步。

"要回家很多天吗？"艾莲问。

"不知道，要不你和我一起走？"张文喜开玩笑说道。

"怎么可能？"艾莲做了一个鬼脸。

"嗯。"张文喜一时不知道说什么，尴尬了一阵，说："难不成，你还要撑起这片天？"

"替你啊？"艾莲的嘴一点也不饶人，反问道。

"替我就不用了，我可没这志向，过几天我就回来了，毕竟没请几天假。"张文喜说。

两人静静站了一会儿，张文喜说："这段日子别到处乱跑了，外面太危险。"

"嗯，你也是。"艾莲说。

第三十一章　“鬼子来了”

张文喜从马车上下来，就看见烧锅大院里站满了乡亲，都拿着瓶瓶罐罐，队伍一直排到门外。张文喜不清楚发生了什么事情，紧走几步，中间和几个熟悉的人简单打了招呼，快步从队尾走到排头。站在队伍最前面的是张殿化和两个伙计，正在给这支长长的队伍分酒。

“爹，这是怎么回事？”张文喜问。

张殿化看见张文喜，先是一愣，然后带着张文喜进了屋子。

“哎呀，怎么没提前打个招呼就回来了？”屋子里的王桂芝看见张文喜问。

“怎么回来了？”张殿化问。

“目前的形势不太乐观，日本人随时可能打到咱们这里，我寻思回来和你们商量一下，好早作打算。”张文喜说。

“嗯，家里也听说了。”张殿化说。

“今天怎么这么多买酒的？”张文喜又问。

张殿化一拳打在椅子的扶手上，说：“你哥说……”

“我哥回来过？”张文喜问。

“嗯，他说洮辽镇守使叛变了，洮南府和白城子都让日本人给占了。”

“这么快？”张文喜惊讶地从椅子上站了起来。

“日本人和胡子不一样，胡子光是要钱，日本人是谋财加害命，我和你娘商量一下，这种特殊时期，咱家不能再干下去了，以免树大招风。好酒都已经埋起来了，处理不完的就给乡亲们分了，省得掖着藏着的，还容易招来麻烦。”

“都分了？”张文喜不敢相信。

“分了。现在到处兵荒马乱，也没人会再买酒了，咱家烧锅没少得到乡亲们的照顾，这几天，该卖的卖，该分的分，卖不出去的，乡亲们能拿多少就拿多少，若是酒剩了，就洒在屯子的道上，祭祭祖，驱驱邪，把最后几个工人的工钱一结，剩下不值钱的，咱自己先砸一遍，做出个被胡子打劫的样来，明儿咱们烧锅就关了。”张殿化说。

张文喜张了张嘴，想说些什么，最终没有说出口，毕竟，自己也没有更好的办法，遇上这种特殊时期，还是尽量不显眼为好。

“你哥从大赉走得匆忙，没来得及告诉你，让我跟你说，你先不要慌，该上班就回去上班。”

“那家里怎么办？”张文喜问。

“这不是挺好嘛！”张殿化随便一比画，说。

这一天，全屯的人领过酒之后，张殿化真的吩咐剩下的几个还没回家的工人把酒都倒在村里的各个路口。反正都是倒掉，有的工人贪图省事，刚从烧锅镇出来就把酒桶斜着放，一边走路一边洒，等到路口时，里面的酒已经洒出去一大半，弄得全屯都是酒的味道。据说屯子里面的酒味此后四五天都没有消散，连村子里的狗都不走直线。

但日本人还是盯上了会海泉烧锅。

清晨，小柱子一如往常，早早起来把整个大院都扫了一遍。几年里，烧锅大院经过几次扩建，已经颇具一番规模，如今除了叶广武和小柱子，其他的长工、短工一下子都走了，一时有些不适应。小柱子手里抱着大扫把，口里正碎碎念叨着，突然听见外面传来一句他听不懂的日语，他扔了扫把，赶紧跑到门口，远远地看见村口停着很长一队日本鬼子。队伍的最前面，一个首领朝着同村的宋三叔的肚子就是一脚，举起手里的手枪指着宋三叔的脸就是一枪。随着宋三叔倒地，枪声跟着传进小柱子的耳朵，小柱子吓得一激灵，顺手就要关上大门，又想起张殿化嘱咐大家，一定要把大门敞着，就是要摆出一副破败的样子。于是，小柱子忍着不喊出声来，龇牙咧嘴地跑回屋里，进屋撞见王桂芝就说：“不好了，鬼子来了！”

九月里的枪声，不会有任何人觉得是谁家小孩儿扔出去的爆竹，尽管担心了好些天的大家宁愿这么想，小柱子带来的消息捅破了所有人的幻想，鬼子真的来了。

“哪呢？”屋里的张殿化比王桂芝更敏感，鞋都没来得及穿，就跑了出来，随后张文喜、张文富还有王秀琴和沈玉淑也都站了起来，紧张地看着外屋的小柱子。

“村口呢，刚进来，我亲眼看见宋三叔被他们给杀了！”小柱子眼里写满了惊恐。

“小点声，先进屋躲躲。”王桂芝扒着门缝向外看一眼，跟在张殿化和小柱子后面一起进了屋。

这群鬼子进村之后，就解散了，对手无寸铁的百姓胡作非为。一时间，整个村里呵斥声、惊叫声、哭喊声乱作一团，张殿化等人在屋里各个面如土色，互相对视，希望在彼此脸上找到一丝鼓励。

俗话说“树大招风”，会海泉烧锅阔气的大院，成了最惹人注意的地方。很快院子里传来日本人的说话声，接着，就听见有人进了屋子，里屋的门被一脚踹开。一个日本士兵端着枪出现在门口，张殿化正要起身，王桂芝扯了一下张殿化的衣角，张殿化便不再动作。此时，院子里已经聚集了十多个鬼子，并已经传来打砸的声音。

踹门的鬼子把屋里的人端详了一遍，向后退一步，对着门外哇啦哇啦地说了几句话，就又跑进来两个鬼子，后面的两个人打量一番后，一脸猥琐地朝着屋里的人点点头,然后三个人哈哈大笑起来。笑过之后，端起手中的步枪进了里屋，虽然屋里的人都听不懂这几个日本鬼子说了什么，但从动作上，还是明白，他们要把这些人都撵出去。

于是，大家都小心地站起来，顺着鬼子留出来的路，小心翼翼地向外走。就在张文东的媳妇王秀琴领着儿子张庚立站起来要往外走时，其中一个鬼子上前，用枪托一下把娘俩牵在一起的手砸开，拽着王秀琴的胳膊，狠狠地把她摔在炕上，另外一个鬼子拦住了沈玉淑的去路。这下，屋子里的人才明白这三个日本鬼子的企图。

若是抢些钱财，张殿化一家早已做好这个准备，鬼子相中什么尽管都拿走，只要人安全就行，但是屋里的三个鬼子居然做出这种事情，那怎么能行。还没等张殿化伸手，站在鬼子旁边的王桂芝对着那鬼子的脖子就是一拳，脚底顺势使了一个绊子，鬼子狠狠地摔在地上。

伸手拦沈玉淑的鬼子见事情不好，举起枪就要拉枪栓。距离他最近的张文富趁他不注意左手对着枪向上一托，将枪口指向棚顶，一步绕到鬼子后面，压制住鬼子。小柱子见状，连忙把鬼子的枪抢了下来。

站在门口的那个鬼子见事情不妙，大喊大叫着跑了出去，很快叫回来一些人，站满了外屋。从鬼子身上卸下来的两杆枪王桂芝和张文喜一人手里端着一把，叶广武和小柱子控制着那两个鬼子，张文富拎着一个扁担站在张庚立和几个女人身前。就这样，屋里屋外隔着一扇敞开的门对峙着，双方喊着自己的母语，谁也听不懂对方在说什么。

就在双方僵持不下时，屋外的鬼子突然不说话了，纷纷让开路，但枪口依然对着屋里的人。

一个大佐出现在门口。

永石佐久打量一下屋里，了解形势后，用一口流利的汉语说："打扰了，你们谁是张殿化？"

"我是。"张殿化丝毫没有放松警惕。

"你好，我是联队长永石佐久，我在东北生活六年，三年前到洮南府的时候就喝过张掌柜的酒，今天终于见到本人，荣幸之至。"

张殿化瞄了永石佐久一眼，没有搭理永石佐久，继续把注意力放在他后面的那些枪口上。永石佐久见状，不禁感觉有些尴尬，用日语对着身边的人喊了一声，身边的人纷纷把枪放了下来。

永石佐久又恢复到平静的语气，问张殿化："会海泉烧锅远近闻名，为什么今天烧锅上没看见酒？"

"兵荒马乱，让胡子都给抢了。"张殿化说道。

"是哪支胡子，我可以帮你们报仇。"永石佐久说。

"那倒不必了。至少他们只抢东西，不祸害乡亲。"张殿化说。

张殿化说完，张文富又握了握手里的扁担。永石佐久见状，回头对着身后的人又哇啦哇啦说了一些话，说完之后，身后的人陆续出了屋子。

等其他的鬼子都出去之后，永石佐久竟大模大样地进了屋子，像什么都没发生一样在房间里面踱起步子来："这次来不能喝到你的酒，我感觉很遗憾。听说你的酒有秘方，能否说来听听？"

永石佐久在屋子里转了两圈见没人搭理自己，便停住脚步，压低了声音对张殿化说："不说？没关系，早晚有一天你会主动告诉我的。"

"哼！"张殿化嗓子里发出一个很低的声音，他紧紧地盯着永石佐久的一举一动，不敢有一点松懈。

"大家放松，不必紧张。你们总是在来不及的时候才想起来要做些什么，我在东北生活六年，对你们太了解了，你们慵懒、散漫，从来不把我们大日本帝国放在眼里。现在，我们过来就是要拯救你们，优化你们的民族。"屋子里的气氛过于紧张，这让永石佐久也觉得有些不自在。

"会说的不如会听的，不要在你们的劣迹上面镶金，明白人都看在眼里。况且，关上门，我们什么样，是我们自家的事，还轮不到你来拯救。"张殿化说。

"我果然没看错你，你放心，松开我的部下，我不会伤害你们，以后你就是这里的甲长了。"永石佐久对张殿化说。

"我是生意人，不懂甲长的事情，也没这兴趣。"张殿化不屑地说。

"请你看清形势，我并没有在和你商量。你不光要当甲长，并且会海泉烧锅明天就要恢复营业，否则的话，你的乡亲就要因为你受到惩罚。”永石佐久说完把手指向屋外。

张殿化等人从开着的门向外看去，院子里已经聚集了大部分的乡亲，其他的乡亲正被鬼子押着，陆续来到院子里。

“我相信，你也不想做罪人吧？”永石佐久的语气突然变得强硬起来，他说完走出屋子。

就在张殿化迟疑间，外面响起一声枪响，紧接着就是乡亲们一阵叫喊。张殿化赶紧跑出去，看见永石佐久高高举起的手枪还没放下。

永石佐久看见张殿化出来，说：“算你动作快，不然的话，下一枪说不上就对着他们谁了，我的部下呢？”

永石佐久把举着的枪缓缓地落下，一直落到和肩水平的高度，非常随意地将枪口指向人群。

张殿化见状，连忙对着屋里喊：“快把他们放了！”

永石佐久看见他的两个兵从屋子里跑出来，才收起枪，脸上露出得意的笑容，对张殿化说：“这就对了，只有配合皇军才是聪明人。”

永石佐久清清嗓子，对着院子里的乡亲说：“今天你们的命是皇军所赐，也是张掌柜的为你们争取下来的，从今天开始，张掌柜是你们的甲长，你们要种地、烧酒、交税，当良民就什么都有，不然的话，只有子弹，有谁没听懂吗？”

永石佐久扫视一遍枪口下的农民，满意地点点头，说：“今天就到这里，我们会随时来这里，张掌柜要什么，你们都要配合，谁不配合，只有死路一条，你们要为大日本帝国效力，大日本帝国从不养闲人！对了……”永石佐久扭头对张殿化说，“明天我会派人来取酒，顺便检查烧锅点没点火，不要害了你的乡亲们。还有，把我们的枪交出来，私藏枪支被发现是要枪毙的。”

张殿化回到屋子里面，一声不吭，把王桂芝和张文喜手里的枪接了过来，走到院子里，随手关上门，把枪递给先前被当作人质的两个鬼子。

永石佐久对着院子里的众鬼子又喊了一声，鬼子们应声集合，跟着永石佐久出了院子，离开烧锅镇。

王桂芝等人见鬼子离开，赶紧跑出来，围着张殿化检查他是否受伤。惊魂未定的乡亲们和张殿化对视着在院子里站了良久，默默散开，各自回家了。

屋子里，王秀琴安慰着惊魂未定的沈玉淑，张文喜坐在板凳上，手拄着额头，脸埋得低低的，不让任何人看见，脚紧紧地踩在地上，仍然止不住发抖。张殿化拍拍张文喜的后背，又叫了张文富去看烧锅了，按照永石佐久的话，明天还会派鬼子来，在没有更好的办法之前，只能照做以保全村子了。

第三十二章　迷　茫

日本侵略者以超乎意料的速度，迅速占领了东北的绝大部分地区。在抗日力量薄弱的地区，逐渐形成了被日本侵略者统治的新秩序。

1932年，东北彻底沦陷。六月份，伪安广县政府改称县公署，伪满纸币代替了旧铸币、纸币，上秋后，嫩江水患，老坎子水位上涨，沿岸的房、地大多被洪水淹没。社会动荡，形势日益严峻。就在这样的前提下，日本军在大赉县李家油房屯无故杀死十二人，激起地方各界的愤怒。

这天早上，张文喜刚走到单位附近，就被一个路人截住了，仔细分辨，面前这个把帽檐压得低低的人是刘永润。

自从鬼子进来后，张文喜已经有一年多没有看见过老王一伙的人，这次刘永润突然出现，让张文喜莫名地紧张起来，感觉他的身上同时还带着某种不祥。

刘永润等张文喜认出自己后，在张文喜开口说话前，迅速转身和他并作一排，顺手把一个纸包塞到张文喜口袋里，说："张文喜，老王托你办的这件事很重要，无论如何你都要答应。"

"为什么？"张文喜反问。

"你是我们现在唯一信得过的人了。"刘永润说。

"你这么说也不会让我觉得荣幸。"张文喜说。

"洮南府新开一家苞米面铺，拜托你用这包钱去买二两苞米面，一定先称一两再称一两，称完当着他的面再把这二两苞米面混在一个袋子里。老板会说你聪明，还会再送你一两，如果老板不是这个反应，就说明你去错地方了。”刘永润说。

“你这不是有病嘛！”张文喜说完，猛地反应过来，嘀咕一句，“整天神神秘秘的，无聊。”

“这关系一件很大的事情，车已经帮你雇好了，拜托你了。”刘永润扬扬头，示意路口的车就是。

“我都还不知道我要做什么呢？”张文喜站在原地，拒绝向车的方向走。

“这就是你全部要做的事情,剩下他们自然就告诉你了。”刘永润说。

“那你为什么不去？”张文喜追问。

刘永润闪一闪身子，小心地扫一眼周围，说：“我这张脸到哪里都有伪满军认得，我出得去吗？”

“走吧，走吧，我说不过你们，你们都是一根筋。”张文喜之前试图拒绝过，后来发现这些赤色分子都是不达目的不罢休的主，任凭张文喜再怎么反对都无济于事。

于是，原本打算去上班的张文喜迷迷糊糊地坐上去洮南府的车。车轱辘还没转上一圈，张文喜又从车上跳下来，神秘兮兮地凑到刘永润身边，问：“会有人抓我吗？我用不用注意点什么？”

刘永润一边说一边把张文喜塞回车上。“没关系，你连自己去干什么都不知道，他们抓你做什么？”

张文喜又把头伸出来，问：“回来怎么办？”

“不用你管。”刘永润对张文喜已经没有耐性，对着车摆了一下手。

“我不管？那我怎么回来……喂！喂！”张文喜话没说完，车已经跑出半条街的距离。

九一八事变后，东北军撤到关内。张文东却没有撤出的机会，被分配到了警备军第九团，直接成了伪满军，再加上永石佐久迫使会海泉烧锅重新开张，又让张殿化当了甲长，张殿化一家便被整个村子孤立起来。因为无论是对鬼子还是对伪满军，手无寸铁的乡亲们都是束手无策的，面对无尽的残害，唯一惹得起的张殿化就成为乡亲们发泄的对象。

叶广武走进张殿化的屋子，张殿化正倚在炕琴上面，端着一个茶碗对着窗外发呆，张殿化的孙子张庚立坐在炕头，自己默默地玩着纸片技（音译自满语，在满语中读作 piàji，是农村孩子们最热衷的游戏）。张庚立是屯子里面玩得最好的，但凡分伙玩儿时，大家都愿意和他一伙，但是自从张殿化成了人们口中的汉奸之后，张庚立也成了孩子们口中的小汉奸，就再没有人和他玩儿，他也不愿意讨不自在，自己躲在家里，不再出门。

“鬼子又让收粮了。”叶广武对张殿化说。

“知道了，还是从咱家给他们拿。”张殿化不假思索地说。

“这……”

张殿化见叶广武吞吞吐吐，便坐起来问：“怎么了，武哥？”

“烧锅上也没什么存粮了，再替乡亲交粮的话，就不够烧酒的了。”叶广武说。

“这么快？”张殿化诧异地问。

永石佐久胁迫会海泉烧锅再次开张后，还要求张殿化以甲长的身份按时向乡亲们收粮。张殿化怎么能做出这种伤天害理的事情，于是他默默地从自己的烧锅取粮替乡亲向上交，再让叶广武出去找地方买粮烧酒。不过，令张殿化最头疼的就是高粱一年比一年难买。鬼子为了防止军队被人伏击，要求道路两旁五十米禁止耕种；到秋天，为了避免抗日分子得到粮食，不等粮食成熟，就强迫农民进行收割。这导致作物产量大大下降，还要收取高比例粮食作为税赋，到头来，百姓剩下的粮食还不足以果腹，根本没有余粮可卖。

“咱们交的可不是一户的粮啊！”叶广武提醒道。

张殿化拍着自己的脑袋说：“那咱们就敢背着骂名拿走乡亲们的救

命粮吗？我没有能耐，也不能为难自家人，让永石佐久那些混蛋占了便宜啊！”

叶广武没有说话，关于办法，他们已经想过很多，结果依然是没有办法。

“要不咱们只能向村子里的几个大户求助了。”张殿化想了想说。

张文喜从洮南府回来后，被直接拉到大赉城郊的一个不起眼的小房子里面。几个人在里屋出来进去地忙着，老王坐在门口，张文喜站在老王旁边。

老王看了一眼屋里，问张文喜：“那是什么人？”

“在路上遇到的，就躺在路边，再不救就死了。”

“但是，你暴露了我们。”老王说完又扭头责备化装成车夫拉张文喜去洮南府的人，“这么大的事，你怎么能自作主张直接给他拉回来呢？”

车夫站在墙角，知道自己做错了事，耷拉着脑袋，一声不吭。

“是我让的，我说不救他我就不走了。”张文喜说，“你放心，他是好人。”

“你认识？”老王瞪大眼睛问张文喜。

“他是我哥的战友，我和他见过一面。”

“你哥？”老王一拍大腿，“你把一个伪满兵领回来给我们？”

“也可能是国军。”张文喜小声纠正道。

“区——别——大——吗？”老王一个字一个字地问。

“你不救的话，我救，我这就带他回家。”张文喜说。

这时，里屋传来一阵骚动，于立东一个趔趄从里屋扑出来，扶住了门口的桌子，虚弱地看着张文喜，轻蔑地说：“叛徒的弟弟，我才不用你救。”

显然，于立东听见了张文喜说的最后一句话。

张文喜的火一下子上来了，质问道：“你说谁是叛徒？”

“张文东就是汉奸。”于立东又补了一句。

张文喜上前扯住于立东的领子，老王朝着李三才使了一个眼神，李三才上前把张文喜和于立东分开了。

言语间，老王对于立东的立场有了简单的了解，便决定把于立东留在这里养病。但是要想完全信任这个人，还需要一些时间，所以他暂时不能让于立东离开他们的视野。

“要不你也留下？”老王问张文喜。

张文喜正在气头上，没搭理老王，摔门就离开了。张文喜走后，老王打开了张文喜带回来的口信，翻译过来是：“同意参战，立即准备。”

回大赉的路不远，张文喜步行就走了回去。等到家时，看见艾莲正坐在门口，张文喜看见艾莲，几步小跑来到艾莲面前。

“这么冷的天，你怎么在这坐着？”张文喜关心地问。

艾莲抬头看见张文喜回来，话也不说，起身就走。

张文喜跑到艾莲前面，张开双手拦住艾莲，问：“你这是怎么了？”

艾莲咬着嘴唇使劲推了张文喜一下，说：“在单位一天都没看见你，说不见就不见了，连个招呼都不打，让人担心死了，我以为你被鬼子抓走了呢！”

“我这不是……”张文喜话说到一半又咽了回去。

“你干什么去了？”艾莲问。

“我……我保证，下次肯定不会突然失踪了。”张文喜赶紧打岔道。

“你发誓？”艾莲指着张文喜追问。

“我发誓，如果我再无故失踪，我……”

“算了，兵荒马乱的，少说点不吉利的话吧。”艾莲打断张文喜的话，“我都坐这儿等你一下午了。”

“多危险，碰到鬼子怎么办！”张文喜责怪道。

“哼！碰到活该，那也是赖你！”艾莲嗔怒道。

几天后的一个早上，张文喜像平日一样，从住处出门去单位。刚出门，就被两个人夹着推回屋子。张文喜直接就猜出了来者的身份，因为已经被这么对待很多次了。

“提前说好，印刷的话，你们自己去印，其他的事情我概不配合。”张文喜怕邻居知道，小声地对来者说。

“劳驾跟我们走一趟吧！”其中一个人并不理会张文喜说了什么，拍拍张文喜的肩说。

张文喜跟在两个人后面，走到一个胡同。两个人停了下来，检查一遍周围的环境，确认安全之后，递给张文喜一根长长的黑色布条。

“干什么？用它上吊吗？”张文喜拿着布条，抖着在两个人的面前摇晃，“日本人大开杀戒，你们用完我，现在要撤退，然后卸磨杀驴，以绝后患？”

其中个子较高的人看着张文喜拧拧巴巴的样子，笑着说：“还没用完，把眼睛蒙上，带你去个地方。”

“我觉得我有权知道去哪里。”张文喜说。

“一会儿你就知道去哪里了。”另外一个身子有些发福的人一边说，一边从张文喜的手中抽出黑布条，遮住了张文喜的眼睛。

等张文喜眼睛上的黑布条被解开时，发现自己正站在一个破旧的屋子里。老王等人为了安全起见，上次张文喜离开后，又转移了阵地。房子是厢房，光线很弱，原本就不多的阳光只能从裂开的窗户纸缝隙中射进来。

屋子的布局很简单，两张桌子，几条长凳，墙上贴着一个破旧的手绘地图，桌子上放着一摞宣纸。

除了带着他来的两个人外，老王正坐在桌子旁边，笑着看着张文喜。

“都已经到我家里绑架了？”张文喜指着门口的那两个人问老王。

老王问门口的两个人：“他是自己走来的吗？”

门口的两个人点点头，老王见状，对张文喜摊开双手，示意并非如此。

张文喜原地转了一圈，这里家徒四壁，并没有什么可以用来给他出气的，于是他一拳打在桌子上，不想打得太重，咬着牙，偷偷地用一只手揉着拳头。

“没有比你们更无赖的人。”张文喜恶狠狠地对老王说。

“以后你就明白了，早晚你也会变成这样的。”老王听了这句话突然不笑了，意味深长地说道。

“别的我不知道，这一点我现在还真就能告诉你，我什么时候都不会变成这样。”张文喜有些幸灾乐祸地说，“对了，那个于立东怎么样了？”

坐在旁边的宋玉扑哧笑出声来：“你说的是国连长吧？”

宋玉是老王身边年龄最小的人，年轻的面庞仍显得稚气未脱，看上去只有十四五岁，却已经身经百战。

“谁是国连长？”张文喜反问。

“就是你救的那个整天称自己是国军连长，不愿意入伙的人啊！”宋玉笑着说。看起来这中间一定发生了不少让人发笑的事情，他才会露出这样的表情。

“这里是咱们游击队的秘密据点之一，请你……”老王把话题拉了回来。

“别咱们咱们的，我和你们可不一样，别想把我拉下水。”张文喜打断老王的话。

“现在是我们的艰难时期，无论是人手还是物资都严重匮乏，所以我们向上级请示，经上级同意后，才找到你，希望能够得到你和你家里的帮助。”

“光折磨我一个人都不够了是吗？欲望真是永无止境，我就是太善良，导致你们一次一次地得寸进尺，这次我明确地告诉你们，什么都没有，什么都不可能！”张文喜烦躁地在屋子中间走来走去。

“年轻人，你醒醒吧！”老王起身，把张文喜按在一条凳子上面，继续说，“得寸进尺的是那些日本鬼子，如果我们中国人一味退让，那就真的什么都变成他们的了！在把日本人赶出我们的土地这件事情上，我们和你、和所有中国人没有任何区别，在场的所有人都愿意为这份事业身先士卒。还有，当初你问我们为什么是你，因为我们觉得你和别人相比，会有不一样的觉悟，我们太需要你这样的人才，所以才选择了你。但是今天看来，读书也不一定能使一个人变好，可能是我们看错人了。”

老王说完，回到之前坐的地方，对门口的两个人说：“把他送回去吧。”

张文喜一动不动地坐在椅子上面，任凭两个人把布条重新蒙在他的眼睛上。

在两个人的搀扶下，张文喜摸索着迈出门槛。他站在原地，缓缓地转过身，但是朝着老王的方向说：“我不明白你们整天忙的是什么。今天去街头发传单，明天上广场演说，整天谈救国，你们那么厉害，为什么不带着枪，跟着国军一起去杀鬼子？”

张文喜发泄一样说完他的话之后，等了片刻，没有人回应，他只听到一声叹息，然后被两个人扶着带出去了。

晚上，张文东来到张文喜的住处，张文喜打开门，看见张文东身披一件军大衣，手里拎着一个大袋子，站在门口。

“哥，你咋来了？”张文喜惊讶地问。

“哦，我正巧在大赉有点事情，顺便来看看你。”

张文喜高兴地去接张文东手中的袋子，可是手伸到一半，想起于立东说的话——你哥是汉奸，张文喜的手在半空中停了下来。

“怎么了？”张文东不知道发生了什么事情，问道。

“没什么。”张文喜顺嘴说道，“今天那些老顽固又找我了。”

“谁是老顽固？”张文东问。

“就是之前我和你说的那几个共产党。他们今天又给我讲了一堆道理，不光想让我加入他们，还想得到咱们家的资助。这也太不像话了，他们如果那么爱国，为什么不直接找到国军，和国军拧成一股劲儿？”张文喜掩饰住内心复杂的情绪说。

“看来各方面都有动作了。”张文东并没有察觉张文喜情绪的转变。

“什么意思？”张文喜问。

“日本鬼子在大赉枪杀无辜青年的事情，引起社会各界的愤怒。现在各方面都在酝酿，准备打击鬼子，把鬼子打出大赉。”

“真的要打仗了啊？”张文喜有点不敢相信地反问。

张文东没有说话，只是点点头。

“哥，你坐一会儿，我出去买点酒，咱们俩喝点。”张文喜说完披上大衣就要出去。

张文东赶紧拦住张文喜，说：“别去了，我这就要回白城子了，还有好多事情要处理。这是从老坎子要到的几条鱼，现在天冷，也冻得住，你留着慢慢吃。”

张文喜顺着张文东手指着的方向看过去，袋子里面塞得满满的，足够他一个人吃一个冬天，然而这个时候，他竟然第一个想到了艾莲。

张文东把鱼往屋子里面挪了挪，开门之后，在门口站住了，跟张文喜说：“哥觉得你应该帮帮那些人，至少我一直认为他们每个人都是充满希望而且坚持为之努力的。”

张文东说到这里竟然笑了出来。

张文喜有点陌生地看着张文东，说：“哥，你在国军里出生入死这么多年，竟然能说出这种话？”

张文东苦笑道：“我也不想是现在这个身份啊！如今国难当头，还要自己在家里先打出个擂主再出去迎战吗？”

张文喜说：“现在这种形势，不应该集中更宝贵的力量来支援国军吗？我觉得分流就是错误。”

“你不了解他们。他们穷得很，没有军营，没有枪支，甚至连服装都不能统一。他们看起来很可怜，可是一旦接触，又觉得他们很满足，他们有着让人不解的坚持。有时候，我觉得他们的才是真正的信仰。不为升官，不为发财，是一群没有私心的家伙。”

“你接触过？”张文喜问。

“如果能帮，就帮帮他们吧。打鬼子不是国军自己的事情，也不是他们自己的事情，是每个国人的事。岂曰无衣？与子同袍。”张文东没有回答张文喜的话。

“那为什么不是帮助你们呢？”张文喜问。

“他们才更需要吧！”张文东说。

“我还有一件事。”张文喜盯着张文东，想从张文东的表情中找到说出口的勇气。

“什么事？”张文东问。

“你能不能不做……”张文喜犹豫着，最终还是没说出口，“算了，没什么。”

张文东看看怀表，说：“我必须得走了，集合的时间到了。”

张文喜站在门口，看着张文东的背影，熟悉而陌生。

第三十三章　接连的打击

各方势力很快在抗日这件事情上达成了共识，扭成了一股力量，并且力量逐渐扩大。前线的局势越来越紧张，张文喜要处理的新闻稿也堆积如山。此时，校对已经是张文喜最简单的工作任务，除此，他还要和同事们分辨信息的真实性。这时候有很多人出于各种目的，浑水摸鱼，投来别有用心的稿子。

每天的报纸也成为县城里面最抢手的东西，前线的消息大家口耳相传，半真半假，人们惶惶不可终日，只有报纸还让人觉得是可信的。

局势越来越紧张，县城的关卡开始戒严，鬼子的数量也多了起来，每个城门口都会有几个全副武装牵着狗的鬼子、监督把守关口的伪满兵。偶尔听见炮火的声音，人们就停下手里的事情，彼此不说话，惊恐地对视；有时有飞机飞过，大家就打开门窗，探出头，看是否战火突然来袭。有些人开始囤积物资，有些人开始变卖家产；同样的事情，出于不同的思维方式，人们的反应也各异。

一切都在明晃晃地进展着，一切都在悄悄地酝酿着，就像岩浆呼之欲出的火山，终于在 12 月 20 日爆发了，抗日义勇军组织三千人开始进攻大赉县城。22 日，从印刷局里面发出了胜利的消息，抗日义勇军打下了大赉，全县百姓出城迎接义勇军。

张文喜走在人潮中，他很激动，心情也很复杂，因为他没想到被迎进来的人竟是这样的一支队伍，服装五花八门，装备更是超过了人们的想象力，但凡能打响的或者能抡起来的，在这支队伍里面都能看得见。不过不管怎样,大家终于能短暂地松了一口气。进城的队伍里面,张文喜只发现几个身着国军制服的人。看来国军并没有参与攻打大赉。张文喜多少有点失落，在他不多的见识里，觉得这是一场十分光荣的战斗，而大哥张文东却是在对面的阵营里面。

在这支凯旋的队伍中，老王一伙人悄悄地离开了队伍，消失在胡同里面。

胜利是短暂的。抗日联军并没有能力守下一座城，随之而来的是鬼子更凶猛的反扑。等鬼子打回来时，联军也早已撤离，地方毫无还手之力。顺利夺回空城的鬼子开始把愤怒和精力放在寻找抗日分子，尤其是共产党上面。本着宁可错杀十人，不放过一人的原则，大肆抓捕一切可疑人员。让张文喜没有料到的是,这场“肃正”很快就波及了他。

张文喜本以为帮助老王复印的事情天衣无缝，并无人知晓，却不知道他帮老王印完第一批传单后就有人发现了其中的马脚。

张文喜的同事黄长林无意间发现那些宣传共产主义的传单上面的油墨污点和单位印出来的各种材料的污点都是一样的，这就是说有人在用局里的印刷机给共产党印传单，好奇心驱使他开始关注这件事。经过长期观察和排除，最终黄长林把嫌疑对象缩小到两个人身上，一个是张文喜，一个是印刷局的另一个同事李振阳。

张文喜在老王的帮助下，做得几乎是天衣无缝，但他却忽略了因为熬夜而产生的黑眼圈，恰恰每次这些人有行动的时候，张文喜都是一脸疲惫地来上班，就算真的是巧合，也值得怀疑一番。而让黄长林觉得比张文喜更加可疑的是李振阳，他不排斥所有和共产党有关的新闻，甚至是在搜集。不过好在黄长林并没有什么目的，只是闲来无事，满足一下自己的好奇心，所以一直相安无事。

不过，恰巧这一年，大赉县公安局改成了警务局，局内进行了不小的人事调整。黄长林的弟弟黄勇林是伪满警务局的副局长，因为能力平平，再加上这次调整，他在局里的地位变得岌岌可危。

一次吃饭时，黄勇林和黄长林诉苦，说这次鬼子“肃正”给伪满军和地方也施加了很大压力。这让黄长林想起了这件事，于是，他便把张文喜、李振阳这两个人的名字告诉了弟弟，在这种形势下，如果能抓到一个共党，就直接解决了黄勇林的苦恼。

第二天，一群警察突然闯入印刷局，在众目睽睽之下，带走了张文喜和李振阳。

几年的在外学习工作让张文喜知道，一旦他承认了，后果只能更惨，所以他咬紧牙关，无论如何都称自己什么都不知道。

艾老站在张文喜面前时，张文喜已经临近昏迷，微睁着眼睛，在昏暗的灯光下，努力保持清醒，辨识着艾老的脸。

“快给他放下啊！”艾老仔细打量张文喜一番后，对狱警说，“人都抓到了，还要伤及无辜吗？”

跟着艾老进来的狱警赶紧上前把张文喜从刑架上面解下来。张文喜两只脚终于碰到地面，可双腿一点使不上力气，直接瘫倒在地上。

艾老指着张文喜，对他带来的人说：“哎呀呀，你看把这孩子折磨得。快把他背出去，这地方阴气太重，快点扶出去。”

张文喜被送回家里，进屋之后，发现刘永润在屋子里。艾老好像认识刘永润一样，对刘永润说：“我们把你弟弟接回来了，你好好照顾他。”

刘永润一改往日风格，像换了个人似的，对着艾老点头哈腰，不停道谢。张文喜看见刘永润就气不打一处来，碍于有外人在，没有吭声。直到艾老走后，刘永润又恢复到从前的冷冷淡淡的样子。

张文喜有气无力地说：“我都这样了，你还来，你是怕我告密，来看我死没死透？”

“你怎么样了？”刘永润上下查看张文喜的伤势。

“你放心吧，我什么都没说。”张文喜根本不理睬刘永润的关心。

“我们本来不知道你被抓走了，昨天有事情找你，才发现你失踪几天了。我装作你的远方表哥到印刷局打听你,才知道你被警务局抓走了。于是我又去找艾老，在他的办公室又哭又闹，他也心软起来，托人和警务局说了话，才把你放出来。”

“要我谢谢你吗？”张文喜说。

刘永润无奈地叹了口气，站起身准备离开，对张文喜说：“我还有事情，稍晚一会儿，让宋玉过来照顾你。”

直到张文喜伤势好转，能够下地活动，他才知道自己能走出警务局的门，除了艾老进去帮他说情之外，还有一个更重要的原因，那就是李振阳。

张文喜和李振阳是一起被抓到警务局进行审问的。李振阳不堪严刑，屈打成招，以为认罪就会不必承受皮肉之苦，不承想，他承认那些红色思想的传单是经他手印刷之后，警务局开始逼问他的上线。

李振阳哪有什么上线，对于这个并不存在的人，绝不是点头或者摇头就能躲过去的，于是他受到了更加残忍的折磨，最后被当作顽固分子判了死刑。原本黄勇林还想在张文喜身上寻找一些惊喜，结果遇到艾老出面帮忙说情。黄勇林寻思到，眼前的艾老在大赉县也是颇有名气，特别是膝下的女儿更是被很多有地位的人惦记，既然已经处决了李振阳，达到了抓赤匪的目的，现在放了张文喜，又能在艾老这里赚个人情，何乐不为。于是黄勇林向艾老大吐苦水，在艾老答应择日请黄勇林到家里吃饭后，才叫人放了张文喜。

而艾老出面说情，并非刘永润的功劳。在刘永润化装成远房亲戚出现之前，艾莲就已经天天央求艾老帮忙说情把张文喜和李振阳都救出来了。

提起李振阳，自从艾老把艾莲安排到印刷局后，他就喜欢上了艾莲。李振阳想尽办法接近艾莲，哪怕能在办公室里坐在一起，有一句没一句地说几句话也是好的。后来,他发现艾莲特别喜欢那些红色思想，但是这些东西都是政府明令禁止的，不容易找到，于是为了能让艾莲注意到自己，他不顾危险，但凡遇到这些东西，都小心翼翼地帮艾莲收着，只是为了艾莲把书或者传单页捧在手中时脸上露出的好看的笑和愉快地对自己说的那声谢谢。这次，李振阳正是因为帮助她搜集红色传单才沾上了这件事，被抓进局子。

让艾莲始料未及的是，最后从局子里面出来的竟只有张文喜一个人，她把李振阳的死归责于自己。一个年轻未经世事的女孩儿，哪里经得起这么大的打击。整个人一下子消沉起来，整天待在家里，连重伤出来的张文喜也没有心思去看望，她怕再有人受她牵连。

宋玉一直照顾张文喜到生活能够自理才离开。张文喜的身体刚好一些，就想起艾莲来，他多希望坐在床边帮自己端饭倒水的不是宋玉，而是艾莲，他甚至希望伤能好得慢一点，等到艾莲来看望自己时，能一边心疼自己身上的伤口，一边听自己讲当时是多么的勇敢。

但是，艾莲始终没有出现。张文喜回到单位后，也并没有见到艾莲。倒是黄长林凑了过来，问道："老弟，没事吧？"

起初，天真的张文喜并没有弄清楚自己是如何进的局子，直到老王看望他的时候，给他讲了这件事的前前后后，他才明白是黄长林告的密。这让张文喜非常意外，他意识到这伙人整天神神秘秘的，并非瞎折腾，确实有些能耐，因此对老王的印象有了一些改观。

张文喜努力克制自己的情绪，装作什么都不知道的样子说："怎么没事，幸好我岁数小，要不估计就出不来了。"

"不会，怎么会！好好养养，这阵子单位有什么重活我帮你干。"黄长林有些尴尬地说完就走了。

张文喜看着黄长林离开的背影，紧握的拳头死死地压在桌子上，控制自己不要扑上去。因为他还要留在这里，这个印刷局不光有他的工作，还有艾莲和老王的任务。

张文喜脑海里冒出来的这个想法，着实吓了自己一跳，因为他不知道从什么时候起，脑子里装的就都是艾莲了，虽然他自己也无法接受这一点。至于老王托他办的差事，那是张文喜诅咒了一万遍的事情，他同样也无法理解，为什么不知不觉地竟开始觉得那是自己应该做的事情了。

张文喜来不及思考明白，就又发生了新的变故。

这天晚上，张文喜像往常一样下班回家，路上，正在思考如何才能恢复和艾莲的关系。因为张文喜被释放已经将近两个月了，两个月来，艾莲变得很消沉，也没有再联系过张文喜。张文喜只是在局里远远地看见过艾莲，并没有机会和她说话。张文喜多想和艾莲坐在一起，安安稳稳地说上几句话，把该解释的、该解决的问题都说清楚，甚至还要告诉她，自己已经喜欢上她了。

正在张文喜为此苦恼时，突然被一个人推进了旁边的胡同。

张文喜回头看去，竟是老王。老王的身后还跟着几个人，和进城的抗联队伍一样，衣服脏乱不堪，上面多多少少地带着些许血污，手里拿着各种见过、没见过的武器。就像大哥张文东说的一样，他们用来打仗的家伙，只能勉强被称作枪，甚至不如胡子。的确，他们像乞丐一样贫穷，也像乞丐一样顽强，更像乞丐一样无处不在。

“你们这是干啥去了？”张文喜打量着老王手里拿着的那把土枪说。

老王的人很多，六七个人却没有一个人回答他，各个垂头丧气，这是一向乐观的他们少有的状态。

“你们找我又有什么事情？印传单？要人？要钱？还是给你们上报宣传？”张文喜对老王的挖苦从未断过。

老王一贯地对张文喜的这些话不予理会，只是这次脸上多了一些无奈。

张文喜看见没人理他，继续说：“你们又去打仗了？”

“我们……看见你大哥了。”老王叹了一口气。

“在白城子？”张文喜问。

“嗯。”老王看着张文喜，点一下头。

看着老王的表情，张文喜忽然觉得哪里不对，他一把抓住老王的胳膊问："我哥他怎么了？"

老王没有回答张文喜。张文喜便把目光看向他身后的人，身后的人纷纷摇头或者避开张文喜的眼睛。

"我哥叫张文东！你别搞错了，你看见的是张文东？我哥他怎么了？"张文喜着急地追问。

"他牺牲了。"老王的声音很小，小得甚至让张文喜觉得老王并没有说话。可是他的心一沉，双腿承受不住这瞬间的力量，身子狠狠地摇晃了一下，还好他扶着老王，最后站住了。

"不可能，我哥他是伪满军，他不配用'牺牲'，是不是？"张文喜冷笑一声，看着于立东说。

这次，于立东一反常态地没有拿张文东挤对他，而是避开张文喜的眼神，看向一边。

"他一直都是我们的同志。"老王纠正张文喜道。

张文喜突然明白了什么，他一把夺过老王手里的枪，顶着老王的头，继续说："你骗人！如果再骗我，我就杀了你！"

张文喜盯着老王，一只手颤抖地举着枪，另一只手去摸枪栓，这才意识到在学校里教的各式枪支中，并没有这个型号，他根本不会用这把民间的土枪！张文喜恼羞成怒，把枪摔在地上，这一摔，竟然摔走了火，砰的一声，子弹打在头上的瓦片上，瓦片碎落一地。

张文喜面无表情地看着地上的枪，任房瓦的碎片落在头上。

老王蹲下身，拾起枪，递给身后的人，然后伸手掸掉张文喜头上的灰说："任何时候，你要记得，你大哥张文东是为了革命事业牺牲的，他永远都是你的骄傲。"

在老王缓慢的叙述中，张文喜知道了事情的大概。

其实，张文东和老王早就认识。张文东所在部队叛变后，他就正式加入了老王的队伍，潜伏在伪满军中间，为老王传递情报，并以怀念国军的角度对周围的士兵进行渗透。经过长期的准备，张文东策反了洮辽警备军第九团一部和八区自卫团二百多人。按照上线的情报，日军计划近期对吉林西部地区的抗战势力开展彻底的清剿。8 月 29 日，鬼子和伪满军将在白城子召开部署会议，如果能够抓住这次机会，打断这场会议的部署，再顺道干掉几个重要人物的话，吉林西部大大小小的抗战势力就都能够得到宝贵的喘息机会。

省党委决定，启动张文东等人以起义的形式开展行动。老王按照指示，提前联系到张文东，并给张文东一个名单，让张文东和另外几个核心人物动员起义，以国军的名义袭击伪洮安县公署，击杀名单上面对抗日组织危害较大的日本将领，完成任务后尽快撤出白城子。

没想到的是，日军守备队反应迅速，起义军击毙目标后，一时难以脱身，随即日本军队又从洮南派来装甲救援列车，虽然老王一伙联合白城子周围的两股游击队努力营救，但是由于武器相差悬殊，起义军在突围的时候伤亡惨重，而张文东也在突围过程中不幸牺牲。

“你哥是个英雄，大家都会记住他的。”老王安慰张文喜道。

张文喜的鼻子一酸，抹着眼泪说：“一场战争，要牺牲那么多人，光是数名字都数不过来，你们又怎么能记住我哥？”

“正是这样，我们更无法忘记，因为我们每个人都和他一样。”

张文喜低头，只顾抹着眼泪。

老王挥挥手，让其他人都离开了，自己陪着张文喜蹲了许久，最后把张文喜送回家里。老王拍拍张文喜的背，以示道别。

张文喜掏出钥匙，手颤抖着，却怎么也插不到钥匙孔里面。他一气之下把钥匙扔在地上，狠狠地踩了两脚，然后朝着离去的几个人的背影喊道：“老王！”

老王几个人站住，回头。

“最后一次见我哥时，他跟我说我是错的，我应该帮助你们；他还对我说‘岂曰无衣？与子同袍’。当时我不信，就算现在我也不信。你告诉我，是不是，如果多几杆枪，多一个人，我哥他就不会死了？”黑夜里，张文喜声音颤抖。

不远处，老王和张文喜对视，然后重复了一句：“岂曰无衣？与子同袍！”

月色里老王朝着张文喜的方向摆摆手，然后和他的队伍离开了。空荡荡的长巷子，几个人的背影显得特别孤单。张文喜目送几个人消失在转角，剩下自己一个人立在门口，一种从未有过的孤独感涌了上来。

张文喜在门口站了许久，虫鸣声萦绕在耳边，燥热的八月，一丝风都没有，一直到艾莲出现打断了他凌乱的思绪。

张文喜惊讶地看着艾莲，他根本不相信艾莲竟然突然出现在自己的面前，他问：“你怎么来了？”

“我家里突然来了两个人，告诉我你这边出了点状况，最好过来看看。我本是不想来的，但实在放心不下，就来了。”艾莲幽幽地说，脸上带着一丝不情愿的表情。

张文喜犹豫着张开双臂，想去抱一下艾莲，结果伸出去一半，又缩了回来，用很小的声音挤出一句：“我哥，牺牲了。”

说完，张文喜抱着自己的双肩蹲了下去，把头埋起来，强忍着满溢的情绪，低声啜泣。

艾莲听见“牺牲”两个字，身子不由得一颤。在学校里，她曾在王老师的课上热血沸腾，誓死投入到救国救民的伟大事业中，甘愿为国捐躯。然而，当李振阳、张文东这些曾在自己生活中出现过的人相继被鬼子和伪满军杀害后，她终于意识到自己的一腔热血只是空想而已，她从不曾想过，革命不是口号，战争如此残酷，理想是需要用真正的鲜血换来的。

艾莲费了好大力气才把张文喜拉起来送进屋子里。张文喜趴在床上，用被子捂着脑袋，再加上他的克制，许久都没有一点声音。艾莲不得不过一会儿就拍拍他的肩膀，确认他没有因为窒息死掉。

“我想回家。”张文喜的头依然埋在被子里面。

“你看你现在这副不争气的样子，一点都不像男子汉！”艾莲说。

“不行，不能回家。回家之后我要怎么和家里说这件事，说完之后要怎么安慰他们……”张文喜说。

“你哥是个英雄，你应该为他骄傲才对。”艾莲心疼地看着张文喜。

“老王也这么说，可是我一点都不觉得骄傲。”张文喜像是在赌气。

“老王是谁？”艾莲问。

“不做英雄，只做一个普通人不好吗？”张文喜没有回答艾莲。

“只有一些英雄站出来，才能让更多的人安稳地做普通人啊！”艾莲说。

张文喜眼睛盯着门口，呢喃着自言自语：“再大的浪也好，尽管拍打在我身上，让我为你撑起这片天……”

艾莲不敢相信地问：“你还记得我随口说过的话？”

“而我，丝毫不会嘲笑你的懦弱……”张文喜继续说下去。

“我也曾以为我会是一个女英雄，至少，能做一名战士。现在看来，都是不切实际的幻想，不是我懦弱，而是我太无力了。”艾莲说。

张文喜把目光转到艾莲身上，眼神从来没有那么认真地看着艾莲，过了好一会儿，翻身坐了起来，说：“谢谢你能过来陪我，我送你回去吧，在外面太晚对你影响不好。”

“你这么让人不放心……”艾莲说。

“我没事了，我想一个人静静。”张文喜说完就要起身出门。

“不用了，有人陪我过来。”艾莲说。

“那我就不送了，对不住了。”张文喜一边说，一边走到门边，小心翼翼地做出了送客的姿态。

艾莲见此情形，虽然内心五味杂陈，却也不得不离开了。临行前艾莲再三嘱咐张文喜，如果有什么需要就去家里找她。

张文喜脸上勉强挤出一丝客套的微笑，目送艾莲离开之后，他关上门，眼泪又涌了上来。他紧紧咬着牙，眼泪斑斓在灯光里，仿佛咬紧的牙齿间就是大赉县城里面的鬼子一样，最终忍住了哭泣。

第三十四章　我要见老王

那几日，洮辽警备军起义的新闻在报纸上面占据了很大的篇幅，成了人们茶余饭后议论的焦点，尽管他们很少有人知道这群起义的伪满军姓甚名谁。

张文喜之前虽然和老王一伙有过不少联系，可是，老王一伙行踪神秘，张文喜如果想找老王的话，却一点办法都没有。无奈之余，只得一边准备回家的心情，一边收拾行李，一边等待老王的出现。

直到五天后的早上，一个人影闪进张文喜的屋里。张文喜向门口看去，来的人是李三才。

“我要见老王。”张文喜开门见山。

“我这次来也是带你去见老王的。”李三才说。

“他怎么啥都知道？”张文喜一脸困惑地问。

“知道啥？”李三才也被张文喜说迷糊了。

“知道我想见他。”张文喜说。

李三才摇摇头，说：“老王说你有危险，让我来把你接走。”

“啥危险？”张文喜问。

“他没说。”李三才一边说，一边从怀里拿出一顶破帽子，拎着帽檐在身上甩了两下，然后按在了张文喜的头上。

张文喜看着从帽子打出来的灰，皱了皱鼻子，想要把帽子摘下来。

李三才抓着帽檐又向下压了压，说：“不能摘，你现在很危险。”

老王等人的根据地总是选在最自然又最隐秘的地方，张文喜进屋之后，就看到老王迎面过来，握住张文喜的手，说：“这几天我们都很担心你。”

“我有什么危险？”张文喜问。

“据我们了解，你哥的牺牲让鬼子和伪满军也开始注意到你了。你去天津学习的这段特殊经历，让他们没办法忽略你。对于这样的人，他们如果不能为己所用，也不会轻易放过的。”老王说。

“如果不是因为你们的话，我还真就不怕他们调查。”张文喜说。

“对于他们来说，浪费一颗子弹，远比冒着放虎归山的风险划算。”老王说，“所以这段时间你最好还是回家里避一避，看看形势。”

“回家？你要不要跟我一起回去？”

“这是邀请吗？”老王问。

“算是吧！”张文喜尽量装出漫不经心的样子。

老王回头看看刘永润，征求刘永润的意见，等刘永润点头之后，老王问张文喜：“现在就去？”

“但是我要提前声明，带你们回去，完全是因为我哥，你们不必谢我。”

老王知道张文喜是死鸭子嘴硬，也不和他计较，说：“那就趁早启程吧，三才跟我去，润子留下主持工作。”

张文喜和老王坐在去往烧锅镇的马车上面，刘永润赶马车，车轮轧在沙石路上面，加上车轴的吱呀声，热闹得很。

“不能替我哥报仇，还要回家里猫着，我真是太窝囊了！”张文喜捶着自己的大腿说。

“你加入我们啊！和我们在一起就有机会杀鬼子，给你哥报仇了。”老王无时无刻不在见缝插针。

张文喜看着老王，反问道：“要给我哥报仇的人不只我一个吧？”

“对我们来说，这不叫报仇，这是我们的事业，也包括你哥。或者说，我们一直都在为那些死去的同胞们报仇，只是你一直不肯接受我们罢了。”老王一笑，说道。

“说起来，你们这些人是怎么坚持过来的？你们是不是连点薪饷都没有？”张文喜问。

“要什么薪饷，大家都是心甘情愿的。再说，杀鬼子是不分红白黑的，只要能团结到的力量，就都要团结。可是有些人没有意识到，这个国家是老百姓的，我们只有有限的军队和枪支，却有千千万万的同胞。只有依靠人民的力量，才是赶走鬼子的最好办法啊！”老王的话又上纲上线起来。

张文喜不好反驳老王，就扭过头。本该是金黄色的田野，如今却是大片因洪涝被人遗弃的泥沼、被胡子掠夺放火后毁灭证据的灰烬、被鬼子炮弹夷平后的废墟。空气里弥漫着静谧的气息，冬日的阳光并不强烈，柔和地洒在大地上，像是在安抚着这满目的疮痍。张文喜痛苦地看着这些，转而又记起大哥牺牲的事情。他面部表情有些扭曲，向后一仰，躺在板车上，不再说话。

“你也知道，并不是我们愿意做。现在鬼子肆虐，伪满军横行，如果我们不做的话，那老百姓把希望放在哪里？”老王叹着气说道。

“那你们为什么不相信国军？国军很强大，并且也一直在努力啊！”张文喜说。

“那你相信国军吗？”老王反问道。

张文喜想了想，没有再说什么。

马车驶进烧锅镇屯里的时候，张文喜的双手紧紧地绞在一起，他还没想好怎么告诉家里哥哥阵亡这一噩耗。

烧锅被迫重新开张后，院子里面比从前空旷了许多。当地老百姓都当张殿化是汉奸，不来张殿化家买酒，也不与张家说话，再加上鬼子隔三岔五地扫荡，张殿化还要默默地替屯子里的老百姓向鬼子交粮，烧锅也几乎到了山穷水尽的地步了。

张文喜跳下马车，站在原地巡视一番。烧锅今天并没有开工，几个工人在西厢房进进出出，做一些洗洗涮涮的活计。张文喜直接朝正房走去，推开房门，看见一张大大的照片立在正对面的桌子上，那是大哥张文东穿着军装的照片。

张文喜的头“嗡”的一下，看来家里早就知道大哥阵亡的消息了。张文喜正想着，王桂芝从里屋走出来，看见张文喜，眼前一愣，然后迈着有些蹒跚的步履跑到张文喜的跟前，搂住张文喜，一句话都没说出口，就哭了起来。张文喜心疼地抱着母亲。记得小时候，跟着王桂芝学习八极拳，他感觉母亲的身子那么壮，可是如今，几年书读下来，自己依旧孱弱，母亲的身体却已经每况愈下，也不像他印象里那么坚强了。如果是从前，王桂芝可能不会在张文喜的面前表现得这么脆弱。

张殿化听见王桂芝的哭声，也从屋里出来，哭丧着脸，从墙角拎过一个板凳坐在旁边，埋着头不说话。

张文喜安慰过母亲之后，小心翼翼地向张殿化鞠一个躬，轻声叫了声：“爹。”

张文喜简单问候过两个人之后，从门口的桌子上拿起一个酒盅，倒了一杯酒，一饮而尽，然后出去把老王和李三才带进屋里，等老王和李三才都喝完酒，把酒盅放下之后，张文喜跟大家介绍道：“这是我爹，我娘。这是老王，三才，他们是……”张文喜想了想，继续说：“是和我哥一起打过仗的战友。”

王桂芝听见张文喜提起张文东，又偷偷揉揉眼睛。张殿化上前握着老王的手，左手拍拍老王的肩说：“进屋坐吧。”

张文喜留在最后，等人们都进屋之后，从桌子下面抽出三根香，点燃插在张文东的遗像前，看着张文东的遗像，站了许久，才进了屋子。

晚上，张文喜把张殿化叫到北侧一个存酒的小仓库里面，和张殿化说：“爹，老王他们这次来，一来是看望您二老，二来是想借点钱粮……”

张殿化叹了一口气，说：“你哥尸骨未寒，你跟我说这些事？”

张文喜低着头小声说：“爹，这是大哥生前的意思。”

张殿化想要说什么，张开嘴又停住了，沉默一会儿说：“你哥死在战场上，连个军功章都拿不到，你跟了他们，可能以后连恤金也不会有。现在哪里都是如此，如果你想好好活着的话，就回印刷局安心上你的班。这世道，咱不做英雄，不做汉奸，鬼子不在就好好工作过日子，鬼子杀过来，你就做顺民。”

张文喜看着张殿化，眼圈一下就红了，带着哭腔说：“爹，我回不去了。我哥的事让他们注意到了我，现在伪满军和警务局很可能都在找我。”

张殿化看着张文喜，心里一阵酸楚，问道：“那你打算怎么办？”

“我想留在家里。”在张殿化面前，张文喜不再控制，彻底哭起来，“可是，他们迟早都会找到这里的，我该怎么办？”

张殿化点着了他的烟袋，说：“你爹我也基本上知道老王他们是什么人，你要考虑好，选好队伍是很重要的。”

“爹，我……”张文喜皱着眉头，让他惊讶的是，他一直不肯戳破的那层窗户纸就这样被张殿化戳破了。

“本来，对你们哥仨，我都有自己的安排。开始想让老大接管烧锅，结果他扛枪跑了；后来又想让你接，你也不愿意；结果担子落在了三儿的身上，只是他现在还小，我还不能全放手。可是反过来一琢磨，不管结果如何，你们都做了自己想做的，就算哪天会海泉烧锅关门了，又能怎么样呢？人活着首先是活下来，剩下的，不就是图个痛快嘛！”张殿化在酒桶上轻轻磕着烟袋，像在劝张文喜，更像在劝自己。

张文喜说：“我只是一直在想，如果我早点把他们带回来，他们有钱置办更好的武器，找更多的人，是不是我哥就不会发生这种事情了？”

张殿化无奈地笑笑说：“有些事情都是天数，别为过去的事情后悔，向前看，车到山前必有路。”

昏暗的油灯下面，张文喜看着张殿化的烟斗发呆，张殿化每吸一口，里面的烟叶就会燃起红色的火光，随即又暗淡下去。

“这也是我哥的意思，当初我没信，甚至现在我也还是不信。”张文喜提起张文东，声音又变得哽咽起来。

“不信什么？”

“不信有了咱们的帮助，我哥就不会牺牲，战争就会胜利。国军那么强大，东北还是被鬼子占了，现在咱家的烧锅连自保都难，给他们一顿饭一杆枪，就能把鬼子从这里赶出去？”张文喜越说越激动。

“不信就不信，你哭什么？”张殿化反问。

“我……我……因为我觉得他们可怜，老王，还有跟着老王整天跑树林钻地道的人。他们明明什么都没有，却抱着比天还大的希望，只盯着所谓的理想、主义，根本不会低下头看看自己捉襟见肘、可怜巴巴的现状。”

“他们是他们，你是你，你们没有关系，可怜他们做什么？”张殿化步步紧追。

“怎么会没有关系！”张文喜果然被张殿化激怒，这让张殿化心里暗笑，自己的儿子出去这么多年，还如离家时那样天真。张文喜想了想，继续说道：“本来是没有关系的，可是我哥是因为他们牺牲的！”

“你哥不是因为他们牺牲的，是为了白城子的老百姓。老王他们也是在为咱们这些老百姓东征西讨，而且随时可能会牺牲。”张殿化纠正张文喜。

张文喜怔怔地看着张殿化，张殿化的话让他感到震惊，他想了想，低下头嘀咕着：“我哥还和我说‘岂曰无衣？与子同袍’。”

张殿化微笑着点点头，说：“所以呢？你的决定是？”

“他们穷惯了，没有太多的要求，所以，给他们一点吧，或许真会改变一些事情。”张文喜像是在为自己乞讨一样，对张殿化说。

“这事情，和文富你们哥俩研究吧！”张殿化说。

“他那么小，还什么都不懂，怎么能作这么大的决定呢？”张文喜不解地问张殿化。

“你太小看文富了，文富已经不是你离家时的那个小孩儿了。再者说，这件事跟经验并没有什么关系，就是不长脑子的伙计都知道这注定是一桩稳赔的买卖。所以，只要文富愿意，你们就去做吧！我和你娘年纪也不小了，很多事不该我们操心了。”

“爹！二哥！”文富推门进来。张殿化和张文喜吓了一跳，都惊讶地看着张文富，因为如果他是碰巧进来的话，那么这个时间真是太恰到好处了。

“我很担心二哥，不想家里再有什么事情了，所以就偷听了你们的话。”张文富解释道。

“你都听见了？”张文喜感觉不可思议。

“嗯，你叫爹过来的时候，我就偷偷跟过来了。毕竟，现在大嫂和大哥的孩子怎么办还没个主意，家里出了这么大的事情，我也想帮上点忙。”张文富说话的时候俨然一个小大人。

张文喜心里很是惊讶，他没想到张文富竟然连大嫂和孩子的事情都开始考虑了，这一点，他根本没想过，不禁暗自佩服这个弟弟成熟的速度。

“二哥，只要是大哥的遗愿，或者是你考虑好的事情，我都会支持的。你看这忙要怎么帮？正好爹也在，咱们爷仨一起决定吧！”张文富说。

看着张文富的举手投足，张文喜不禁为自己一直以来的停滞不前和懦弱性格感到惭愧，他又擦擦还有些湿润的眼睛，挺挺胸膛，说：“无论我们做什么，一切的初衷只有一个，就是抗日。”

“嗯。”张文富点头答应。

此后，在张文富的带领下，会海泉烧锅为安广县附近的游击队提供了极大的方便。因为一家烧锅，无论有什么人进出都很合理，只要谨慎行事，就不会有人注意。而张文东的媳妇王秀琴在张家的一再劝说下，带着张庚立留在了会海泉烧锅大院。

次日，张文喜就跟着老王离开了烧锅。张文东的牺牲让大家更加珍视共处的时间，张文喜一再与张殿化夫妇拥抱。经历了丧子之痛，二老显得越发苍老和弱不禁风。张殿化和王桂芝一言不发，只是静静地看着张文喜，那眼神里的眷恋就像还未剪断的脐带，让张文喜觉得一离开就会痛，甚至离开对两个老人来说，是一种残忍的行为。张文富也站在旁边，一脸不舍。烽火连天，烧锅被鬼子控制，张文喜又不再稳定，说不上哪一次离开，就是永别。

老王回到根据地，一进屋就对大家说："向大家宣布一个好消息，我们又有新同志加入，大家欢迎。"

屋子里的人见新入伙的人是张文喜，并不觉得有什么新鲜感，或者说，很多人早就认为张文喜是他们的一员了。大伙象征性地鼓了几下掌，就继续手里的工作了。

"会开枪吗？"于立东一边擦手里的枪一边问。他手里的枪是从军队里面逃出来时一起带出来的，也是现在整个游击队最好的枪，从前对他来说是再普通不过的武器，现在成了珍宝，从不让别人碰。

"手枪、步枪、自动短枪和轻机枪都用过。"张文喜说。

"这么厉害！"说话的人是郑田生，是全队形象保持最好的人。

"准头怎么样？"自从公开了张文东的身份后，于立东对张文喜的态度也有所缓和，但言语间，仍有一丝敌意。

"国连长。"闫伍试图阻止于立东。

"基本在七八环以上吧！"张文喜说的时候脸上带着一丝骄傲。

屋里的人都被张文喜说蒙了，大家面面相觑。

"啥是七八环？"宋玉问。

于立东却扑哧笑了出来。

"你笑啥啊？"张文喜问道。

于立东一边笑一边说："他打的是靶子。靶子，你们知道吧？就像你们练枪时放的酱油瓶子，他打的是一张纸，贴在一个板子上面。就是说都没瞄过人！”

听于立东说完，其他人也都笑了起来。

张文喜连忙站起来，解释说 :“靶子打得准，鬼子就能打准。”

“你呀？关键是我担心你还没等开枪，就先吓尿裤子了。”于立东起哄说。

第三十五章　限期纳粮

俗话说“福无双至，祸不单行”。这年的深冬，张殿化一家人刚从张文东牺牲的悲痛之中走出来，永石佐久就带着一个中队的人马又出现在会海泉烧锅的院子里面，村里的乡亲也都被集中过来。

鬼子把烧锅上各个房子都搜了个遍。

“你知道我来干什么吗？”永石佐久走到张殿化面前问。

“要粮。”张殿化小声说。

“那你为什么不交粮？”永石佐久紧紧地贴着张殿化的脸，大声训斥道。

张殿化微微抬起头，用余光扫了一眼乡亲们身后的几杆枪，说：“烧酒太费粮了，我从乡亲们那儿收到的粮，都用来烧酒了。”

“混蛋！”永石佐久反手扇了张殿化一个耳光。张文富见状撸起袖子就要动手，好在叶广武反应快，及时按住了张文富。

“你以为我不知道吗？你的事情，你不说，有人告诉我！”永石佐久说完，回头对着后面喊道：“人呢？出来，告诉他，他都干什么了！”

永石佐久说完，从乡亲们后面钻出一个人来。张殿化看去，永石佐久带来的人竟是焦明成！

鬼子进来之后，全县从上到下一片混乱，焦明成趁乱让家人上下打点了一番，被提前放了出来。从监狱出来之后，焦明成对张殿化耿耿于怀，又奈何在监狱的这些年里，张家烧锅越做越大，自己反倒越来越落魄，已经没有资本再和张殿化斗，于是他干脆憋着这口气留在了安广县，直到这次，他发现，报复的机会来了。

“到底怎么回事？”永石佐久又问了一遍焦明成。

“他，他根本没向老百姓收粮。”焦明成说。

“谁？谁没向老百姓收粮？”永石佐久问。

“张殿化。”焦明成本以为把事情和永石佐久说完就可以了，没想到永石佐久把他带到这里和张殿化还有村里的乡亲当面对质。

“焦肥子，你这个缺德玩意儿！”张殿化骂道。

“没收粮？那交给皇军的粮是哪来的？”永石佐久像没听见一样，继续问焦肥子。

“张殿化交的都是烧锅上的粮。”焦肥子躲着张殿化的眼神说。

“这点小事情还要我亲自来办。”永石佐久不慌不忙地从腰间拔出手枪，指着张殿化问：“甲长，你收粮了吗？”

“收了。”张殿化说。

永石佐久又把枪对准焦明成，问：“他收了吗？”

“没收！都是用的烧锅的粮！”焦明成说。

永石佐久举着枪，向侧面挪了两步，站在一个大爷身边，把枪顶在大爷的头上，问：“张殿化找你收粮了吗？”

大爷被枪顶着，顿时慌了神，使劲摇了两下头，又反应过来，连连点头。

永石佐久连看都没多看一眼，就按动扳机，伴着“砰”的一声，院子里的人都吓得一哆嗦，大爷倒在地上，溅得周围都是血，人们一阵骚动。

“又点头又摇头，不知道你说的哪句是真的。说谎有罪。”永石佐久面无表情，甚至对倒在地上的人都没看一眼，又把枪口指向下一个人，“张殿化收你的粮了吗？”

那人吓得连连点头，说：“收了，收了。”

“两个人说收了，你说没收，是谁在说谎？”永石佐久把枪指向焦明成。

“他们，他们串通好了的。”焦明成一边摆手，一边解释，生怕话说慢了，枪就响了。

永石佐久又马上把枪口转回到张殿化的方向：“可是，这次你为什么没有来交粮？”

“能收的都收走了，他们现在连口粮都没了，实在收不上来了。”张殿化指着乡亲们说。

永石佐久把枪换到左手，对准焦明成问：“他的粮哪去了？”

“八成是联军的人走的时候给联军了。”焦肥子说。

“八成？”永石佐久仰了仰手枪。

“肯定的！不是给联军就是给共产党了！”焦肥子连忙说道。

永石佐久回头朝着张殿化扬了一下眉毛，示意让张殿化说话。

“他血口喷人！根本没有这种事，我连一个游击队的人都没见过！”张殿化说。

“好，我相信你，那就是他说谎了，我帮你解决他。”永石佐久说完，迅速把枪倒给右手。焦明成觉得有些不对劲，刚抬起头，枪就响了。

张殿化看着血泊里的焦明成，身体忍不住颤抖起来。院子里显得异常安静。

永石佐久收起枪，哈哈一笑，对张殿化说：“我们是朋友嘛！我怎么会不相信你，是不是？”

张殿化呆愣地站在原地，没有任何反应。

永石佐久两步走到张殿化面前，伸出手搭在张殿化的肩膀，手指用力地捏住，说：“把你的酒方告诉我，这回的粮，不用你交了。”

“酒方你早就知道了。”张殿化在肩膀的疼痛中回过神来。

“我说的是秘方，酒里面的秘密。”永石佐久说。

“没有秘密，用心就好了。”

“你不老实。那就交粮。”永石佐久松开张殿化，对张文富说，“你们没有一个老实的。中村事件，就是你们在撒谎。现在连白城子都是我们的，这就是后果。这个烧锅皇军征用了，限你们三天之内交粮，不然的话，就杀了张殿化。”

永石佐久对着其他鬼子说了几句日语之后，两个鬼子上前架起张殿化，剩余鬼子开始用枪托把人往外赶。其他乡亲早就想离开这个是非之地，顺势都跑出院子，只剩下张家的人担心张殿化，不肯离开。几个没有耐心的鬼子见实在赶不走，开始拉动枪栓。

张殿化见此情景，赶紧喊：“你们快走，他们有枪。”

王桂芝也冷静下来，跟挣扎得最厉害的张文富说：“咱们留在这里也没有用，不如出去赶快想办法。”

叶广武听了王桂芝的话，也转而开始帮着控制张文富，几个人总算平安地出了院子，站在院门口，眼睁睁地看着鬼子关了烧锅的大门，张殿化消失在越来越小的门缝中。

张殿化被扣作人质的第二天，刘永润找到了张文喜，对张文喜说：“现在鬼子就住在你家烧锅，你父亲在他们手中，如果三天交不上来粮，他们就要杀了他。”

“真的假的？”张文喜一下子从椅子上面弹了起来。

刘永润点点头。

“那我们家其他人呢？”

“其他人被赶出了烧锅，暂时都没有事情。”刘永润说。

“今天是第几天？”张文喜问。

“第二天。”刘永润说。

“你们怎么知道这件事的？”张文喜对刘永润还是有些不信任。

“你别管我们怎么知道的，这事是千真万确的。”

“老王呢？”张文喜问。

“老王没回来，知道消息之后，和国连长他们几个人直接赶去烧锅镇了。我是专门回来告诉你的，咱们现在就去。你放心，你的事就是大家的事，现在老王已经在想办法了。”刘永润说。

“那你们为什么不去打个措手不及？你们那么多人，一定能把烧锅夺回来！”张文喜说。

刘永润摇摇头，说：“我们没有很多人。先不说能不能打过小鬼子，强攻肯定没办法保证你父亲的安全；就算打下来了，这不正说明你家和我们有关系了吗？打完了，我们跑了，烧锅搬不走，鬼子再来怎么办？”

“那怎么办？”张文喜问。

刘永润犹豫一下，说：“相信老王，我们会尽量把这件事做到最好。”

老王把粮食交给叶广武，说：“拿这些粮去换张掌柜吧！”

“这……”叶广武看看老王，又看看王桂芝，不知道如何是好。

“没关系，你不用担心粮食，只管给鬼子送去，告诉他们这是烧锅上存的用来救急的粮。”老王说。

“你们自己还吃不饱饭……”张文富说道。

“总不能看自家人笑话，多的就别问了，抓紧时间去救人吧。”老王说。

“谢谢你们了。”叶广武握着老王的手，再一次感谢。

“广武大爷，我也跟你一起去。”张文富站出来说。

叶广武拍了一下张文富的后背，说：“走吧，到时候你在烧锅外面等我。”

张文喜和刘永润悄悄来到之前约定的地方，老王几个人果然在这里，这就意味着老王这边一切顺利。

刘永润抓一口雪含在嘴里，防止因为说话和呼吸冒出太多热气暴露自己。张文喜见状，也往嘴里塞了一大把雪。

刘永润小声问老王：“事成了？”

“成了。”老王目不转睛地盯着路的尽头。

“来多久了？”刘永润问。

“小半天了。按道理早该过来了。”老王说。

“怎么打？”张文喜问。

老王把食指放在嘴边，示意张文喜小点声：“你就瞧好吧！”

张文喜仰头躺在雪中，趁着这工夫赶紧歇一会儿。一路小跑过来，跑了一身的汗，这会儿又冷了起来。

寒冬的天，湛蓝湛蓝的，没有一丝云彩。干枯的树干上压满了积雪，在阳光的照射下，闪着好看的光。有时吹来一阵风，或者落上一只喜鹊，积雪就簌簌地落在坑中十余个战士的身上、脸上。这就是老王全部的人了，这群从来不被他人当作战士的人，手里紧紧地握着五花八门的枪支和其他武器，专注地盯着路尽头转弯的地方。张文喜的心因为紧张，怦怦跳个不停，连手也颤抖不已。

正是如此，阴阳眼对老王一伙人十分不信任。老王费了很大的口舌，才说服阴阳眼同意参加这次行动。代价是除了本来就属于他们山头的粮食以外，其他一切战利品也都归他们所有，并且在冲锋时还要暴露游击队的身份，防止自己的山头被鬼子报复。

对于阴阳眼的要求，老王尽数答应，因为在这个方案中，老王的确没有什么可以用来交换的筹码。这连一向习惯冷眼旁观的于立东都看不下去了，他找机会把老王拉到一边，问：“你们现在穷得一颗子弹都得劈开用，打一场仗，还什么都可着阴阳眼，你这么做值得吗？”

老王笑了：“你不知道他们家之前帮了咱们多大的忙。”

“你们。”于立东寸步不让地纠正道。

老王继续说：“我们没能救下张文东，现在他爹张殿化又遇到了危险，我们怎么能袖手旁观？”

于立东一时不知说什么好，便不再说话。

“国连长，来了。”胡向南看见路口有人，第一时间提醒正在发呆的于立东。胡向南是闯关东过来的菏泽人，本就没有家，九一八事变后，遇上了老王，抵不过老王的几句动员，就热血沸腾地跟着打游击了。

于立东回过神，看见路的尽头出现了两个黄色的影子，他马上拉动枪栓，其他人听见枪栓声，也都紧张起来。

永石佐久带着一队人马走在前面，忽然一侧的树林响起纷乱的枪声，两个鬼子中弹倒在地上。永石佐久稍微分辨一下，便对后面的鬼子喊：“是游击队，保护好粮食，进行反击。”

就在这时，另一侧的林子里也响起枪声。永石佐久这回冷静不下来了，听这枪声并不像是一穷二白的游击队，难道还有大部队在附近？如果真是如此，他这二十来人恐怕要全军覆没。摸不清底细的永石佐久立刻改变行动，要求卸下重物、从反击变成突围，冲出了老王和阴阳眼设下的包围圈。

这一战歼灭鬼子五人，几乎夺回了全部的粮食，又缴获大小枪支十余把、手榴弹三十余个及一些弹药。

老王一伙人站在一旁，两眼冒光地看着阴阳眼搜走的兵器。阴阳眼也觉得有些过意不去，叫住了刚从他身边走过去的喽啰，说：“把你手里这些都给他们吧。”

老王见状，也不推却，偷偷推了李三才一把，说：“快接过来。”

“我们的枪都是用来守山头的，不对老百姓开枪，要这么多也是放着，给你们匀两把，拿去杀鬼子吧。”

李三才乐呵地从喽啰手里接过三把步枪和五个手榴弹，其他几个人也赶紧围过来。闫伍最是激动，抱着一杆枪，像见了刚娶的媳妇似的，乐得嘴都合不上，一边擦着枪管一边说：“给俺一把吧！”闫伍是地道的本地农民，十七岁娶了媳妇，生了三个孩子。结果鬼子进来后，杀了一整个屯子的人，只有几个外出的侥幸保住了性命，闫伍就是其中一个。家破人亡后，闫伍见到鬼子就眼红，从来不放过任何一个能报复鬼子的机会，后来进了游击队跟着老王打游击。

老王无奈地苦笑了一下，上前问阴阳眼："和我们一起打鬼子吧？！"

阴阳眼也笑了，说："你真是什么都敢想啊！我这山头是你的三四倍大小，你竟让我跟着你。"

"跟对了人，才能找到对的路，才会走得更远。"老王说。

"算了吧，打鬼子是我和二当家早就有的想法，不过不是跟你。"阴阳眼指着正在远处指挥搬运的李庆林说。

"那我就不强求了，希望有朝一日我们能再一起合作。"老王说。

"你们多保重。"阴阳眼朝着老王拱手说道。

"保重。"

为了避免鬼子发现游击队和烧锅之间的关系，老王没有同意张文喜回家，而是直接带着他离开了烧锅镇。

离开烧锅镇没多远，张文喜停了下来，对着烧锅镇的方向跪下，连着磕了三个头，嘴里自言自语地说着："爹，娘，儿子不孝，危难时不能在二老身边，等我年后回去，一并责罚。"

李三才见张文喜久久没有站起来，走到跟前，一边扶起张文喜，一边说："快走吧，一会儿国连长又要笑话你了。"

冰天雪地中，十余人穿梭在树林中，张文喜跟在队伍的最后面，无论是衣着还是步态，都显得格格不入，他仍然不想走近这支队伍，但还是紧跑几步跟上了。

张殿化一家终于回到家中，几个人坐在屋子里，仍然心有余悸，连张庚立都安静下来，站在王秀琴脚边，抱着王秀琴的胳膊，低头抠着手指冻裂的地方。

"爹，鬼子三天两头儿来一趟，这么下去早晚要出人命，咱们可咋办？"张文富耐不住性子，打破安静，问道。

张殿化没有任何反应，毕竟，张文富的这个问题也是满屋子的人此时此刻正在思考的。即使问了，也没有人能够回答得上。

王桂芝接过话茬，说："还有几天就要过年了，大家这几天都好好想想，有什么想法也等年后再动作吧。”

“问题是咱们现在还能过上个安生的年吗？”张殿化说。

张殿化眼睛扫到王秀琴身边的沈玉淑，心中又是一沉。沈玉淑的父亲沈青山原本是觉得乡下比较安全，才把女儿送到烧锅上的。现在张殿化家也是自身难保，如果沈玉淑真的有个三长两短，要怎么向沈青山交代？想到这里，张殿化长长地叹了一口气。

叶广武不知道张殿化在想什么，听见张殿化叹气，安慰道：“是福不是祸，是祸躲不过。你也别太发愁，现在烧锅镇这边，小日本还是得靠你，要是没你，他们屠村也拿不到粮食。所以……”

张殿化朝叶广武摆摆手，打断叶广武的话说：“大哥，甲长是换了谁都能当的。这群杀人不眨眼的畜生，随便枪毙几个，谁还敢不交粮，到那时，就是乡亲受罪了。最让人着急的是，不给鬼子交粮，他们就要杀人，游击队这头呢，要是断了粮，就得有人饿死。咱这烧锅现在已经是底朝上了，这可怎么办？”

张殿化又把整个屋子拉回安静，只有炉子里的柴被火烧得啪啪作响。时间一点一滴地流逝，把一个个未知推到面前，人们盲目地恐惧着。

然而值得庆幸的是，从游击队和阴阳眼手里逃脱出来的永石佐久并没有把这次事件和会海泉烧锅联系在一起，而是直接在汇报材料中说安广、大赉一带，抗日分子活动频繁，继续清剿。于是 1933 年 2 月，日军派来日本独立守备队和伪骑兵二十四团驻防大赉县城。

第三十六章　老王与王老师

这天傍晚，老王从外面回来，进屋之后，径直走到张文喜身边，拍了张文喜一下，转身又出去了。张文喜正在画地图，那是到这之后，老王交给他的任务。他抬头看着老王的背影，犹豫着放下地图，跟了出去。

院子里，老王正站在门口等他，看见张文喜出来，说："跟我出去一趟，取点东西。"

"我？我搬不动吧？"张文喜将信将疑地问。因为张文喜干体力活笨手笨脚，经常帮倒忙，老王向来是不劳烦张文喜的。

"走吧，有驴，用不着你。"老王一边说一边推开院子的大门，大门口拴着一驾破驴车，驴车上装了半车柴火。

"你……你这是什么意思？合着我不如驴？"张文喜跟上去问。

老王笑了，反问道："你要和驴比吗？"

"那你跟驴去好了。"张文喜嘴上这么说，人已经上了驴车。

老王伸手在车板上蹭了一手灰，一把抹在张文喜的脸上，说："少说话，别暴露自己。"

老王这么一说，张文喜看着街上偶尔路过的日本兵反而不自然了，他又往上提了提领子，尽量把脸埋在衣服里面，眼睛不时地瞄着周围的动静，好像正在执行什么重大任务一样。

老王赶着车，带着张文喜在一个院子前面停了下来。张文喜压低声音问老王："怎么了？"

“到了啊！”老王一脸轻松地答道。

“这是艾老的库房啊！”张文喜在艾老那里上班时，曾来这里拿过一次印刷纸，所以知道这个地方。

“艾老要给咱们一些印刷用品，安排工人在这等着，让咱们过来拿，这些家伙事儿就你熟悉，所以才带你过来。”

张文喜看着老王走进院子，心情复杂，他多希望里面等着的不是工人，而是艾莲，但又希望最好不要遇见艾莲，因为他不知道如何面对。

老王回头看一眼张文喜，张文喜会意，赶紧进来，关上了院门。

老王站在院子中间，对着里面喊：“有人在吗？我是送柴火的。”

老王话音刚落，正对面的屋子门打开了，从里面走出来的竟真的是艾莲！

张文喜见艾莲从屋里走出来，下意识地向老王身后藏了藏。艾莲也惊讶地看着两个人，她没想到父亲说的神秘来客竟然是王老师和张文喜！

“王老师？”艾莲试探着叫道。

“艾莲，怎么是你在这呢？”老王知道艾老和艾莲是父女关系，只是没想到艾老会让艾莲来做这么危险的事情。

张文喜却是一脸惊愕，老王从未向张文喜说过他认识艾莲这件事情，不过他更想不通他们两个人是怎么认识的。

“下午其他人都被鬼子抓去做工了，我爹怕耽误你们的事情，就让我在这等一个人。王老师，真没想到居然会是您。这么长时间您去哪儿了？”

“我啊？东奔西走的，不务正业。你功课学得怎么样？”老王说。

张文喜听着艾莲和老王的对话，猛然想到，难不成艾莲上学时整日挂在嘴边的王老师就是对自己来说一直阴魂不散的老王？

“后来发生了不少事情，实在不安全，家父就不让我去上学了。”艾莲垂下头，失落地说。

“没关系，你的脑子灵，多读书，自己也能学好。”老王鼓励道。

艾莲又瞥张文喜一眼，然后问老王：“你们怎么在一起？”

“碰巧。”老王一带而过地说。

“哦，世界这么小。”艾莲小声说了一句，像是在自言自语。

“碰巧？我都快被你碰得头破血流了，你居然说碰巧！”张文喜没有把这句话说出来，此刻他的心思都在艾莲身上。上次一别也算是不辞而别了，进游击队以来，处处都要小心，这么长时间，从来没联系过艾莲，或者说根本没有机会联系，所以艾莲生他的气，故意不理他也在情理之中。

艾莲又看一眼张文喜，然后走到院子东南角的一堆机器旁边，说：“我爹给你的东西都在这里。”

“尽量拆成破铜烂铁的样子，但要保证回去能装得上！”老王对张文喜说。

张文喜走到印刷机前，蹲下身子准备拆解，他正好蹲在艾莲的脚边，艾莲向后退了半步。

“你还好吧？”张文喜没有抬头，一边拆解机器，一边问。

“嗯。”艾莲的声音很小，让张文喜觉得她似乎回答了自己，又好像并没有吱声。

艾莲已不再是张文喜刚认识时那个活泼机灵的艾莲。张文喜知道，因为鬼子和伪满军抓不到自己，给艾老找了不少麻烦，艾老宽宏大量不计较，但是艾莲心有怨言也是正常。艾莲没有再说什么，张文喜也不知道从哪里说起，于是，一个站着不动，一个蹲着拆解，老王来来回回地把拆解好的零件扔到车上，三个人默默地做完了整件事。

“代我谢谢艾老。”临走前，老王对艾莲说。

“我爹也让我谢谢您。他说您的事就是他的事，他能做的，他都支持。”艾莲说。

老王和张文喜赶着掩饰好的驴车走出院子，艾莲也跟了出来，叫住老王，问道："王老师，您要这些机器做啥？"

老王看看周围，又看看驴车，想了想，说："做事业，很大的事业。"

艾莲略微思考了一下，似乎明白了什么，问道："能带我一个吗？"

老王笑了，说："你可以时刻准备着。"

可能是受艾莲的影响，回去的路上也是安静的，行人匆匆地往家赶，偶尔有巡逻的伪满军从街头穿过，黄昏只剩下最后一丝光芒，黑夜即将来临。

"老王。"张文喜说。

"怎么？"老王说。

"你知道爱情吗？"张文喜问。

老王苦笑一下，说："书读多了，自然就变得酸了。"

张文喜斜眼看了老王一眼，显然对老王的回答很不满意。

老王见状，接着说："你觉得我们现在还有什么？什么都没有，一切都要靠自己去争取。不要被应该或者不应该唬住，抓住了，就是应该，抓不住也没有什么遗憾了。"

张文喜点点头，趴在柴火堆上面，看着夕阳最后的一丝光辉被黑暗吞没。他不知道，从他和老王走后，艾莲躲在院子里哭得歇斯底里。

黑夜来了，伴着死寂，偶尔有枪响或者炮声撕破黑夜，让所有人心头一颤。支着耳朵听半天，渐渐陷入并不安稳的睡眠中。

游击队面临的形势非常严峻，老王开始越发频繁地单独行动，游击队按照老王的吩咐，尽量避免和鬼子正面交锋，开始三两一伙地外出获取情报、鼓舞群众。张文喜鼓起勇气去找过艾莲一次，却吃了闭门羹，连个人都没见到。

六月份，老王在五棵树的七克吐见到了上级党组织。后经中共满洲省委同意，八月份，终于在大赉县建立了党支部。让人没有想到的是，这次发展的五名共产党员中，没有一个人是这支游击队的成员。

张文喜本倒也觉得没什么，毕竟自己刚进入这支游击队没太长时间，特别是他并不认为自己进了游击队就一定要成为一名共产党。可是他禁不住国连长闲来无趣的奚落，就跑去找老王，问老王为什么游击队跟他出生入死，却没有一个可以被发展成党员。

老王凝视张文喜好长一会儿，说："你知道共产党员的名单是多少坏人想尽办法想要得到的，以现在咱们的情况看，还没到发展你们的时候，我不能把你们置于危险之中。你们都是我千辛万苦聚到一起的。如今，大赉、安广一带，咱们已经取得了一定的群众基础，在老百姓看来，现在你们每个人都是老王，等到必要的时候，都有一呼百应的能力，我的希望就达成了，即使我不在了。"

让张文喜没想到的是，老王说完这些话的几天后，真的离开了大赉县，去了上海。俗话说"屋漏偏逢连雨天"，游击队还没有完全适应没有老王的日子，日本守备队八〇五部队二百多人就驻扎到了白城子。这让游击队一下子紧张起来。

八〇五部队到白城子几天后，刘永润接到了老王的密报：集中精力调查八〇五部队。在场的人听完这个消息全都面面相觑，鬼子对游击队的搜剿是步步紧逼，这种时候去白城子，无疑是把自己的脖子送到鬼子的刀下。

刘永润观察一圈，说："这个任务不容易，集体行动的话，容易被人注意，要分组行动。咱们还是按照之前的分组，李三才跟张文喜一组，胡向南和于立东一组，郑田生还是跟我一组，具体的工作，我会单独告诉你们……"

"我呢，润子哥，我跟谁一组？"宋玉打断刘永润的话，着急地问。

刘永润看一眼宋玉说："你是机动人员，留在这，哪有需要，随时找你。"

"哦。"宋玉显然对刘永润的分配很是不满。

"大家还有什么意见吗？"刘永润问道，在场的人纷纷摇头。

"润子。"

刘永润循声看去，说话的是张文喜，便问：“怎么了？”

“再有几天就过年了，我能不能回家看看？”张文喜问。

刘永润一副恨铁不成钢的表情说：“你是咱们游击队里面被通缉的二号人物，自己还不知道小心。你以为特务、鬼子也回家过年吗？日本人打，中国人守，等中国人睡着的时候，日本人还在打，我们的领土就是这样，在沉睡中不知不觉地就没了！”

张文喜低着头，既然已经知道不能回家，更没有心思听刘永润的长篇大论，他的思绪早已飞回会海泉烧锅。在他的记忆里，这几日正在准备最后一锅酒，然后就要给工人放长假了，所以工人们干劲十足，院里院外有说有笑，王桂芝也开始准备过年的吃的和穿的，张文喜几个小孩儿玩够了鞭炮，回屋暖和的时候，趁着大人不注意去偷吃上供的食物……

第三十七章　何去何从

九一八事变之后，会海泉烧锅在永石佐久的胁迫下，虽然仍在营业，却每况愈下。而会海泉烧锅之所以坚持至今，开始是因为张殿化是甲长，他的行为关系到全屯乡亲，后来由于烧锅镇是安广方向到白城子、洮南的必经之路，所以又成为游击队传递情报重要的中转站。正所谓最危险的地方也是最安全的地方，这个经常有鬼子进出的地方，恰恰成了游击队的保护伞。

往年过年，多少会有两三个因为家太远，不能回家过年的工人，没有地方去就留在烧锅上和张殿化一家一起过。而今年算是烧锅上最安静的一个年了，原本就没有几个工人，借着过年的幌子全都跑了，偌大的院子，没有工人，没有粮堆，没有等着出货的酒，显得空荡荡的。

张文富这会儿正蹲在院子西侧废弃的仓库里，目不转睛地盯着不起眼处的一个地窖，耳朵支棱着听着院子里的动静。

过了一会儿，张殿化从地窖里面爬出来，掸掸身上的土，说:“这回，那些孩子们再来的话，就有地方藏身了。”

张文富等张殿化从地窖爬上来之后，跳了进去，在旁人看来，这只是一个简单的地窖。经过改造，在地窖的西头，张殿化又挖了一间房大的空间，里面存了些干粮，在里面待上三天两天是没有什么问题的。原本就不大的入口经过张殿化的精心设计，再加上地窖里原本就黑漆漆一片，如果是外人进来，根本就无法发现。

张文富站在地窖口对张殿化说：“爹，你整得太好了！”

张殿化担心地看一眼门口，说："快上来说话，省得被人看见。"

张文富从地窖里爬上来，说："爹，村里人都说咱们是汉奸……"

张殿化见张文富欲言又止，反问道："那你觉得呢？"

"不是。"张文富看着地窖口说，"为了他们，咱们的烧锅都破产了，结果救了这么一群白眼儿狼。"

"是不是汉奸，自己心里清楚就行了。"

"既然我们不是汉奸，为什么不去解释？屯子里走一圈尽遭白眼，头都抬不起来。"

"咱家为什么能在鬼子的枪口下面活下去？"张殿化反问。

张文富看着张殿化，眨着眼睛，不知道怎么回答。

"因为所有人都以为咱们是汉奸，时间长了，鬼子也觉得咱们真是汉奸。"张殿化说，"咱们给自己扣这个屎盆子为了什么？游击队联系洮南和白城子都得经过咱们，你想没想过，咱们不担着汉奸这个名字，光图一时痛快，他们以后的联系和行动得增加多少困难？"

提到游击队，张文富沉默了一下，小声地说："爹，我也想跟他们去打鬼子。"

张殿化惊讶地看着张文富，少许，回过神后，默默地从仓库走了出去。张殿化知道，在这样的时候，任何理由都不能阻拦一颗抗日的心，但是反过来想想自己的孩子们，女儿张文兰跳井自杀，大儿子张文东牺牲了，二儿子张文喜混进了游击队，过着刀口舔血的生活，现在的烧锅虽然已经没有值得继承的价值，但是如果三儿子张文富再拿枪去前线，那张家就真的可能无后了。

艾老打开门，发现门口站着的竟是张文喜，赶紧把他拉进屋里，又小心地探出头，看有没有可疑的人。

"没关系的，艾老，没有人看见我。"张文喜笑嘻嘻地说。

"你胆子也太大了，现在到处都是鬼子和伪满军，你要是再被他们抓走，谁都救不了你了。”艾老斥责道。

“我刚从洮南回来，给您带了点杨饼铺的大饼。”张文喜笑嘻嘻地从怀中掏出一个牛皮纸包放在桌子上。杨饼铺的大饼是洮南的特色小吃，张文喜知道艾老喜欢这口，就趁着出去送情报的机会买了些带回来。

艾老扫了一眼桌上的牛皮纸包，知道张文喜的来意，冲着二楼喊道：“艾莲，下楼待客，我要休息去了。”

艾老说完头也不回地离开了，却迟迟不见艾莲出来。张文喜一个人在客厅站也不是，坐也不是，尴尬至极。

好在艾莲终于还是出来了，她并没有多看张文喜一眼，默默地走到大厅，坐在沙发上，余光瞥见张文喜没有动，就轻轻说了一声：“请坐。”

张文喜向沙发的方向挪了一步，搭边坐了下来。

在张文喜进游击队的这段时间里，不知道艾莲到底经历了什么，从言谈到举止都发生了翻天覆地的变化，现在的艾莲和从前相比简直判若两人。只是张文喜不知道艾莲是只有见自己的时候才变成这个样子，还是一直都郁郁寡欢，毕竟之后的几次见面里，艾莲多是沉默不语。

“那个……你最近挺好吧？”张文喜越想打破这尴尬，越觉得无所适从。

艾莲看着自己的脚尖，“嗯”了一声，算作回应。

张文喜搓着手，说：“我也没啥事，顺便过来看看，我那边还忙，先走了。”

“王老师还好吧？”艾莲看张文喜要走，连忙找一句话和张文喜搭茬。

“老王他……他还好。”张文喜犹豫了一下，又坐回来，说，“里面的事太多，不方便和你说。”

“哦……”艾莲想了想问：“如果我跟你们去打鬼子，王老师会不会同意？”

“我去了之后打过的鬼子，两只手都数得过来。”张文喜不好意思地说。

“会不会同意？”艾莲看着张文喜问。

有那么一瞬间，张文喜竟然在艾莲的眼睛里找到了熟悉的感觉，只是那感觉一闪而过，又回到平淡。

“这……”

两人正说着，门外又响起了敲门声。艾莲和张文喜四目相对，不知所措。

艾老听见敲门声也马上从房间里走出来，他知道任何一个来客都可能让张文喜陷入危险之中。艾老朝着两人使了一个眼神，示意两个人不要说话，自己快步走到门前，问道：“谁啊？”

“艾老，是我。”

艾老缓慢地打开了大门。

门口站的不是别人，正是警务局的副局长黄勇林。

“黄局长这么晚到寒舍？”艾老问道。

“艾老，您别误会，没有别的事。前段时间局里给您折腾够呛，我是干着急使不上劲。今儿特意弄了两条老坎子的‘胖头’，给您补补，顺便再看看艾莲。”黄勇林笑着闪开身子，身后的一个警员提着两条一米多长的胖头鱼。

“怎么,不欢迎？”黄勇林见艾老堵在门口,没有让自己进去的意思。

“怎么会，随时欢迎。”艾老连忙闪开身子，把黄勇林和身后的随从让进屋子。

黄勇林进了客厅，看见桌子上的大饼，便转头对艾老说：“原来是有客人啊！”

“兵荒马乱的，哪有什么客人。是我家的工人，去了一趟洮南，顺便让他捎回来点杨饼铺的大饼。刚拿回来，还没来得及送到厨房，你就到了。来得早不如来得巧，一起尝尝？”艾老急中生智说道。

“工人？不会是张文喜吧？”黄勇林开玩笑地说道。

“你们这些警察啊，太敬业了，不管上不上班，到哪儿都惦记抓人，看哪个都像张文喜。”艾老一边说，一边拿起张文喜带来的大饼，打开纸包说：“来，尝尝，放久了就不好吃了。”

“不尝了，不尝了，刚吃过饭。”黄勇林一边推托，一边把手放在油纸包上面。其实他这个动作完全是多余的，张文喜从洮南到这里，大饼早就已经凉透，凭那上面的温度，根本判断不了什么。

尽管艾老说话做事滴水不漏，但是站在一旁的艾莲还是年轻，没有什么经验，神情中流露些许紧张，这让经验丰富的黄勇林多少有所察觉。尽管和艾老一句接着一句地聊着当前的形势，心里还是有些生疑，便打断了话题，直接问道：“最近有没有见过张文喜？”

“你们聊着，我累了。”艾莲说完，不等二人反应，转身回房了。

“这孩子，正跟我闹脾气呢！”艾老有些无奈地说。

“没事，没事。我白天工作忙，就这会儿能抽出点时间，也是来得晚了点。”黄勇林笑着说，“您说这个张文喜能去哪里？”

“不是有人说在烧锅镇看见过他吗？”艾老说。

“这都是多久之前的情报了。现在他家的烧锅啊，那就是日本人用来控制那个地区的大本营，经常有日本人进进出出，他敢回去吗？若是真回去了，我们都省事了。”

“那能去哪？这兵荒马乱的。”

“你当真不知道？”黄勇林问。

“哎呀，这个人就是在我这干了两年，又不是许给了我们家了嘛！”

“要我猜，他要么就是一个人跑到哪里死了，要么就是跟着哪支游击队跑了。”黄勇林说。

“这年头兵荒马乱的，从前在印刷局工作的，都已经失联好几个了，人命贱啊！”艾老感叹道。

黄勇林略作沉思，说：“不过艾老，您可得注意点，日本人仍然认为张文喜和您有关系。洮南那头儿我是说通了，白城子这头儿的日军都是后过来的，我也说不上话。”

“哼，凡事也得讲个证据，要是真能交出张文喜来，我老骨头一把，还用进局子遭那些个罪？”艾老露出一副生气的样子。

黄勇林见状，连忙岔开话题：“咱不提他，那都不重要。我看艾莲这段时间好像心情不怎么好，我打算和您商量商量，哪天带她出去转一圈。”

张文喜在艾莲的房间不敢过多地停留，便从艾老家后门偷偷溜出来。初春的夜晚，街上没有几个人，显得有些冷清。他裹紧了身上的衣服，回头看一眼艾老的房子，客厅的窗户里散着暖色的灯光，里面，艾老，艾莲和那个黄勇林正坐在一起，不知道聊些什么。

张文喜虽然躲过一劫，保住了性命，但是心中一点也高兴不起来，反倒是五味杂陈。黄勇林看上了艾莲，和艾老明里暗里地表达过几次，这是刚才艾莲告诉张文喜的。艾老是开明的人，关于艾莲的婚事，他不会自作主张，只要艾莲不答应的事情，艾老也不会强人所难。这也是艾莲说的。可是艾莲还说，现在艾老被日本人和伪满军盯着，怀疑他和反日分子有联系，现在只有黄勇林能帮助他们家，艾莲自己也不知道该怎么办。

想到自己竟在敌人面前灰溜溜地逃走，不禁觉得自己太过窝囊，张文喜转身就要折回艾老家，但是没走几步，他对着胡同口的墙狠狠地砸了一拳，摸了摸胸前的口袋，又回头朝城外走去。

“见到洮南那边的人了吗？”张文喜一进屋，刘永润就走上前来，显然他等张文喜回来已经很久了。

“嗯。”张文喜应了一声，独自走到角落里面，找个凳子就坐下了。

“太好了，这样的话，用不了多久，就能对接上咱们的人了。”刘永润光顾着高兴，没有注意到张文喜的异样。

“这是咋的了？一脸丧气相。”反倒是于立东看出不对劲，端着腔问道。

“哎呀，你看我光顾着高兴，这都没看出来，你遇到啥事了？”刘永润关心地问。

“啥事没有。”张文喜把脸扭到一边。

“这……”刘永润把目光看向于立东。

“还能咋的，他还敢去捅鬼子窝啊？就是自己矫情呗，谁能有他这能耐。”于立东说。

“我不去捅鬼子窝是服从命令，总好过你这种窝里要横厉害的人。”张文喜说。

“你啥意思？我们不是服从命令吗？我他妈的还想不开，凭什么打大南边来个电报说不抵抗，就真不抵抗了！”

“你是正牌军人，你骄傲，但是别在这儿跟我提你的骄傲，东北还有东北军了吗？”张文喜若是上来犟劲，也真是十头牛拉不回来的犟。

于立东指着自己身上的那身已经破破烂烂的东北军的军装说：“脱了这身衣服，我和你们是一样的，我身体里流的是中国人的血，看着鬼子残害百姓，我和我的兄弟们恨不得把枪把儿都捏出水来！不是我袖手旁观，是这身衣服决定了我们该做什么，不该做什么，我是军人！”

刘永润喝止道：“都什么时候了，还在这分帮分派？现在是全民皆兵，不把劲拧到一起的话，各打各的，咱们哪个单拎出来能行？”

“可我们是在打鬼子吗？整天除了画地图就是送情报，我们打下来过一个村子吗？”张文喜冲着刘永润喊道。

张文喜的话让屋里安静下来，他的这句话戳到了大家的痛处，屋里的人都停下手中的事情，转过头来看刘永润。

刘永润自己也觉得不好受，低头稍微整顿了一下情绪，说：“我们最重要的是找准自己的位置，知道我们该干什么，并坚持做下去。就像老王说的，这里还需要咱们。咱们要让大部队到这里的时候，像回家一样，了解这里的每一寸土地、每一个据点。目前来看，这就是咱们的价值。量力而行，尽力而为，这是老王临走的时候特意嘱咐咱的。”

刘永润说完，没人再说什么，大家都沉默了。刘永润又拍拍于立东，说：“国连长，不管是板车还是步行，只要方向对，都到得了洮南。衣服太破的话，就换一件吧。”

于立东抬头看了一眼刘永润，欲言又止，用手理了理身上那件破旧的东北军军装。九一八事变以来，他就没有再脱掉，他坚信东北军早晚会打回来，他在城中打开城门，迎接兄弟们回家。这是他心里想过无数遍的场景。

曾经，他穿着这套军装容光焕发，在城里的大街上，都是仰着头走路;现在，不光是军装破烂不堪，连自己串胡同时，都要贴着墙，快些走。他不怕与鬼子狭路相逢，论起巷战，他驾轻就熟。他怕的是遇见乡亲，看见乡亲一脸嫌弃又敢怒不敢言的表情；他更怕遇见孩子，看见孩子充满期盼的眼睛，因为他什么承诺都给不了。

张文喜用两只手抓着自己的头发，感觉自己的头乱得要爆炸了，数不清的问题浮现又消失，他不知道该先思考哪一个；如果老王在，他还能厚着脸问一问老王。老王走时说，他一定会回来的，并且很快就会回来。说不定老王回来时带着一支大部队，将这一切都冲散，也或许他已经与老王见过了最后一面。

这样的生活，没有太多盼望，因为现实的残酷会粉碎一切滋生盼望的安逸。这样的生活，只能依靠盼望，因为只有明天的阳光才是熬过今夜的支撑。老王在的时候说，打败日本帝国主义，让农民当家作主是共产党的理想。用一个理想就能改变世界吗？张文喜读了那么多年的书，却很难认同这个理想。在老王认真而且肯定的眼神中，他感觉到的是可怜，竟有那么一大群像老王一样天真的人，为一个无法实现的白日梦前赴后继。

问题不会解决，日子还要继续，张文喜实在不想再多说一个字，默默地躺到炕上独自睡了。

第三十八章　没有尽头的坚持

这年年末，老王还是没有回来，日伪的扩张一刻没有停止过。不知道刘永润从哪里接到的任务，一个接着一个。于立东在众人毫无察觉的情况下，突然失踪了。紧接着，听说洮安县（白城子）伪满政府开始以支援当兵的名义进行募兵，队伍里的人七嘴八舌地猜着，说于立东不是被鬼子抓走了，就是跑去当伪满军了。

不远处就是八〇五部队的营地，张文喜和李三才躺在雪地里，那是他们能靠得最近的地方了。十四个鬼子分成两队在营地周围巡逻，一波一波的鬼子进去出来，气氛十分紧张。

“鬼子咋不回家过年？”李三才压低了声音问。

张文喜捂着嘴，防止呼出的白色热气被巡逻的鬼子发现，他小声地对李三才说:“你看，鬼子们一根弦整天绷得紧紧的，咱们这些挨打的，还老忘记伤口疼，这就是为什么他们巴掌大的地方……”

说到这，李三才摸了一下自己左肩膀上的伤口，那是一个多月前，与几个鬼子遭遇后，在交火中被流弹打伤的。由于缺少药物，愈合得一直不是很好。

“怎么了？”张文喜问。

“一直都疼。”李三才打断了张文喜的话。

老王把李三才和张文喜安排在一起，是因为李三才身强力壮，弥补了张文喜体力方面的弱点，另一方面也是因为其他人都不想和张文喜一起行动，只有李三才比较老实，既然老王开口了，也就答应了。

张文喜和李三才的行动中，李三才从来都很少说话，嘴和脑子一样木讷，经常是瞪着眼睛毫无表情地看着张文喜滔滔不绝地抱怨。开始时，张文喜还试图从李三才这里得到一些反馈，后来也放弃了这种想法，他说自己的，只要有人听就好，至少比自言自语或者说给一块石头好。

张文喜用嘴对着一双冻得已经失去知觉的手使劲哈气，然后又把右手塞进怀里，终于觉得可以拿得住铅笔后，从口袋里掏出一支笔开始画营地的地形图。

张文喜不知道是老王觉得自己在这支队伍里面地图画得最好，还是认为自己只会画地图，在无数次的外出行动中，张文喜接到的都是勘测地形或者是侦察敌军的任务。不过有一点他可以肯定，在这几个人中，除了国连长于立东，只有他能一眼就认出枪支弹药的型号，这得益于他在天津的学习。而在其他人眼中，枪支都只是大概分那么几种：手枪、三八大盖、三八大盖差不多的长枪，单发枪、机关枪。

“围墙有多高？”张文喜背对着鬼子的营地，靠在坑里问李三才。

李三才小心地露出头打量一番，说：“算上后接起来的一块儿，有七尺左右。”

“七……”张文喜在心里换算了一下，自言自语地说了一句“两米五”。然后在早已画好的院墙边上写了一个“2.5”。

“什么？”李三才以为张文喜在和自己说话，向这边凑了过来。

“没什么。明堡三个？”张文喜在他已知的三个明堡处做了记号。

“哨岗一直是四人，进去都要盘查。”李三才说。

张文喜把地图塞进怀里，翻身趴在坑中，探出头仔细观察着八〇五部队的营地。“就这样的话，咱们也交不了差啊！”

“什么？”

“就咱俩记的这点东西，全是面儿上的，在附近找个老乡都能说出来。”张文喜说。

“那咋整？”李三才并没有思考，直接问道。

“不入虎穴，焉得虎子。”张文喜说。

“啥玩意儿？”李三才问道。

“再往前靠靠。”张文喜说。

“哦。”

李三才跟着张文喜匍匐着向大门的方向又靠近了十几米，在一个大坑中停了下来，这是鬼子修建营地时取土留下的坑。张文喜试探地探出头，此时，鬼子之间谈话的声音都可以清晰地听见了，远远地，透过开着的大门，能看见里面一大半的建筑。

“这太近了吧？”李三才更不敢大声说话了。

“很快就好。”张文喜又把笔纸掏出来准备记录。他这一动作，旁边的积雪陷进去一个小腿粗的黑洞。张文喜一惊，轻轻地拨开洞边的积雪，里面是一个一米深的坑，坑边的草被雪压倒，又厚厚地盖了一层，外面完全看不出来。张文喜惊愕地看着李三才，如果刚才多爬半米，跌入这个坑中，发出的响动完全可以被鬼子发现，那现在两个人可能已经被鬼子抓住了。

稳定一下心情后，两个人开始工作。巡逻的鬼子虽然一直处于警戒状态，但两人还是顺利地记录下了鬼子的营地，搜集到了不少有价值的情报。李三才把能看见的都向张文喜说完后，朝张文喜点点头。张文喜把情报和笔贴身揣好，正准备离开，这时，门口的鬼子大喝一声，张文喜还没明白过来发生了什么，就被李三才一脚蹬进了那个坑里，而李三才起身就跑。

原来李三才准备撤离时，由于体型太大，后背露出了半截，刚好被鬼子发现了。李三才心里清楚，如果是老百姓不小心靠近鬼子的地盘，鬼子会从老远就开始警戒甚至射击，命大的，跑两步就离开了，而像他这种神不知鬼不觉地突然就出现在鬼子面前的人，鬼子一定不会轻易放过。所以他一脚把张文喜踹进坑中，自己能跑则跑，跑不了也替张文喜作了掩护。

等张文喜反应过来时，密集的枪声已经在他头上响起。随着枪声停下，张文喜再也听不见李三才的脚步声，安静仿佛蔓延了一个世纪。一阵纷乱的跑步声由远及近，两个鬼子在李三才的尸体前嘀嘀咕咕地说了几句话后，又在张文喜的头上转了一圈，并没有发现张文喜，便把李三才拖进了十多米外的死人坑。

在冰天雪地里，恐惧夹杂着悲痛，张文喜浑身颤抖，狭小的空间里，他抱作一团，没有声音，没有思绪，脑海里一片空白。一直等到天黑，张文喜轻轻活动了一阵已经冻僵的身子，从坑里爬出来。门口的鬼子已经换过岗，不会再对这边特别关照，张文喜倍加小心地挪到死人坑。

坑里的死者多数是鬼子抓来的苦力。这些苦力衣不蔽体、食不果腹，还要干过量的工作，再加上住的地方拥挤不堪、病菌滋生，很多人撑不住几天，身体就垮了。鬼子认为没有使用价值就直接抬出来扔进这个坑里，也有的被鬼子用来当作拼刺刀的活靶子，所以坑里面很多尸体都不完整。张文喜刚爬进坑中，就一个不小心摸到一只断手，头皮一下就炸开了，像触电一样，一把把那只断手扔了出去。张文喜从小胆子就小，当年阴阳眼进村的时候，张文喜当时就被吓尿了裤子，之后很长一段时间都没缓过来。这回他不敢再贸然前行，借着月光，仔细辨认出李三才的尸体后，把李三才从隔着两具尸体的地方拉了出来。李三才的尸体已经硬了，张文喜还心存侥幸地探了探李三才的心跳和鼻息，在确认了这个他早已经知道的事实后，他趴在雪里无声地哭起来。

张文喜把李三才背到一片安静的林子里面埋了之后，一个人连夜回了大赉。等张文喜回到据点时，天已经蒙蒙亮。几个醒得早的人都已经起床，宋玉看张文喜推门进屋，说了一声“哥，你俩咋才回来呢？”就又转过身继续睡了。

倒是正在门口洗脸的闫伍看见张文喜身后并无他人，就问道：“李三才呢？”

张文喜低头看一眼闫伍，然后强忍着眼眶的泪水，对刘永润说：“李三才牺牲了。”

“啥？”刘永润其实已经听见张文喜说的话，只是他无法接受这个消息。宋玉几个还没来得及起床的人就像屋里落了炮弹一样，都爬起来，看着张文喜。而张文喜也不再开口，两只失神的眼睛看着刘永润，像寻求帮助一样。

刘永润从张文喜的眼神中再一次确定了这个噩耗，他走上前，用手掸去张文喜眉毛上的冰晶，搂着张文喜的肩，轻轻地说了一句：“冻坏了吧。”然后刘永润把张文喜带到炕边坐下，给张文喜脱了外套，拿起一床被子给他围了上去。

“咋回事啊？”宋玉问。

宋玉身边的胡向南捅了宋玉一下，示意他别问。但是大家还是都看着张文喜，希望张文喜能把事情和大家讲一讲。张文喜缓过神后，把事情的经过跟大伙讲了一遍，然后把画好的图交到刘永润手中。

刘永润手里紧紧地握着那张还是冰冷的纸，安慰张文喜：“别太难过，这不是你的错。”

“我知道，你们都嫌弃我，这个屋子里面，只有三才认可我，相信我能把事情做好，结果我眼睁睁地看着他牺牲，束手无策。”

“唉，就剩下咱们这几个人了，不如找哪个队伍合了吧？”郑田生说。

“合？老王辛辛苦苦把咱们拉扯到一起，走时告诉咱们一定要坚持下去，等他回来，然后等他回来时，发现咱们都跑了？”刘永润反问。

“你自己看，就这么几个人了，两只手就能数过来，要人没人，要枪没枪，咱们还折腾个什么劲？”郑田生说。

刘永润看了一圈，游击队的人都在屋里，确实就剩这么几个人了。张文喜、闫伍、胡向南、郑田生、宋玉，若是不算上自己，连一只手都数得过来了。他对大家说道：“只要老王还没回来，哪怕咱们中只剩一个人，也要坚持下去，因为咱们的工作还没交出去。”

“我们太久没有新人加入了。”闫伍小声说。

“是的，我也有错，老王走后，我从来没想过要壮大咱们的队伍。老王之前说过，老百姓是我们最宝贵的资源，杀百姓的时候，我们全民皆兵，抓游击队的时候，我们全兵皆民。从今天开始，张文喜，你负责宣传，宋玉配合你，等老王回来时，我要拉出一支队伍来见他。”

刘永润可能是看中了张文喜的理论基础，却忽略了张文喜是一个让大多数人都会觉得别扭的书生，在和老百姓沟通上，张文喜的能力远远低于普通人。两个月的时间，他只吸收到三个人，其中还有一个在跟张文喜回来的路上，听说这是一个不到十个人的队伍后，转身就走了。

而这次，已经是他不知道第多少次被人从屋子里面赶出来了。

“你知道我当时为什么离开奉天，回到这鸟不拉屎的地方吗？”张文喜一边说，一边回头张望，确认刚才把自己赶出来的那家人没有追上来。而那家早已关上了大门，显然，并没有人愿意走出屋子，把自己暴露给无处不在的鬼子。

“为啥？”除了李三才以外，宋玉是张文喜最好的倾听者。

“因为我不喜欢我的工作，时局动乱，我却要天天弄那些没有用的文案，一张表格接着一张表格地填，没有人会因为我的表得救，也没有鬼子因为我的表丧命，我多填一个数，一切照旧，我少填一个数，也不会有变化。你觉得这样的工作有意义吗？如果你不是在享受每一天的工作、生活，那和等死有什么区别？”张文喜把声音压低了些，村子安静得让他觉得自己正常说话都显得吵，随时可能会暴露自己似的。

“啥叫意义？”宋玉认真地问。

“这……”张文喜没想到宋玉直接把话题带偏了，“意义就是说服你做一件事情的理由。”

“哦。”宋玉想了想，干脆地说了一句，“不懂。”

“你跟着老王是为了什么？”

“打鬼子。”宋玉挥着拳头说。

“打鬼子？”

“嗯，打鬼子就是意义吗？”宋玉问。

“不对，意义是更深层次的东西。”张文喜想了想说，“你打鬼子是为了什么？”

“给我爹娘和全屯子的人报仇。”宋玉说，“那报仇是意义？”

“那也不对，意义不应该是负面的东西，报仇并不是一件好事，意义应该是积极的东西，这不对。”张文喜摇着头，自己小声嘀咕着。

“算了，咱不说这个。我是想说，咱俩天天走街串巷，既要防着伪满军和鬼子，又要挨着乡亲的骂，咱们图什么？”张文喜说完看着宋玉茫然的眼神，摸摸宋玉的头，说，“走吧。”

让张文喜心乱的，更主要的还是艾莲，他和艾莲的关系并不顺利，黄勇林虎视眈眈不说，艾莲也开始动摇。

有些事情，若是开始了，就再也脱不清干系。就像对艾老的审问，每次大赉周边的抗日队伍有什么动作，大赉的伪满军和鬼子一旦走投无路就会把希望重新放在这些嫌疑人身上，再对艾老这一类人拷问一遍。若不是艾老在大赉县里还有一些社会地位,也早就变成“失踪人口”了，但是毕竟艾老年岁已高，经不起这种折腾，身体每况愈下。张文喜这次抽空偷偷跑到艾老家，发现艾老已经卧床不起。

张文喜坐在艾老床边，静静地看着艾老，心中五味杂陈。艾老微闭着双眼，胸口微微地起伏着，不知道是睡着了还是在闭目养神。过了许久，艾老扭过头，睁开眼睛看见身边坐的是张文喜，朝张文喜点一下头。

“艾老,让您受苦了。”张文喜看艾老醒了,握住艾老有些发凉的手,心疼地说。

“你放心”，艾老歇了一会儿说，“等我死了，你们就更安全了。”

“艾老，您别这么说。怪我没出息，我们什么都做不了。”张文喜的眼泪止不住地流了下来。

"挺好的，做下去！你们的事我都知道，你要相信老王，就像我一直相信你一样。"艾老说。

"可我整天就是画图画图，摸枪的机会都是有数的，怎么能把鬼子打出去？"张文喜说。

"不是每个人都适合扛枪冲锋。"隔了一会儿，艾老接着说，"你的脑子就是你的枪，你还没意识到你有多重要。"

张文喜看着艾老，不忍再和艾老争辩下去。艾老费力地调整着头的角度，环视了一下屋子，看见没有其他人在房间，用更小的声音对张文喜说："照顾好艾莲，无论如何！"

张文喜听了，心里又是一阵酸楚，他紧紧地握着艾老的手，认真地点点头。他更明白艾老所说的"无论如何"的意思，艾莲作为艾老唯一的牵挂，身处兵荒马乱不说，黄勇林还一直惦记着，艾老卧病在床，心中更是一刻也放心不下。

张文喜看了一眼角落里的落地钟，时间不早了。其实光看窗外的天色，也知道该抓紧出城了，太晚的话，若是遇上鬼子，搞不好连盘问都免了，直接就开枪了。张文喜向艾老道别，走出屋子，看见艾莲正站在走廊。

"如果我爹……说不定哪天，我也要去打鬼子。"艾莲说。

"一切都会好起来的。"张文喜安慰道。

"好起来？说点真话吧！我只看见这个世界在越来越黑暗，你总想给我造一个童话，可现实又脆弱得不堪一击，不如直接把我投进黑暗中去洗礼。"艾莲说。

张文喜无奈地笑了笑，说："可能老王给你们讲课的时候说过很多，所以你懂的道理比我多。可是他从来都不和我说什么，只告诉我现在该干什么了，甚至连下一步都不会透漏给我听。这两年，我愈发明白，书读得再多也不能当枪使，哪怕你有再远的理想，再深的仇恨，再大的勇气，都不过是敌人勾勾手指就解决的事情。若真把你投入到黑暗中，你连洗礼的机会都不会有的。”

艾莲诧异地看着张文喜，她已经不是第一次向张文喜提出要加入游击队了。之前张文喜不予回应，而这次，张文喜明确地拒绝了她，而理由让她无法反驳，也无法面对。她也没有想到，从张文喜口中竟然说出这样的话来。

张文喜有些不敢直视艾莲的目光，低着头说："我知道我没有多大能耐，连自己都救不了，却还想救很多人，我觉得我应该这么做，不管能做成什么样，至少要尽力。”

“别把自己陷得太深，总有一天你会为此而苦恼。”艾莲说。

“我希望无论遇到多大的雨，我能为你撑起这片天。”张文喜说，那是艾莲曾经写的诗。

艾莲苦笑一下说："你做好我们终要离散的准备了吗？”

“什么？”张文喜没有听懂艾莲的话。

“你以为你在把我拒之黑暗之外，实际上却是让我陷入沉沦。”艾莲说，“如此，不如远远地，两不相欠，互相没有挂念。”

“我只觉得这肉体太脆弱，我站在外面，甚至不能用它为你阻挡一颗子弹。”张文喜说。

“家国沦丧，你我没有能力拯救国家，也没有资格谈论私情！时候不早了，快回去吧！”艾莲说完就转身回屋了。

留下张文喜一个人在走廊里杵了半晌，整个人像失了神一样，默默地走出了艾家的大门，天色已晚，确实该早点回去了。

第三十九章　伏　击

张文喜偶尔能听见一些各地抗战的战果，有的让人心痛，有的让人振奋，最让人高兴的是抗联力量已经形成规模，在东北这片土地上对侵略者造成了巨大的威胁，这让鬼子寝食难安，一些伪满军也开始摇摆不定。但是老王的这支游击队并没有因此变得好过一些，反倒是更加紧张。抗联的灵活性让鬼子分不清哪里才是前线，只能全线收紧，开展地毯式排查，不放过任何一个武装势力。

经过研究，最后刘永润决定，闫伍、郑田生、宋玉以及后来张文喜带回来的孙刚、孙贵分两批撤到张殿化的烧锅，暂时以雇工的形式落脚，听候指令。胡向南因为南方口音较重，特征明显，张文喜又是鬼子通缉对象，两人跟刘永润暂时留在大赉。张殿化分三次解雇了几个外地的短工，神不知鬼不觉地把闫伍等五个人收到了烧锅。这几个人有时会突然地消失，张殿化暗自纳闷他们是从哪里得到的任务，但是他从来不过问，如果离开的时间太长，引起了其他工人的注意，就记一次请假或者旷工。

自从这五个人进了烧锅，张殿化总是防着其他的工人，偷偷地找机会和他们聊天，试图从他们口中了解一些关于张文喜的真实情况，因为这次转移张文喜始终没有露面，所以张殿化严重怀疑张文喜已经牺牲了，这些人合起伙来瞒着他。

张殿化看见闫伍坐在院子门口休息，就凑了过去，挨着闫伍坐下，说："我看你平时都不怎么说话。"

闫伍摸着手里的锹把，由于不是枪，显然不是很顺手。这几个人为了确保安全，都卸了武装，空手进的烧锅。

“有啥好说的，正经事都干不过来。”闫伍说。

“你们……唉，你们的事我也不好打听。”张殿化欲言又止。

“张叔，我知道你在想啥。鬼子想不到我们会藏在他们眼皮子底下，所以对我们来说，你这里是最安全的地方，但是对文喜来说，鬼子点名道姓地通缉他，他怎么能自投罗网呢？他现在没事，你就放一百个心吧！”闫伍说。

“那他现在挺好的？胖没胖点？”张殿化问。

“胖？”闫伍被张殿化逗笑了，“告诉你胖了，你能信吗？”

张殿化叹了一口气，“这世道啊，苦了老百姓了。”

“鬼子这阵子越来越紧，一定是要有大事发生了。”闫伍双手紧紧地握着锹把，一双愤怒的眼睛盯着烧锅门口的那条路的尽头。

在日本侵略者的铁蹄的践踏下，日子显得愈发漫长。烧锅大院也逐渐在这场变故中找到了自己的位置，张殿化一边为日本人提供白酒，维护丝毫不对等的“友好关系”，一边借助这份“友好”为烧锅镇百姓撑起一把保护伞。让小儿子张文富始终无法接受的是，即便如此，在村里绝大部分人的眼中，张家仍是不折不扣的汉奸。

“他们总会明白的，现在不懂也好。”张殿化想了许久，或许是没有什么底气，就又补了一句不知道哪里听到的话，“但行好事，做好自己。”

“你这是干啥？”张文喜见刘永润把压箱底的武器都掏了出来，正在挨个擦拭，瞬间打起精神。自从分出几个人去烧锅镇后，张文喜跟着刘永润除了勘测地形就是调查兵力，一晃已经快一年了，他知道如果带着这些家伙出去，那绝不是在为调查情报做准备。

刘永润脸上带着少有的激动，把手里的大刀扔给张文喜，张文喜连忙后退，闪开身子，任刀落到地上。

“你这是抽什么风？”张文喜责备刘永润。

“你知道我为什么光把你和老胡留在身边吗？”刘永润问。

“你不是说过嘛！”张文喜拾起掉在地上的刀，扔在桌子上。

“怎么会那么简单。”刘永润卖弄起关子来。

张文喜狐疑地看一眼躺在地上睡觉的胡向南，又看看刘永润，说：“因为你需要我俩给你干活？”

刘永润把一桌子五花八门的枪支弹药向前推一推，说：“装起来，然后抓紧睡一觉，明早有行动。”

张文喜讨厌刘永润这样故弄玄虚。初秋的干热加上即将开始的未知任务，搞得他完全没有睡意，与其如此，不如一点都不和他讲。他回想着刘永润把自己和胡向南留在身边做的事情，翻来覆去地猜着刘永润没有告诉他的信息。

直到清晨，耳边响起了刘永润起身的动静，张文喜一下子坐了起来，“我们要去哪？”

刘永润吓了一跳，然后笑着说：“给你个惊喜。”张文喜很少看见刘永润有这么好的心情。

张文喜拨开翠绿的苞米叶，紧紧地跟在胡向南和刘永润身后，三个人在苞米地里摸索着穿行，打破了露水的安静，也打断了蚊子的清梦。潮湿的衣服，满身蚊虫叮咬的红包，让张文喜分分钟都想转身回去。终于，在钻进一片新的苞米地后，张文喜的精神瞬间紧张起来，他仔细感受，原来这片苞米地异常地安静，连昆虫的叫声都没有，耳边只有叶子摩擦的沙沙声。

本能让张文喜紧走两步，他追上胡向南，走在刘永润和胡向南的中间。突然刘永润蹲了下来，张文喜和胡向南也跟着蹲下，一边等待刘永润的指令，一边观察着周围的环境。同样，刘永润也在辨别周边的情况，只见他把手放在嘴边，学了一声布谷鸟的叫声，很快苞米地的不远处也传来一声布谷鸟的声音，不仔细分辨，根本不知道那声音来自一只布谷鸟还是一个人。刘永润又放大声音叫了一声，还是那个方向“布——谷，布——谷”地传来了两声。

刘永润放松下来，回头小声地说：“我们到了。”

张文喜立刻端起手里的枪，刘永润笑着把张文喜的枪压了下去，示意张文喜放松一些。相反刘永润自己却没有放松警惕，他轻轻拨开苞米叶，小心地前进。

又走了十多米，终于看见四五个人头上顶着用草叶和苞米叶拧成的帽子，蹲在苞米地中间。刘永润笑着对张文喜说：“看，那是谁？”

张文喜顺着刘永润指的方向看去，那几个人灰头土脸，再加上精心的伪装，哪里看得清是谁。

“老刘，你还是那么守时啊！”待刘永润三人走近了，对面的一个人开口说话了。

“我八成也就这点能耐了。”刘永润面带惭愧地说。

这是张文喜再熟悉不过的声音，虽然不像家人那样一直以来都在身边碎碎念，但却给他非常深刻的印象。张文喜惊讶地问：“老王，你回来了？”

“挺好，没掉队！”老王拍着张文喜的肩膀，开着玩笑说。

张文喜正要说话，被刘永润打断了：“老王，你终于回来了。”

“不光是我，这回咱们的队伍大了，咱们在大赉到烧锅镇这一带可以真正意义上地打游击战了！”

“我等这天很久了，真的怕哪天咬不住牙，遣散了这些兄弟们。”刘永润说。

“都过去了。今天鬼子有一批重要的粮草要从白城子运出去支援东边，咱们要负责打伏击，烧掉他们的物资。这次行动比较重要，所以没提前告诉你。”

“明白。”刘永润说。

“老夏,你去把他们三个带到他们的伏击点。”老王对身边的老夏说。

刘永润三人在伏击点埋伏好后，张文喜仍然控制不住内心的激动，凑到刘永润身边，像是刘永润不知道似的对他说：“老王回来了！”

刘永润看了张文喜一眼，被他的样子逗笑了，说：“知道。”

“回来多久了？”张文喜意识到自己有些过于激动，想找些话缓解一下气氛。其实他不知道刘永润的心里是和他一样的。

“回来有一段日子了，老王在咱们这儿成立了自卫会分会，现在咱们可不是七八个人了，听老王说，今天的这片苞米地里至少有五十人，一会儿闫伍他们几个也该到了。”

“这么多人？”张文喜看着周围绿油油的苞米地，感觉不可思议。

“这是老王回来之后最大的一次活动了。这就是老王一直说的，连点成线，平时各干各的，机动性强，目标小，关键的时候集合到一起。用好这个方法，让鬼子无从下手，就能打得鬼子措手不及。”刘永润今天的话也变得多了起来。

“那闫伍他们也是被你分出去做点了？”张文喜的脑子转得还是很快的。

“嗯，烧锅镇是联结洮南和白城子的重要地方，所以他们在那里不光是找地方隐蔽。当初按照老王的要求，咱们一分为二，各自的行动也要互相保密。”

“这是不是就意味着咱们以后不用东躲西藏，可以正儿八经地去打仗了？”胡向南高兴地问。

“我们还是要地下活动，不过终于不用整天搜集资料了，现在咱们有人、有情报……”

旁边又传来脚步声，刘永润停下来，警惕地看着声音传来的方向。声音越来越近，最后宋玉从苞米叶中钻了出来，身后跟着闫伍、郑田生等人。

“你们都来啦？”宋玉看见刘永润三个人，高兴地说。

张文喜把手放在嘴边，示意宋玉小点声。刘永润把胡向南一直背着的袋子递给闫伍，里面是给他们带来的武器。当初打扮成工人在烧锅上干活的时候，为了几个人和烧锅的安全，他们没有带一枪一弹。

“家里怎么样？”张文喜趁着刘永润向刚回来的几个人解释情况的空隙，凑到宋玉旁边问。

“好着呢，你爹天天跟我们打听你。”宋玉说。

“鬼子呢？”张文喜问。

“还算挺好，平时都是假鬼子，假鬼子都会给你爹一些面子，真鬼子很少去。”宋玉想了想说。

张文喜松了一口气，靠在身后的苞米秆上。

“但是你家的酒啊，让鬼子拿得我这个心疼。”宋玉撇着嘴补充道。

“那都是小事。”张文喜说。

几个人正聊着，突然听见由远及近传来一阵布谷鸟的叫声，大家的谈话戛然而止。接着，就听见远处传来汽车行驶的声音。张文喜紧紧地握着枪，透过苞米叶的缝隙，看着四十米开外的大路，隐约能看见开路的摩托车、运粮的卡车和押车的队伍。每隔三辆车，就有一挺机关枪支在上面，一个鬼子坐在上面昏昏欲睡。鬼子的松懈是正常的，从白城子出发，到大赉县，并不会遇到二十人以上的抗日武装力量。更多的精力是要留到后半程，防备长春周边的抗联部队。

张文喜知道，在得到刘永润的某个没告诉他的信号之后，他就要冲出去，对着这群鬼子扣动扳机。他不认识其中的任何一个人，但是他又仇恨他们中的每一个人，也许他会第一个倒下，也许到最后会手无寸铁地进行肉搏，张文喜设想着无数种可能，两只手因紧张而颤抖着。鬼子经过他们，深入包围圈，尽管他们的行军速度很快，可是这样的等待仍然让张文喜觉得很漫长。

“轰！”伴着猝不及防的一声巨响，鬼子的队伍的中段升起一团巨大的黑烟，里面隐约透着红色的火焰，接着就是一连串的爆炸声，预埋的炸药被尽数引爆。

张文喜被第一波爆炸声震得两只耳朵嗡嗡作响，再听不见其他的声音，只看见鬼子慌作一团。张文喜起身就要往外冲，刘永润一把把他给按了下来。张文喜看着刘永润张着嘴对他说了什么，但是他完全听不见。

再回头看时，训练有素的鬼子已经进入防御状态，少数人抢救着伤员和火势较小的粮车，其他人开始围着粮车进行反击。

由于敌我武器相差悬殊，已经暴露目标的人，很快被鬼子的火力压制住了，鬼子开始乘胜追击，就在鬼子再次放松警惕、离开粮车时，从张文喜这边的一个斜坡后面飞出了几十个燃烧瓶，落向粮车。刚刚稳定下来的火势又大了起来，鬼子又都跑回来向张文喜这边追来。张文喜看见身后的十来个人扔完燃烧瓶转身就往苞米地深处跑去，他也转身要跑。

刘永润又拉住张文喜，说："掩护他们！"

刘永润说完，和周边的人对着迎上来的鬼子打起来。这种伏击规模是鬼子万万没有想到的，他们以为自己所看到的，就已经是全部敌人了，所以追得非常凶。前面的几个鬼子没来得及躲闪就应声倒下。后面的鬼子纷纷蹲下来，举枪反击。

张文喜反应过来后，两步冲到最前面，胡向南搂着张文喜的脖子就把他拉了回来："撤退了！"

"撤了？"张文喜惊讶地说，"我还一枪没开呢！"

"见好就收啊，打不过的！"闫伍说。

张文喜有些不甘心，回过头，也不瞄准，胡乱地开了一枪，跟着其他人跑起来。

在那个被叫作老夏的人的带领下，刘永润一伙人在月亮泡短暂地落了脚。

虽然张文喜并没有发挥什么作用，还浪费了一颗子弹，但是他还是非常兴奋，就是那种过度紧张之后的兴奋。他终于参加了一场看上去像是那么回事的战斗。看着张文喜激动的样子，郑田生终于忍不住，“扑哧”一声笑出来，说道：“该冲的时候不冲，该撤的时候不撤，等你反应过来时，仗都打完了。”

郑田生说完，全屋哄堂大笑，张文喜站在中间，一脸尴尬地说:“那怎么了，又不是我怕了，谁让你们事先没和我说。”

“我二哥就开了一枪，还是朝天上开的！”宋玉一边笑一边说。

张文喜可算找到了靶子，一下扑向宋玉，一边收拾宋玉，一边说：“小孩伢子，你知道啥。”

宋玉一边挣扎，一边求饶：“二哥，我不说了，不说了。”

正在大家吵闹玩笑时，门被推开了。众人朝门口看去，站在门口的人是老王。

大家看见老王，倍感亲切。老王看见屋里的气氛，也笑了：“大伙儿怎么这么高兴？”

“今天这仗打得太爽了！”胡向南说。

“咱们以后是不是能一直这么打？”宋玉问。

“当然，我们的队伍就像滚雪球一样，会越来越大！”老王说。

“那我们的队伍在哪呢？”张文喜环视一圈，屋子里还是老王之前的那些人。

“当然是各回各家了啊，不然等着鬼子来把咱们一窝端吗？”老王反问道。

“那你呢？”张文喜问。

“我？我到家了啊！”老王双手一摊，说道。

“真的吗？太好了！”刘永润也高兴地迎了上来。

“大家还站着干啥？咱们坐下来慢慢聊，真是太久不见了！”老王走进屋子，在炕沿上坐了下来，其他人也跟着纷纷坐下。

老王没有急着说话，先看了一遍屋子里的人，说：“嗯，基本都在，还有不认识的，挺好。”

说到这里，刘永润低下头，说：“三才牺牲了。”

老王叹了一口气，说：“有些牺牲是必要而且值得的，这也是我们接下来要做的。”

“国连长跑了，回去当伪满军了。”郑田生说。

老王没有说什么，只是点点头。

刘永润说：“老王，你总算回来了，我多希望你回来时，我们能有很多很多人，能给你一个惊喜，可是这么长时间，有多少次我都以为我坚持不下去了。要不是偶尔还能接到你的消息，我真不知道我在坚持什么，我连自己都说服不了，还要劝别人坚持下去。”

老王苦笑了一下，说：“看来你是一直和文喜在一起了。”

张文喜和刘永润都抬起头，不解地看向老王。

老王补充道：“跟着张文喜学酸了啊！”

“我……我……”张文喜被老王的这句话怼得一时不知道怎么回答。

“我还以为我不在家，你就得跑呢！”老王笑着说。

“我能往哪跑？”张文喜低着头说。

“就是，他能往哪跑，他也是鬼子通缉的要犯呢！”刘永润开玩笑道。

“家里还好？”老王问道。

“他说挺好的。”张文喜指了一下宋玉说。

“嗯，你家的烧锅在那一带的影响还是很大的，鬼子只要不屠村，就不会把你家的烧锅怎么样。”老王说。

“反正也就是死不了的程度。”张文喜说。

“活着就是好事啊！只要活着，就什么可能都会发生。就比如说今天，大家打得好不好？”老王问。

“好！”大家纷纷喊道。

“现在，咱们自卫会成立了，人也多了，上面还有人关注咱们，以后这样的仗会经常打下去的。当然，接下来的日子，鬼子睡不好觉，也不会让咱们好过，咱们也都要提起精神来，时刻做好准备。”老王说。

老王的话，让大家兴奋地讨论起来，屋里的每一个人都对未来充满了想象，毕竟，这样的胜利对他们来说太过奢侈，甚至是之前从未感受过的。这一次不大不小的胜利终于给这片土地上的游击队带来了方向与希望。

第四十章　让我为你撑起这片天

在接下来的几个月里，自卫会时聚时散，给鬼子和伪满军以沉痛的打击，同时，鬼子也开始采取一系列的措施进行反击。原本这一带对禁耕一事管得并不严，结果，这么一闹，禁耕条令中重要公路两侧五十米内不允许种植高棵作物又改回二百米，抓的人也越来越多，伪满军为了立功，鬼子为了给监狱腾出地方，很多嫌疑人在简单的审讯后，就被稀里糊涂地处决了。

老王走进屋子，对张文喜说："多久没去艾老那儿了？"

张文喜惊讶地抬起头，瞪着眼睛看着老王。他确实很久没去艾老家了，这半年来，风头一天比一天紧，鬼子和伪满军的围堵让人透不过气，张文喜也不敢擅自出去。况且，每次打着看望艾老的幌子去看艾莲时，都是碰了一鼻子灰，两个人之间不知道为什么，似乎产生了隔阂，而这一切都让张文喜觉得莫名其妙。

"其实，我不太想告诉你，但是觉得你还是知道为好。"老王犹豫了一下说，"昨天，艾老牺牲了。"

"什么？"张文喜打断老王的话。

"鬼子找到了艾老支持游击队的证据，所以这次对艾老用了刑。艾老年纪太大，身体不支……"

"艾老也是我们的同志，对吗？"张文喜一时难以接受。

"一直都是。"老王说。

"那艾莲呢？"张文喜低头想了一会儿，又抬起头问。

“艾莲也被抓去审讯了，但是她确实什么都不知道，刚被放出来。”老王接着又告诉张文喜一个更坏的消息。

“她只是一个普通的小女孩儿。”张文喜自言自语道。

“是啊，她什么都不知道。现在可能她更需要你。”老王说。

“她只是一个愿意空想的小女孩儿啊！”张文喜的声音里带着哭腔。

“她是我教过的最有灵性的学生，我也没想过会有今天。”老王同样面色凝重，“她现在把自己关在屋子里面，谁也不见，我想可能你会有办法吧！”

张文喜看着老王一脸沉重，也不忍再说什么，起身就要往外走，老王跟在后面，说：“现在外面不安全，我和你一起去。”

张文喜回头看了老王一眼，说：“不必了，可能我就不会再回来了。”

张文喜所在的驻点离城里很远，需要走很长的一段路，张文喜在田间奔跑着，四月份，东北的土地还在沉睡中，前一年的秸秆已经被砍得所剩无几，今年的地还没有播种，鬼子为了防备来无影去无踪的游击队，今年要在公路两侧执行二百米之内禁耕的政策，农民变得愤怒且消沉。

天色已晚，天又阴得厉害，如果不在天彻底黑下来之前进城的话，别说能不能进城了，在一望无际的田地里，单靠他一个人，可能连城都找不到。张文喜埋头赶路，天阴得越来越厉害，夜越来越近。他满脑子都是和艾莲初次见面时那个不安分的马尾辫和一双调皮的眼睛。那会儿，他们经常找机会坐在一起谈天说地，艾莲会让张文喜讲酒是怎么从高粱变出来的，张文喜会听艾莲说课堂上那个高深莫测的王老师。

后来，张文喜发现自己家在乡亲口中变成了汉奸，而王老师竟然就是一直胁迫自己走到今天的老王。打那时起，一切都变了，黄勇林对艾莲死缠烂打，艾老一次一次进警局，艾莲对自己的态度一天比一天冷淡。曾经完整的美好，就这样一点一点地支离破碎。这都是因为什么？是自己做错了什么？还是因为自己太无能？

张文喜一不小心被一条田垄绊了一个跟头，他索性趴在原地，头埋在土里，手指插进土里，狠狠地捏着板结的土块，他抽噎两下，但是没有哭出来，他的眼睛里没有眼泪，而此刻他又多么想哭出来，反正没有人看见，没有人会笑话他。一声低沉的闷雷让张文喜一下子坐了起来，抬头看看天，雨快来了，他站起身，继续跑起来。

他还是在天黑之前赶到了，满身的尘土和淅淅沥沥的小雨混在一起，再加上一副落魄的样子，让他在过关时没有被怀疑，直接放行了。雨已经不再吝啬，张文喜贴着墙根快步前行，路上的行人寥寥无几，这条再熟悉不过的路上，已经有一个人，他再也见不到了，想起艾老曾嘱托过自己，无论如何，照顾好艾莲，他又改成了小跑。

终于站在了那个紧闭的大门前，张文喜整理一下衣服，让自己看起来尽量体面一点。他举起右手，用手关节轻轻敲三下门，然后对着门喊了一声："是我，张文喜。"

张文喜在门前立了一会儿，里面没有动静。他后退几步，站在街中间，用手搭起帐篷，挡着雨水，向二楼看去，艾莲的房间窗帘紧闭，张文喜朝着窗户喊道："艾莲，是我！"

那扇窗并没有回应。

可能艾莲没在家吧！张文喜打算找个地方避避雨，晚一会儿或明早再来。就在他转身要走时，余光瞥见艾莲的窗帘动了一下，也许艾莲就在屋里。

张文喜看着那扇窗，心情复杂。艾老牺牲了，以艾老的影响，不知道昨天这里是怎样的一幅人山人海的场面，也可能为了避嫌，没有人敢来送艾老最后一程，至少，今天看来，这栋房子里面，只剩下艾莲一个人了。艾老的房子曾经也是城里最体面的建筑之一，日本入侵东北的这几年，这幢房子经历了风风雨雨，又始终没有维修，现在看起来已经是一副疲惫不堪的样子。

世道就是如此。

想必此刻，艾莲的心里也是非常难过吧！

张文喜用手抹掉脸上的雨水，不顾地上的水洼，直接坐在马路中间，然后对着窗户说："我知道你心情不好，我和你一样感到遗憾，今天我就坐在这陪你，什么时候你感觉好一些了，开门让我进去，或者开窗户告诉我一声'你可以走了'，我再走。"

天彻底黑了下来，乌云遮蔽着月亮，大雨在黑暗中冲洗着城中的一切善恶，连猫狗也停止了活动，周围只有雨滴砸向地面的哗哗声回应着张文喜。

"我在往这儿走的一路上都在想，我去了天津，去了奉天，放着好工作、好生活，都没有留下，一心想回到这个鸟不拉屎的破地方，回来就被老王逮去开始做这些心惊胆战的事情，你说我怎么就这么欠呢？"

"我从小没吃过苦，本来挺不住这样的生活，真的挺不住，吃不饱，穿不好，还不知道哪一刻就死了。可是幸好我认识了你，你让我觉得这一切都值了。那时候，我的工作里、生活里都有你，回家的时候也可以想你，我就觉得再难的日子都好过了。"张文喜说着，声音变得哽咽起来，"如今，每到困难的时候，我就会想起你，你越是说些豪言壮语，我越是不能让你冲锋陷阵，我可以替你去呀！你说这个年代不该谈感情，那我就去努力结束这个年代。"

张文喜说着，又无奈地笑了，他用袖子擦擦脸，然后发现袖子比脸还湿，他甩了一下袖子，继续说："多好笑！我又能结束什么呢？可是我发现，人活着就是好事，只要能活下去，那你想做的就都还有机会！你要相信我，鬼子早晚会杀绝，我们只要坚持住，一定能挺过这段黑暗。"

张文喜说完，停顿一会儿，窗内依然没有回应，他接着说："你有没有觉得我也开始变得像老王……你的王老师了？我知道你喜欢他的观点和他的事业，其实这些是我曾一直不愿面对的东西，现在我也不知道为什么，我讨厌他的那张脸，可是他不在时，又会想他，好像他就是希望。令尊曾和我说，让我好好照顾你，我不知道怎么样才算是好好照顾，你说得对，我不该把你一个人拒之黑暗之外。现在，我不想你再躲在这间屋子里了，和我走吧，我们一起去打鬼子，一起吃苦，一起牺牲。”

起风了，雨水灌进嘴里，张文喜被雨呛得说不出话了，他往地上吐了两口雨水。他刚要说话，看见街口转过来四个穿着雨衣的人，张文喜觉得事情不好，起身要走，却已来不及了，空荡荡的街道上，没有比他再惹眼的东西了。

张文喜被四个人围在中间，他默默地挣扎，始终不敢发出声音，他怕连累到艾莲。直到张文喜听见拉动枪栓的声音，这是一种再直接不过的警告了，张文喜放弃了挣扎，被押着离开了。

走到街口，他忽然站住了，回过头，对着空荡荡的街道喊起了那首艾莲写的诗。

再大的雨也好，
尽管拍打在我身上，
让我为你撑起这片天。
而我，
丝毫不会嘲笑你的懦弱。
这是我应该做的。

稍微停顿了一下，他使出全身的力气，喊道：

因为，
我爱你！

第四十一章　白城子监狱

张文喜被捕了，不用他开口，鬼子通过通缉令就把他认出来了。作为近年来鬼子一直在找的重要人物之一，他被直接押送到了白城子。

白城子的监狱不大，但是戒备森严，当汽车驶进监狱大门时，张文喜的心仿佛在一瞬间落入了无底深渊，那种心情并非源于恐惧，更多的是绝望。他知道，这意味着，他不会再走出这个大门了，此时此刻，他就等于是死了，父母、艾莲、三弟、老王都不会再见面了，而接下来自己可能还要接受一场严刑拷打，至少一场。上一次，仅仅是面对警察的拷问，他就几乎挺不住了，而这次将要面对的是杀人不眨眼的鬼子！

老王从内线听说这个消息时，张文喜已经在白城子的监狱了。老王、刘永润和那个被叫作老夏的人召开了紧急会议，研究要怎么办。

“我对你们那边的情况不太了解，这个张文喜是多么重要的人？”老夏问。

“如果他开了口，烧锅镇根据地，还有我们这支游击队都会陷入巨大的危机中。”刘永润说着，看了一眼老王，补充道，“也包括老王。”

老夏看一眼老王，老王朝他点点头，表示确实如此。

“也就是说我们必须采取一些措施？”老夏问。

“是的。”老王说。

“他是共产党员吗？”老夏问。

老王摇摇头。

“我们现在可不只有他一个人在里面！”老夏提醒道。

“不管他是不是共产党员，都是和我们一起出生入死的兄弟。”刘永润听了老夏的话，情绪有些激动。

“老夏说得对，我们后面还有一系列的斗争等着开展，绝不能因小失大，误了全局，所以现在要作一个准确的评估，再决定下一步行动。”老王严肃地对刘永润说。

“他是一个什么样的人？”老夏问。

“他在天津上过军校，后来去奉天做了一段时间的职员，九一八事变前辞了工作回到老家，去了艾老的印刷局，到了印刷局之后，被我发现，开始帮助咱们做事。”老王简单地介绍道。

“他父亲就是烧锅镇那个会海泉烧锅的掌柜，他大哥张文东是我们藏在伪满军的内线，在白城子配合老王起义时牺牲了。”刘永润补充道。

“思想成熟吗？”老夏问。

“不成熟。”老王斩钉截铁地说，“但是我相信他，像他这种人，在逆境中的成长速度远超你的想象。张文喜最大的缺点在于他性格懦弱，又情感丰富。”老王说。

三个人心情复杂，都陷入了沉思。他们明白，如果要营救张文喜，将会付出多大的代价。

“我们现在只有两种选择：立刻救他，或者立刻杀了他。”老王终于说出了他最不想说的话。之所以这么说，因为能够接触到张文喜的，除了狱中其他的同志，还有老王安插的线人。如果张文喜在狱中被人杀死，牵连的最多也只有一个人而已，相对于和鬼子硬碰硬，把张文喜从监狱中救出来而言，杀他简直可以说是一条解决问题的捷径。

老夏不再言语，想了一会儿，说：“这样一个难得的同志，又举尽全家之力抗日，我们不能袖手旁观。”

“我们不能考虑他甚至是他的家庭做了多少贡献，如果这个时候，他走错了一步，那就是晚节不保，真迫不得已杀了他，那也是在帮助他免受酷刑的折磨，对于他本人来说，这也是一种牺牲。”老王其实完全不必说这种话，因为这种事情，大家心里都清楚，老王不过是在说服自己。

“我不同意杀他。”刘永润的态度一直很明确。

“我们的线人都是费了很大的困难才安插进去，如果没有周全的计划，贸然救出张文喜，也会导致自己的暴露，那将前功尽弃，随之很多计划也会受到影响。”老王说。

“如果是我被抓了，你们也会这么做吗？”刘永润已经基本明白老王的意思。

刘永润紧紧地盯着老王的眼睛，两个人对视了一阵，老王平静地说：“每个人的情况都不一样，但是今天我提前和你们两个人交代一下，如果哪一天，我被抓了，你们放心，无论鬼子使用什么手段，我会缄默到最后一口气，任何计划都不必并且不可以因我而改变，也千万不要为了我做无谓的牺牲。”

老夏有点听不下去，责备道：“老王，你在说什么呢！”

老王说：“我们现在只有七八十人，凭着我们的能力，无论使用什么战术，都不可能把张文喜救出来，这种必败的仗会给我们带来短期内根本无法逆转的损失。万一张文喜顶不住敌人的拷问，那我们接下来的行动也都将陷入被动，所以……这个坏人让我做吧！”老王犹豫一下，说：“我比你们谁都相信他，也比你们更理性，有些牺牲是无法避免的。传消息进去，一旦张文喜松口开始说出我们的情报，就尽快采取措施，这也算是一种牺牲。”

老王说完，看着老夏和刘永润。刘永润直接低下头，如果是老夏作的这个决定，那他是断然不会同意的，可作决定的是老王，刘永润知道老王更清楚这件事，也知道老王有多器重张文喜，这个决定绝非儿戏，稍有不慎，可能会导致自卫会目前的成果全部付诸东流，鬼子也将重新夺回主动权。

老夏说：“不到迫不得已，绝对不能放弃他，我们要相信我们的同志！”

张文喜被两个鬼子粗鲁地拖着，穿过长长的监狱走廊，在尽头的一间牢房前停了下来。牢门打开，两个人把张文喜扔进去，就锁门离开了。

牢房中，不到六平方米的空间里放着两个木桶，一个椭圆形，一个圆形，椭圆形的是马桶，圆形的是水桶；地上铺着干草，算是床；空气里弥漫着潮湿和腐烂的气味；除此以外，再无其他。

张文喜已经没有挣扎的力气，身体以一个十分别扭的姿势倒在地上。牢房里的一个囚犯凑了过去，摸摸张文喜的鼻子，确认还有呼吸后，轻轻地帮张文喜翻身过来，帮他把身体摆正。张文喜在意识不清的状态下，用残存的力气呻吟着。

阴暗的监狱里面根本分不出时间，张文喜逐渐恢复了意识，他记得自己刚进来就被绑上了老虎凳，鬼子甚至还没有问过他任何问题，就拿着一根水管直接塞到他的嗓子里开始灌水，直到肚子撑得鼓鼓的，鼻子和嘴一起往外喷水，鬼子才停下来，然后嬉笑着对着他的肚子踢去，每踢一脚，都有水从胃里往外反，直到他再没什么可以吐的，鬼子又把水管插进他的嘴里……

张文喜很快就没了意识，但是各种折磨并没有停止，就这样折腾了半宿，张文喜才被扔进牢房。恢复意识的张文喜轻轻地动了一下手指，确认自己还活着，可是这么一动，浑身上下都疼了起来，他忍不住叫出声来。

“你醒了？”身边传来一个声音。

张文喜没有力气去看声音的来源，他想说话，想了解自己的处境，但是他的喉咙火辣辣地疼，下巴也疼得不敢动，满脑子的话只变成呻吟，轻轻地“哼”了一声。

“不少人刚进来时，都要经历这么一劫，撑过去就好了。”身边的人停顿了一下说，“也不一定，有的人还会带出去遭受更重的折磨，要是你的话，撑不撑得住？”

张文喜张不开嘴，没办法回答他的话，只能在心里暗暗骂着身边这个无聊的人。

那人等了一会儿，看张文喜一点反应都没有，叹了口气，就坐到一边去了。

“我家二儿真的还活着？”张殿化根本听不进去老王的话，满心只是担心张文喜的安危。

“目前他还是安全的。”老王说。由于这次事情比较重要，所以老王冒着撞见鬼子的危险，亲自来到烧锅镇找张殿化。

“你是不是在骗我，你怎么知道？”张殿化并不相信老王的话。

“如果他已经牺牲了，那我就不会来这里找你，让你尽快转移了。”老王说。

张殿化没有再说话，老王看向张殿化，发现他低着头，抠着那双粗糙的手，泪水一滴一滴地滴在手上。

“张掌柜，现在还不是定局，一切都还有可能的。”老王说。

“在我看来，你也是个娃，有些事情你还不懂。”张殿化吸了一下鼻子，说，“我从老家带过来一个女儿，被坏人糟蹋后跳井了，大儿子跟着你牺牲了，小二儿现在也不知道死活。当然，我不是在怪你，我就是在想，是不是我这个当爹的没能耐，连自己的娃都养不好，他们不找我讨吃，也不找我要穿，可就是让他们好好活着，我都没有做到！”

“这不是你的错。我们会尽力把张文喜救出来的。”老王说。

“如果我不跑，小二儿活着的机会是不是多一点？”张殿化问。

“你们在这，会让他更危险。我现在是能救一个算一个，你们先走，我再想办法救他。”老王说。

“我的烧锅给你们站脚也不是一天两天了，我清楚你们的能耐，要是能轻易就救出来一个人，那早把小鬼子打跑了。人要是进去了，基本上就出不来了，我倒是不指望你们能把他救出来，他在里面要是能少遭点罪就够了。”张殿化说着，哭出声音来。

事实确如张殿化所说，但是老王也没敢告诉张殿化一旦张文喜顶不住严刑泄露秘密就立即诛杀的决定。

“你说走，让我咋跟他妈说，好好地就走了？我得咋跟他妈说。”张殿化并不指望老王能给他什么许诺，所以他也不等老王说什么。

正说着，王桂芝进屋了，她说：“你来肯定不会有什么好事，看把老张难为的，有啥事，俺能不能听听？”

老王被王桂芝说得满脸尴尬，他看看张殿化，张殿化点点头，用双手捂住脸。

征得张殿化同意后，老王把张文喜被抓，为了安全张殿化一家要马上转移的事情又和王桂芝说了一遍。

王桂芝听得两腿发软，就近坐在一条板凳上，但她还是比张殿化冷静许多，她思考了一下，说：“小二儿还能活着出来吗？”

老王说：“我们在努力，但是凶多吉少。”

“如果他什么都招了，是不是不光咱们有危险，他也一定活不了了？”王桂芝问。

老王暗自佩服王桂芝的水平，他不情愿地点点头。

“那让年轻人走，我陪你留下。这么大岁数了，也什么都见过了。”张殿化说。

“我们当家的如果被抓了，你们说不定还会面临新的危险，所以你把他带走吧，还有俺们老疙瘩。”王桂芝说。

“我不能扔下你。”张殿化说。

“会海泉烧锅必须有人，咱们都走了，烧锅停工，麻烦就更大了。”

王桂芝说。

“那样的话，鬼子难为的就是你了。”张殿化说。

“俺一个老婆子，还真的什么都不知道，他们能把我怎么样？”王桂芝笑了笑说。

“那就一起走。”张殿化看着老王说，这既是作决定，也是在征求老王的意见。

老王叹了口气，没有回答，王桂芝忙问怎么了。

老王说：“能一起撤退固然是好，现在烧锅上还有把守的伪满军，这么大的动静要如何才能瞒天过海？”

当天下午，整个烧锅的人都停止生产，开始准备张文富的婚事。事情太过仓促，不光玉淑丝毫没有准备——王桂芝单独和她做了好长时间的工作，张文富竟是烧锅上最后一个知道这件事情的人。当天，张文富早早地就出去送酒了，等回来时，院子里办事的棚子都支起来了。

张文富看着工人在棚子里摆桌子，觉得莫名其妙，便问：“这是干啥呢？”

“给你娶媳妇啊！”小柱子说，“咋还假装不知道呢？”

院子里的人哈哈大笑。张文富看从这些人口中也问不出个正经话来，就不再搭理他们，直接进了屋，看见正在忙活杀鸡的张殿化，便问：“爹，这是要干啥？”

张殿化头也不抬地说：“明天把你俩的婚事办了。”

“这是咋的了？”张文富一头雾水。

“别问了，有事。”张殿化不敢把事情和张文富说，怕走漏了风声。

“咋不等我二哥了？他怎么了？”其实张文富的婚事始终没有提上日程，主要就是因为张文喜一直没结婚，这会儿突然扔下张文喜，要给张文富办婚事，张文富不能不怀疑张文喜出了什么事情。

“他没怎么。他一辈子不结婚，你还能等他一辈子啊！”张殿化说。

“那这也太突然了吧？”张文富问。

“玉淑在咱家也不是一天两天了，还想怎么不突然。别在这儿絮絮叨叨了，快帮忙张罗张罗。”张殿化说。

张文富是个听话的孩子，尽管满肚子疑问，还是默默地从了。

“队长，没打听到一点有关艾莲的消息。”宋玉对老王说。

“家里没人？”老王想了想，问。

“我跳窗户进了他们家，家里规规矩矩的，什么都放得好好的，也不像收拾了东西出门的样子。”宋玉说。

老王看了宋玉一眼，他没想到让宋玉去打听艾莲的情况，宋玉这孩子都跳到人家屋子里去了。

宋玉继续说道：“周围的邻居也都问了，要不就躲着我，要不就说不知道，看起来他们真是都不知道。”

“嗯，我知道了。”老王心不在焉地应了宋玉一句，然后陷入了沉思。

“咱们啥时候去救文喜哥？”宋玉问。

老王看着宋玉期待的眼神，摸着他的头，无奈地笑了一下。

刘永润走过来，对宋玉说：“去去去，小嘎豆子，别什么都打听。”

宋玉一脸不高兴地站起来，说了一句：“等你用着我的时候就该求我了。”

老王看着宋玉离开，然后问刘永润：“怎么样？”

“进了监狱就被好顿折磨，一直昏迷到现在，应该是什么都没说。”刘永润小声说。

老王点点头，至少这给张殿化家撤离争取了不少时间。“田生把咱们的东西都收拾好了？”

“收拾好了，随时可以撤离，辛广店那边都联系好了。”

张文喜全身上下没有一处感觉是好的，脑袋也昏昏沉沉的，但是他意识到自己活了过来，意识正在恢复，对身边的环境开始有所察觉。

监狱里面混杂着潮腐、汗臭和屎尿的气味，让人作呕。半睁半闭的眼睛开始留心周围的环境，但是目之所及，只有青灰色的墙壁和红砖棚顶。墙壁的顶端，有一扇不大的窗户，既是整间牢房的通风口，也是唯一的光源。如此狭小的空间，张文喜光是一动不动地躺着都觉得压抑。

张文喜没有力气扭头，在进牢房后，他就没有了时间概念，只记得在这段时间里，有两个人曾出现在他的视野里，用衣服上的布条给他做了简单的包扎，虽然笨手笨脚，但也起到了很大的作用。

张文喜不知道接下来还要面对什么，眼下，这两个不知来路的狱友成了张文喜的依靠。关在这里的人以抗日分子居多,在失去价值之前，鬼子并不让他们出去干太重的苦力，任何行动都要在可视范围内。而一旦鬼子认为这个人吐露了所有的情报，没有利用价值后，便随意处理了。

张文喜想翻个身，但是没有翻动，全身的疼痛让他立即放弃了这个想法。

一个满脸胡子的人端过来一个木碗，用脏兮兮的手抓起一小块饭，送到张文喜嘴边，说 :“吃点饭吧，你都一天没吃东西了，这样身体怎么受得了？”

张文喜努力地保持清醒，自己被拉进监狱时是晚上，看来至少已经是一天一宿了。

第四十二章　逃离烧锅镇

愿意来参加“汉奸”婚礼的乡亲不多，但是也足够热闹一天。到了晚上，酒足饭饱，驻守的伪满军也放松了警惕，喝得酩酊大醉，躺在屋子里鼾声如雷。张殿化一家悄悄地收拾着行李。那天，张殿化夫妇和老王最后商定，次日给张文富和沈玉淑举办婚礼，当晚，张殿化就带着张文富两口子和秀琴娘俩离开烧锅镇，王桂芝留下看守。这样一来，张文富的婚礼可以让敌人放松警惕，张殿化等人离开后，烧锅上还有王桂芝主持，烧锅镇也不至于立马陷入混乱，给一家人的离开争取更多的时间。

张文富也知道了真实情况，他一个人在院子里徘徊。现在，无论是张文喜生死未卜，还是与王桂芝生离死别，抑或是离开这个打拼了三十年的烧锅，哪一件都让人心情沉重。

叶广武帮忙把不多的行李放在一起，这次出行，一家老老小小这么多人，已经很惹人注意了，所以在行李上面，只能越少越好，一切从简。

“掌柜，你要是放心我，就把烧锅交给我吧，让弟妹和你一起走。”叶广武说。

“大哥，这是哪里的话。咱这烧锅最好的时候我都拿你当自家人，咱哥俩还用说信得着信不着这种话吗？更何况是这么一个烂摊子。这次走你也知道，小二儿被抓了，鬼子要是从小二儿那里问到咱们这些事，下一个被抓的就是咱们。要不是我知道的事情太多，我就留下来了。”

张殿化说。

“游击队的事情我基本不知道什么，你不在这段日子，我替你当这个掌柜吧！”叶广武说。

“广武大哥，你的好意俺心领了。但这次不是闹着玩的，俺在这，鬼子就不会找你什么麻烦，俺要是走了，那顶罪的人就是你了。”王桂芝说。

“这毕竟是老张家的祸，不能就这么让你背了。”张殿化说。

“我懂，所以更不能让弟妹留在这儿。你们就别和我争了，这件事我就做主了。”叶广武说，“但是有句话说到前面，烧锅如果有个三长两短，那我多半也是死了，不能当面和老弟还有弟妹道歉，不要怪老哥，老哥尽力了。”

“你那是说的啥话，咱哥俩摸爬滚打这么多年，你是什么人我还不了解吗？”张殿化说。

“就是，你在烧锅是立了大功的人，如果没有你，烧锅也未必会有今天。”

“刚到你们家的那天晚上之前，我也敲过几扇门，看见我那副样子，身上又带伤，都怕和胡子扯上关系，没有人肯留我。那天我迷迷糊糊地也听见你跟弟妹之间说的话，只有你们家大仁大义，肯留我，现在就算我还了你们这个人情，两不相欠，以后我就能安心地离开烧锅了。”叶广武说。

话说到这个份上，张殿化夫妇也不知道该说什么好。两个人交换了一下眼神，虽然还是不想把叶广武留下来，但也还是同意了。于是又开始默默地给王桂芝收拾东西。

叶广武出了屋子，蹲在门口，外面月朗星稀，村子异常地安静，叶广武享受着这份最后的安静，很可能战火就要烧到这里了。

张殿化看见叶广武没在屋里，就出了门去找，看见门口的叶广武，不声不响地蹲在了叶广武身边，给叶广武递了一根已经卷好的蛤蟆头旱烟，叶广武接了过来，叼在嘴里。

张殿化一边划着火柴给叶广武点上，一边说："大哥，少抽点烟，你看你这些年带着这些工人还把烟学会了。"

"唉，你说我老哥一个，不给自己找点营生，还能干点啥？"叶广武深深地吸了一口烟，感觉精神了很多。

"我们很快就会回来的，小二儿这孩子你也了解，虽然没吃过什么苦，倒也是非分明。"张殿化说。

"这怪不得小二儿，这是咱们所有人的命，鬼子一天不赶出去，就一天没有安宁。"叶广武说，"我就希望你们回来时，烧锅还在。"

"不用提烧锅，烧锅没了能重建，那是小事。但要是没有你了，谁帮我开烧锅。"张殿化说。

叶广武笑了，说："我在这，你才觉得没我不行，要是没有我，你也照样能找一个和我一样，甚至比我更好的人补上，若不是赶上这世道，烧锅也不会因为没了我就关门了，是不？"

"没想到，会海泉会有今天。"张殿化感叹道，"好像我们家祖上开始，就做不了烧锅的生意。"

"信那干啥，等过了这阵子，你回来还是要继续做的。"叶广武说。

"继续做。"张殿化自嘲地重复一句。

"爹，都准备好了。"张文富背着一个包袱走出屋子说。

张殿化回头，看见其他人也陆续跟了出来，两个儿媳都化了装，办了丑相。张殿化转而看向叶广武。

叶广武站起来，说："早点走吧，在外面要注意安全。"

张殿化紧紧地抱了一下叶广武，说："你也注意安全，只要人没事，什么都不重要。"

当晚，张殿化一家人踏上了去往乾安的路。

"我们非常清楚你与自卫会的关系。这里的酷刑你是扛不住的，招供只是时间问题，早晚都要说，为什么还要多受这些皮肉之苦呢？”一个负责配合鬼子的伪满军排长说。

张文喜被挂在墙上，头无力地耷拉着，还没结痂的伤口因为鞭笞再次泛出鲜血。他用不会让自己太疼的方式轻声说：“我真不知道什么是自卫会。”

排长朝后面的鬼子摇摇头，鬼子挥了一下手，示意继续打。

审讯的人一波又一波，进进出出，张文喜已经记不清面前出现过多少鬼子和伪满军了。对于一般人，折磨到这个份上，敌人通常认为这个人确实不知道什么，没有继续讯问下去的价值了。但是张文喜独特的身份让敌人坚信从他的口中一定会得到他们需要的惊喜。

旧的伤口和新的疼痛让张文喜恍惚，为了保持清醒，他一直在心里重复着：我是张文喜，我是张文喜。

可能到了饭时，也可能到了晚上，敌人都离开了，剩下张文喜一个人被挂在墙上，难得的清净让张文喜放松了警惕。

这时，一个人走了进来。

又要开始了，张文喜想。

只见那个人没说话，在屋里转了一圈，站在张文喜面前，仔细地打量着张文喜，张文喜懒得睁开眼，但他能感觉到那人正与他保持着一个面对面的距离。那人不经意地把半块砖头踢到张文喜的脚下，一直被半吊着的张文喜脚下多了这半块砖头，感觉放松了不少，他这才抬头看站在对面的人。

那是一副熟悉又让人讨厌的面孔！

“是你。”张文喜勉强地说，持续的酷刑让他开口说话都胸腔剧痛。

“我听他们说张文喜到现在都没开口说一句话，我不信，我跟他们赌一坛酒，说他们一定是抓错人了，没想到你真有这能耐，害得我输了一坛酒，这酒要你出。”

“国连长，别拿我取笑了。”张文喜的声音一直都很低，于立东要仔细听才分辨得出来，但那已经是他能发出的最大声音。

“不是连长了，现在是营长。”于立东说。

“恭喜。”张文喜笑了一下，那笑容随即被身上的剧痛扭曲。

“总比和你们在一起要舒服。”于立东说。

“挺好。”张文喜低着头回应。

“要不你也投诚吧，我有能力保你一条命。”于立东说。

张文喜笑了，摇摇头，说：“在外面时，我总是做错事，现在好不容易清楚什么是对的，就不能再做错了。”

“这不是你性格，你怎么忍到现在的？”

“有些人，根本不值得去和他们谈理想，他们也永远不会是我放弃的理由。”张文喜说。

“理想？你一个人的理想吗？你知不知道，鬼子已经去过你家，你家的人都逃走了。我猜是老王通知的，他应该也不信任你。”于立东说。

“家人没事就好。”张文喜说，“所以我所知道的，真的也都变成假的了，告诉了鬼子，鬼子扑空后，我死得就更快了。”

“你现在还有人样吗？”于立东看着遍体鳞伤的张文喜问。

“我就是想拼出个人样来。”张文喜笑了。

“我真替你们感到难过，一群枪都配不齐的穷光蛋整天嚷着救国，说不定老王已经下令让里面的人杀你灭口了。”于立东步步紧逼。

“那我倒是要谢谢他让我少受点折磨。”张文喜停了一会儿，说：“我最难过的不是要和日本人打，而是我们不光要和日本人打，还要和中国人打！当你遇到和自己一样可怜的人时，你心生怜悯，而他却扣动扳机！”

“你们这些人真是到死都要说教。”于立东笑了。

“你不也是吗？到死都要嘲笑。”张文喜说。

“你一时半会儿还死不了。”于立东说。

“这是好消息吗？”张文喜虚弱地说。

“还能坚持多久？”于立东说。

“到死吧。”张文喜说。

于立东点点头，转身出了屋子。

如于立东所说，鬼子为了加快审讯进度，在审讯张文喜的同时，也去了烧锅镇，他们认为张文喜会更在意亲人的安危，却没想到，烧锅上一个张家的人都没找到。

叶广武站在一群鬼子面前，为首的是永石佐久。

“当初我和张殿化搭伙开的这烧锅，现在他把他的那份带走，把烧锅留给我了。”叶广武说。

永石佐久皱着眉头看着叶广武。

“我可以继续给你们烧酒。”叶广武补充道。

永石佐久压着怒火，用日语对身后的士兵说：“这个村子已经没有价值了，解散。”

这是一个明显的“三光”暗号，鬼子听了一阵欢呼，随后就跑出院子，冲进村里。很快，枪声、尖叫声和哭声四处响起，永石佐久坐在院子里，跷着二郎腿，悠闲地抖着脚尖，得意地看着叶广武，像是在听一曲好听的音乐。

叶广武双拳紧握，死死地盯着永石佐久。永石佐久身边站着一个卫兵，随时听候他的调遣。叶广武以为，自己人高马大，对方是两个身材矮小的日本兵，虽然都带有武器，但是如果自己突然袭击，说不定也能同归于尽。毕竟这是一个在中国最北方长大的大汉，他没有办法忍辱负重，和继续给这种魔鬼烧酒相比，他更愿意冲上去拼个你死我活。

可是叶广武并没有想到这些日本军人都是经过了专业的训练之后才被送到东北这片土地，叶广武的蛮力并没有给他带来一点优势。他刚碰到永石佐久的肩膀，就被那个卫兵用身体撞开了。等叶广武准备爬起来时，感觉后背一条冰凉划过，随后一股热乎乎的液体涌了出来。

叶广武翻身坐在地上，看见永石佐久站在他的面前，手里的武士刀上沾着他的血。

“我本来打算用你给我烧酒。”心里的怒气让永石佐久的汉语更加生硬。

“我本打算杀了你。”叶广武冷笑一声，说。

武士刀高高地举起，太阳的光映在刀刃上面，寒光刺眼。

第四十三章　执行死刑

一盆冰水泼在张文喜的脸上，张文喜睁开眼睛，面前站着的是永石佐久。

永石佐久看见张文喜醒来，直截了当地说：“我认识你父亲也有几年了，昨天又去了烧锅镇，现在他们都在我的手上。”

张文喜目光从永石佐久身上移开：“你们的花样真多啊！”

“我不希望因为区区游击队，破坏了我和你们家的友谊。”永石佐久说。

“我不知道游击队，我只知道你们没完没了地拿我家的酒和粮食，又因为我从天津回来，三番五次要抓我。”

“你还不肯承认？我们都要诚实，为了证明我去了你家，特意带一个人回来。”永石佐久举起手，朝着随从挥一挥。

身后一个捧着箱子的日本兵走上前来，永石佐久一边打开箱盖一边说：“路太远，带一个人有点麻烦，我们只带了头过来。”

张文喜看见箱子里叶广武的人头，不禁一阵眩晕，然后干呕起来。鬼子残暴到如此程度，是张文喜根本没有想到的。

“如果你不想以这种形式见到你的父母，那就请配合一点。”永石佐久说。

张文喜在干呕的时候拼命地思考着。事情并不是这样的，永石佐久口口声声说父母和家人在他手里，可是他还隐约记得昨天于立东说鬼子扑了个空，到底是自己记错了，还是永石佐久在骗自己？既然父母都离开了烧锅，那叶广武又是怎么落到鬼子手里的？

在这种环境下，张文喜几乎得不到一点情报，一切消息都来源于他的敌人们，并且他在处理信息时不能体现出明显的犹豫，一旦给敌人留下破绽，后果不堪设想。这是张文喜在天津的时候学到的，那时仅局限于课本，他一直不以为意，没想到这种本以为一点用处没有的技能竟然用上了。

张文喜故意延长了干呕的时间，平复了内心之后，露出一副沮丧的表情。这种痛苦是装不出来的，张文喜从小在叶广武眼皮子底下长大，没少受叶广武照顾，虽然没有血亲，但一个屋檐下生活了这么多年，这种感情是非常深厚的。

永石佐久走上前，小心翼翼地把一滴眼泪从张文喜的眼角抹去，说："听说你这些天没少哭，可就是什么也不说。说说吧，你的家人会很安全。"

"我并没有你们想要的东西。我也不会傻到认为你会保护我们的安全，你只会让我们更加危险。"

永石佐久说："你有一天的时间选择下一个要在这里见到的家人，我也可以替你挑选。当然，你也能让他们都活着回去，这全取决于你。"

永石佐久说完，头也没回地走了，角落里拿着鞭子的人又走了过来……

张殿化一家说不上是幸运还是不幸，他们如果晚一步到达乾安，乾安的"集团部落"已经建成，那么，张殿化一家一旦被抓到，都将会当作可疑人员处理。他们在乾安落脚后没几天,乾安"集团部落"建成，张殿化一家全被赶进"集团部落"。

"集团部落"是鬼子针对抗日力量设计的聚居区，鬼子将人们赶到一起，住在有围墙、有炮楼的正方形生活区里面，这种"部落"将"良民"和抗日分子明确地划分开来，让抗日武装变得孤立无援。

张殿化一家刚到乾安时落脚的房子已经被鬼子一把火烧掉了，现在正挤在“部落”里面一个躺在床上就能透过棚顶看见天的窝棚里面，所谓的床就是一层干草。从小家庭环境就都不错的张文富小两口哪里吃过这种苦，在干草上翻来覆去，怎样都找不到一个舒服的姿势。时不时有鬼子嚷着听不懂的语言从门口经过，屋里的人便是一阵紧张的对视。

张文喜躺在草席上面，鬼子已经几天没有来找他的麻烦了，看来他又熬过了一关。张文喜和永石佐久一样，对张殿化的下落一无所知。鬼子也及时意识到，张文喜牙关紧咬的这几天，给自卫会争取了非常宝贵的时间，现在自卫会的情况很可能已经不再是张文喜所知道的样子，甚至将计就计做好了埋伏。所以鬼子打算让张文喜恢复几天，再最后努力一次，将游击队中重要的人物名单要下来。

到了晚上，牢门被打开，随即又被锁上，进来一个人，是那个大胡子狱友。张文喜刚进来时，算上他自己，这间牢房一共有三个人。那些日子，张文喜受尽严刑拷打，整日高烧昏迷，多亏了这两个人的照顾，后来，听说其中一个人因为在干活的时候出了点错，被鬼子打死了。

张文喜两只手支撑着身体，缓缓地坐了起来。

“挺好的？”大胡子瘫在地上，问。

“挺好。”张文喜说。

“那就好。牢头跟我说，若是你死了，我也活不成了。然后他们天天把你往死里打，把我吓得啊！”大胡子说。

“我要是能早点死，也就免了这份非人的罪了。”张文喜说。

“别呀，你得活下去，至少你也得对别人负责啊！”大胡子说。

“对谁负责？得有多少人因为我还活着，连觉都睡不好。”张文喜自嘲道。

“你想想得有多少鬼子因为你还活着，胆战心惊。”大胡子说。

正说着，牢门突然被人在外面凿了两下。张文喜吓得全身一抖，向牢门看去时，门已经被打开，进来两个背着枪的伪满兵，指着张文喜说了一句："出来！"

原本有一句没一句闲聊的大胡子倒是先慌了起来。大胡子在牢里待的时间长了，自然对牢里的事有一些了解，这几个伪满兵是行刑队的人，他们无异于索命的黑白无常。"要记得，你所做的是为了什么！"

这话让张文喜察觉到什么不对劲，他情不自禁地回过头，指着大胡子说："你也是……"话刚说出来，张文喜想起，在这几个伪满兵面前，若是真的说出来，必会给大胡子带来杀身之祸，便没有再说下去。

在关上牢门的那一刻，张文喜又看了一眼牢房里的大胡子，大胡子正透着门上不大的通风口看着自己，带着一丝强挤出来的笑容，脸上的污渍挤在一起，看起来很别扭，但又让人舒坦。大胡子没有说话，却不知道为什么，给了张文喜莫大的勇气。

张文喜也突然明白，自己要奔赴刑场了。

来不及再说什么，张文喜就被那几个伪满兵押着离开了门口。一门之隔，两个人便成了永别。张文喜知道自己这次死定了，倒也觉得没有什么可害怕的了，心沉沉地，穿过阴暗潮湿的监狱走廊，身边不时传来狱友疲惫的鼾声，路过腥臭扑鼻的审讯室门口，不知道哪位同胞正在里面饱受折磨。在门口两个鬼子不怀好意的眼神中，张文喜走到了室外。站在院子里，阳光晃得他一阵眩晕，久违的新鲜空气，让他变得异常地贪婪，不顾胸腔的疼痛，大口地吸着。他朝大门口看了一眼。进来时，是半夜，下着雨，他看不真切，这回，他看清了，那两扇生死相隔的门，漆黑发亮，向两侧延伸的是高不可攀的墙，墙上没有多远就立着一个哨岗，这一切森严得让人绝望。

时值晌午，院子里几乎没有人。一辆敞篷吉普停在门口，上面坐着一个人，旁边站着两个日本兵，车上的人低头把玩着挡杆，几个伪满兵押着张文喜来到吉普车旁边，车上的人抬起头，原来是于立东。

于立东看见张文喜，哈哈地笑了，说："我绞尽脑汁也想不到最后关头能帮上你什么忙，我这里就这么几个自家兄弟，还是行刑队的，这是不是也算帮你了？"

张文喜瞄了于立东一眼，然后盯着车轮上面的泥出神。

"你知不知道，你这个人其实哪里都挺好，但是我就看不惯你一点，就是你这性格一点都不爷们儿。"于立东说。

"爷不爷们儿的，咱们事儿上见就得了，用不着天天挂在嘴边。"张文喜说。

"好，好。"于立东拍着巴掌说完，又转身对押着张文喜的那几个行刑队的人说，"你们都回去吧，我要带他去刑场了。"

张文喜上了吉普车，坐在后排，被两个鬼子夹在中间。于立东启动车，吉普车缓缓地驶出院子。

吉普车出监狱大门没多远就进了树林。

"怕死吗？"于立东头也不回地问。

"说不怕死的都是假的，你信不信？"张文喜说。

"那就是怕喽？"于立东的声音里带着讥讽。

"怕不怕都是一个结果，磨叽那么多干啥？"张文喜说。

"其实我也怕，要不我怎么又跑了。"于立东说着回过头，继续说，"说不定哪天我又回来了。"

"想来就来，想走就走吗？还真拿自己当根葱了。"

于立东没有说话，继续开着自己的车，在颠簸的小路上面开了没多远，就来到一片空地，张文喜被两个鬼子押着下了车。

张文喜这次真的意识到，这里就是他最后要去的地方了，他对于立东说："给透露个消息，一会儿会不会有游击队来劫刑场？"

"秘密枪决，没人知道。"于立东说。

张文喜脸上瞬间没了表情，毫无意识地"哦"了一声。

"怕死了？"于立东给车熄了火，下车说道。

“我就没说过我不怕死。”张文喜回过头恶狠狠地说。

“信命吧！我以前也不信，直到我从游击队跑出来，又碰上你，你说我咋这么倒霉呢？”于立东对着张文喜缓慢走远的背影说。

张文喜不再有心情和于立东顶嘴了，最后这一刻，他的脑子里乱乱的，有想不完的事情要想，一个人接着一个人、一件事接着一件事填充着他的思绪，直到大脑一片空白。

张文喜又往前走了三四米，他发现，稍微踮脚，就能看见空地的那一头有一个坑，坑里面是不同程度腐烂的尸体。

“停！”于立东喊。

“国连长，你这个汉奸，我真想一枪把你打死！”张文喜闻声站住，转过身对着于立东大骂。

“死共党都像你这副德行，说你不是都没有人信。”于立东叼着烟，把手伸向一个鬼子。

两个鬼子正在给手里的枪上膛，上膛较快的鬼子看于立东要枪，知道是张文喜骂恼了于立东，于立东要亲手杀了张文喜。这种中国人杀中国人的热闹，鬼子最喜欢看了，于是脸上露出猥琐的笑容，把手里的枪递给于立东。此时另外一个鬼子也装好了枪，拉上枪栓。于立东接过枪，迅速地上膛，对着正在瞄准张文喜的鬼子就是一枪，那鬼子胸部中枪，应声倒地。另一个鬼子顿时傻了眼，手里的枪此时正在于立东手里，便慌忙去腰间摸手枪。于立东哪能给他拔枪的机会，调转枪头，对着他的头部就是一枪。等张文喜反应过来时，两个鬼子都已经倒在地上。

张文喜目瞪口呆地看着眼前这一切。于立东蹲下身子确定两个鬼子都已经死了之后，开始扒其中一个鬼子的衣服。

“你救了我？”张文喜不敢相信地问。

“要不怎么说我倒霉呢。”于立东说。

“那你怎么办？”张文喜问。

“跟你走。”于立东说。

“跟我去哪儿？”张文喜问。

“我知道你去哪儿？我要知道你去哪儿，你早都没地方可去了。”于立东瞪着眼睛对张文喜说。

“那我们去找老王。”张文喜说。

“你能不能帮帮我？”于立东实在扯不动鬼子身上的衣服，冲着张文喜喊道。

张文喜这才上前，跟着于立东把其中一个鬼子身上的衣服脱了下来。

“会说日语吗？”于立东问。

“会说一点点。”张文喜说。

“把这衣服穿上。省得路上遇到麻烦。”

张文喜听了，默默地把鬼子的那身衣服穿在了自己身上，然后跟着于立东上了车。

“我又活下来了。”张文喜说。

“老王在哪里？”于立东问。

“这是鬼子设下的圈套？”张文喜警惕地说。

“你放心，如果是圈套，死掉的那两个人一定是我的兄弟，他们绝不会让两个精锐白白送上性命的。”于立东说。

“据说行刑都是要有好几个人的。”张文喜说。

“今天鬼子部队都去洮南了，我趁着这机会才把你捞出来，不然你以为他们能轻易让我带着一个共党走出监狱大门？”于立东不耐烦地说，“我们要去哪里？”

“我还是不信你。”张文喜说。

“那你下车，我们各走各的。”于立东一脚把刹车踩到底，车猛地停了下来。

张文喜犹豫了一下，说：“那我们先去烧锅镇吧。”

“自投罗网？”

“去那里才可能找到老王的线索。”张文喜说。

出了白城子没多远，车子停了下来，于立东看了一眼太阳的位置，然后跳下车，一边朝着相反的方向走，一边说：“下车。”

“不开车了吗？”张文喜问。

“难道你要把这辆车开到家门口，让鬼子直接进屋把你抓走吗？”于立东说。

“哦。”张文喜从车上爬下来，紧跑几步，跟着于立东进了树林。

两个人走到烧锅镇时已经是黄昏，张文喜在村边的树林里停了下来，拉住于立东说：“先别进去，免得被鬼子看见，连累了乡亲。”

“你小子还有点脑子啊！”于立东听了张文喜的话便停下来，挑一棵粗壮的树，坐在了下面。

“我要有脑子，就不应该相信你改邪归正了。”张文喜说。

“你是共党吗？”于立东问。

“不是。”张文喜想了想，他确实不是共产党，尽管他也开始认为自己就是这个群体里的一员。

“我也不是。”于立东看着张文喜说。

“鬼子也不是。”张文喜一句话怼得于立东不知道怎么回应他，本来准备的长篇大论一下子就变得兴趣全无。

于立东朝着张文喜摆手说：“你进村去吧！既然你信不过我，那咱们各走各的！”

张文喜听了于立东的话，起身想离开，却一点都感觉不到轻松，回头看看坐在地上的于立东，说：“还是一起走吧！”

两个人串胡同跳墙头，来到一个院子。透过窗户，屋子里面漆黑一片。张文喜小心翼翼地推开房门，可是房门并没有因为他的小心而安静，缺油的折叶发出慵懒的声响。张文喜蹑手蹑脚地走进屋子，目之所及，没有一个人。这时，于立东在身后拍拍张文喜的肩膀，张文喜回头，顺着于立东示意的方向，才发现，屋子不起眼的角落里站着一个人，正举着一把长柄的斧子盯着自己。

“海双？”张文喜朝着那个人试探地叫了一声。

那个人听见张文喜的声音，放松了警惕，举着的斧子垂了下来，向前走了两步，和张文喜保持着一个不远不近的距离，惊讶地说道:“张文喜？你不是在监狱嘛，咋是你？”

“我逃出来了，多亏了他。”张文喜指着于立东说。本来他还想给杨海双介绍一下，可话到嘴边，发现于立东的身份并没有什么值得说出口的，就没有说下去。

“快坐。”杨海双这才彻底放松警惕，把斧子扔在一旁，指着炕沿对两人说。

“我爹娘他们……”张文喜张嘴说了一半，想起于立东还在旁边，就停了下来。

于立东也是聪明人，起身说了句“我去周围看看”，然后头也不回地出了屋子。张文喜这才放下心来,向杨海双询问起烧锅和老王的事情。

在张文喜带着宋玉走村串屯的时候，杨海双就被张文喜说服，所以游击队需要帮助时，也会找到杨海双。现在烧锅没了人，烧锅镇上可以信得过且多少还能知道点老王事情的人，就只有杨海双了。

于立东在杨海双家一带停停走走，一方面是给张文喜点单独的时间，一方面也是观察一下周围的环境，以便有突发情况，可以及时逃走。

正当此时，他忽然发现三个农民进了杨海双家的院子，他心一沉，卸下肩上的枪，立即往回跑。来三个乡亲并不是问题，重要的是，每个人手里都拿着棒子，还有一个人拿着一把镰刀。

等于立东进屋时，张文喜和杨海双已经被三个人给控制住了。

“你们干什么？”于立东举着枪，第一反应是遇到敌人的埋伏了。

不想对面三个人仔细打量于立东，发现这身国军的着装，竟吓了一跳。

“军爷，这是你们要抓的人，我们看他回来了，把他给抓住了。”押着张文喜的农民说。

“他犯了什么错？”于立东知道对面几个人是乡亲后，心也放下一大截。

“我们也不知道啊！反正是得罪了鬼子，鬼子要他和他全家，抓不到，我们就要受苦啊！”拉着杨海双的人说。

“然后呢？”于立东问。

“把他给鬼子送去，给你也行。”押着张文喜的农民说。

“你们可都是看着我长大的，居然要把我抓去给日本鬼子，我倒不如直接死在鬼子手里舒服。”张文喜说。

“别说话！”空手的那个老汉恶狠狠地说。

于立东的枪不再对着对面的三个人。张文喜以为于立东会顺势把自己接过去，蒙骗过关，却没想到这个人也认真起来。

“你们知道他这一身的伤是怎么来的吗？扪心自问，换成是你们，面对小鬼子这样的严刑拷打，你们能撑住吗？张文喜死了对你们有什么好处？”于立东问。

“他死了，我们就都不用死了。”押着张文喜的人说。

“可他是第一个死的吗？已经死了多少人了，你们过得好一点了吗？”于立东说。

“这……”押着张文喜的人一时不知道说什么好。

“你也得理解我，就是因为他们老张家开了个破烧锅，鬼子三天两头就来一趟，哪回来没有个伤亡。”拉着杨海双的人说。

“你知道鬼子为什么要找他们？因为要不是他们，你们现在就算还没死，也早都无家可归了。”于立东训斥道。

“军爷，这不光是我们几个的意思，村里很多人都这么认为。”

“外寇入侵，不留着力气杀鬼子，中国人的安定还能指望让鬼子给吗？让人笑掉大牙！”于立东说着又举起枪来。

“军爷，你咋向着他说话呢？”

“你们这样的人，留着日后也是汉奸。”于立东手指放到了扳机上面。

三个人看于立东真要开枪了，连忙把张文喜推到于立东面前。

“别，别，别，我们这就走。”三个人一边说，一边磕磕绊绊地跑出了杨海双的家。

第四十四章　归　队

张文喜和于立东又回到树林，此时，天色已经大黑，好在杨海双已经给张文喜指了大概的方向。

“你把我救出来，你也回不去了，值吗？”

“有什么值不值的！我在里面待不下去了，就是顺道把你救出来了。”于立东说。

张文喜笑了，“我发现你这个人也挺好的。”

于立东想了想，说：“看你时刻惦记着的乡亲们，差点亲手把你送上刑场。”

张文喜停了下来，说：“我做这些，不是为了他们三个，当然也包括他们仨。虽然我不是英雄，可能什么都做不来，但如果可以的话，我做的是为了我们所有人。”

于立东也停了下来，认真地看着张文喜，然后什么也没说，低头继续向前走了。

张文喜的身体一直很虚弱，甚至一些较深的伤口还没有完全结痂，没走太远就走不动了，豆大的汗滴从额头上流下来，眼前一阵一阵地发黑，直到再也站不稳，扶着一棵树站住了。

于立东正向前走，发现身后没了动静，转过头，看见张文喜正扶着树站着，便问：“怎么了？歇一会？”

“不用，我们要抓紧时间，说不上什么时候，鬼子就追上来了。”张文喜说。

“逞强！”于立东说着，往回走了两步，在张文喜身边站住，抬起张文喜的胳膊，挎在自己的肩上，扶着张文喜继续赶路。

刘永润脸上带着抑制不住的喜悦，拉着老王走到没人的地方，说：“得到最新消息，国连长带着张文喜越狱了。”

“嗯。”老王认真地吸了一口夹在指缝的烟，沉思了一会，说，“他们到哪了？”

“这个不知道，只要他们活着，总会找回来的。”刘永润说。

“咱们现在的形势很复杂，最近我们的行动连连失败，鬼子和伪满军好像知道我们的行动一样。”老王说。

“我们队伍里面有汉奸？”刘永润也紧张起来。

“有很大的可能，但是暂时还不能断定，不能相信任何人，要一个一个地排除。”老王说。

“那你是不是也担心张文喜他们两人？”刘永润问。

“张文喜相对还能信得过，可是于立东离开我们这么久了，思想上有什么变化还摸不清，如果张文喜也叛变了，这两个人合伙唱一场双簧，咱们这几年的辛苦就都白费了。”

“现在是忠奸难辨，可是我们总不能就这么把他们拒之门外吧？”刘永润说。

“其实于立东回去当伪满军这件事是和我商量过的。”老王说。

“你俩？”刘永润不可思议地问。

“后来，上面和自卫队都得到他很大的帮助，他功不可没。”

“你这嘴够严的啊，连我都一直觉得他是个汉奸，你不怕万一哪次让我给碰上了，一枪把他给崩了啊？”刘永润说。

“不是我说你，咱们天天钻苞米地，哪有这实力。”老王哈哈地笑起来。

“不说这个，那就是说于立东这个人还可以相信？”

“我也在想这个问题，咱们还是要多加小心。等他们回来后，继续把宋玉放在张文喜身边，让宋玉偷偷看着张文喜，你盯着于立东，无论是谁，一有风吹草动，立刻将两个人控制起来。”老王吸了最后一口烟屁股，然后按在墙上，将烟头按灭了。

张文富已经全无富家小掌柜的样子，一身破烂衣服，蓬头垢面，目光呆滞地盯着窗外。鬼子逼着百姓建了一个三百米见方的土墙，墙大概有十多尺高，在里面随随便便支了一些窝棚，他们称之为“部落”，“部落”里面的人管这个围墙叫作“人圈”，和猪圈相比，这里面的人过得确实连猪都不如。从来没吃过什么苦的张文富，这回可是吃尽了苦头。

张文富挪到张殿化身边，问：“爹，咱可咋办？”

张文富已经不知道第多少次问这话了，张殿化这段时间一下子老了很多，看上去已经是一个真正的老头子了。

张殿化说：“文富！”他很少这么正式地称呼张文富，“你爹娘年纪大了，跑也跑不动了，要是哪天碰到什么机会，你就带着玉淑和你大嫂她们娘俩离开这地方，不用管我们俩了！”

“爹,您这是什么话,要走一起走！”张文富被张殿化的话吓了一跳。

“唉，还走啥。没走几步就累了，不如在这消消停停的了。你们要是能逃出去，我也就知足了。”

“爹，你等我，我一定把你们都带出去！”张文富握着拳头和张殿化说，声音不大，但是语气非常坚定。

此后，张文富就很少说话，经常一个人看着“人圈”的大门发呆。通过他的观察，这里常驻的日本兵只有两个人，剩下的是九个伪满兵，门口拴了两只军犬，其他的就是从乡亲里选出来的自卫团。然而，可气的是这么薄弱的防卫，竟没有一点可乘之机，自己被自己人看得死死的。

要想离开这里，无非两种思路，闯出去或者偷偷逃出去。

闯出去是绝对没有可能的：除了自己，还有两个老人，两个妇女和一个小孩，几乎是老弱病残占全了，面对几支步枪、手枪还有军犬，简直就是活靶子，不等靠近大门就得全军覆没。

若说趁鬼子不备，偷偷逃出去，有这样想法的人不占少数。六个人一起逃走的机会是不可能有的，分批逃走也是不现实的，保甲连坐制度使得一人逃走全家都要遭受牵连，那就意味着除了第一波成功离开的那一两个人外，其他人都会性命不保。

毕竟自己的力量太薄弱，以一人之力带动五人，实在难如登天。想到此，张文富突然灵光一现。敌人的数量是固定的，自己为什么不扩大自己的数量？假如整个“集团部落”的人都想要离开这里的话，无论是挖一条通往墙外的地道，还是从大门硬闯，区区十一个人和两条狗是根本阻止不了的。

想到这里，张文富几天来紧锁的愁眉也打开了。虽然说服整个“集团部落”是一件很难完成的事情，但总算有了可以着手准备的头绪，而践行这个想法的第一步是说服最容易说服的人——刘福。

刘福是一个三十岁出头的老哥，原本膝下有一双儿女，后来鬼子进村，抢走了刘福的媳妇，杀了刘福的儿女，单留下刘福一人。刘福也是有血性的庄稼汉，悲痛过后，憋着一口气，时刻寻找机会给家人报仇。进了“部落”,他很少说话,但是每次与鬼子相遇时都是怒目圆瞪，身边的好心人见了都会偷偷地把他拉到一边，因为在鬼子眼里，杀一个人和踩死一只蚂蚁没有什么两样。

张文富就是要先找到几个像刘福这样准成的人作为核心，合计出万全的计策后，再动员大家一起行动。

与其说张文喜和于立东找到了组织，不如说组织找到了这两个人。两个人在鬼子那里都是值得一抓的重要人物，让他们整天到处游荡，就好像游击队的尾巴一直在外面露着，一旦被鬼子抓到，游击队又将面临新的威胁。

找到张文喜二人的游击队员，张文喜和于立东都没有见过。两个人走到红岗子附近时，忽然遇到了这么一个人，他走到两人身边，小声说了一句“老王正到处找你们呢”。

张文喜听了喜出望外，就要跟着这个人走。于立东拉住张文喜，问道：“我们怎么能相信他？”

“鬼子抓咱们用拐弯抹角地吗？”张文喜说。

于立东盯着那个陌生人。那个陌生人略作思考，然后撇着嘴，学着老王的样子说：“老王一讲话就这样。”

那人学得非常传神，连非常紧张的于立东都被逗笑了，只有熟悉老王的人，才能如此生动地学出老王的这一细节。这让两人基本上放下了戒备，跟着那个人向肇源方向走去了。

这回，游击队扎营的地方是一片树林。张文喜知道，通常这意味着游击队面临的形势非常严峻。那人站在原地，吹了两声短促的口哨，随后，一个不大的身影从草丛中钻出来，张文喜定睛看去，那人正是宋玉。

宋玉也认出了张文喜，喜出望外地说：“文喜哥，你活着回来啦？”

“啥叫活着回来了？”张文喜问。

宋玉正说着，看见于立东，又惊讶地说道：“国连长？”

带路的人打断了他们的对话，对宋玉说道：“别啰嗦，快去报信。”

“好嘞！”宋玉临走还不忘朝着张文喜喊：“等我回头再找你聊。”

张文喜三人等了许久，终于看见宋玉跑了回来，说：“跟我过来吧！”

没等三人迈开步子，宋玉又消失在草丛中。好在带路的人熟悉路，顺着草丛里的动静，跟上了宋玉。

张文喜跟着宋玉走进了一个隐秘的地窖，如果不是提前知道有这样一个地方，即便从旁边经过，也很难发现这里。

地窖里面不大，就是一个简单的容身之所。洞里坐着一个人，之前张文喜与他并不相识。

“我在外面等你。”宋玉不等张文喜说话，就钻出地窖，临走还不忘用草掩饰一下洞口。

张文喜也是在此时才发现洞里只有他和面前的陌生人，于立东和那个领路人不知道什么时候也不见了。

“我们一直都很担心你。”那个人说。

“哦，是嘛。”张文喜已经明白自己的处境，两人刚回到队伍中来，在一段时间内都是要接受考验的，确保不是敌人安放回来的奸细，而分头谈话是第一步，也是最简单的环节，更多的试探还在后面。

“真的很高兴能再看见你。”

“再？我们见过面吗？”张文喜皱着眉头反问。

“忘了自我介绍，我是大赉的负责人，叫我小满就行。咱们都是同志。”

“连真名都不能知道的同志吗？”

“这个你要理解我们，现在处于特殊时期。游击队能发展到今天，每个人都付出了巨大的努力。但是这段时间，我们的行动屡屡遭到鬼子的破坏，形势急转直下，无奈从月亮泡一直转到这里，所以我们现在必须排除一切不稳定因素，尽快找到根源。”

“老王呢？”张文喜问。

“他还好，一会儿你就能见到他了。”小满接着说，“现在我需要了解你从被鬼子抓走到现在的全部经过。”

思绪又回到了那个雨夜，张文喜站在泥泞的长街上，浑身湿透，面对着艾莲那扇漆黑的窗户。那是一切绝望的开始。

张文喜向小满说完整个过程后，又被小满带到了另一个地窖。这个地窖里面更大一点，和刚才的那个相比，更像是一间屋子。

老王和于立东正在里面说话，看见张文喜进来，老王马上站起身，走到张文喜面前，轻轻拍拍张文喜的肩膀，说：“你终于回来了，可把我们担心坏了。”

张文喜原本憋了一肚子的火，看见老王之后，竟然莫名地消减了一半，一时不知从何发起，干脆闭了嘴，一句话没说。

小满从后面进来，站在入口处问老王：“你这头完事了吗？”

“嗯。”老王说。

“那咱们开会吧！”小满说。

老王对张文喜和于立东说：“你俩先休息一下，我一会儿就回来。”

说完，老王绕过张文喜，跟着小满出了地窖，把张文喜和于立东留在了里面。原本坐在草垫上的于立东干脆躺在上面，张文喜也找了个干净的墙脚坐了下去，这两天的跋涉让他们身心俱疲，身上的伤口也开始加剧疼起来。

“喂。”于立东说，自从于立东认识张文喜以来，几乎很少喊他的名字。

“嗯？”张文喜懒洋洋地嗯了一声，除了又累又困，更多的是不愿意搭理于立东，他能感觉到于立东接下来不会说什么好话。

“这就是你一心想去的地方，来了之后被软禁起来，热脸贴了冷屁股。”于立东并不是不懂这些事情，只是单纯地喜欢打击张文喜。

张文喜抠着左手食指发黑的指甲，那指甲之前被鬼子钉了木头签子，现在正处于半脱落的状态。

“反正也是，软禁总比囚禁要好。这也怪不得你，这可能是你能做的最好的选择了。”于立东看张文喜不说话，又补了一句。

张文喜并没有心情和他打嘴仗，因为此时此刻，他终于回到了在狱中日思夜想的地方，然而回到这里之后，他又想不出自己接下来要做什么。东四省满目疮痍，每个人都要救国，每个人又都在挣扎。从鬼子手里逃出来后，曾以为自己可以大干一场，安静下来之后，却发现自己仍是手无缚鸡之力。

“我哥放弃了自己深造的机会，把我送到天津，没想到我接受了国民党的培养后，却替共产党挨了鬼子的酷刑。真是好笑！我在监狱里不能动的那些时间里面能做的只有思考，想我们国家漫长的岁月，想我这不长的前半生，想我们被日本侵略者肆意践踏时，为什么还要偏偏自己分出个国共？共产党怎么了？共产党一直在杀鬼子啊！在我拒绝老王时，我哥和我说‘岂曰无衣？与子同袍’，我以为确实该是这个样子，可是后来我看到一个在屋里，一个在地下，原本是要打鬼子，打着打着就乱了。五年了，我们死了很多人，鬼子却在这里待得更扎实了，我们四亿人，奈何不了一个漂在海上的弹丸之地，他们可是要‘游泳’才可以过来的啊！本来读了一些书，上了一些课，我以为我明白，可是现在我觉得我不懂军事、不懂枪炮，一点都不懂，不明白这是为什么，不明白我该怎么做，怎么做才有点用。”

于立东听了张文喜的话，抬头看一眼张文喜，确保他没有问题后，又躺了回去。尽管他想说点什么，但是他并不愿意和张文喜讨论这么严肃的话题，在张文喜面前，他放不下自己高傲的架子，而对张文喜的这种偏见似乎是与生俱来、根深蒂固的。

于立东不说话，张文喜也不再说什么。时间过了很久，老王进屋时惊醒了两个人。张文喜看见老王回来，捂着胸口费力地从床上坐了起来。

“受苦了。”老王看着张文喜，语气里流露着对张文喜的心疼。

“我知道这个会是专门为我俩开的。”张文喜也是直截了当。

“嗯。”这让老王有点尴尬，但同时也更容易把接下来的话说出来了。“大家的意见一直不能统一，毕竟现在是特殊时期，所以讨论了好久。”

“结果呢？”张文喜随口说。

“最后同意你们归队，和大家正常行动。”老王说。

“少数服从多数吧。”于立东说。

“哦，是的。不过这都不重要了，决定就是决定，既然决定了，就变成所有人的意见了。你们今晚就在这休息吧。”老王说完走出了地窖。

张文喜站起身，扶着墙紧跟几步，也出了地窖。

老王看见张文喜跟出来，笑着问："你不好好养伤？"

"心烦。"张文喜说。

"那你想怎么样？"老王问。

"我们接下来要做什么？"张文喜反问。

"奸细打探情报一般都不会这么直接吧？"老王笑了。

"说真的。"张文喜表情严肃，没有心情陪老王开玩笑。

"打鬼子啊！"老王说。

"可是我们什么都没做！"张文喜紧接着说。显然，这就是张文喜想要的答案，这才能让他继续把话聊下去。

"我们一直都在做啊！"老王说。

"本来以为跟着你挺好的，可是被关在鬼子监狱的这段日子里，突然有了大把大把的时间用来思考，一静下来，发现我有很多地方不明白，越想越多，越想越发现我竟然一直在荒度。鬼子进东北五年，我竟一个鬼子没杀过，我都做了什么？"张文喜说。

老王拔出腰间的手枪，塞到张文喜手中，说："去吧，去杀一个鬼子，然后你就实现你的愿望了。"

"我……"张文喜一时不知道说什么。

"嫌枪小吗？我们有长枪，还有大炮，那么多高火力武器，还要这手枪做什么？"老王问。

张文喜手里托着枪，眼睛看着老王。

"无论大小，都有自己的用处，只要用对地方。你记住，你的价值不在沙场，不要以为拿着枪，就是在拯救国家，那只是拯救你自己而已。找准自己的位置，坐在屋里，一样是战场，一样是在杀敌。"老王说。

张文喜有点惊讶地看着老王，思考了一会儿，抬头说："我想入党。"

"为什么？"老王问。

"我没有方向，不知道怎么办，但或许跟着你们，我就有方向了。"

张文喜说。

“没那么简单。”老王仰起头，看着月亮。难得的一片静谧，让人心生安逸。

“什么没那么简单？是我的条件还不够吗？”张文喜问。

“这就是你的入党申请？”老王说。

“你觉得行的话，就算是吧。”张文喜说。

“算是？反正也行，我会替你向组织汇报，不过你入党的动机还是不够成熟。”

“哪里不成熟？”张文喜问。

“你是一个懂得思考的人，不用我告诉你，你会明白的，早晚。”

初夏的风越过空旷的草原，吹起破烂的衣服。张文喜打了个冷战，老王温柔地说：“刚跑出来，伤口都还没痊愈，小心感染，这段时间好好养养。最近你未必能总见着我，好在把你分回给永润了。你要记得，举枪的人有的是，但是你能做的，有时是别人做不了的。”

“怎么没看见永润？”张文喜问。

“他正在收拾东西，明天你们几个要回安广。”老王说。

“为什么？隔离我们？”张文喜问。

“你想哪儿去了。真正的奸细还在我们的队伍里面，这一段时间里，我们几次重要的行动都被敌人破坏了，这绝不是你在狱中能提供的。这个任务也交给你，特殊时期，你要相信你的同志，也要怀疑队伍里的每一个人，一旦发现问题，立即向永润汇报，如果这个人是永润的话，直接找我。”

张文喜盯着老王，微微地点点头，这种形势是他始料未及的。

“这是咱们俩之间的秘密，你一定要小心。”老王说。

“我还有一件事。”张文喜犹豫了很久，终于鼓起勇气说了出来。

“什么事？”老王问。

“你知道艾莲现在在哪儿吗？”

“我只知道她是一个人离开安广的，这也是通过情报排除猜测的，后来没有人知道她的消息了。”

“哦。”张文喜说。

“我连保护一个人的能力都没有，你还和我谈什么救国。”张文喜接着说。

“不要逃避你必须要面对的。”老王说。

“你觉得我能做什么？”张文喜问。

“继续做你最擅长的，记住鬼子在白城子和安广县的各个据点、人员的变化，如果可能的话，再记住他们的火力。”

“如果记完了呢？”张文喜说。

“等我们回来，我们拿着你画的地图打过去。”老王说。

“如果画完了你还没回来呢？”张文喜问。

“那就去洮南，接着画。”老王说，“总之，我们一定会回来的，这是我给你的任务。”

“好，我答应你。”张文喜说。

同一片月光下，不同的人，怀着不同的心事，张文富的心里再清楚不过，自己是时候撑起整个家了。此时，他和三四个人正躲在一间简陋的窝棚里面，摸黑商量着逃出去的办法。这些是张文富能找到的最把握的人了。几个人讨论得很激烈，但是声音很小，一旦被鬼子或者伪满军发现他们私自聚集，皮肉之苦是最轻的惩罚。大家集思广益，想出了几个方案。每个方案都让人犹豫不决，因为无论执行哪种方案，都只有一次机会，要么成功逃离，要么损失惨重。几个人意见的分歧让他们一次一次地争吵，几次商议都无果而告终，甚至有人因为不看好这次行动中途退出。

第四十五章　节外又生枝

窝棚里面的商议一度陷入僵局。

“我还是觉得我的方法好。”刘福打破安静，语气里带着固执。

“你想得倒是美。”

“最白日做梦的就是你的想法。”

刘福的话引起其他人一阵嘲讽。

随后，有人“嘘”了一声。大家马上闭上嘴，身子贴着身边的掩体，看着巡逻的身影从窗前走了过去。

刘福总是提出、支持激进的方案，他并不在乎怎么才能逃出去，只要是能给鬼子造成伤害的，他都双手支持，哪怕举着镐直接往外冲他都愿意。这种无脑的冲动让张文富伤透了脑筋。

在众多办法里面，最靠谱的是挖一条秘密通道，安排几个人在“部落”外面进行佯攻，吸引鬼子和伪满军的注意力，“部落”里的村民趁机从密道转移，由“部落”村民组成的自卫队配合外部佯攻，里外夹击，一举消灭敌人。

这个想法看起来确实比较合理，但是最大的难题是他们无法实现在外面进行佯攻这一条。

次日，张文喜终于看见了那些熟悉的面孔，刘永润、闫伍、胡向南、郑田生、宋玉，还有张文喜带回来的孙刚、孙贵。这些人集合在一起，因为他们即将离开肇源。

仿佛许久没见一样，张文喜兴奋地和每个人握手，这让立在门口的于立东很不屑一顾。可是对于张文喜来说，的确是经历了一场生离死别，走在监狱阴暗潮湿、充满发霉和腐烂味道的走廊里，他从没有想过自己还能再出来，这恍如隔世的经历让他看见谁都特别亲切。

让大家感到最意外的是于立东回来了，这个突然离开又带着张文喜突然回来的国军，让其他人感到既惊喜又紧张。

“国连长，你咋也回来了？”闫伍问。

“你还回去吗？”郑田生跟着问。

大家的问题一个接一个，尽管于立东对这些人待理不理。

不管怎样，于立东又回到了这个破烂不堪的队伍里。和上次一样，他依然时刻都不想和这些人有一点联系，过于避讳，反倒让人有一种欲擒故纵的感觉。

“早点走吧，你们要注意安全。”老王对大家说。

“那你呢？”郑田生问。

老王扭向北侧看了一眼，没说话。

“知道了。”刘永润接着刚才老王说的话说。

“一定要活着，我们的火苗不能灭。”老王走上前，握住刘永润的手说。

简单地道别后，刘永润一伙人很快消失在曲折的羊肠小道上。张文喜再回头时，已看不见老王和送别的人，苞米修长的叶子随着风轻轻地摆动，安详地掩盖着一切躁动。

张文富这边已经基本统一了意见，几个人开始分头行动，着手准备。就在这时，永石佐久意外地出现在“部落”中。

这天早上，突然传来一阵吵闹声，“部落”里单调的死寂被女人的哭喊声打破。张文富打了一个激灵，难道是挖的暗道被发现了？他翻身起来，偷偷地向外看去，外面来了二十多个人，有鬼子，也有伪满军，都是全副武装，正在挨个窝棚搜着什么。

“爹？”张文富回过头，紧张地说。

张殿化也正在观察着外面的动态，王桂芝正在屋内检查着一切可能给这个家带来祸患的东西。沈玉淑和王秀琴惊恐地靠在一起，张庚立一声不吭地躲在王秀琴的怀里。

突然，张殿化从窗口退回到屋内，说了一句：“他怎么会在这里？”

“爹，你说谁？”张文富问。

“永石佐久。”张殿化说。

张文富再向人群中看去，果然看见了一个大佐装扮的人，那个刀削一样的侧脸不用仔细辨认，就知道一定不会错了。

“怎么回事？”张文富问。

“人要是倒霉，真是喝凉水都塞牙。”张殿化说。

“这是冤家路窄啊！”王桂芝说。

“马上要过来了。怎么办？”张文富问。

王桂芝突然走到王秀琴和沈玉淑面前，拉起两个人说：“你们俩带着孩子先往里跑。要真是为了找咱家，找到俺们仨也就够了。”

两个人像受惊的小鹿，嘴角只顾颤抖，哪还能说得出话来，照着王桂芝的吩咐，从北窗户钻了出去。张文富紧跟着把头伸了出去，又和沈玉淑说了几句话。也不知道沈玉淑是听懂还是没听懂，记住还是没记住，胡乱地点着头，被王秀琴拉着向“部落”的深处跑去。

张殿化三个人坐回窝棚中惊魂未定，外面的吵闹让里面的气氛显得特别安静，异样的安静扰得屋子里每个人的心里都异常纷乱。

终于，王桂芝笑了，打破了安静，说：“这么多年都闯过来了，也没啥好说的了，能当上夫妻，能当上父子爷们儿都是缘分，挺好的，反正俺是知足了。”

话音未落，窝棚破旧的门被踢开了，进来两个人，端着枪把张殿化三人赶了出去。

永石佐久一眼就认出了张殿化，他抬起戴着白手套的手，身边的一个鬼子见状，大喊了一声，所有的鬼子和伪满军都停下了手里的事情，向这边集合过来。

“好久不见。”永石佐久说。

张殿化灵机一动，几步走上前去，号哭着对永石佐久说：“你可得帮帮我啊，带我回去吧！”

永石佐久有那么短暂的一刻被张殿化的反应吓了一跳，说：“走也是你，回也是你。你知不知道我找你找得有多辛苦？”

原来张殿化走后，烧锅镇缺了这个既能给永石佐久烧酒，又能维护地方稳定的人，这让永石佐久多少有些头疼，再加上张殿化说不定掌握逃犯张文喜的消息，于是他开始查找张殿化的下落。后来听说张殿化可能跑到了乾安这头，于是便利用执行任务的机会，在各个“部落”里面进行搜查，终于功夫不负有心人，这次找到了张殿化。

“我们爷仨本来是上这边收粮，正好赶上‘部落’建成，就被关在这里出不去了。我还以为我要死在这个‘人圈’里了。”张殿化说。

永石佐久冷笑了一声，说：“你难道不是因为你儿子张文喜被我们抓住才跑的吗？你们都是共产党。”

“文喜他被抓了？你们把他怎么了？”王桂芝冲上来问。

“他是共产党，破坏东亚共荣大业，已经被我们给枪决了。”永石佐久盯着张殿化夫妻说。

张文喜被捉是他们早就知道的事情，但是此后，张殿化再也没有得到过张文喜的任何消息。这次听说张文喜被枪决，一家人都信以为真。张殿化竟真的承受不住打击，晕了过去。张文富听见这个消息后，就要冲上去，但是他早被鬼子看得死死的，四五条枪指着，根本动弹不得。

永石佐久本就是试探张殿化一家人的反应，想撒个谎，从中找到他们暗中联系的破绽。但张殿化一家逃到乾安之后，真的没有再听过张文喜的消息，也就相信了永石佐久的话，毕竟对于日本人的残暴，他们是有目共睹的。

不管怎样，烧锅镇的问题解决了，张殿化回到烧锅镇，日后也不愁没有张文喜的消息。就这样，张殿化、王桂芝和张文富被带回了烧锅镇。

“欢迎回家。”永石佐久说。

张殿化已经醒过来，在王桂芝和儿子张文富的搀扶下，站在大门口，看着烧锅大院。

回到自己的家，烧锅大院给张殿化带来的不是亲切，而是陌生。院子里面一片荒凉，空无一人，空无一物。叶广武死后，没有了主事的人，工人也都跑了，之前的东西今天丢点，明天丢点，也都被搬走了。只有院子中间隐约还有一片暗红色，那是叶广武的血，这个少雨的夏天，并没有将那个让人难过的日子冲洗干净。

“没关系，第一批东西我给你备，劳工我给你抓，但是我要在二十天内看见酒。”永石佐久说。

“对了。”永石佐久对着手下勾勾手指。手下拉过来一个人，张殿化认出来那是烧锅镇原来的保长。“你不在的时候，一直都是他在替你管这里，但是他很没用，现在你回来了，他就彻底没有用了。”

“不要！”伴着张殿化的喊声，保长已经倒在永石佐久的枪下。

“没关系，有谁不听你的话，告诉我，都是这个后果。”永石佐久满不在乎地说。

鬼子已经离开许久，张殿化三人仍是惊魂未定。张殿化在屋子里走来走去，不时看看窗外，说：“本以为死到临头了，结果咱们却出来了，反倒秀琴他们仨困在了里面。小鬼子们唱的到底是哪出戏呢？”

“爹，嫂子和玉淑那边我还有办法。等我联系上游击队，把‘部落’的人一起都救出来。”张文富说。

张殿化看了一眼张文富，也不想打击他，只是叹了一口气，说：“说的倒是容易。”

“关键是，这一路我都没想清楚，咱有啥能耐，让小鬼子这么找咱们？找到了，不但不杀咱们，还把咱们送了回来。他们这么好喝酒？”张文富问。

“这么一个村子对他们有这么重要吗？”张殿化问。

王桂芝拍了一下巴掌说：“他们一定是要放长线钓大鱼，知道咱们和游击队有联系，才把咱们放回来，等着游击队自投罗网。”

“文富，你快去划拉划拉院子，然后把扫把立到门口。”张殿化慌忙地和张文富说。

这是和游击队商量好的暗号，如果门口放了扫把，就是里面有事，不能再进来了。

“那我怎么联系游击队？”张文富问。

“游击队要是被抓了，你还联系个啥。”张殿化起身说。

张文富一时没有其他办法，只得起身出去找扫把。

张殿化也没闲着，直接去了仓房，看见用来给游击队藏身的地窖还是原来的样子，才稍微放下一点心来。张殿化正要转身离开，突然听见地窖里好像有声音。他盯着地窖的入口，缓步移动到旁边。突然，地窖的门被打开了，从里面伸出一个脑袋，两个人都吓了一大跳。

张殿化再细看去，从地窖里面出来的人竟是小柱子。

“孩子！”张殿化高兴地抱住小柱子。

“张叔！”小柱子高兴得哭了起来，“所有人都走了，我就知道你能回来！你可算回来了！”

“快走，跟我进屋！”张殿化搂着小柱子回了正房。

王桂芝打开装米的小缸，里面一粒米都没有了，现在几个人吃饭都成了问题。

“都让村里的人抢走了，剩下我自己，拦也拦不住。”小柱子说。

“那你呢？你都吃什么？”王桂芝问。

“我都是饥一顿饱一顿的，能要到什么就吃什么。”小柱子说。

王桂芝回头再找张殿化时，发现他正蹲在院子中间叶广武的那摊血迹前面。王桂芝走了过去，张殿化像是自言自语："多好的人，可惜了！"

"这血下了几场雨也没冲掉。"王桂芝说。

"他是替我死的，我得给他报仇。"张殿化说。

"这不是你一个人的仇，也不是永石佐久一个人造的孽。"王桂芝说。

第四十六章　谁是叛徒

这样一个纷乱的年代，离别司空见惯，诀别更是猝不及防。张文喜始终无法相信老王被捕的消息。据说是鬼子找到了老王的踪迹，就在他们离开的第三天，鬼子在夜里伏击了老王的营地，五十多人的主力部队被打散，老王不幸被捕。

在刘永润向张文喜说这件事时，张文喜惊讶得不知道该说些什么，他更希望这是这些满脑子奇怪思想的人给自己出的一道题，测试自己是不是汉奸。

“我们现在该怎么办？”刘永润问张文喜。

“我们不是要听你安排吗？”张文喜反问道。

“我本来都是直接听老王的安排，现在也没有主意了，想听听你怎么想。”刘永润说。

“我不信。”张文喜说。

“你必须得信。因为我也不敢相信，不，不是不敢相信，是不敢面对。”刘永润说。

“他那么厉害怎么会被捕？再说，他怎么能放得下心把这一大摊子随随便便扔下？”张文喜说。

“所以，我们现在怎么办？”刘永润神情严肃。

“救他。”张文喜说。

“拿什么救？”刘永润说。

“有什么拿什么。”张文喜说。

“值吗？”刘永润说。

张文喜突然抬起头，盯着刘永润，说：“是不是我被抓到白城子，绑在老虎凳上面的时候，你们也是这么讨论的？”

刘永润没办法避开张文喜的眼睛，迟疑了一下，然后微微点点头。

张文喜突然站起身，气得来回走起来，“值不值？你们怎么能这么去衡量一个和你并肩作战的战友呢？”

“每个人都是战友啊，大家出生入死，谁也不比谁金贵，谁也不比谁下贱，怎么能轻易地付出更多的生命。”刘永润说。

“我怎么能和老王相提并论，他是大脑，咱们是手足，如果没有大脑，咱们还有什么用呢？”张文喜说。

刘永润突然明白当初老王作出放弃积极营救张文喜的打算时心里有多难过，他带着哭腔说：“是啊，他是大脑！现在我们没有理智的人可以依靠了，遇到了困难，我若是不作出正确的决定，那就真的完了。”

张文喜原地站住了，直直看着刘永润，这么狼狈的刘永润，他是从来没有见过的，看见他这副样子，突然有点可怜他。

“为什么只问我？怎么不把大家都叫来一起商量？”张文喜说。

“事情很复杂。老王一直对你不离不弃，到发挥你价值的时候了。”刘永润说话的声音很小，听得出他很疲惫。“这次不光抓走了老王，还打散了我们的主力部队，我们不能再有差错了。”

“如果你就是那个汉奸呢？”张文喜说。

“我倒希望我是那个汉奸，这样至少我就不会这么难过。”刘永润说。

“话说回来，我赞同救老王，就是拿我去把老王换出来，我也愿意。”张文喜说。

“哪有那么简单，就算真是一命抵一命，对于小鬼子来说，你的命也不足以把老王换出来。”刘永润说，“对于老王所经历的，连我都不够了解。”

刘永润看着张文喜，犹豫了一会儿，说：“既然是这样，你的意见我清楚了。”

“什么时候行动？”张文喜问。

刘永润看着张文喜说：“我可以相信你吗？”

“这……”张文喜说，“说不定我是鬼子派回来的汉奸。”

“你和国连长回来之前，队伍里就已经出现汉奸了。如果只有一个汉奸的话，这个人肯定不是你。咱们刚走，老王就被捉，所以我还不能确定这个汉奸是不是跟着咱们过来了，以后可能会分组行动，你要时刻监视你所在的组，不要对任何人大意。”

“好。”张文喜说，“那你觉得谁更像？”

刘永润神色黯淡：“都是过命的兄弟，我很难相信咱们的人里面有谁会狠心对自己人下手。”

“我是挺害怕的，可是我觉得他们都挺好的，不值得怀疑。”张文喜说。

“但愿吧。”

“什么时候救老王？”张文喜问。

“怎么救老王？”刘永润反问。

张文喜想了想，说：“哦。”

刘永润坐在大家中间，知道老王被捕的消息已经几天了，每个人都是愁容满面，只有于立东看起来像没事一样，这让张文喜一度怀疑自己是不是中了计，带了个奸细回来。

“根据最新消息，老王要被押送到白城子。路上打伏击是我们唯一的机会，为了方便行动，咱们分成两队，第一队有我、田生、老胡、孙贵和宋玉，第二队有文喜、国——立东、闫伍和孙刚。第一队的队长是我，第二队的队长是文喜。没有特殊安排，两队还是在一起行动。”

“哼！”

闻声望去，发声的人是于立东。

“你有什么意见吗？”刘永润问。

“把我们扔给一个连纸上谈兵都不会的书生，你放心吗？”于立东斜眼看着张文喜说。

在刘永润思考间，坐在旁边的胡向南也小声说：“国连长说得有点道理，文喜打仗这方面不行啊！”

“那这样，老胡去第二队当队长。”刘永润说，“文喜，没有想法吧？”

“啊？我？我怎么都行。”张文喜话是这么说，心里多少有些不痛快。

“我们怎么救老王？”郑田生问。

刘永润从上衣口袋里面拿出一个手绘的地图，在几个人中间展开，说：“道路两侧禁耕区已经延伸到五百米，所以咱们营救的难度很大。之前我和各位分别谈了一下，总结出这个方案。现在咱们在大林甲，这里离安广很近。而这里，有一个山包，咱们可以在这里挖掩体进行观察，因为我们要确定从安广出来的部队有没有老王、是被押在队伍的哪个位置，这很重要，决定咱们要不要行动，行动的话，要不要触发埋好的炸弹。”

“就是在这里救老王吗？”郑田生问。

“这里不能开火，因为这里距安广县不到十里地，一旦打起来，他们增援速度太快，我们撤退的时间不够，所以要再往外放一放，到这里。”刘永润的手指放在了东太平岭，然后看着大家说，“这里才是咱们救老王的地方。从大林甲的山包到东太平岭，鬼子开车走大路的话，大概三四里地，而我们要走的直线距离不到两里地，其间，要穿过苞米地、蹚过一个泡子，还得在他们没发现的前提下跑过一段禁耕区、穿过一次大道。”

刘永润解释完抬起头看着大家说：“也就是说，负责观察的人，要在鬼子之前赶回东太平岭，和其他人会合，这样我们才能根据实际情况确定行动方案，开展行动。”

“好难啊！”宋玉抬头对刘永润说。

“你是负责观察的最佳人选之一。”刘永润虽然是笑着，但是一点也没有开玩笑的意思，“根据我得到的消息，明天下午老王会被押送到安广县，第二天早上从安广县出发，当天到达白城监狱。一旦进了监狱，我们就没有一点机会了，所以这是最好的时机，也是我们的最佳方案。”

张文喜看完地图，紧张地抬起头，环视四周，看见于立东坐在一个不远不近的地方，心不在焉地听着。张文喜朝刘永润使了使眼色，刘永润会意，问道：“立东，你有什么意见？”

“我啊？”于立东说，“我可以不参加吗？”

“不管你什么身份，你现在是和我们在一起的。”刘永润严肃地说。

“那我没有看法，只要不死得太快就行。”于立东故作轻松地说。

回到刚才的话题，刘永润继续说：“所以我们要立即着手准备，趁着今夜，第一队负责把山头的掩体做好，第二队负责安排东太平岭点的掩体和撤退的路。今晚准备完毕后，明天开始轮流值班观察情况，后天全员就位。大家觉得哪里不行？或者还有什么疑问？”

刘永润看大家纷纷摇头，便说：“那大家快去准备工具，天色一黑就出发。”

在阴暗的房间里，沈玉淑坐在几个人中间，被虎视眈眈地看着。这是她自己找过来的，也正是其他几个人希望的。

“到底是什么情况？张文富那小子把我们都找在一起，说有机会一起逃出去，结果他擦擦屁股跟着鬼子走了。”

“就是，那鬼子还是个大官呢！”

“一看就是个汉奸。”

屋子很暗，说话的人七嘴八舌，沈玉淑根本分不清谁是谁，并且这也不重要，毕竟里面的人她一个都不认识。

“我当家的走时让我转告你们。”沈玉淑说到一半就不说了，停下来等着屋子里人的反应。沈玉淑也是大商户家养的孩子，虽然见的世面不多，但是多少读了点书，也还算落落大方。

屋子里的人果然被吊起了胃口，不用沈玉淑费力，就都安静下来，等着沈玉淑继续说下去。

“你们之前干了啥我不知道。但是他告诉我，让我在晚上来这个屋子找你们，告诉你们如果他能活下来，就一定会回来救我，还有你们。所以刘福的想法可以操作。给他半个月的时间，他就是外援，你们准备里面的事，半个月后，每个傍晚他都有可能来。”

沈玉淑说完，屋子里像炸开了锅一样，人们纷纷讨论起来，有人兴奋，有人质疑，完全把沈玉淑扔在了一旁。

行动前，计划突然改变，取消了大林甲点的山包。刘永润说，得到了确切的消息，老王会在9点准时从安广县出发，位置在队伍的中间，里面除了老王还有其他俘虏。

游击队分散匍匐在掩体后面。夜晚的露水加上草叶的水分，湿漉漉地粘在身子下面，让人身体发痒。数不清的蚊虫像是遇到了一顿饕餮大餐，在人的周围盘旋着舍不得离开，仿佛每一下都叮咬在了心上。

突然，远处传来爆炸的声音。刘永润心一沉，意识到哪里不对，正思考间，一辆架着机关枪的敞篷车出现在路的中间，全速向这边驶来。刘永润这才想起，那个爆炸的声音正好来自不到两公里外的山包的方向。

“糟糕。”刘永润说。

“怎么了？”刘永润旁边的胡向南问。

“快撤，我们被发现了。”刘永润闪身就往后跑。

其他人也都出生入死过多少次了，无需太多的指令，都向之前准备好的撤离路线跑去。那条路上埋了几颗土炸弹，能在一定程度上给游击队争取逃跑的时间。

“来这边！”刘永润喊着钻进苞米地。那是一条其他人都不知道的路线，是其他人准备据点的时候，刘永润带着闫伍偷偷准备出来的一条逃跑线路。没想到今天真的用上了。让刘永润后怕的是，他们根本没有走的那条撤退的路上埋的土炸弹居然被触发了，就是说，那条退路已经被鬼子所知，短短的三天，游击队的情况已被人送到鬼子手里！

几个人甩开敌人后，找了个隐蔽的地方停了下来。

“清点人数。”于立东说。

宋玉数了一下，说：“少了一个人。”

“少谁？”刘永润问。

大家环顾四周，看着身边的人，很快就发现是孙刚不见了。

“我去找他。”孙贵一边说一边要原路返回。

“不能回去，会被鬼子抓到，甚至连累到所有人。”郑田生拦住孙贵。

孙贵看着刘永润，刘永润低下头，没有说话。因为郑田生说得确实有道理，况且现在孙刚已经是生死未卜。

“我们的行动被人告密了。”刘永润想了许久说。

“是谁？”刘永润的话音刚落，每个人都警觉起来，目光集中在刘永润身上。

“其实，大林甲点的山包本来就是假的据点。”刘永润说。

“假的？”张文喜问。

“是的，这件事第一队的人在一开始就知道了。”刘永润说。

“为什么？”于立东终于对刘永润的行动感兴趣起来。

“为了能缩小范围。至少第一队的人，不会把这个不精确的线索告诉鬼子，因为这种误报很可能惹怒鬼子，要了他的命。

如果大林甲的山包被打，那么汉奸一定是第二队的人，因为这样既能保全自己，又能立功。而第一队的人，不会明知道是假消息还当作真消息告诉给鬼子，这是自讨苦吃。

如果东太平岭被打，则两队的人均不能排除嫌疑。

如果同时被打，还是第二队的嫌疑较大。第二队有老胡、文喜、立东、闫伍和孙刚。文喜和立东回来之前，汉奸就已经出现了。如果是闫伍的话——只有他知道这条背着你们所有人秘密安排的‘华容道’——他一定会把这条路一起告诉鬼子，不让咱们再逃出来。至于老胡，对不起，我找不到能排除你的证据，暂时你还是重点监视的对象。”

“我……”老胡刚要说话，又被刘永润打断了。

“但是正如田生所说的，孙刚很有可能已经和鬼子回安广县了。所以目前就是这个情况，短时间我实在想不出更周全的办法，在确定孙刚是汉奸之前，我们要两个人一组，互相监视，一有情况，立即揭发。”

“所以，你只是想抓汉奸，打从一开始就没想救出老王，是吗？”循声望去，宋玉竟哭了起来。

刘永润没有说话。

于立东说：“他是对的。伪满军和鬼子的实力我再了解不过了，咱们再加十倍的力量，也救不出老王来。何况只有九个人，里面还有一个汉奸。”

“那老王怎么办？”宋玉问得每个人都低下了头。

“草率了点吧？”张文喜小声嘀咕。游击队的人都已经认可了刘永润的推理，只有张文喜还是觉得哪里不对，因为刘永润说的都是常理上应该的样子，并没有确凿的证据。张文喜这么想，一个最主要的原因是孙刚是他拉进游击队的。

“你说什么？”刘永润问。

“没什么。”张文喜说。

“我们准备一下就去烧锅镇。”刘永润说。

“去干什么？”张文喜问。

“你稳定一下情绪，先不要让别人知道。”刘永润说，“你的父母和家人现在都挺好，你弟弟张文富通过杨海双找到了我们。”

“哦。”张文喜整个人都放松了下来，脸上尽量保持平静。

“在确定孙刚的汉奸身份前，我们后面的行动都不能全部公开。”刘永润又一次强调。

“我总觉得不对。”张文喜还是忍不住说。

“哪里不对？”刘永润问。

“我也不知道。”张文喜想了想，偷偷地指着其他人说，“你看，他们也都没有为此觉得轻松。”

“所以我们更要谨慎。”

临近傍晚，几个人已经接近烧锅镇，身后突然传来沙沙的走路声，几个人听见动静，马上停止了动作，循着声音的来源，观察着随时可能出现的情况。

终于，孙刚拨开苞米叶子，看见的是对着他的几支枪。

“是我！我可算追上你们了！”孙刚高兴地说。

“别动！”于立东低声说。

孙刚停下了刚要迈出的脚，问：“咋的了？”

于立东见孙刚已经被好几支枪盯得死死的，便调转枪头，小心地走到孙刚身后，看看有没有其他人跟上来。

“你是汉奸。”闫伍说。

“我？我咋成汉奸了？”孙刚问。

“我们已经确定，是你把我们的行动泄露给敌人。”刘永润诈道。

“我冤枉啊！你咋能觉得我是汉奸呢？我还杀了鬼子呢！”孙刚说。

“你这半天去哪里了？”胡向南问。

“我走丢了啊！本来跟着田生，然后田生说我俩分头行动，让我走原计划的路线。结果发现原计划路线就我一个人去了，还被鬼子追了一路，幸好命大，活了下来。”孙刚说。

“分头行动？”刘永润回头看着郑田生问。

“别信他的，咱们从来没有过分头行动的计划，我怎么可能告诉他分头行动？”郑田生说。

“我要是撒谎，天打五雷轰。”孙刚信誓旦旦地说。

“发誓有用的话，坏人早都死绝了。”郑田生说着，拉动了枪栓。

山包、真假据点、郑田生、孙刚，一个又一个线索组成一个复杂的谜团。张文喜感觉自己和真正的答案只差一个坎,再加上两边的争吵，像苍蝇一样，在耳边嗡嗡乱叫，扰得他脑袋都要炸了。

突然，张文喜指着郑田生说：“抓住他！”

于立东听惯了命令，其他人还没来得及反应，他已经冲上去，把手指插进郑田生手枪扳机的空隙中去。这时，离得最近的闫伍从后面搂住郑田生，控制住了他。

“怎么回事？”刘永润问。

“你们听我说，我不确定我说的是对的。大家回忆一下，是不是只有郑田生最着急、最想知道咱们的行动，并且着急想知道怎么打，对行动的合理性却从来不闻不问。”

“我只是关心行动，这能说明什么问题？而孙刚可是临阵脱逃，又莫名其妙地出现！”郑田生说。

“别急，这一件事当然不能说明什么，可是都加在一起就是问题了。”张文喜继续说，“我记得和老王分开那天，只有郑田生关心老王的去处，不过老王没有说。但是后来，知道老王被捕，我才想起来，老王下意识地向北看了一眼，这正好是老王被捕的地方。临走时，你还要问这么机密的事情，已经和你没有关系的行动，你为什么还要关心？”

“我是在关心老王嘛！”郑田生说。

“你在队伍里这么多年，不会不知道这样对老王来说更危险吧？”刘永润说。

“永润的局设得已经很用心了，而你正是利用了他这一点。按正常的逻辑，不管大林甲的山包是真是假，都完全没有必要告诉给鬼子，因为大家最终会在东山岭会合。而你太想摆脱第一队的嫌疑，所以把两个地方都报给了鬼子。”

“你觉得日本人会为了掩护一个汉奸，在一个空巢浪费子弹吗？”郑田生说。

“确实不能。你是把两个地方都当作真线索报给了鬼子。所以鬼子才会那么用心，对两个地方几乎同时进行打击。而你觉得只要抓住游击队，即使报一个假据点也没有问题。”张文喜说。

“这种嫌疑，放在第一队的每个人身上都是合理的。”郑田生说，“再说，我一直和你们在一起，根本没有时间去送什么情报。”

“山包建好后，永润让大家轮流蹲点看守，就是为了给汉奸时间，让汉奸露出马脚。因为山包距离安广县城很近，这个汉奸绝对不会错过这次机会。你蹲点回来后，我发现你的鞋上泥巴特别多，这一定是走了很多路，上面还有一层浮土，最近雨水不少，地里都是湿的，只有大路没有植物，地面的雨水很快就被阳光晒干了，显然你是走了大路，一条从山包回营地根本不会经过的路。”

“那是因为我走错路了。”郑田生慌了起来。

张文喜没有理会郑田生苍白的争辩，继续说：“最后，我觉得孙刚说的情况是有可能发生的。你确实是跑在最后面，在从伏击点撤退的时候，还没跑多远，你从后面超过了我，然后我就变成最后一个人了。所以你完全有时间把孙刚指到之前设计好的那条退路上去。因为那条路已经被鬼子知道，走那条路的话，凶多吉少。一个正常人，是不会把战友指向那条路的。

如果嫌疑较大的第二队消失一个人，我们自然会觉得这个人就是汉奸，由于怕事情败露，或者已经达成目的，离开了游击队，投奔鬼子。这样，你就能继续潜伏在这里。只是你没想到孙刚居然回来了。

本来虽然你身上存在着很多疑点，但是之前我并没怀疑过是你，直到孙刚回来指出你，就像发生了连锁反应，你前面的事情一下子就被串成了一串，拎了出来。”

刘永润看见郑田生低下了头，低沉地说了一句："卸了他的枪，找根绳子把他绑起来。"

被五花大绑的郑田生躺在地上，看着刘永润说："你不想知道为什么吗？"

"为什么当汉奸吗？不想！"刘永润说，"你犯下的错误足够枪毙你，但是今天我不杀你，枪声会给我们带来危险，子弹对我们来说很稀少，还有你和我们摸爬滚打这么多年，我不像你，我下不了这个手，我也觉得你可能会想明白。你记住，只要有中国人活着，这片土地上就还有反抗，我们就还没有失败。你的事情，我会报给上级。"

游击队把郑田生扔在原地，任他自生自灭，然后继续朝着烧锅镇的方向走去。

第四十七章　智取乾安“部落”

游击队摸进烧锅大院时，已经是半夜。在这种形势下，回到烧锅镇是非常不可取的,但是游击队真的再无其他藏身之地。几个人一商量，最危险的地方，说不定也是最安全的地方。永石佐久怎么也不会想到，把张殿化带出来不到半个月，烧锅就又成了游击队的据点。

久别重逢的喜悦让张文喜抱着王桂芝低声哭了好一会儿。哭完，二人才开始絮絮叨叨地说起各自所经历的事情。刘永润则躲到了仓库地窖和张殿化、张文富谈起支援“部落”的事情。

由于路途较远，第二天一早，张文富就带着游击队离开烧锅镇，向乾安的“部落”出发了。

“部落”依然看守严密，张文富和游击队在“部落”周围找了一天，并没有发现任何“部落”里面的人留下的线索。

重新聚到一起，大家面面相觑。

“也许他们根本不相信我能回来。”张文富说。

“现在和里面联系不上，根本没办法行动。”刘永润说，“贸然进攻，里面根本没有准备，不光我们很难全身而退，说不定里面的人也会有危险。”

“还有什么办法？”张文喜问。

“当时走得突然，根本没有机会细作打算。”张文富说，“我以为他们会把地道挖到外面，或者在外面留什么线索。”

“结果我们大老远来了，这里什么都没有。”闫伍说。

“你别着急，一定还有办法。”刘永润说。

“啥办法？”闫伍问。

“除非——”张文富说一半，停了下来。

“除非什么？”张文喜问。

“除非我回‘部落’。”张文富说。

“这怎么行？你再进‘部落’是很危险的，并且进去之后，也是要被监视的。”刘永润说。

“我们还有别的办法吗？”张文富说。

“你可以说永石佐久让你来指认一个重要的人。”刘永润说。

“那为什么不用这种方式把嫂子和玉淑救出来，还要这么冒险？”张文喜说。

张文富看着张文喜说：“二哥，你不知道，‘部落’里过的根本就不是人的生活，那时候我答应和他们一起逃出去，所以我不能不管他们。”

“指认还须要有鬼子押着你，那样看起来才像样。”刘永润说。

“我们上哪去弄鬼子的衣服？”闫伍提着一柄大刀问。他虽然也配了枪，但还是手不离刀，对他来说，刀更能带来安全感。

说到这，张文喜眼睛看向了于立东。这个国连长重回游击队，内心依然是抗拒的，如果不是身上的国军军装破成了布条，他都不会同意换下去。

但是张文喜没敢直说，他知道，如果是自己张口，一定会被于立东用难听的话撞回来。但是他的这个动作引起了其他人的注意，刘永润说：“立东，你跟张文富进去吧。”

“行。”于立东一脸不情愿地说。

于立东带着张文富走到“部落”大门口，果然被门口的伪满兵拦住了。在旁边凶恶的狼狗的狂吠声中，于立东解释了来因。看门的伪满兵看见于立东的军衔，朝着于立东敬了一个并不标准的军礼，然后带着于立东和张文富进了“部落”。

短暂的居住已经让张文富此生难忘，再回到“部落”，面对这个“人圈”里面的一片狼藉，仍是不忍直视。于立东甚至被里面的气味熏得干呕起来。

张文富走到曾经的“家”，嫂子和沈玉淑果然在里面，张庚立正在草垫上睡觉。

“文富。”沈玉淑看见张文富后，激动地站起身跑了过去。

“大家都还好吗？”张文富问。

沈玉淑犹豫了一下，然后说：“嗯，都挺好的。”

“那就好。”

于立东走上前，说：“哪个是？”

“她。”张文富指着嫂子说。

“走吧。”于立东有些粗暴地架起王秀琴就往外走，走到门口，犹豫了一下，回过头，对着张文富说：“把她的孩子也带上。”

张文富赶紧抱起熟睡中的孩子。看门的伪满兵伸出手想要阻止，但是没说出话来，伸出的手又放下了。

沈玉淑紧紧地握着手里的字条，一直等到于立东他们出了“部落”，看门的伪满兵又回到岗位后，才偷偷地看了一眼字条，然后慌慌张张地跑去找刘福。

“文富回来了。”沈玉淑推门就说。

“回来了？”刘福正在补他的衣服。

“给。”沈玉淑把字条递给刘福。

刘福拿着字条，端详一番，然后说：“上面写的啥？”

沈玉淑拿回字条，念道：“枪声为号，按计划行事。”

“按计划？”刘福想了一下，有些不敢相信地说：“这小子还真回来了。那就大干一场吧，杀鬼子的时候到了！”

为了避免看守起疑心，张文富和于立东进了“部落”之后，并没有机会去见更多的人。同时，“部落”里识字的，除了沈玉淑，可能不会再有第二个人了，并且张文富只相信沈玉淑。所以只能暂时把沈玉淑留在“部落”里面。

天刚黑透，于立东用枪押着闫伍来到“部落”门口。

“今天是怎么了，怎么老有外人？”值班的伪满兵懒洋洋地打开门，想看个究竟，不想还没看清来者的面孔，就被于立东和闫伍控制住。哨岗上的伪满兵因为看见于立东的一身军装，都放松了警惕，发现事情不对时，再举起枪已经来不及了。只听“啪啪啪”几声枪响，两个哨岗上面的伪满兵都被打了下来，紧接着，四五名游击队员端着枪从远处冲了过来。

“部落”里面的人也忍了好久，听见枪声，立马拿起一切能用的家伙事儿，向门口跑去。沈玉淑这边带着不能参战的老弱病残直接从地道转移到了墙外。

伪满兵虽然武器上占优势，但是并无战意，看到敌我人数相差悬殊，又丧失了地利的优势，就直接缴械投降了。

游击队告别张文富，回到安广县，就听到老王被害的消息。老王被送到白城子后，一直不肯开口，最后在白城子遇害。

“我们叫他老王老王的，其实他一点都不老。”孙贵打破了屋子里的安静，说。

“没想到这么快，我们都还没来得及救他。”胡向南说。

“如果不是因为有叛徒，说不定那天就把老王救出来了。”宋玉抽噎着说。

刘永润摇摇头，说：“我们做不到的。”

“你们有那么多眼线安插在敌人中间，能把我救出来，为什么救不了老王？”张文喜说。

“说真的，你被救出来，并不是我们的计划，而是一个意外。”刘永润说。

“那你的意思是你们早已放弃老王了吗？”宋玉说。

“是迫不得已！你们都知道老王对咱们有多重要，而他对于大赉、安广这个地区来说远比你们想象得更重要！现在，老王牺牲了，这意味着很大范围的抗日力量瘫痪了。”

“那我们以后怎么办？”孙贵问。

“对于鬼子来说，这件事并不算完，接下来一定会有一波大‘肃清’，恐怕现在每一天睡前都要问自己一遍明天怎么办了。”张文喜说。

刘永润说：“对我们来说，这也不会是结束，我们的担子更重了。”

“那我们还能干啥？”宋玉问。

“干一切能阻碍鬼子的事。”刘永润说。

正如张文喜所说，8 月 26 日起，敌人将部队分为堵击部队、扫荡部队和游击部队，对抗日力量进行清剿。从此，游击队进入了真正艰难的时期。1940 年，宪兵队在白城子建立分遣队，后又更名为宪兵分队，开展特务活动，对怀疑对象直接逮捕。1941 年，因为怀疑宪兵分队的一个密探和旧友相会与抗日联军有关系，逮捕了可疑人员二百多人。次年，日伪军警在洮南、白城子和大赉等地以“讨伐”东北民众抗日救国军为名，逮捕六十余人。尤其是抗战后期，日伪军草木皆兵，任何人都可能被当作苏联派遣的间谍逮捕。孙贵也在这次大逮捕中不幸遇难。

意志就像燃料，支撑着游击队里每个人每天奔跑在这片平原上。漫长的时间里，伴着无尽的绝望，个体仿佛是暴风雨中摇曳的蜡烛，靠着彼此搀扶、互相照应，才能维护着微弱的星火。

自老王牺牲后，大赉、安广一带的抗日力量遭到重创，再加上日伪的“治安肃正”，种种形势，致使刘永润联系不上组织成为常事。游击队里的人抱怨连连，却又不想离开，因为像他们这种身份，一旦回到村里，就会立刻被日伪发现，经过毒刑拷打后，轻者送到齐齐哈尔监狱，重者就地枪毙。更重要的是，游击队俨然成了他们的家，抗日已经成为他们生命中理所当然的一部分。没有任务的日子里，就自己找任务，能打哪里打哪里，怎么疼怎么打。几年里，扒过敌人的火车，撬过鬼子的铁轨，炸过途经的车队，甚至放火烧过白城子的仓库。虽然从来没有对鬼子造成什么毁灭性的打击，但是也没让鬼子睡一个安稳觉。

张殿化一家从“部落”回来后，被密切监视了很长一段时间，渐渐地重新被永石佐久信任起来。烧锅大院在与永石佐久的彼此利用下得以保存，当然，也免不了被扣上汉奸这个帽子。给鬼子做事，是最让人感到不齿的，所以百姓对烧锅大院的仇恨是从心而生，但张殿化、张文富父子从没有解释过这些事情，只是默默地承受着这个本不该有的罪名。因为对烧锅大院来说，老百姓越是仇视，永石佐久就越放心。会海泉烧锅重新成为多支游击队的栖身之所。

第四十八章　岂曰无衣？与子同袍！

步入 1945 年，这对张文喜来说，是再平常不过的一件事。十余年的侵略，让原本的不平常变得平常起来。

这样的一个年关，游击队的人员一个不少地聚在一间灯光昏暗的屋子里，此时，一个不少，并不是一件能让人高兴起来的事情，反而让人心情复杂。

“我想回家。”张文喜突然说。

“趁着这几天没有事，大过年的，回去和家人待两天吧，但是别被人……”刘永润说。

“我不想再回来了。”张文喜说，“这么多年了，也该是个头了。”

“早就该是个头了。”于立东说，“那又怎样？还是家不家，国不国。”

“然后呢，这么多年了，我们又做了什么？”张文喜随手把一沓褶褶皱皱的纸扔在桌子上，说：“这就是我这些年做的事。整天就是数鬼子、画地图，鬼子来了又走，地方一变再变，却从来没有人用过这些东西。”

张文喜又把头转向刘永润：“啊，对，你找我要过两次地图，说是给组织，然后呢？然后就没有然后了。组织没来过，鬼子也没被打扰过。哪怕是飞过来一颗炸弹呢？”

“组织的行动都是有计划的。掌握情报也是一件很重要的工作，所以你一直在做的这件事情很对，你还要坚持……”

“坚持！坚持！你还会说点别的吗？”张文喜说，“这几年里，我听你跟我们说的坚持，比我们杀的鬼子加一起都多。我们的坚持到底有什么意义？”

“我们……”刘永润说。

“够了！道理我听得已经够多了，这个你嘴里的意义，我要真真切切地看见，而不是再听你说！”张文喜说。

“说不上哪天，抗联部队就来了。”刘永润的声音很低。

“大部队？我们还有大部队的消息吗？从他们转移到苏联以后，我们已经多久，多久没有听说过大部队的行动了？”张文喜问。

“我们……我们就是要做最平凡又不可或缺的角色。救世主不是每个人都能当，英雄却可以每个人都是。”刘永润说。

“我连党员都不是，我还当英雄？我……我……”张文喜猛然想起什么，问道，“你和我说实话，你是党员吗？”

刘永润在众人的注视下，艰难地摇摇头。

“看见了吗？连我们的领导都不是党员，那我们是在跟谁走？”

“文喜，你够了，别说了。”闫伍吆喝道。

“这是咋了？过年想家闹情绪？”刘永润尴尬地笑了。

“我闹情绪？我也不是小孩儿了，我的青春都在这儿！”张文喜拍着桌子上的地图说。

“我的生命都在这呢！”刘永润终于克制不住，同样拍着桌子激动地说，“大家都一样！你觉得委屈，我也觉得我委屈，哪个人不觉得自己委屈？我在草甸子上放羊，回家就看见我的老婆孩子死在家里，我招谁惹谁了，突然就家破人亡了？大家不都是一样吗？国难当头，这就是我们的命，除了反抗，你没有选择。这就像你想去洮南，刚好有一辆去洮南的车，你还在乎是马车还是汽车吗？只要能带你去目的地，什么车都要上。所以，我们是不是党员不重要，只要这个党能带我们把鬼子赶走，那我们就该上这辆车。”

“好，那你告诉我，党中央，不，党中央太远，就我们的上级，对，上级，他们现在到底还记不记得咱们的存在？他们听过这些人吗？老胡，老闫，宋玉，刚子，国连长，还有，还有三才，孙贵，还有那么多来了没多久又走了和来了没多久就再也走不了的人。”张文喜数着数着，竟哭了起来。

说到这里，刘永润的鼻子一酸，他捏了捏鼻子，说：“这都不重要。我们，还有那些牺牲的人，是为了国家，也是为了自己，只要有意义，就没有遗憾，不是吗？就像你，你根本不在乎他们知不知道你，你也不是做给他们看的，这些年都不是。”

“可是你让我怎么坚持下去？你告诉我今天抗联回来，明天组织会来，我甚至都记不清鬼子是哪一年来的了，生活还是一成不变，希望在哪里？”

刘永润说：“我说句最现实，也是你最不愿意听的，当个爷们儿，坚持住今天，明天就是希望。我们就像是一个饭馆，你只有一直开着门，才会有客人来。”

屋子里面其他人都默默地看着这场发生过无数次的争吵，其实，每个人都这样吵过，因为这样的坚守太艰难了，但谁也没真正离开。在留下和去苏联的选择中，刘永润选择了留下，继续保护这片土地。然而，这支弱小的队伍能保护的东西真的太少了，如果直接对抗鬼子，甚至撑不过半个钟头就会全军覆没。他们就是这样东一下，西一下，就像用一根树枝不停地戳一条恶犬，没有给恶犬造成过太多的伤害，却也让这条恶犬一刻都没有放松过。

许久，张文喜小声说：“对不起。”

五月末的一天，刘永润一路小跑着进了屋子，进屋之后就问张文喜在哪里。张文喜刚好睡在于立东的脚边，于立东一脚踢醒了张文喜，张文喜猛地坐了起来，问了一句：“是要转移吗？”

屋子里的人看见张文喜狼狈的样子，都笑了起来。

“告诉大家一个好消息！”刘永润高兴地说，“我们的抗联部队就要回来了！”

闫伍问："就是可以杀鬼子了？”

“吹吧，你要是说了算的话，都回来八百六十遍了。”于立东翻了个身，说。

“要回来是什么意思？”胡向南问。

“就是很快很快，并且是打回来。”刘永润说。

“咱们不是一直联系不上他们吗？”宋玉问。

“联系上了，这回是他们找到的我。你们相信我，不是骗你们的，真的回来了！”刘永润说。

“枪一直没离开过手,等来的时候叫醒我就行。”于立东闭着眼睛说。

刘永润有些尴尬地看着于立东的背影，思考了一下，对一直没作声的张文喜说："文喜，过来一下。”

刘永润把张文喜带到了一个没有人的地方，对张文喜说："这次组织交给我们两项重要的任务，一个是发动广大的群众建立抗日武装力量，还有一项和你有关。”

“还有任务？你是怕我们不相信你吗？我发现你哄我们的话越来越缜密了。”张文喜嘴上这么说，脸上已经明显看出兴奋来。

刘永润卖着关子说："你必须得信！”

“你就当我信了吧，你继续说。”张文喜强装镇定，心里已经急得不行。

“组织让咱们搜集能够得到的关于鬼子和伪满军的一切情报，尤其是你掌握的地图、伪满军势力。”

“我画了十多年，你问我要过几次，然后就都再也没有然后了。”张文喜说。

“很多你以为和你没关系的战斗，其实都有你的贡献。这回，你有一个月的时间，再更新一下你的地图和情报，宋玉配合你。”刘永润说。

“更不更新都无所谓，反正敌人一直都在变，我们一直都不动，再新的地图也会变老，你看我，连我都变老了。”张文喜很快又冷静下来。

刘永润掏出一封信，把信折了两折，只露出一小段话，递给了张文喜，说：“只看这一块，不许对任何人说。”

张文喜单手接过信，漫不经心地扫了一眼，然后仔细地看起来，但是关键的几个字足以让他激动。

“德国法西斯投降了？”张文喜问。

“就是我们距离胜利更近了！”刘永润说，“苏联有精力转过身来打小日本，我们的部队这回真的要回来了。”

“多少次了，等多少年了。”张文喜默默地说。

“这回信了吧？”

“信了！信不信都要做的，今天整理一下，明天就出发。”张文喜将信还给刘永润，说，“那你们要去哪？”

“我们啊！不藏了，要出门啦！去人多的地方，这么多年的播种要收获了！”刘永润说。

“万一最后他们没来呢？”张文喜说，“那咱们不就成了骗子了吗？”

“不会的，他们总有一天要回来，这次一定会回来的。”刘永润说，他在劝张文喜，更像是在说服自己。

张文喜还想再说点什么，但是他张开的嘴又合上了，刘永润口口声声说相信，如果他不坚信，其他人又何谈相信？这么多年，刘永润就像垃圾桶一样，被游击队里的每个人发泄着。他温柔地安慰着每一个人，好像根本不会累一样。

“对不起。”张文喜像是自言自语。

第二天，张文喜和宋玉去了白城子，因为游击队就在安广县附近，对安广县的情况了如指掌，所以这次从白城子开始。

刘永润带着其他人直接去了来福窝棚，村子还是一如既往地人迹罕至，没有特殊情况，人们从来不会在街上游荡，万一碰上了鬼子，就别想再回家了。

保长通常都和鬼子有一些联系，是一个村最难攻克的人，也是一个村最大的突破口。刘永润带着众人走进了保长家里。

保长正在家里抽着烟袋，看着五六个人一下子涌进自己的家里，吓了一跳，一下子从炕上站了起来："你们，你们是什么人？"

来者除了于立东，其他人没有任何部队着装，而于立东的那身衣服也已经是破破烂烂的，比假的看起来更不像是真的。

"老乡，别怕，我们是这一带的游击队。"刘永润说。

"你们想要粮？"保长问。

"我们不要粮，要人。"闫伍说。

"啊？"保长吓得往后退了一步，整个身子已经靠上了墙，"要啥人？"

"和我们一样的人，我们一起去打小鬼子。"闫伍说。

"闫伍，少说两句，让我说。"刘永润喝止闫伍。

"我没说啥啊？咱们不就是这个意思嘛！"闫伍有点委屈。

正说话间，一个没留神，那保长转身从旁边的窗户跳了出去。胡向南手疾眼快，没等其他人反应过来，一下蹦到炕上，跳窗户追了出去。胡向南跑得比保长快很多，可架不住保长边跑边喊："有胡子！快出来抓胡子！抓到有赏！"

若是喊"鬼子来了"，是不会有人敢出来的，甚至在家都觉得不安全。但是保长这么一喊几乎所有人都跑出来了，年轻力壮的跑在前面拿着锄头、铁锹之类的农具，老弱病残跟在后面看热闹。近些年，鬼子"肃正"不光给抗联队伍带来了巨大的打击，山里的胡子也被一道灭了不少。

刘永润等人跟出去时，保长已经聚集了十多个人，胡向南站在距保长两三步远的地方，其他村民还在陆续赶来。

"乡亲们，误会了，我们不是土匪。"刘永润说。

此时，游击队已经被当地的村民围住了。于立东端着枪，枪口对着保长，其他人暂时还没有端起枪，但是也都握得紧紧的。

“枪口不该冲着自己人，子弹都是留给敌人的。”刘永润轻轻地将于立东的枪压下去，这样一来，村民也显得放松不少。

“我们是游击队，这次来的主要目的是告诉大家一个好消息。”刘永润说，“抗联就要回来了！”

刘永润的话确实引起村民的兴趣，村民纷纷讨论起来。刚听到这个消息，更多的人还是激动的，但是七嘴八舌地讨论之后，他们意识到这件事不可能。因为抗联已经在这片土地上消失了太久了，自从遭受重创，撤到苏联后，就很少再听见抗联的消息，后来，连游击队的活动也越来越少，村民们在等待中逐渐变得绝望。

“他们是骗子！”人群里突然有人喊。

“对，根本救不了我们！”其他人附和着，村民围成的圈子变得小了很多。

“等等。”保长叫住大家。

“你们走吧，从这个村子出去。”保长恳求道。

“你这是？”刘永润不解地看着保长。

“我知道你们不是胡子，我也相信你们真的是游击队。”保长说，“你们的眼神和胡子不一样，一眼就能看出来。”

“这么说你相信我们了？”刘永润高兴地问。

“你们快点出村吧！”保长说。

“你这是？”刘永润脸上的笑容都还没有消失。

“你知不知道，如果被鬼子知道我们和游击队有接触，是不会有好果子吃的。”

“咱们就是要一起打鬼子啊！”刘永润握着拳头说。

“打什么打，这样也挺好的。”保长说，“如果不和他们对着干，还能有几天安生日子，一共也就几十年的活头，能活着就挺好了。”

“是啊！你看我们，拖家带口的，和你们能一样吗？还折腾什么啊！”人群里有人说。

“你以为就你拖家带口吗？”于立东朝着那个人喊道。

刘永润拉住于立东，说：“我们打鬼子不就是为了妻儿老小能睡个踏实觉吗？”

“你唬谁，就凭你们几个就能打过小鬼子？你们见过小鬼子吗？”人群里有人喊道。

刘永润说：“当然不是光凭我们几个，我们的大部队就要回来了，我们要开始反击了！”

“啥大部队？抗联那么厉害，都被打没了。光凭你们几个，能叫来多大的部队？你们忽悠谁呢！”人群里一个老乡说。

“大部队啥时来？”有人问道。

“很快，很快就会回来了，苏联……”刘永润说了一半的话被打断。

“拉倒吧！连你自己心里都没数，还要拉上我们。”

“孩子，没有意义的反抗只会给更多人带来灾难。现在是胳膊拧不过大腿，到最后，你们抬腿就跑了，遭罪的还是我们这些老百姓啊！我一家老小，到头来就剩下我一个老头子了！”一个老人激动地对刘永润说。

“大爷，这是咱们中国人的地盘，只要我们劲往一处使，就一定能夺回来。”刘永润说。

“好，好，我相信。等你们能打跑小鬼子的时候再来，到时候也算上我一份。但是现在，你们快走吧！我们已经活得够难了！”

游击队最终还是被赶出村子，垂头丧气地赶往下一个村。

“我觉得他们说得有道理。”孙刚对刘永润说。

“小日本之所以能够侵略中国，因为当时社会动荡，国力不强。你觉得这个原因有道理吗？”刘永润说。

孙刚想了想，说：“有。”

“既然有道理，就能被理解被原谅吗？那我们还要在这反抗什么？”刘永润说。

“嗯，对！所以咱们做的才是对的，所有人都应该无条件地团结在一起抗战。”闫伍说。

几个人正走着，忽然被后面的声音叫住了，回头看去，叫他们的是一个十多岁的小男孩儿。

“啥事？”走在最后面的闫伍问。

“大部队真的要来了吗？”小男孩儿问。

闫伍转身看着刘永润，刘永润走到小男孩儿的身边，蹲了下来，注视着小男孩儿那双清澈的眼睛，认真地说：“相信哥，很快就会来了，小鬼子会被我们赶出中国。”

“我也要一起赶小鬼子。”小男孩儿说。

“回村等我们。四处响起枪声和炮声的时候，我们就跟着大部队一起回来了。”刘永润有些爱怜地摸着小男孩儿的肩膀说。

“拉钩！”小男孩儿伸出小手指说。

“拉钩，上吊，一百年，不许变。”

刘永润看着小男孩儿跑开的背影，脸上露出一丝苦笑，如果他的孩子还活着，也有这么大了。

继续向前走，小男孩儿的出现，让大家的心情更复杂了。

“我倒是想起文喜说过的一首诗了。”刘永润说。

“什么诗？”胡向南问。

岂曰无衣？与子同袍。王于兴师，修我戈矛。与子同仇！

岂曰无衣？与子同泽。王于兴师，修我矛戟。与子偕作！

岂曰无衣？与子同裳。王于兴师，修我甲兵。与子偕行！

刘永润慢慢地念着这首诗，在场并没有几个人能听得懂，更多地，他是念给自己听。

几年来，这里确实很少有较大的抗日战斗，大部分老百姓习惯了这种有今天没明天的生活，鬼子压榨着中国老百姓身上每一滴血汗，从这片土地上掠夺着所有的资源，再把日本人运到这里，企图让这里彻底成为日本人的地盘。老百姓从愤怒到恐惧，再到习惯，现在已经开始麻木。

游击队的出现就像一颗小石子，打破了这片湖面的死寂。人们都等得太久了，以至于逐渐地开始不相信，好在，还是有一些人被唤醒，他们就是湖面的涟漪，在石头沉入湖底后，仍然持续翻动着整潭湖水。

第四十九章　十年磨一剑

永石佐久和以往不同，这次来烧锅只带了两个士兵，张殿化看见他时，他已经进了屋子，就站在自己的身后。永石佐久突然出现在自己的面前，着实把张殿化吓了一跳。

“忙着呢？”永石佐久脸上带着一丝礼貌的微笑，这种皮笑肉不笑的表情让张殿化看了就觉得反胃。

“哦，还好。”张殿化低着头说。

“准备二十桶酒，要最好的，给你十天时间，十天后给我送到白城子。”永石佐久伸出两根手指说。

“二十桶？”张殿化有些惊讶。

“是的。多是多了点，但是和你全家的性命相比，这算很简单的事情了吧？”永石佐久说。

“现在光粮食都不够啊！”旁边的张文富说。

张殿化伸出手,示意张文富别说话。永石佐久正要对张文富说什么，看见张殿化制止了张文富，就继续对张殿化说起话来：“还是老头子明白事理，酒我都要最好的，差一桶也不行，并且要封好口，一滴都不能洒。”

“好的。”张殿化说。

“我知道有困难。这么多年了，辛苦你了，你是我在中国遇到的最好的朋友。”永石佐久拍拍张殿化的肩膀说。

张殿化父子看着永石佐久离开，张文富问道：“爹，他好像有哪里不对劲呢？”

“二十桶酒都要封好，一滴不能洒。”张殿化琢磨着。

王桂芝看见永石佐久从院子出去，赶紧过来，“怎么了？他来干啥？”

张殿化把之前的事情和王桂芝学了一遍，王桂芝听了也觉得莫名其妙。

“每次封酒都是他要拿走送人，可是从来都没拿走过这么多。”张殿化说。

“我觉得这事咱们得重视，说不定他们最近要做什么大事。”王桂芝说。

“那咋整？”张文富问。

“找海双，让他抓紧把这事告诉游击队，说不定游击队知道什么。”张殿化说。

七月中下旬，刘永润将张文喜最后确定的地图交上去之后，又回到了往日的等待中来。让他们没有想到的是，半个多月后的一个清晨，不知道什么时候出去的刘永润，几乎是跌进门来，大喊：“好消息！大家快起来，苏联宣战了，我们的部队回来了！”

“啥玩意儿，大惊小怪的，一句没听懂。”还没睡醒的宋玉说。

“苏联对谁宣战了？”胡向南问。

“苏联对日宣战了！我们的部队真的回来了！”

“真的吗？”胡向南问。

“真的！”刘永润的眼眶有些湿润，“我们等到了。”

张文喜从来没看见过刘永润如此高兴，就像一个小孩儿一样，耐心地和大家一遍一遍地重复、确认着这个好消息。

“那咱们呢，咱们干啥？”这种问题永远是闫伍最关心、最感兴趣的。

“我们要负责在白城子城里做内应，帮助大部队攻进白城子。”刘永润说。

“怎么进去？”张文喜问。这些年，白城子的每一条街几乎都在张文喜的心中，他心里清楚在这种特殊时期，白城子一定会严密防守，想带着枪进去，那是根本不可能的事情。

张文喜的这句话一下子提醒了在场的所有人。

“是啊，怎么进去？”孙刚说。

“怎么进去……”刘永润光顾着高兴，也没想这个问题。

“除非趁乱进去。”于立东说，“可是有什么乱子能让我们可趁的呢？”

“趁乱……”刘永润揉着太阳穴使劲地思考着。

“那个……”张文喜说，“我觉得我们家要给永石佐久送去的那批酒还能再利用一下。”

“好主意！二十桶酒，两驾马车，藏什么都够用了。”刘永润高兴地说。

“可是，我们这么多人送两驾马车，鬼子一眼就得看出问题。”

“又犯傻了。只要武器能送进去，我们不就都好办了吗？”刘永润转身问张文喜，“按照正常计划，酒什么时候送？”

“今天，现在应该已经准备出发了。”张文喜说。

“快，大家收拾东西，立刻动身，马上追上去，这可能是我们最好的机会，其他的计划，我们路上再商量。”刘永润说。

刘永润一行人带上了一切打仗用的东西，抄着近路向烧锅镇赶去，没跑多远，速度就明显降了下来。

刘永润站住，喘着粗气说：“这不行，还得再快一点。”

“太沉了，我的肺都要跑炸了。”张文喜上气不接下气地说。

刘永润扫了一眼大家，说：“换个方式。宋玉，孙刚，你俩最年轻，跑得动，把装备都卸给别人，咱们仨先追上去，其他人也要尽快赶路，过了烧锅镇以后，我会在每个有树的十字路口的树上给你们留下记号。”

刘永润安排妥当之后，带着宋玉和孙刚加速向烧锅镇跑去。

到了烧锅镇，刘永润简单观察了一下周边情况，就进了会海泉烧锅。张文富看见刘永润三人进了院子，赶紧迎了上去，说：“大哥，你放心，我都是按照咱们的计划准备的。”

“不是这个事。”刘永润气喘吁吁地说。

“走，去仓房说。”张文富想把三人带到有地窖的仓库，平时游击队都是在仓库研究事情，如果突然来了外人，就直接钻进地窖里面。

“酒呢？酒在哪里？”刘永润摆了摆手，他此刻已经一步都不想走了，后面两个人已经瘫在地上了。

“送走了，装了两辆马车。”张文富说。

“啊？”其实这个结果刘永润已经预料到了，“走了多久了？”

“大概——一个钟头了。”张文富说。

“走，继续追。”刘永润回头和躺在地上的两个人说。

刘永润看着两个人摇摇晃晃地从地上站起来，腿都软了，心想，这样下去，肯定是越跑越慢，正发愁时，突然想起杨海双。为了方便游击队的沟通联系，杨海双一直留在烧锅镇，偷偷地协助游击队。

“帮我把杨海双叫来，越快越好，我们要追上马车。”刘永润说。

“好，我这就去。”张文富一边说，一边小跑着出了院子。

刘永润刚好也借此机会喘一口气。这时张庚立从屋子里出来，站在门口，问：“你们是游击队？”

“嗯。”刘永润说。

“带我走吧。”张庚立一边说一边把他三岁的儿子抱起来放回屋子里，“我要和你们一起去打鬼子。”

“这……”刘永润看着屋子里的小孩儿，犹豫起来。

“让他去吧。”一个女人从屋子里出来，看样子是张庚立的媳妇，那女人接着说，“他是个男子汉，当时嫁给他时，街坊邻居什么的都说我是图他们家能吃饱饭，宁可嫁给一个汉奸，其实我知道他们家都做了什么。谁有胭粉不往脸上拍，忍气吞声这么多年了，给他个机会吧。”

“你可能再也回不来了。”刘永润说。

张庚立想了想，说：“我可能再也没有这样的机会了。”

“走吧。”刘永润说完，对孙刚说，“不能再等了，我们俩先走，你们等文富和海双，让海双追上我俩，你和宋玉去路上接应一下咱们的队伍。”

张文喜一行人追上两辆马车时，马车正以很缓慢的速度前进着。刘永润坐在马车上，靠着酒桶，已经睡着了，看起来十分舒服。

“他一直跑在最前面，直到看见马车，累坏了。”杨海双小声说。

“海双？”张文喜说。

“文喜！”

“你咋也来了？”张文喜问。

“我也是游击队的一员。”杨海双骄傲地说。

“二叔。”张庚立从马车上下来，站在一旁叫道。

“你又是怎么回事？”张文喜问。

“我也要去打鬼子。”张庚立说。

张文喜没说话，只是拍拍张庚立的肩膀。

“你们追上来了啊！”刘永润睡得并不踏实，说话工夫，已经醒来，他看看周围，说：“来得正好，咱们研究一下怎么进城。”

其实，白城子的城门并没有他们想象得那么难进，8日苏联对日宣战之后，日本打算背水一战。但是长年累月，军人素质远不如从前，本土又遭到两颗原子弹的袭击，同时苏联在战前也做了充分的准备，日本军队此时已是乱作一团，光顾着退路，全无战意，不堪一击。

马车到白城子的关卡时，关卡和他们想得一点都不一样。关卡上一个鬼子都没有，剩下的两个伪满兵也都心不在焉，人们出入自由。刘永润对着张庚立点了一下头，鼓起勇气顺利通过了关卡。

几个人分别从三个关卡进了城，他们找到事先约好的一所民房，在院子里卸了车上藏的弹药后，闫伍跟着车夫赶着马车去给永石佐久送酒了。

潜伏在城里的几天里，外面一直像鬼子进城时那么“热闹”，逃跑的伪满军、被抢的百姓、大吼大叫的鬼子……。张文喜和几个人乔装打扮之后，天天混在人群中观察鬼子和伪满军的动态。

“午夜行动，炮声为号。”刘永润淡淡地说，这几天的等待已经让大家激动的心情又平复下来。

“弹药都备好了吧？”刘永润看见大家都不说话，就又补了一句。

“你们说，这一仗打完了，我们是不是就真的胜利了？”胡向南说。

“文喜哥，你说我咋觉得咱们这次一定能打一场胜仗呢？”宋玉说。

“会的，我们已经太久没胜利过了，各地捷报连连，鬼子也该投降了吧。”张文喜说。

“我都等不及了。”闫伍又开始磨刀。

“你那把刀啊，天天磨，都快从中国的大刀磨成日本的太刀了，就是没杀过几个人。”于立东说。

“国连长，我这叫时刻准备着。俗话说‘磨刀不误砍柴工’，等我上了战场，手起刀落，砍鬼子就跟砍柴一样。”闫伍举着刀比画着说。

“你就吹牛皮吧！”胡向南说完，屋子里哈哈地笑起来。

“吹什么？我一共杀过十九个小鬼子。当年鬼子杀我全家时，我就发誓让鬼子血债血偿。这些年，我一个人换了这么多条命……”闫伍慷慨激昂地说着说着，突然说不下去了，他刀尖垂在地上，眼睛直直地看着前方，失去了焦点。其他人也都不笑了，屋子里恢复了安静。

“连德国鬼子都投降了，这日本鬼子啥时候投呢？”张庚立问。

“快了吧！快了！”刘永润说。

第五十章　最后的战斗

午夜，游击队在院子里一遍一遍地检查着自己身上的弹药，时间被等待拉得老长老长。

“喂。”于立东叫张文喜，看张文喜抬头后，继续说，“这种战斗可乱着呢，黑灯瞎火的，人看不见，子弹也不长眼睛，你可得熊住了，别上来虎劲使劲冲，小心被自己人打了后脑勺。”

“哼。”张文喜瞟了于立东一眼，虽然他知道天这么黑，于立东根本看不见。

终于，那个让他们等了多年的炮声响起来了，虽然是在城外，但那连续的炮声瞬间震醒了白城子，整个城在经过一瞬间的安静之后，开始吵闹起来。

刘永润一下子跳起来，挥着手说：“走。”

走到大门口，刘永润又停了下来，回头看着大家，说：“你们，每个人，都要活着。”

游击队在通往城南的必经之路埋伏下来，很快，一队鬼子经过这里向南跑去，游击队从侧面冲了上去，这队鬼子毫无防备，几乎全军覆没，剩下两个反应快的钻进了胡同。

由于害怕冷枪，游击队没有去追，撤出战场，立即转移，让他们没想到的是刚进胡同，就遇到一队全副武装赶来支援的伪满军。胡同不长，两伙人结结实实地撞在了一起，反应过来时，距离只有四五米了。两伙人端着枪，一时僵住了。

伪满军的特征很明显，一身的军装不用细看便知；游击队更是好认，这么多年，游击队的破烂装备是出了名的，整个东北没有哪支游击队会有统一的武器，所有人却都披着一身碎布片，似乎全都一个样子。这么狭小的空间，谁也不敢贸然行动，随便一梭子子弹必然会倒下一大片，两伙人紧张地看着。

终于，伪满军打头的人放下枪，空出双手，说："是自己人，快去支援苏军吧。"

这个伪满兵说完话，其他伪满兵也纷纷把枪放下了。游击队见状松了一口气，收了枪。伪满兵看见游击队收了枪，便转身离开了。正当游击队也要转身离开时，突然听见身后说："等等。"

高度紧张的游击队立刻端起枪，伪满兵看见游击队的动作，也重新端起枪来。

还是刚才的人，他示意他的人把枪放下，然后说："今晚，这里的满兵都会做他们该做的事情，别向他们开枪了，都是自己人。"

"好。"刘永润说。

这一晚，正如那个伪满兵所说，几乎所有的伪满军都开始倒戈，甚至一些老百姓也加入了战斗，城很快就攻了下来。游击队并没有加入短暂的庆祝，远远地看着城门口，觉得胜利不应该这么简单。

"这太简单了吧？"张文喜说。

"简单还不好？你真是挨打挨惯了。"杨海双说。

"确实有哪里不对。"刘永润说。

"这并不是鬼子应有的数量！"张文喜拍着脑袋说，"火力也不对！"

"闫伍说，酒都送到火车站的仓库了，这么多天都没有运走。就是说，永石佐久很有可能要带着酒一起走。"刘永润说。

"你是说，鬼子并不想守城，而是在拖延我们的时间？"于立东问。

"说不定他们已经离开白城子了，快去车站。"刘永润带着游击队向车站跑去。

果然如刘永润所料，大部分鬼子都集结在火车站，永石佐久和其他几个军官站在一节车厢的车门前，正在指挥手下往车上搬东西，鬼子们小跑着从火车站旁边的仓库将一个个箱子往车厢里搬。

火车站外面，还有大批的日本移民，这些人都是鬼子这些年里为了进一步占领东北带过来的日本平民，而这种紧急的撤离，并没有太多的位置留给他们。所以，不管这些移民怎么闹，都无济于事，他们只能站在栅栏外面，眼巴巴地看着日本军队在站内做最后的撤退准备。

张殿化给永石佐久送的白酒，这几天一直由闫伍负责盯守。闫伍领着游击队悄悄地摸到火车站一个仓库的后面，仓库墙上有一个一米见方的通风窗，透过窗户，能看见酒桶还在仓库里放着，鬼子还没有来得及将酒送上火车，不过鬼子正进进出出从这个仓库往火车上搬东西，看来用不了多久，酒桶也会被搬到火车上了。

“酒还在。”闫伍说。

“怎么办？在仓库点着还是等他们搬上火车？”刘永润一时也没了主意。

“要快点定，他们要搬到酒桶了。”于立东说。

原来，张殿化将永石佐久要酒的事情告诉游击队之后，刘永润等人也觉得这件事里面有蹊跷，虽然具体是怎么回事还不知道，考虑到近期大部队就要来了，认为不如破釜沉舟地赌一次。其风险是万一永石佐久发现了，必然会反扑报复，给会海泉烧锅惹来灭顶之灾。刘永润向张殿化和张文富父子说明了这件事情，张殿化对刘永润所说的后果没有多作考虑，很干脆就同意了。

游击队在酒桶的底部做了一个薄薄的夹层，在里面藏了一层炸弹。一旦引爆了下面的炸弹，加上上面六十多度的酒“火上浇油”，就会给周围造成巨大的伤害。

“如果在仓库引爆的话，他们直接坐上火车就逃跑了。在火车上点燃是最好的时机，毁了他们的交通工具，可是，可是搬上了火车，我们可能就没有什么机会去引爆了，那么厚的车厢，仅凭咱们的手榴弹是根本炸不透的。”张文喜说。

“我觉得应该赌大的，在火车上点。”孙刚说。

“太冒险了，文喜说得对，如果上了火车，我们没机会，那就前功尽弃了。”刘永润说。

“你看。”闫伍拉着刘永润说。

刘永润顺着闫伍指的方向看去，在那批酒桶的旁边用帆布盖着很大一摞货物，货物的一角没有盖严，露出半个箱子，那分明就是火药箱！

“就在这点了，旁边那一堆如果都是火药箱的话，酒桶爆炸定能引爆那些弹药，这样一来，爆炸声足够把苏军引到这里了。”刘永润弯下腰对大家说，“你们往后撤，我去点火。”

刘永润说完话，发现闫伍已经跳进了仓库。闫伍进去之后，转身朝外面摆手，示意外面的人撤远一点。刘永润怕被鬼子发现，不敢大声说话，只得任由闫伍进去，便领着其他人悄悄地离开了仓库。

游击队退出来没多远，就看见仓库窗户火光一闪，一个黑影从窗户扑了出来。随后仓库里响起一声爆炸，那是藏在酒桶下面夹层里的炸药爆炸发出的声音，威力虽然不够大，但是足够将仓库里面的东西炸毁一大半。被点燃的酒向四处飞溅，落在其他货物上面，迅速燃烧起来。鬼子因这突如其来的爆炸慌了阵脚，有的站在原地发呆，有的冲进去抢救没被炸毁的物资。

火烧得“噼啪”直响，正在搬运的鬼子突然哇啦哇啦地嚷起来，所有的鬼子开始往外跑，只听“轰隆轰隆”一串巨响，火光冲破仓库房盖，托着一股黑烟映红了漆黑的夜空，连那些嚷着要上车的日本移民都看傻了眼。

远远地，永石佐久身边的一个中将指着永石佐久大喊，永石佐久低着头，不敢言语。本来负责搬运的鬼子们开始手忙脚乱地灭着火，不让火势波及火车，其他鬼子则开始上火车。

“怎么办？”胡向南问。

“苏军估计已经看见这边的爆炸，应该很快就会过来了。”刘永润说。

“喂。”于立东在张文喜的身后捅了一下他。

“怎么了？”张文喜问。

“你们家的酒，好香。”也不晓得于立东是真闻到了还是假闻到了。

张文喜笑了，他已经很久没感觉这么畅快了。

“等仗打赢了，带我们去你家好好喝一顿。”孙刚说。

“好，都好好活着，打完仗我们不醉不归。”张文喜说。

永石佐久根本不敢相信，因为他的酒，整个仓库的物资都化为灰烬。那可是撤退前，白城子的鬼子们从各种物资里筛筛选选，最后决定带回日本的东西。

永石佐久一向谨慎小心，没有想到自己有一天竟会中了张殿化的算计。他确认过很多次，始终认为张殿化是一个老实、胆小的农民。他不会想到，也永远不会知道，会海泉烧锅一直以来忍辱负重，背着汉奸的骂名被老百姓所唾弃，却始终都是地方抗日组织的一部分，从来没有断过抗日的行动。

那个中将骂完永石佐久后，直接上了火车。永石佐久看了一眼车门，又看看烈火熊熊的仓库，他已经没有脸踏上那列即将离开的火车了。他一动未动，站在原地，在人来人往的站台上，竟显得孤零零的。

游击队炸毁的物资给火车一下子腾出了几节车厢，这让等在外面的日本移民更激动了。可是鬼子为了节省时间，并没有让他们上车的意思，直接关上车门，这也关上了日本移民的希望。火车缓缓地移动，日本移民开始越过栅栏，涌向火车，场面一度失控。

这时，看见火光、听见爆炸的苏军也追了上来，混在日本移民的人群里，朝着火车离开的方向追去。

“都是自己造的孽啊！”杨海双看着被火车甩下的移民说。

“这还不上，等啥呢？”张文喜说。

刘永润回头笑了一下，然后看了一眼身边的人，问：“闫伍呢？”

“没回来吗？刚才明明看见他从窗户跳出来了！”宋玉说。

“快回仓库看看。”刘永润说。

几个人赶紧跑回仓库的窗户下面。此时，仓库里面的火已经烧得差不多，窗户也被炸得勉强才能辨认，窗户下面并没有闫伍的踪迹，只发现一把手枪。刘永润捡起手枪，说：“是闫伍的手枪，这么说，他确实跑出来了，可是怎么不见他人呢？”

此时，闫伍正在火车上。遇见这么多鬼子，他也是红了眼，所以，他从仓库跳出来后，没有回到游击队，而是趁乱爬上了火车，在车厢上面一直蹭到了中将所乘的那节车，结果发现这节车厢的看守远比他想象得严，若是贸然下去，还没等碰到中将，就已经被守卫的鬼子打死了。于是他趴在车顶上等机会，机会没等到，却看见苏军追了上来，闫伍放弃了杀中将的想法，向火车头爬去……

全速前进的火车缓缓地停下了，苏军很快赶了上来。闫伍躺在驾驶室，意识渐渐模糊，忽然被一个声音拉了回来，“同志！同志！是你拦下了火车吗？”一个人问。

后面的人朝着远处喊：“快叫人来，这里有伤员。”

闫伍感觉不到疼痛，只是觉得周围都好安静。他伸出手，有些羡慕地摸着扶着他的那个人的臂章。

“不要怕，我们回来了。”那人对闫伍说。

闫伍颤抖地伸出四根手指，说：“不怕，四个鬼子。我又杀了四个，一共杀了……杀了二十三个鬼子，全……全都是小日本。”

胸口的伤口伴着闫伍的呼吸，冒着血泡。扶着他的人，捂着他的伤口，说：“你不要说话了，歇一会儿。马上就给你包扎。”

看着那人捂着自己的伤口，闫伍笑了，说：“怪我不小心，他们……他们人太多，我……我一回身，就被刀给……给扎上了，好在我的刀快，就像砍柴似的。”

“军医呢？快来救人啊！”那人转过头朝着身后大喊。

“我们赢了吗？”闫伍问。

“赢了！小日本昨天中午在广播里面宣布投降了，一会儿天亮，我们就占领白城子了，我们彻底赢了，你再等等，天一会儿就亮了！”

“我困了……”闫伍脸上露出一丝微笑，说，“我是……游击队闫伍。”

游击队在火车站旁边安葬了闫伍。

这个再平常不过的中国农民心里藏着的十几年的仇恨终于在最后一刻得到了释怀，只是这样的结果还是让人无法接受，游击队就像失去一位亲人一样，心中充满悲痛。而这些年，对于他们来说，失去的岂止是一位亲人？让他们更难过的是，为什么离开的都是别人，而不是自己。一个又一个生命离开自己，一个又一个遗志压在自己的肩上，他让他们不敢苟活，更不敢轻易死去。此时，站在外面的每一个人都是闫伍，躺在坟里面的也是每一名游击队员。

天亮时，苏军已经占领了白城子。日本投降的消息也传遍了每一寸土地，人们像过年一样，走出家门，互相庆祝。这场漫长的战争终于结束了。

正当游击队松一口气时，小柱子忽然从人群里钻了出来，看见张文喜就说：“不好了，不好了，烧锅镇乱套了，快回去看看吧！”

第五十一章　烧锅风雨

游击队再赶回烧锅镇时，发现会海泉烧锅已经化为焦土，烧锅大院一片狼藉。废墟上，还有没燃尽的火苗，安静地冒着白烟。张殿化、王桂芝站在院子中间，看着袅袅的白烟发呆，两个儿媳分别扶着两位老会海泉人。

鬼子投降的消息传到这里之后，全村欢庆。可是乡亲们总感觉憋了十多年的气，就这么一句话就结束了，心里有所不甘，大家说来说去，不知道是谁开了头，来到会海泉烧锅，找到了这一大家子“汉奸”，砸了烧锅，砸完之后，一把火把烧锅给烧了。

“爹，娘，你们没事吧？”张文喜见状赶紧冲进院子。

“没事。”张殿化说。

“不用担心，他们就是出出气，没伤人，气撒完了，就都散了。”王桂芝说。

张文喜仔细检查二老全身，二老身上确实没有伤，他也就放心了。

“这么多年，委屈二老了。”刘永润握着张殿化的手说。

“委屈啥，我们也没别的能耐，能干点什么，就干点什么呗。”张殿化说。

“这儿什么都没有了，中午大家都去我家吧！”杨海双说。

“不，就在这儿，家没了，就在院子里休息、在院子里吃，让乡亲们都看见，游击队来了，只在烧锅落脚。”刘永润用手指着地说。

刘永润和张文喜坐在大门口，看着偶尔过往的行人。

“他们恨烧锅大院就像恨鬼子一样。”张文喜说，“不，他们觉得烧锅大院是他们唯一能接触到的鬼子。”

“就像你娘说的，其实他们心里明白得很，只是嘴上不认罢了，都是普通老百姓，别和他们计较了。”刘永润说。

“都是一样的人，凭什么要忍着他们？”张文喜说。

刘永润没有直接回答他，反问道：“你恨他们吗？”

“我一直把他们当作家人，尽管我知道他们并不都是这么想。我也会无数次地咬牙切齿地想，总有一天，我会把这里搅得天翻地覆，至少把我所压抑的都要尽数释放出来。可是，又总有一个声音在我耳边说，算了吧，都过去了。尽管我讨厌这个声音，但压抑的依然压抑着，我习惯了隐忍，装作什么都不曾发生过，因为在撕去许许多多的标签之后，他们和我还有着一个同样的名字——同胞。”张文喜说。

“因为他们是你的群众。”刘永润笑了，看着张文喜说，“同志，你会是一名合格的共产党员的。”

“合格的共产党员？我连……”张文喜忽然想起刘永润也不是党员，“连你都不是共产党。”

刘永润只是笑了笑，也不否认，他意味深长地说：“这么多年了，一直觉得每一秒都那么煎熬、那么漫长，现在回忆起来，就像一场梦，一下子就过来了。”

“我不想回忆，因为每次回忆，我都会发现自己正在忘记它们。曾经那么清晰，现在却在一点一点地模糊，说不定哪天我就真忘记了，那曾被我视为珍宝的青春。在我垂垂老去时，回忆那些我还记得住的过往，我一定会哭，为我经历的如此多的林林总总。曾经我竟如此努力，而这一切都要结束了。”

“是啊，要结束了！我们多了那么多不该有的记忆。”刘永润说。

“是挺难忘的。”张文喜想了想，说，“我想结个婚了……可惜还没有人。”

“也该有个家了。”刘永润说，“你都多大岁数了。”

“不知道艾莲现在在哪？”张文喜说。

“艾莲啊……她会很好吧。”刘永润意味深长地说。

“我也觉得会，她是那么要强的女孩儿。”张文喜看着远方说。

“哥，国连长要走了，他收拾自己的行李呢。”宋玉从院子里面跑出来，说。

“要走了？”

刘永润和张文喜赶紧起身回到院子里，看见于立东已经收拾妥当，游击队的人正围着他。

“你这是？”刘永润走上前问。

于立东看着刘永润，苦笑了一下，说：“我也得回我的队伍里去了。”

“这不就是你的队伍吗？”刘永润说。

于立东拎拎他身上那件军装，自我调侃道：“你忘了？我姓国啊，我叫国连长。”

虽然一直以来，大家都当作玩笑地称呼于立东为国连长，但是此时于立东的这个笑话并没有让大家觉得好笑，每个人都恋恋不舍地看着于立东，这让于立东自己也感觉有些不自在。

大家有一句没一句地把于立东送到村口。

“你也该换一套新衣服了，都结束了。”张文喜看着于立东身上破破烂烂的军装，说。

“不，还没有结束。”于立东朝张文喜使了一个眼色。

张文喜忽然明白过来，有些伤感地说：“是啊，还没有。”

“走啦！不用送啦！”于立东说完，迈开了步子。

看着那个熟悉的身影在大路上越走越远，张文喜心情复杂，他把手放在嘴边呈喇叭状，朝着于立东大声喊：“岂曰无衣？与子同袍！”

远远地，那个身影站住了，但是他没有回头，停顿了一下，高举右手，用力地挥了挥，继续向前走去。

第二天，刘永润交给张文喜一封电文。张文喜看了一遍，抬起头问刘永润：“这是给你的？”

“不，给你的。”刘永润笑着说。

“说的是我？”张文喜有点不敢相信地问。

“没错。”刘永润说，“恭喜你。”

张文喜不知道刘永润在恭喜他什么，便捧着电文，又仔细看起来，上面写着：“经过组织研究，你被同意发展为共产党员，并于接到电报的三日内到白城子接受新的任务。”

“我是你的介绍人。”刘永润笑着说。

“真的？你是党员？你早就是了，对吗？”这对张文喜已经不重要了，张文喜有些颤抖地捏着那张纸，紧张地说，“可是我觉得我还没准备好。”

“准备好了，你早就准备好了。”刘永润看着张文喜困惑的眼神，解释道，“你总是在思考、在质疑，你总要问很多问题，虽然很多时候没有人能回答得了，你却活得比我们每个人都明白。这么多年的坚持，就是你给组织的答案，你很合格，组织都看见了。”

张文喜的眼前突然模糊了，他抱着刘永润哭了起来。

“好了好了，怎么还像个小孩儿似的呢。我带你宣誓。”刘永润拍着张文喜的后背说。

张文喜放开刘永润。刘永润叫来宋玉，从口袋里拿出一面党旗，让宋玉举着，然后刘永润和张文喜都举起了右拳。

“我志愿加入中国共产党。”

“我志愿加入中国共产党。”

“终身为共产主义事业奋斗……”

“终身为共产主义事业奋斗……”

“文富，我得去白城子了。”张文喜对张文富说。

“留下来不好吗？我知道你是可以选择的。”张文富说。

“不了，还有很多事要做。”张文喜说。

“因为你还不能原谅这里的人吗？”张文富问。

“没什么原不原谅的。我们打鬼子，他们也是想打鬼子，大家都是一个目的。”张文喜说。

“你一定知道，这里有多需要你。”张文富说。

“怎么会呢？没有什么事是非我不可的，好多人都比我强很多。这么多年，我终于有组织了，这是多让人高兴的事。”张文喜说。

“你为烧锅镇做了这么多。”张文富说。

“哪里，大家都一样的。”张文喜说。

“可是，你已经不再年轻了。”张文富说。

“成熟一点不是更好吗？”张文喜说。

“二哥！”张文富说。

“怎么了？”张文喜说。

“你走了，咱家的烧锅怎么办？”张文富问。

“开下去啊！烧锅镇怎么能没有烧锅呢！”张文喜说。